# EL CRUJIDO EN LA ESCALERA

# EVA BJÖRG ÆGISDÓTTIR

# EL CRUJIDO EN LA ESCALERA

ISLANDIA PROHIBIDA 1

TRADUCCIÓN DE
CHEREHISA VIERA

PRINCIPAL
NOIR

Primera edición: septiembre de 2023
Título original: *Marrið í stiganum*

© Eva Björg Ægisdóttir, 2018
© de la traducción, Cherehisa Viera, 2023
© de esta edición, Futurbox Project, S. L., 2023
Todos los derechos reservados.

Diseño de cubierta: Kid-Ethic Design Studio
Imagen de cubierta: Anatoli Igolkin | Shutterstock
Corrección: Gemma Benavent, Lola Ortiz

Publicado por Principal de los Libros
C/ Roger de Flor, n.º 49, escalera B, entresuelo, despacho 10
08013, Barcelona
info@principaldeloslibros.com
www.principaldeloslibros.com

ISBN: 978-84-18216-74-9
THEMA: FFP
Depósito Legal: B 16144-2023
Preimpresión: Taller de los Libros
Impresión y encuadernación: Liberdúplex
Impreso en España — *Printed in Spain*

# ISLANDIA

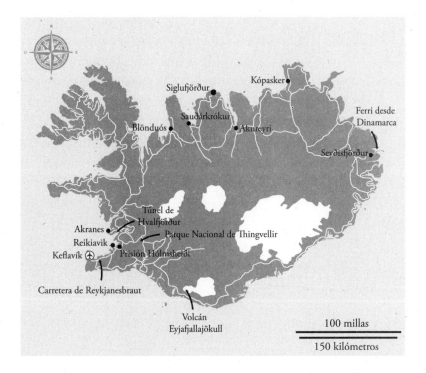

Siglufjörður
Kópasker
Ferri desde Dinamarca
Sauðárkrókur
Blönduós
Akureyri
Seyðisfjörður
Túnel de Hvalfjörður
Akranes
Parque Nacional de Thingvellir
Reikiavik
Keflavík
Prisión Hólmsheiði
Carretera de Reykjanesbraut
Volcán Eyjafjallajökull

100 millas

150 kilómetros

# GUÍA DE PRONUNCIACIÓN

El islandés tiene algunas letras que no existen en otros idiomas europeos y que no siempre son fáciles de replicar. Por lo general, la letra ð se remplaza por una *d* en castellano, pero hemos decidido usar la letra islandesa para ser fieles a los nombres originales. El sonido de esta letra es similar a la *z* en castellano, aunque más suave, como la que pronuncian algunos hispanohablantes cuando hay una *d* al final de una palabra, como por ejemplo en «Madrid». La letra islandesa þ tiene un sonido similar al de la *z* en castellano, como por ejemplo en «manzana» y «azahar». La letra *r* suele pronunciarse como la *r* en castellano al inicio de una palabra, como por ejemplo en «rosa» o «reloj».

En la pronunciación de los nombres y lugares islandeses, el énfasis va siempre en la primera sílaba.

Nombres como Elma, Begga y Sara, cuya pronunciación es muy parecida a la española, no se incluyen en la lista.

Aðalheiður – AAZ-al JEIZ-uur
Akranes – AA-kra-nes
Aldís – AAL-dis
Andrés – AND-ries
Arnar Arnarsson – ARD-naar ARD-naarson
Arnar Helgi Árnason – ARD-naar JEL-ki ORD-nason
Ása – AU-sa
Ásdís Sigurðardóttir (Dísa) – AUS-diis SIK-urzar-DOJ-tir (Dii-ssa)
Bergþóra – BERG-zora
Bjarni – BIARD-ni
Björg – BYORG
Dagný – DAAK-ni

Davíð – DAA-viz
Eiríkur – E-rik-ur
Elísabet Hölludóttir – ELL-isa-bet JART-lu-DOJ-tir
Ernir – ERD-nir
Fjalar – FIAAL-aar
Gígja – GUII-ya
Gréta – GRIET-a
Grétar – GRIET-ar
Guðlaug – GUZ-leg
Guðrún – GUZ-run
Halla Snæbjörnsdóttir – JAT-la SNAI-byurs-DOJ-tir
Hendrik – JEN- drik
Hrafn (Krummi) – JRAPN (KRUM-mi)
Hvalfjörður – JAL-fiurz-ur
Hörður – JERZ-zurr
Ingibjörn Grétarsson – ING-ibiordn GRIET-arson
Jón – YON
Jökull – YU-kutl
Kári – CAU-ri
Magnea Arngrímsdóttir – MAG-nea ARD-grims-DOJ-tir
Nói – NOU-i
Rúnar – RU-nar
Silja – SIL-ia
Skagi – SKA-gui
Sólveig – SOUL-vej
Sævar – SAI-var
Tómas – TOU-maas
Viðar – VIZ-ar
Þórný – ZOR-ni

*Lo oye mucho antes de verlo. Oye el crujido mientras él sube las escaleras paso a paso con cautela. Trata de no pisar con fuerza porque no quiere despertar a nadie, todavía no. Si fuese ella la que estuviera subiendo las escaleras en mitad de la noche, llegaría hasta arriba del todo sin que nadie la oyese. Pero no puede hacerlo. No conoce las escaleras como ella, no sabe dónde pisar.*

*Ella cierra los ojos con tanta fuerza que le duelen los músculos en torno a ellos. Y respira lenta y profundamente, con la esperanza de que él no oiga lo rápido que le late el corazón. Porque un corazón solo late a tanta velocidad cuando estás despierto; despierto y extremadamente asustado. Se acuerda de cuando escuchó el corazón de su padre. Debió de haber recorrido las escaleras mil veces antes de detenerse y llamarla. «Escucha», le había dicho. «Escucha lo rápido que me late el corazón. Un cuerpo necesita más oxígeno cuando se mueve, y el corazón se encarga de proporcionárselo». Pero ahora, aunque está acostada y completamente quieta, su corazón palpita mucho más rápido que el de su padre entonces.*

*Se está acercando.*

*Reconoce el crujido del último escalón, igual que reconoce el repiqueteo del techo cuando hay un vendaval, o el chirrido de la puerta de abajo cuando su madre vuelve a casa. Estrellas diminutas aparecen y flotan por sus párpados. No son como las estrellas del cielo: esas apenas se mueven, y solo ves cómo se mueven si las observas durante mucho tiempo, y eso con suerte. Pero ella no tiene suerte. Nunca la ha tenido.*

*Siente su presencia de pie sobre ella, jadeando como un anciano. La peste a cigarrillos le inunda la nariz. Si mirase hacia arriba, vería unos ojos de color gris oscuro que la observan fijamente. De manera instintiva, estira del edredón hacia arriba para cubrirse la cara. Pero no puede esconderse. Ese pequeño movimiento la habrá delatado: se habrá dado cuenta de que solo finge dormir. Pero eso no cambiará las cosas.*

*Nunca lo ha hecho.*

Elma no estaba asustada, aunque sentía algo parecido al miedo: manos sudorosas y taquicardia. Tampoco estaba nerviosa. Se ponía nerviosa cuando tenía que hablar delante de otras personas. En ese momento, la sangre le subía por todo el cuerpo; no solo por la cara, donde podía disimular el rubor con una capa gruesa de maquillaje, sino también por el cuello y el pecho, donde le salían unas erupciones blancas y rojas muy antiestéticas.

Había estado nerviosa aquella vez que había tenido una cita con Steinar en su tercer año de instituto, cuando era una chica de quince años con el pecho lleno de erupciones y demasiada máscara de pestañas, que había salido de casa con sigilo mientras rezaba por que sus padres no la escuchasen cerrar la puerta de la entrada. Había esperado en la esquina a que él la recogiese. Estaba sentado en la parte de atrás, pues no tenía la edad suficiente para conducir, aunque tenía un amigo que sí. No habían ido muy lejos, y apenas habían intercambiado unas palabras cuando él se inclinó y le metió la lengua hasta la garganta. Ella nunca había besado a nadie, pero, aunque sintió la lengua del chico grande e invasiva, no se alejó. El amigo se dedicó a dar vueltas tranquilamente mientras ellos se besaban, aunque de vez en cuando ella lo había pillado mirando por el retrovisor. También había dejado que Steinar la tocase a través de la ropa y fingido que lo disfrutaba. Habían circulado por la misma carretera en la que se encontraba ahora. En aquel entonces escuchaban «Lifehouse», que retumbaba desde los altavoces del maletero. El recuerdo hizo que se estremeciese.

Había unas grietas en el asfalto fuera de la casa de sus padres. Aparcó el coche y se quedó sentada mientras las observaba durante un minuto o dos. Imaginó que crecían y se hacían más profundas hasta que se tragaban su viejo Volvo. Las grietas habían estado ahí desde que era una niña. Habían sido menos notorias antes, pero no demasiado. Silja vivía en la casa azul de enfrente, y a menudo habían jugado en esa acera. Fingían que la grieta más grande era una enorme fisura volcánica, llena de lava al rojo vivo, y que las llamas avanzaban hacia ellas mientras lo devoraban todo.

Hoy, la casa azul, que ya no era azul sino blanca, era el hogar de una familia con dos chicos jóvenes, ambos rubios, con cortes de pelo al estilo paje, idénticos al del *Príncipe Valiente*. No sabía dónde vivía Silja ahora. Debían de haber pasado cuatro años desde que hablaron por última vez. Tal vez, incluso más.

Salió del coche y caminó hacia la casa de sus padres. Antes de abrir la puerta, echó un vistazo a las grietas del asfalto. Ahora, más de veinte años después, el pensamiento de que se la tragasen no le parecía tan malo.

## Algunas semanas después
## Sábado, 18 de noviembre de 2017

El viento despertó a Elma, que permaneció tumbada durante mucho tiempo mientras escuchaba el lamento del aire fuera de su ventana y observaba el techo blanco de su piso. Cuando por fin se levantó de la cama, ya era demasiado tarde para hacer cualquier cosa que no fuera vestirse de forma descuidada y coger un plátano ennegrecido de camino a la puerta. El gélido viento le golpeó en las mejillas en cuanto salió. Se subió la cremallera del abrigo hasta el cuello, se puso la capucha y comenzó a atravesar la oscuridad a paso ligero. El resplandor de las farolas iluminaba el pavimento y proyectaba un destello en el asfalto. La escarcha crujía bajo sus pies y resonaba en el silencio. A mediados de noviembre había pocas personas un sábado por la mañana.

Pocos minutos después de haber dejado el calor de su piso, estaba frente al sencillo edificio de color verde claro que albergaba la comisaría de Akranes. Elma intentó respirar de forma pausada mientras agarraba el gélido picaporte. Dentro, se vio enfrente del mostrador de recepción, donde una mujer mayor con el pelo rubio y una cara bronceada y áspera hablaba por teléfono. Levantó un dedo con una uña pintada de rojo para indicarle a Elma que esperase.

—De acuerdo, Jói, se lo diré. Sé que es inaceptable, pero difícilmente es un asunto policial. Son gatos callejeros, así que te recomiendo que contactes con control de plagas. Bueno, Jói... —La mujer se separó el teléfono del oído durante un momento y le sonrió a Elma a modo de disculpa—. Escucha Jói, no puedo hacer gran cosa al respecto ahora mismo. Sí, sé que esas alfombras marroquíes cuestan una fortuna. Escucha, Jói, hablaremos más tarde. Ahora tengo que colgar. Adiós.

Colgó el teléfono con un suspiro.

—El problema de los gatos callejeros en Neðri-Skagi ya ha dejado de tener gracia. El pobre hombre solo dejó abierta la ventana cuando salió a comprar y una de esas pequeñas bestias se metió y orinó y cagó en la alfombra antigua de su salón. Pobre anciano —dijo la mujer con una sacudida de la cabeza—. Bueno, no hablemos de eso, ¿qué puedo hacer por ti, querida?

—Eh, hola. —Elma se aclaró la garganta y recordó que no se había cepillado los dientes: todavía saboreaba el plátano que se había comido de camino—. Me llamo Elma. Tengo una cita con Hörður.

—Ah, sí, sé quién eres —admitió la mujer, que enseguida se levantó y le tendió la mano—. Me llamo Guðlaug, pero, por favor, llámame Gulla. Entra. Te sugiero que no te quites el abrigo. Hace mucho frío en la recepción. He insistido durante semanas para que reparen el radiador, pero al parecer no es una prioridad para un cuerpo de policía con falta de liquidez.

Parecía harta del tema, aunque luego siguió hablando en un tono más entusiasta.

—Por cierto, ¿cómo están tus padres? Deben de estar muy contentos por tu vuelta a casa, claro que siempre ocurre lo mismo en Akranes: no puedes marcharte, y la mayoría de las personas vuelven cuando se dan cuenta de que el césped no siempre es más verde al sur en Reikiavik.

La mujer declaró todo eso de forma apresurada, sin apenas detenerse a respirar. Elma esperó pacientemente a que terminara de hablar.

—Están bien —afirmó tan pronto como tuvo oportunidad de hablar, mientras se estrujaba el cerebro para intentar recordar si Gulla era alguien a quien se suponía que tenía que conocer.

Desde que había vuelto a Akranes hacía cinco semanas, personas que no reconocía la habían parado por la calle para charlar. Normalmente, bastaba con asentir y sonreír.

—Lo siento —añadió Gulla—. No me callo ni debajo del agua. Te acostumbrarás. No te acordarás de mí, pero vivía en la misma calle que tú cuando eras una criatura y tan solo tenías seis años. Aún me acuerdo de lo adorable que estabas cargada con una mochila enorme en tu primer día de colegio. —Se rio al recordarlo.

—Ah, sí, me resulta familiar; la mochila, quiero decir —contestó Elma.

Se acordaba vagamente de que le habían cargado en los hombros un gran peso amarillo. En aquel entonces la mochila no debía de pesar menos de un cuarto de su peso corporal.

—Y ahora has vuelto —continuó Gulla sonriente.

—Eso parece —repuso Elma, algo incómoda.

No se había preparado para una bienvenida tan cálida.

—Bueno, supongo que será mejor que te lleve directamente con Hörður; me ha dicho que te esperaba. —Gulla le hizo señas para que la siguiera.

Atravesaron un pasillo con un suelo de linóleo y se detuvieron delante de una puerta en la que había un grabado en una discreta placa de metal en la que se leía: «Hörður Höskuldsson».

—Conociendo a Hörður como lo conozco, estará escuchando la radio con sus auriculares y no nos oirá. Este hombre no es capaz de trabajar sin esas cosas en los oídos. Nunca he entendido cómo puede concentrarse. —Gulla suspiró profundamente, dio unos rápidos golpes en la puerta y la abrió sin esperar una respuesta.

Dentro había un hombre sentado a un escritorio que examinaba con atención la pantalla del ordenador. Tenía los auriculares puestos, justo como Gulla había predicho. Al notar movimiento, miró hacia arriba y se los quitó.

—Hola, Elma. Bienvenida —la saludó con una sonrisa amable. Se levantó y extendió una mano por encima del escritorio, luego le hizo un gesto para que se sentara.

Parecía tener más de cincuenta, y el pelo canoso le caía en mechones desordenados por ambos lados de su alargado rostro. En cambio, tenía unos dedos elegantes, con las uñas cuidadas a la perfección. Elma se lo imaginó sentado frente al televisor por las tardes, con una lima de uñas entre las manos, y de manera instintiva escondió las suyas en su regazo para que él no viera sus cutículas mordidas.

—Así que has decidido volver a Akranes y concedernos tu pericia —dijo, y se recostó con las manos entrelazadas sobre el pecho mientras la estudiaba. Tenía una voz grave y unos ojos de un azul inusualmente pálido.

—Bueno, supongo que se podría decir así —comentó Elma, que enderezó los hombros. Se sentía como una niña a la que habían llamado al despacho del director por haber hecho una travesura. Notaba que las mejillas le ardían cada vez más, y esperaba que él no se diera cuenta del rubor que la delataba. Aunque cabía la posibilidad de que lo hiciera, ya que no había tenido tiempo de ponerse la base de maquillaje antes de venir.

—Soy consciente de que has trabajado en la División de Investigación Criminal de Reikiavik. Afortunadamente, uno de nuestros chicos ha decidido probar suerte en la capital, así que usarás su escritorio. —Hörður se inclinó hacia delante y apoyó una mejilla en una mano—. Debo admitir que me sorprendió bastante la llamada de tu padre. Si no te importa la pregunta, ¿qué te hizo regresar después de tantos años en la capital?

—Supongo que echaba de menos Akranes —respondió Elma, que intentó sonar convincente—. Llevaba mucho tiempo pensando en volver a casa —añadió—. Toda mi familia está aquí. Luego un piso que me gustaba salió al mercado y aproveché la oportunidad. —Sonrió con la esperanza de que esa respuesta fuera suficiente.

—Entiendo —dijo Hörður, que asintió despacio—. Como es evidente, no podemos ofrecerte las mismas instalaciones o el ritmo acelerado al que estabas acostumbrada en la ciudad —continuó—, pero te aseguro que, aunque Akranes parece tranquilo, estamos bastante ocupados. Suceden muchas más cosas de las que parece, así que no tendrás tiempo de estar sentada y juguetear con tus pulgares. ¿Te parece bien?

Elma asintió, sin saber si lo decía realmente en serio. Desde su punto de vista, Akranes era tan tranquilo como aparentaba.

—Como probablemente sepas —prosiguió Hörður—, soy el director de la División de Investigación Criminal del pueblo, así que trabajarás bajo mis órdenes. Utilizamos un sistema de turnos, con cuatro agentes de servicio en cualquier momento y un agente de guardia a cargo de cada turno. En la DIC de Akranes somos responsables de toda la región occidental. Trabajamos con el habitual turno de día rotatorio al que estarás acostumbrada de Reikiavik. ¿Te enseño la comisaría? —Se levantó, se dirigió hacia la puerta y, mientras la abría, le indicó a Elma que lo siguiera.

Aunque era notablemente más pequeña, la comisaría de Akranes se parecía mucho a su antiguo lugar de trabajo en la ciudad. Tenía el mismo aire institucional que otras oficinas del sector público: linóleo *beige* en el suelo, estores blancos en las ventanas, cortinas de tonos claros, muebles de madera de abedul.

Hörður señaló las cuatro celdas al otro lado de la comisaría.

—Una está ocupada ahora mismo. Parece que ayer fue un día bastante animado para algunos, pero, con suerte, el chico se despertará pronto y lo enviaremos a casa. —Sonrió distraídamente mientras se acariciaba la barba gruesa y bien recortada del mentón. Luego abrió la puerta para mostrar una celda vacía que se parecía bastante a las de Reikiavik: una habitación pequeña y rectangular con una cama estrecha.

—La disposición estándar, nada muy emocionante.

Elma volvió a asentir. Había perdido la cuenta de las veces que había visto ese mismo tipo de celda en Reikiavik: paredes grises y camas duras en las que pocas personas querrían dormir más de una noche. Siguió a Hörður por el pasillo, que ahora llevaba a los despachos. Se detuvo delante de una puerta, la abrió y la condujo dentro. Elma echó un vistazo a su alrededor. Aunque el escritorio era pequeño, tenía espacio suficiente para un ordenador y cualquier cosa que pudiese necesitar, y también tenía unos cajones con llave. Alguien había colocado una maceta encima. Por suerte, parecía algún tipo de cactus que no requeriría muchos cuidados. Aunque pensándolo bien, ya se las había ingeniado antes para matar incluso a algún cactus.

—Aquí es donde esperarás a que ocurra la acción —dijo Hörður, con un toque de humor—. Gulla lo limpió hace unos días. Pétur, tu antecesor, dejó una montaña de archivos y de otros trastos, pero creo que debería estar listo para que empieces a trabajar el lunes.

—Me parece bien —declaró Elma con una sonrisa.

Se dirigió a la ventana y observó el exterior. Sintió un escalofrío cuando se acercó al cristal y se le erizó la piel de los brazos. La vista era deprimente: una hilera de bloques de apartamentos modernos y lúgubres. Cuando era niña, jugaba en los sótanos de esos edificios. Los pasillos eran amplios, estaban vacíos y el ambiente olía a aire rancio y a la goma de los neumáticos de coche que se guardaban en el trastero de las bicicletas. Un patio de juegos perfecto para un niño.

—Bueno, eso es prácticamente todo —comentó Hörður, y se frotó las manos—. ¿Vamos a ver si el café está listo? Tienes que tomarte una taza antes de irte.

Fueron hacia la cocina, donde uno de los agentes uniformados estaba sentado. El hombre, que se presentó como Kári, explicó que los otros miembros de su turno se estaban ocupando de una llamada: una fiesta en uno de los bloques residenciales se había alargado hasta el amanecer, para disgusto de los vecinos.

—Bienvenida a la paz y la tranquilidad del campo —dijo Kári. Cuando sonrió, se le entrecerraron los ojos oscuros de manera que solo se le veían las brillantes pupilas negras—. No es que puedas seguir llamándolo campo, después de todo el desarrollo que hemos visto por aquí. Las casas vuelan en el mercado. Al parecer, últimamente todo el mundo quiere vivir en Akranes. —Soltó una sonora carcajada.

—Supondrá un cambio de todos modos —contestó Elma, y no pudo evitar devolverle la sonrisa. El hombre parecía un dibujo animado cuando se reía.

—Será genial tenerte en el equipo —intervino Hörður—. Sinceramente, nos preocupaba un poco perder a Pétur, puesto que era un veterano. Pero deseaba un cambio de aires después de más de veinte años de servicio aquí. Ahora tiene una esposa en Reikiavik y sus dos hijos han abandonado el nido. —Hörður sirvió café en dos tazas y le dio una a ella—. ¿Le pones leche o azúcar? —preguntó, y le tendió una cajita morada.

# Akranes, 1989

*Hacía días que su papá no volvía a casa. Había renunciado a preguntar dónde estaba. Su mamá se ponía muy triste cuando lo hacía. De todas formas, sabía que no regresaría. Durante días, había observado a personas que iban y venían, las había escuchado hablar entre ellas, pero ninguna le había contado nada. La observaban y le acariciaban la cabeza, aunque evitaban mirarla a los ojos. Aun así, suponía lo que había sucedido gracias a lo poco que había escuchado por casualidad. Había oído a la gente hablar sobre el naufragio y la tormenta; esa que se había llevado a su papá.*

*La noche en la que su papá desapareció, se había despertado por el ruido del viento. Sonaba como si estuviese desgarrando los paneles de hierro ondulados del tejado para intentar arrancarlos. Su papá se le había aparecido en sueños, en carne y hueso, con una gran sonrisa en el rostro y gotas de sudor en la frente. Igual que en verano, cuando la había invitado a pasear en la lancha con él. Había estado pensando en él antes de irse a dormir. Una vez, su papá le dijo que si imaginas cosas agradables antes de ir a la cama, tendrás sueños bonitos. Por eso había pensado en él; era lo más agradable en lo que podía pensar.*

*Los días pasaron y la gente dejó de venir. Al final, solo quedaron ellas dos; solo ella y su mamá. Su mamá siguió sin decirle nada, no importaban las veces que le preguntara. Respondía de forma esporádica, la apartaba y le decía que saliera y jugara. A veces, su mamá se sentaba durante mucho tiempo a contemplar el mar a través de la ventana, mientras fumaba una cantidad espantosa de cigarrillos. Muchos más de los que fumaba antes. Quería decirle algo bonito a su mamá, tal vez que papá solo se había perdido y que encontraría la manera de volver a casa. Pero no se atrevía. Le daba miedo que su mamá se enfadara. Así que se* quedaba quieta y hacía lo que le decían, como una niña buena. Salía a jugar, hablaba tan poco como era posible e intentaba ser invisible en casa para no irritar a su mamá.

Y mientras tanto, la tripita de mamá seguía creciendo más y más.

Aunque las farolas seguían encendidas cuando Elma salió de la comisaría, el cielo empezaba a aclararse. Había más coches en las calles y el viento había amainado. Desde su vuelta a su viejo pueblo natal en la península de Skagi, le había sorprendido lo raso y despejado que parecía todo en comparación con Reikiavik. Mientras caminaba por sus tranquilas calles, sintió como si no hubiera ningún sitio en el que esconderse de los ojos curiosos. Al contrario que en la capital, donde los árboles y los jardines habían crecido durante años para suavizar el paisaje urbano y cobijar a los habitantes de los fuertes vientos de Islandia, Akranes tenía poca vegetación, y la sensación de desolación empeoraba con el hecho de que muchas casas y calles estaban en un estado lamentable. Sin duda, el cierre reciente de una de las fábricas de pescado de la zona había contribuido al ambiente decadente. Pero el paisaje a su alrededor todavía la dejaba sin aliento: por un lado, la rodeaba el mar; por el otro, se alzaba el monte Akranes, con su característica hendidura en el medio. Al norte, hileras de montañas se alejaban hasta la costa; al sur, el brillo de las luces de Reikiavik era visible a lo largo de la bahía de Faxaflói.

Akranes había cambiado desde su infancia. Se había expandido y la población había crecido, pero, a pesar de eso, parecía seguir exactamente igual. Continuaba siendo un pequeño pueblo de aproximadamente siete mil habitantes en el que te topabas con los mismos rostros cada día. Hubo una vez en la que ese pensamiento le había parecido sofocante, como si estuviera atrapada en una diminuta burbuja cuando había mucho más ahí fuera por descubrir. Pero ahora la perspectiva tenía el efecto contrario: no tenía nada en contra de la idea de retirarse a una burbuja y olvidarse del mundo exterior.

Caminó despacio mientras pensaba en todo el trabajo que la esperaba en casa. Todavía se estaba instalando, solo había recogido las llaves del apartamento el fin de semana anterior. Estaba en un pequeño bloque de dos plantas con otros siete apartamentos. Cuando Elma era una niña, no había ningún edificio ahí, solo un extenso campo en el que a veces había caballos, que ella alimentaba a veces con pan duro. Desde entonces, había aparecido un vecindario completamente nuevo, con casas y bloques de apartamentos e incluso una guardería. Su piso estaba en la planta baja y tenía una gran terraza en la parte delantera. Había dos escaleras en el edificio y cuatro apartamentos compartían la pequeña zona comunitaria de cada una. Elma no había conocido a sus vecinos formalmente, pero sabía que había un joven que vivía frente a ella, aunque todavía no lo había visto. En el piso de arriba vivía un señor mayor llamado Bárður, el presidente de la comunidad de vecinos, y una pareja de mediana edad sin hijos, que la saludaban amistosamente cuando se cruzaban con ella.

Se había pasado la semana decorando el piso y ahora la mayoría de los muebles estaban en su lugar. Había un poco de todo. Había escogido todo tipo de cosas de una tienda de beneficencia, incluidos un viejo baúl con un patrón floral tallado, una lámpara de pie bañada en oro, y cuatro sillas de cocina que había colocado alrededor de la antigua mesa de comedor de sus padres. Pensaba que el piso estaba quedando bastante acogedor, pero cuando su madre la visitó, su expresión indicó que no opinaba lo mismo. «Oh, Elma, es un poco… colorido», había dicho en un tono acusatorio. «¿Qué les ha pasado a los muebles de tu antiguo apartamento? Eran preciosos y elegantes».

Elma se había encogido de hombros y había fingido no ver la cara de su madre cuando le había dejado caer que los había vendido cuando se había mudado. «Bueno, espero que al menos hayas conseguido un precio decente por ellos», había contestado su madre. Elma apenas había sonreído, ya que eso no podía estar más alejado de la realidad. Además, le gustaba estar rodeada de esos muebles viejos y disparejos; algunos le recordaban a su infancia, otros parecían venir con una historia.

Antes de mudarse aquí, había vivido con Davíð, su novio de muchos años, en la codiciada costa oeste de Reikiavik. Su apartamento, que era pequeño y acogedor, estaba en el área de Melar, en el segundo piso de un edificio de tres plantas. Echaba de menos el alto serbal que veía por la ventana. Era como una pintura que cambiaba de color cada estación: verde brillante en verano, rojo anaranjado en otoño y marrón o blanco en invierno. Echaba de menos el piso también, pero, sobre todo, echaba de menos a Davíð.

Se detuvo frente a la puerta de su apartamento, sacó el móvil y escribió un mensaje de texto. Lo borró, pero volvió a escribir el mismo mensaje. Se quedó de pie un momento, sin moverse, después, seleccionó el número de Davíð. Sabía que no le haría ningún bien, pero envió el mensaje de todas formas. Luego entró.

Era sábado por la noche y el restaurante más popular de Akranes estaba abarrotado, pero no había mucho donde escoger. A pesar del exterior desalentador, era contemporáneo y elegante en el interior, con muebles negros, paredes grises y una iluminación favorecedora. Magnea se sentó un poco más erguida mientras observaba a los comensales. Sabía que tenía un aspecto increíble esa noche, con un mono negro ajustado, y era consciente de que todos los ojos se desviaban de forma involuntaria hacia su escote. Bjarni estaba sentado frente a ella y, cuando sus miradas se encontraron, en sus ojos vio la promesa de lo que sucedería al llegar a casa. Habría dado cualquier cosa por estar cenando a solas con él en lugar de estar sentada entre los padres de Bjarni.

Celebraban que Bjarni por fin se haría cargo de la empresa familiar. Había trabajado ahí desde que había terminado los estudios, pero, a pesar de ser el hijo del jefe, lo habían obligado a trabajar duro hasta conseguir el título de director general. Esto conllevaba el doble de salario y el doble de responsabilidades, pero esta noche, al menos, estaba decidido a relajarse.

El camarero trajo una botella de vino tinto y vertió un poco en la copa de Bjarni. Después de probarlo y manifestar su aprobación, el camarero llenó las copas, dejó la botella en la mesa y se marchó.

—¡*Skál!* —Hendrik, el padre de Bjarni, levantó la copa—. Por Bjarni y su energía imparable. Ahora puede añadir el título de director general a su lista de logros. Como padres, estamos muy orgullosos de él, siempre lo hemos estado.

Chocaron las copas y degustaron el caro vino. Magnea tuvo cuidado de tomar solo un pequeño sorbito y solo permitió que unas pocas gotas pasaran entre sus labios pintados de rojo.

—No habría llegado donde estoy hoy sin esta preciosa chica a mi lado —dijo Bjarni, que arrastró un poco las palabras. Había bebido *whisky* mientras esperaban a sus padres y, como siempre ocurría cuando bebía, el alcohol se le había subido a la cabeza—. He perdido la cuenta de las veces que he regresado tarde a casa del despacho y mi querida esposa no se ha quejado nunca, ni una sola vez, aunque ella tiene más que suficiente con su trabajo. —Miró a Magnea con devoción y ella le lanzó un beso por encima de la mesa.

Hendrik miró con indulgencia a Ása pero, en lugar de devolverle la sonrisa, ella evitó su mirada y apretó los labios con desaprobación. Magnea suspiró en voz baja. Había renunciado a intentar ganarse a su suegra. Últimamente ya no le importaba. Cuando ella y Bjarni se mudaron juntos, hizo un gran esfuerzo para impresionar a Ása. Se aseguraba de que la casa estuviera inmaculada cada vez que los padres de él los visitaban, horneaba especialmente para ellos y, en general, hacía lo imposible para ganarse la aprobación de su suegra. Pero era una causa perdida. Sus esfuerzos se veían invariablemente recompensados con la misma mirada crítica; una que decía que la tarta estaba muy seca, que el baño no estaba lo bastante reluciente y que podía haber repasado los suelos. El mensaje era claro: no importaba lo mucho que se esforzase, Magnea nunca sería lo bastante buena para Bjarni.

—¿Cómo va la enseñanza, Magnea? —preguntó Hendrik—. ¿Esos mocosos se comportan?

A diferencia de su esposa, él siempre había tenido debilidad por su nuera. Tal vez, ese era uno de los motivos por los que Ása era hostil. Hendrik nunca perdía la oportunidad de tocar a Magnea, de rodearle los hombros o la cintura con un brazo, o de besarla en la mejilla. Era un grandullón, en comparación con su delicada esposa, y en Akranes tenía reputación de ser un poco buitre en lo referente a los negocios. Tenía una sonrisa encantadora, que Bjarni había heredado, y una voz poderosa y un poco ronca. Sus rasgos se habían vuelto toscos y enrojecido a causa del consumo frecuente de alcohol. Sin embargo, a Magnea le caía mejor que Ása, así que soportaba sus manos traviesas y el coqueteo, ya que le parecía bastante inofensivo.

—Por lo general, se portan bien conmigo —respondió Magnea con una sonrisa. En ese momento el camarero volvió para tomarles el pedido.

La noche transcurrió sin problemas: Bjarni y Hendrik charlaron sobre el trabajo y el fútbol; Ása permaneció sentada en silencio, al parecer, absorta en sus pensamientos, y Magnea les sonrió a los dos hombres de vez en cuando e intervino con palabras sueltas. Aparte de eso, se mantuvo callada al igual que su suegra. Fue un alivio cuando terminaron de cenar y pudieron marcharse. En cuento salieron, el frío aire de la noche se coló en su fino abrigo, y tomó a Bjarni del brazo para apretarse contra él.

El resto de la noche era solo para ellos.

Cuando Bjarni se durmió a su lado en la cama, recordó aquel rostro. Volvió a ver el par de ojos oscuros que se habían cruzado con los de ella cuando había echado un vistazo al restaurante. Permaneció despierta gran parte de la noche mientras intentaba ahuyentar los recuerdos que aparecían en su mente con una claridad absoluta cada vez que cerraba los ojos.

# Lunes, 20 de noviembre de 2017

Era su primer día y Elma estaba sentada al escritorio de su nuevo despacho, donde intentaba mantener los ojos abiertos. Consciente de su postura encorvada, se enderezó y se obligó a concentrarse en la pantalla del ordenador. La noche anterior se había dedicado a deambular inquieta por su piso antes de decidir pintar el salón en un impulso. No había tocado los botes de pintura desde que se había mudado. Así que entre una cosa y otra, no había podido caer rendida hasta el amanecer, demasiado exhausta para quitarse las manchas de pintura de los brazos.

Al recordar el mensaje que le había mandado a Davíð, se lo imaginó abriéndolo, con una sonrisa muy ligera en los labios, antes de enviar una respuesta. Pero ese era un pensamiento iluso: sabía que no respondería. Cerró los ojos un momento, sintió cómo su respiración se aceleraba y se volvía superficial y experimentó otra vez una sensación sofocante como si las paredes se estuvieran cerrando a su alrededor. Se concentró en inhalar profunda y lentamente.

—Ejem.

Abrió los ojos. Había un hombre de pie frente a ella que le tendía la mano.

—Sævar —se presentó.

Elma recobró la compostura enseguida y le estrechó la enorme y peluda mano, que resultó ser sorprendentemente suave.

—Veo que te han encontrado un lugar. —Sævar sonrió.

Llevaba unos tejanos de color azul oscuro y una camisa de manga corta que revelaba el espeso pelaje de los brazos. La impresión general fue la de un cavernícola, con cabello oscuro, barba tupida, cejas pobladas y rasgos toscos. Sin embargo, el agradable aroma de la loción para después del afeitado que desprendía contradecía esta idea.

—Sí, no está mal. En realidad, está bastante bien —respondió ella, y se apartó el pelo de la cara.

—¿Disfrutas de la vida aquí en el quinto pino? —le preguntó Sævar, todavía con una sonrisa.

Él debía de ser el otro detective que Hörður le había mencionado. Elma sabía que trabajaba en la policía de Akranes desde los veinte años, pero no recordaba haber visto su cara antes, aunque no podía tener más de un par de años que ella. El pueblo solo tenía dos colegios y una escuela de estudios superiores, y el reducido tamaño del lugar significaba que, por lo general, te toparías con todos tus coetáneos tarde o temprano, o eso era lo que Elma pensaba.

—Bastante —respondió en un intento por sonar optimista, pero con miedo de parecer un poco idiota. Esperaba que las ojeras bajo los ojos no fuesen muy evidentes, pero sabía que las despiadadas luces fluorescentes solo exagerarían cualquier signo de fatiga.

—He oído que estabas en la División de Investigación Criminal de Reikiavik —continuó Sævar—. ¿Qué te hizo cambiar de aires y volver aquí?

—Bueno, crecí aquí —dijo Elma—. Así que… supongo que echaba de menos a mi familia.

—Sí, eso es lo más importante en mi vida —añadió Sævar—. Cuando te haces mayor te das cuenta de que la familia es lo que más importa.

—¿Mayor? —Elma lo miró sorprendida—. No puedes ser tan mayor.

—No, tal vez no. —Sævar sonrió—. Treinta y cinco. Los mejores años están por venir.

—Desde luego espero que así sea —declaró ella.

Como regla general, intentaba no obsesionarse con su edad. Sabía que aún era joven, pero, a pesar de ello, le invadía el inquietante pensamiento de lo rápido que pasan los años. Si alguien le preguntaba su edad, casi siempre tenía que detenerse a pensar, así que daba su año de nacimiento, su año de cosecha. Como si fuera un vino.

—Pues ya somos dos —dijo Sævar—. En fin, la razón por la que estoy aquí es que recibimos una llamada el fin de semana después de que algunas personas escuchasen el chillido de una mujer y muchos gritos y golpes en el piso de arriba. Cuando llegamos, todo estaba hecho un desastre. El hombre había golpeado tanto a su novia que le sangraban los nudillos. La mujer insistió en que no quería llevar el asunto más allá, pero espero que se presenten cargos de todas maneras. Aun así, nos ayudaría que la víctima estuviese preparada para testificar, aunque tengamos un informe médico y otras pruebas para respaldar el caso. Ya ha salido del hospital y está en casa, y yo estaba pensando en tener una charla con ella, pero creo que sería mejor que hubiera una agente femenina presente. Y no me vendría mal si también hubiese estudiado psicología —añadió, con un brillo en los ojos.

—Solo fueron dos años —masculló Elma, y se preguntó cómo sabía lo del grado en Psicología que había estudiado antes de dejar la universidad para matricularse en la Academia de Policía. No recordaba haber sacado el tema en la conversación, así que probablemente lo había leído en su currículum—. Vale, iré contigo, pero no te prometo que mis conocimientos de psicología resulten de utilidad.

—Oh, venga. Tengo plena confianza en ti.

Cuando llamaron a la puerta, los recibió un fuerte olor a comida. Después de esperar un poco, escucharon signos de vida dentro. En el trayecto hacia allí, Sævar le había dicho a Elma que la mujer a la que iban a ver se estaba quedando con su anciana abuela.

Unos instantes más tarde, la puerta se abrió con un crujido débil y una señora pequeña y con una cara llena de profundas arrugas apareció en el resquicio. Su piel estaba cubierta de manchas cutáneas marrones, pero su media melena de color gris pálido, recogida en un broche, era inusualmente gruesa y preciosa para alguien de su edad. Alzó las cejas de manera inquisitiva.

—Estamos buscando a Ásdís Sigurðardóttir. ¿Está aquí? —preguntó Sævar.

La señora mayor se dio la vuelta sin decir palabra y les hizo señas para que la siguieran. Elma supuso que la casa no había cambiado mucho desde que se había construido, probablemente en los setenta. Había una alfombra en el suelo, algo inusual en Islandia, donde se consideraban anticuadas y antihigiénicas; y las paredes estaban revestidas con paneles de madera oscura. El olor a estofado de carne era incluso más intenso en el interior.

—Esa idiota —soltó la mujer, que sorprendió a Elma—. Esa patética desgraciada puede pudrirse en el infierno. Pero Dísa no me escuchó. No quería hablar al respecto. Así que le dije que podía hacer las maletas. Si no me escuchaba, podía largarse de mi casa. —La señora mayor se dio la vuelta sin previo aviso y sujetó a Elma del brazo—. Pero no puedo hablar; siempre he sido fácil de convencer, así que probablemente lo heredó de mí. No puedo echarla, no después de lo que ha pasado. Aunque tal vez a usted la escuche. Está ahí dentro, en su antigua habitación. —Señaló el final del pasillo con una mano huesuda y llena de manchas marrones, luego se marchó murmurando algo entre dientes y los dejó ahí.

Elma y Sævar permanecieron de pie durante un segundo mientras trataban de averiguar a qué puerta se refería. Había cuatro habitaciones que daban al pasillo y Elma se preguntó cómo la señora podía permitirse una casa tan grande si, por lo que ella sabía, normalmente vivía sola. Tras unos instantes, Sævar llamó tímidamente a una de las puertas. Cuando no recibió respuesta, la abrió con cautela.

La chica que estaba sentada en la cama era bastante más joven de lo que Elma había esperado. Estaba encorvada sobre el ordenador que tenía en el regazo, pero levantó la cabeza cuando entraron. No tendría más de veinticinco años. La sudadera azul oscuro y el pijama blanco con un estampado rosa reforzaban su imagen juvenil. Llevaba las cejas pintadas de negro, lo que les otorgaba un tono mucho más oscuro que el del pelo marrón, que llevaba recogido en una cola de caballo. No obstante, era difícil percibir alguna cosa aparte de su rostro magullado. Le habían partido el labio y la hinchazón alrededor de los ojos era azul, verde y marrón.

—¿Puedo? —preguntó Elma, e hizo un gesto hacia la silla al final de la cama.

Sævar y ella habían acordado previamente que ella se encargaría de casi toda la conversación. A la chica le resultaría más fácil hablar con una mujer después de lo que un hombre le había hecho. Cuando la chica asintió, Elma se sentó.

—¿Sabes quién soy? —preguntó la detective.

—No, ¿cómo podría saberlo?

—Soy policía. Estamos ayudando al fiscal en el caso contra tu novio.

—No voy a presentar cargos. Ya lo dije en el hospital. —Su voz era firme y contundente. Cuando habló, se sentó un poco más erguida.

—Me temo que no está en tus manos —contestó Elma, que trató de sonar amigable, y después le explicó—: Cuando la policía se involucra tiene el poder de investigar el incidente y llevarlo a los tribunales si lo estima necesario.

—Pero no lo entiende. No quiero llevarlo a los tribunales —aseguró la chica enfadada—. Tommi solo es… está pasando por un mal momento. No era su intención.

—Lo entiendo, pero sigue sin ser una excusa para lo que te ha hecho. Muchos tenemos problemas, pero no todos reaccionamos así. —Elma se inclinó hacia delante en la silla mientras mantenía la mirada en la de Ásdís—. ¿Lo ha hecho antes?

—No —respondió enseguida, antes de matizar en voz baja—: Nunca me había golpeado.

—El doctor encontró antiguos cardenales. Cardenales de hace un mes.

—No sé qué pudo haberlos causado, pero siempre me estoy cayendo —replicó Ásdís.

Elma la estudió de forma inquisitiva, reacia a presionarla demasiado. Parecía muy pequeña y vulnerable allí sentada en la cama, con ropa que parecía ser demasiado grande para ella.

—Tiene casi cuarenta años más que tú, ¿verdad?

—No, tiene sesenta. Yo casi tengo veintinueve —la corrigió la chica.

—Nos ayudaría mucho que nos acompañases a la comisaría para tomarte una declaración oficial —dijo Elma—. Luego podrás contar tu versión de los hechos.

Ásdís negó con la cabeza y acarició las iniciales bordadas en la funda nórdica. A Elma le pareció que ponía «*Á.H.S*».

—Hay todo tipo de ayudas disponibles para las mujeres en tu situación —prosiguió—. Tenemos un terapeuta con el que puedes hablar y hay un refugio en Reikiavik que ha ayudado a muchas. —Elma se interrumpió cuando vio la expresión de Ásdís.

—¿Qué significa la H? —preguntó en su lugar, después de una breve pausa.

—Harpa. Ásdís Harpa. Pero siempre he odiado mi nombre. Mi madre se llamaba Harpa.

Elma no profundizó en el tema. Tenía que haber alguna razón por la que Ásdís no soportara que la llamaran por el nombre de su madre, a pesar de que la mujer estaba muerta. Y también, por la que, con casi treinta años, todavía viviera a veces con su abuela y a veces con un hombre mucho mayor que ella que la trataba como un saco de boxeo. Pero por desgracia, Elma había visto casos mucho peores y comprendió al instante que no había gran cosa que hacer hasta que Ásdís estuviera preparada para tomar medidas. Elma esperaba que no decidiera hacerlo demasiado tarde. La atención de Ásdís había vuelto al ordenador como si no hubiera nadie más en la habitación. Elma enarcó las cejas, miró a Sævar con un gesto abatido y se levantó. No había nada más que decir. Sin embargo, cuando se marchaban se detuvo en la puerta y se volvió.

—¿Vas a volver con él?

—Sí —contestó Ásdís, sin apartar la mirada de la pantalla.

—Entonces, buena suerte. No dudes en llamarnos si nos necesitas —añadió Elma, que alargó la mano para cerrar la puerta.

—Usted no lo entiende —masculló Ásdís con rabia. Elma se detuvo y se dio la vuelta otra vez. Ásdís dudó, pero luego añadió en voz baja—: No puedo presentar cargos; estoy embarazada.

—Razón de más para alejarte de él, entonces —sentenció Elma, que la miró a los ojos. Habló despacio e intencionadamente, e hizo hincapié en cada sílaba, con la esperanza de que sus palabras calaran, pero en realidad no creía que fueran a hacerlo.

Cuando Elma entró en la cocina, ya eran más de las cuatro y estaba oscureciendo. El café de los termos estaba tibio y sabía como si llevara ahí desde la mañana. Vertió el contenido de la taza en el fregadero y abrió los armarios en busca de té.

—El té está en el cajón —dijo una voz detrás de ella que la sobresaltó. Era la joven agente que le habían presentado más temprano ese día. Le costó recordar su nombre: Begga, ese era. Parecía un poco más joven que Elma; en cualquier caso, estaba muy por debajo de treinta. Era alta y corpulenta, el cabello castaño le llegaba a los hombros y la nariz no habría parecido fuera de lugar en la cara de un emperador romano. Elma se dio cuenta de que tenía hoyuelos incluso cuando no sonreía.

—Lo siento, no pretendía asustarte —continuó Begga. Abrió un cajón y le enseñó la caja de las bolsas de té.

—Gracias —respondió Elma—. ¿Tú también quieres?

—Sí, por favor. Puede que me una a ti. —Begga se sentó a la pequeña mesa. Elma esperó a que la tetera hirviera, luego llenó dos tazas con agua caliente. Sacó un cartón de leche de la nevera y lo puso encima de la mesa junto a algunos terrones de azúcar.

—Te conozco de algún sitio. —Begga estudió a Elma minuciosamente mientras removía su té—. ¿Fuiste al instituto Grundi?

Elma asintió. Había asistido a ese instituto, que estaba en la parte sur del pueblo.

—Creo que me acuerdo de ti. Debes de haber estado en un par de curos superiores al mío. ¿Naciste en 1985?

—Entonces, sí —afirmó Elma, y bebió de su taza humeante. Begga era mucho mayor de lo que había imaginado: casi tanto como ella.

—Yo sí te recuerdo —declaró Begga, con una sonrisa que le marcaba cada vez más los hoyuelos—. Me puse muy contenta al escuchar que otra mujer se iba a unir a nosotros. Como habrás notado, aquí somos minoría. Esto es un poco un mundo de hombres.

—Y que lo digas. Pero hasta ahora me gusta trabajar con estos chicos —dijo Elma—. Parece que es fácil llevarse bien con ellos.

—Con la mayoría sí. En cualquier caso, soy feliz aquí —expresó Begga. Era una de esas personas que parecen estar sonriendo de manera constante, incluso cuando no lo están. Tenía ese tipo de cara.

—¿Siempre has vivido aquí? —preguntó Elma.

—Sí, siempre —respondió Begga—. Me encanta estar aquí. La gente es genial, no hay tráfico y todo está a tu alcance. No tengo ninguna razón para irme a otro lugar. Y estoy completamente segura de que mis amigos que se han mudado volverán en algún momento. La mayoría de la gente que se marcha vuelve tarde o temprano —añadió con seguridad—. Como tú, por ejemplo.

—Como yo, por ejemplo —repitió Elma, que desvió la mirada hacia su taza.

—¿Por qué decidiste volver? —inquirió Begga.

Elma se preguntó con qué frecuencia tendría que responder a esta pregunta. Estaba a punto de contar la historia de siempre cuando se detuvo. Begga tenía un tipo de actitud agradable que propiciaba un ambiente para secretos.

—Echaba de menos a mi familia, y es bueno alejarse del tráfico, claro está, pero… —Dudó—. En realidad, acabo de salir de una relación.

—Entiendo. —Begga le acercó una cesta de galletas y tomó una—. ¿Llevabais mucho tiempo juntos?

—Supongo que sí. Nueve años.

—Guau, mis relaciones nunca duran más de seis meses —exclamó Begga con una risa contagiosa—. Aunque ahora estoy en una relación con alguien maravilloso. Es muy achuchable y le encanta acurrucarse conmigo por la noche.

—¿Un perro? —dedujo Elma.

—Casi —sonrió Begga—. Un gato.

Elma le devolvió la sonrisa. Begga le había caído bien enseguida, era alguien a quien no parecía importarle lo que los demás pensaran de ella. Era diferente sin hacer un gran esfuerzo por serlo.

—Entonces, ¿qué pasó? —preguntó Begga.

—¿Cuándo?

—Contigo y el chico de los nueve años.

Elma suspiró. No quería pensar en Davíð ahora.

—Cambió —respondió—. O tal vez cambié yo. No lo sé.

—¿Te puso los cuernos? El chico con el que llevaba seis meses me engañó. Bueno, en realidad no se tiró a nadie, pero descubrí que estaba usando páginas de citas y tenía un perfil en Tinder. Lo vi por casualidad.

—¿Así que tú también tenías un perfil? —Elma la miró a los ojos.

—Sí, pero solo con fines de investigación. Mi interés era puramente académico —dijo Begga con seriedad fingida—. Deberías probarlo. Es genial. Ya he tenido dos citas en Tinder.

—¿Qué tal te fueron?

—La segunda vez fue bien, si sabes a qué me refiero. —Begga le guiñó un ojo y Elma se rio a su pesar—. Pero no estoy buscando nada serio —continuó Begga—. Disfruto la vida de soltera. Al menos, por ahora. Y mi corazón le pertenece a mi pequeño bebé.

—¿Tu bebé?

—Sí, mi gatito —explicó Begga, y estalló en carcajadas.

Elma puso los ojos en blanco y sonrió. Begga era única en su especie.

# Akranes, 1989

*El bebé llegó en mayo. El día en que nació fue precioso y soleado, con apenas nubes en el cielo. Cuando ella salió, el aire era húmedo a causa de la lluvia nocturna, y el aroma especiado de la refrescante vegetación que colgaba en el jardín le hacía cosquillas en la nariz. El mar se agitaba de forma perezosa y mucho más allá de la bahía veía la cumbre blanca del glaciar de Snæfellsjökull que se elevaba sobre el horizonte. Más cerca, los arrecifes asomaban entre las olas de vez en cuando. Llevaba unos tejanos blancos desgastados y una camiseta amarilla con un arcoíris delante. Su pelo estaba atado en una cola de caballo suelta, pero sus rizos no dejaban de escaparse de la goma elástica, así que tenía que apartarse los mechones de la cara todo el tiempo.*

*Era sábado. Se habían despertado temprano y habían desayunado tostadas con mermelada mientras escuchaban la radio. Hacía tan buen tiempo que habían decidido dar un paseo por la playa para buscar conchas. Encontraron una tarrina de helado vacía, que recogieron, y ella se sentó en el columpio mientras esperaba a que su mamá terminara las tareas. Mientras su mamá tendía la ropa, se columpió hacia delante y hacia atrás en un intento por alcanzar el cielo con los pies. Estaban charlando y su mamá le sonreía y estiraba las manos para colgar una sábana blanca, cuando de repente se aferró el estómago y se dobló. Dejó de columpiarse y observó con ansiedad a su mamá.*

*—No pasa nada. Solo es un pinchazo —dijo su mamá, e intentó sonreír. Pero cuando se levantó, el dolor volvió y tuvo que sentarse en el césped húmedo.*

*—¿Mami? —dijo con angustia, y se dirigió hacia ella.*

*—Corre hasta la casa de Solla y pídele que venga. —Su madre inspiró e hizo una mueca. Le caía el sudor por la frente—. Deprisa.*

Sin esperar a que se lo repitiera, corrió tan rápido como fue capaz a través del camino, hasta la casa de Solla. Llamó a la puerta, después, sin esperar una respuesta, la abrió.

—¡Hola! ¡Solla! —gritó la niña. Oía voces que venían de una radio, luego una figura apareció en la entrada de la cocina.

—¿Qué sucede? —preguntó Solla, que la observó sorprendida.

—El bebé —jadeó—. Ya viene.

Algunos días después, su mamá volvió a casa con un pequeño bulto envuelto en una manta azul. Era la cosa más hermosa que había visto jamás, regordete, con el pelo oscuro y con unas mejillas increíblemente suaves. Con cuidado, acarició los deditos y le pareció fascinante que algo pudiera ser tan pequeño. Pero lo mejor era el olor. Olía a leche y a algo dulce que no identificaba. Incluso los pequeños granitos blancos que tenía en las mejillas eran tan diminutos y delicados que resultaba un auténtico placer pasar los dedos por encima. Se iba a llamar Arnar, igual que su papá.

Pero su precioso hermanito solo vivió dos semanas en su casa junto al mar. Un día no se despertaría, sin importar lo mucho que su mamá lo intentase.

# Sábado, 25 de noviembre de 2017

Los únicos sonidos en la casa eran el tictac del reloj del salón y el punteo de sus agujas mientras tejía los suaves y pálidos bucles. El pequeño jersey estaba casi terminado. Una vez que Ása hubo rematado y entretejido los hilos sueltos, dejó el suéter en el sofá y lo alisó. El hilo, una mezcla de lana de alpaca y seda, era suave y ligero como una pluma. Probó diferentes tipos de botones en el jersey antes de decidirse por unos blancos nacarados, que combinaban bien con la lana de color claro. Los cosería más tarde, cuando lo lavase. Después de poner la pequeña prenda en la lavadora, encendió el hervidor, puso algunas hojas de té en un colador, vertió el agua caliente encima y añadió azúcar y un chorrito de leche y se sentó en la mesa de la cocina, sobre la que yacía el periódico del fin de semana. Pero en lugar de ojearlo, envolvió la taza caliente con ambas manos y miró distraídamente por la ventana.

Las manos siempre se le enfriaban mucho cuando tejía. Enrollaba el hilo alrededor del dedo índice con tanta fuerza que cuando dejaba las agujas, tenía los dedos blancos y entumecidos. Pero tejer era su pasatiempo favorito, y tener los dedos entumecidos era un sacrificio insignificante a cambio del placer que sentía al ver el hilo transformado en hermosas prendas que añadía al montón del armario. Hendrik siempre se estaba quejando de su extravagancia. El hilo no era barato, sobre todo la lana suave de primera calidad que se hilaba con la seda. Aun así, ella continuaba tejiendo e ignoraba las críticas de Hendrik. No es que no pudiesen permitírselo. Había sido ahorradora toda su vida y había contado cada céntimo. Así la habían criado. Pero ahora tenía mucho dinero; mucho más del que necesitaba. De hecho, tenía tanto que no sabía qué hacer con él. Así que compraba lana. A veces se preguntaba si debería vender la ropa o regalarla para que otros pudiesen usarla, pero había algo que siempre la frenaba.

Contempló el jardín, donde los mirlos saltaban entre los arbustos, atraídos por las manzanas que había colgado para ellos. El tiempo parecía congelarse. Desde que había dejado el trabajo, los días se habían vuelto tan largos e interminables que parecía que no acababan nunca.

Ása escuchó cómo la puerta principal se abría y se cerraba. Seguidamente, Hendrik entró en la cocina sin saludarla. Seguía yendo a la oficina cada día, y Ása dudaba que alguna vez renunciase por completo a su trabajo, a pesar de que estaba intentando reducir sus tareas ahora que Bjarni iba a tomar el control. Cuando no estaba trabajando, pasaba la mayor parte del tiempo en el campo de golf, pero a ella el golf siempre le había aburrido mucho.

—¿Qué te pasa? —Hendrik se sentó a la mesa y agarró el periódico, sin mirarla mientras le hablaba.

Ása no respondió, pero siguió mirando por la ventana. Los mirlos estaban haciendo mucho ruido, cantaban estridentes notas de advertencia desde los arbustos. Cada vez más fuerte y con mayor insistencia.

Hendrik negó con la cabeza y resopló, como si los que ella sintiera o pensara no importara.

Sin mediar palabra, dejó la taza con tanta violencia sobre la mesa que la salpicó de té. Luego se levantó y caminó rápidamente hacia la habitación mientras fingía no darse cuenta de la expresión de sorpresa de Hendrik. Sentada en la cama, se concentró en controlar su respiración. No estaba acostumbrada a perder la compostura de esa manera. Siempre había sido muy dócil, muy retraída; primero de niña, en su infancia en el campo, al este, y más tarde como mujer, en la fábrica de pescado en Akranes. Se había mudado joven a Reikiavik y, como muchas otras chicas de campo, había asistido a la Escuela de Economía Doméstica. Durante su estancia allí, no había tardado mucho en descubrir que la vida en la ciudad ofrecía toda clase de distracciones que no se encontraban en el campo, como, por ejemplo, gente nueva, trabajo y variedad de entretenimiento. Tiendas, colegios y calles que casi nunca estaban vacías. Luces que se encendían de noche y un puerto lleno de barcos. Había acabado en Akranes al conocer a Hendrik. Él trabajaba en un barco de pesca que había atracado en Reikiavik una noche de agosto. La tripulación se había marchado a la ciudad, donde Ása estaba divirtiéndose con sus amigos de la Escuela de Economía Doméstica. Lo vio cuando atravesó la puerta de la discoteca.

Desde el primer instante, Ása supo que había encontrado a su marido, al hombre con el que quería pasar el resto de su vida. «Él», con E mayúscula. Era alto y moreno, y las otras chicas lo miraban con envidia. Esto no era sorprendente, puesto que ella nunca se había considerado nada del otro mundo, con su pelo rojizo y unas pecas que le invadían el rostro al primer atisbo de verano.

En retrospectiva, estaba convencida de que su vulnerabilidad era lo que le había atraído. Él se había dado cuenta de que era una chica que no se valdría por sí misma. En su lugar, sonreía con timidez y se cruzaba de brazos con resignación sobre el vientre; siempre preparaba la mesa y nunca se alejaba de él cuando salían; le planchaba las camisas sin que él se lo pidiera, ni se lo agradeciera. Cuando Hendrik y ella empezaron a conocerse, él dijo que su timidez era una de las cosas que lo había cautivado. No soportaba a las mujeres estridentes, a las que describía como «arpías agresivas», pero desde su punto de vista, ella era una chica que sabía cuándo mantenerse callada y dejar que los demás hablasen. Que era agradable y sumisa. Que sería una buena madre.

Se enjugaba las lágrimas mientras las derramaba. ¿Qué demonios le pasaba? ¿Por qué de repente se enfadaba con tanta facilidad? Después de todo, había aguantado muchísimo a lo largo de los años. Y tenía a Bjarni. No había sido un mal hijo con ella, más bien lo contrario. Aunque había heredado el aspecto de su padre, su expresión era más amable y le faltaba dureza. A pesar de tener casi cuarenta años, había mantenido una imagen juvenil. Cuando sonreía, el mundo de Ása se iluminaba, pero cuando lo veía con los chicos a quienes entrenaba al fútbol, parecía que algo se rompía en su interior.

Sabía que él quería tener hijos. Desde luego no lo había mencionado, pero ella lo sabía. Después de todo, ella era su madre y lo conocía mejor que nadie. La única piedra en el camino era ella, que era demasiado egoísta para tener hijos. Y por su culpa, el linaje de Ása desaparecería con Bjarni. Ása no sabía si podría soportarlo, pero ¿qué otra opción tenía?

Corrió las cortinas, se puso el camisón, se metió en la cama y se tapó con el edredón, aunque todavía no era de noche. No era la falta de hijos de Bjarni lo que había provocado su reciente reacción violenta, sino la visita que había recibido esa misma mañana. Lo que había sucedido en ese momento la había angustiado tanto que necesitaba tumbarse. Era demasiado mayor para empezar a reabrir viejas heridas. Ya había sufrido demasiado. Ahora, lo único que quería era irse a dormir. Irse a dormir y no despertar jamás.

El armario estaba abarrotado de ropa. Había viejos vestidos y abrigos apiñados en las perchas y una montaña de zapatos y bolsos invadía el suelo. Elma no se imaginaba a sí misma llevando nada de eso otra vez.

—Por alguna razón, nunca he encontrado el momento para echarle un vistazo a todo.

Su madre, Aðalheiður, estaba ahí, vestida con una camiseta holgada. Tenía las manos en las caderas y las gafas apoyadas en la punta de la nariz. Era una mujer pequeña y un poco rellenita, con el pelo corto y rubio. A Elma no le parecía que hubiera cambiado con el tiempo.

Estaban de pie en su antigua habitación, donde contemplaban el armario lleno hasta reventar que se había usado como almacén en los últimos años. La tarea parecía imposible.

—Aun así, es bueno que no te hayas deshecho de nada. Es decir, podría ponerme esto en Navidad —dijo Elma sujetando un vestido rojo brillante con volantes en las mangas—. Y esto combinaría muy bien con el vestido —añadió, y sacó una chaqueta *beige* de terciopelo.

—Oh, parecías muy inteligente con esa chaqueta —declaró Aðalheiður con melancolía, y se la quitó—. Pruébatela. Venga. Por favor.

—Mamá, la llevé en mi confirmación —contestó Elma entre risas—. Dudo que ahora sea capaz de meterme en ella.

—En las últimas semanas has perdido mucho peso —dijo Aðalheiður en tono acusatorio.

Elma puso los ojos en blanco, pero no contestó. Sabía que era cierto, por la forma en la que le colgaba la ropa, aunque no se había atrevido a subirse a la báscula.

—Oh, por favor, pruébatela —insistió su madre, y le tendió la chaqueta—. Espera un segundo, voy a buscar los pantalones a juego. —Se dirigió hacia el armario y comenzó a sacar prendas a lo loco y a tirarlas al suelo. No se detuvo hasta que salió triunfante con un par de pantalones *beige* acampanados—. Vamos, pruébatelos.

—¡Ni de broma! —replicó Elma—. ¿En qué pensabas cuando me hiciste llevar eso? ¿Una niña de catorce años con un traje de chaqueta y pantalón *beige*? ¿Por qué no podía llevar un vestido rosa?

—Lo escogiste tú misma, Elma. ¿No te acuerdas?

—Es imposible que llevara eso por voluntad propia.

—Tú y todas tus amigas los teníais. Tanto Silja como Kristín fueron a tu confirmación con el mismo tipo de atuendo. Tengo una foto en alguna parte. Espera, la encontraré.

—No, por el amor de Dios, mamá. Por favor, no te molestes.

—Bueno, en fin, todas parecíais muy inteligentes —insistió Aðalheiður, que sacudió una mota de polvo invisible de la chaqueta—. ¿Has oído algo de Kristín o Silja últimamente?

—No, para nada.

—Deberías ponerte en contacto con ellas. Todavía viven aquí. No huyeron como tú.

Aunque el tono con el que habló Aðalheiður era suave, Elma sabía que su madre nunca había sido una gran admiradora de Reikiavik, a la que describía como demasiado saturada, demasiado abarrotada y lejana. De hecho, ahora que habían inaugurado el túnel Hvalfjörður, solo se tardaba cuarenta y cinco minutos en conducir hasta ahí. Sin embargo, sus padres seguían pensando que era un viaje largo, dado que no estaban acostumbrados a conducir más de cinco minutos para llegar a donde quisiesen.

—No hemos hablado en años. Sería raro si de repente las llamases sin venir a cuento, solo porque estoy otra vez en casa.

—No tiene por qué ser raro. La gente llama a sus viejos amigos. Quién sabe, tal vez ellas piensen lo mismo.

—Dudo mucho que piensen lo mismo.

—Bueno, en fin, tú fuiste la que se marchó. Te alejaste. Ellas intentaron mantener el contacto, ¿verdad? ¿Qué tal se te daba devolverles las llamadas?

Elma se encogió de hombros. Durante años, apenas se había parado a pensar en Silja y en Kristín. Las tres habían sido inseparables en el instituto, pero se distanciaron poco a poco cuando Elma se mudó a Reikiavik.

—Supongo que no muy bien —admitió avergonzada, mientras le sonreía a su madre.

Sentada en la cama, empezó a doblar la ropa que Aðalheiður había tirado al suelo mientras buscaba los pantalones.

—Nunca es demasiado tarde, Elma —dijo su madre, y le acarició un hombro con suavidad—. Y ahora insisto en que te pongas el traje sin rechistar. Me costó una fortuna y solo lo llevaste una vez. Me lo debes.

Unos minutos después, Elma estaba de pie frente al espejo con el traje de terciopelo *beige*. Las perneras del pantalón y las mangas eran demasiado cortas y, aunque podía abrocharse la chaqueta, no podía subirse la bragueta.

—No has cambiado nada —comentó Aðalheiður, que crispó la boca mientras intentaba mantener una expresión seria. Elma le dirigió una mirada incrédula y ambas estallaron en carcajadas.

—¿Qué sucede? —Jon, el padre de Elma, asomó la cabeza por la puerta y miró sorprendido a su esposa y a su hija, quienes se enjugaban las lágrimas de los ojos—. ¿Te estás probando ropa para tu nuevo trabajo? —le preguntó a Elma. Cuando ninguna de las dos respondió, negó con la cabeza y murmuró—: Bien, bien. —Se dirigió al salón, donde pronto se quedaría dormido en su sillón con un libro de sudokus en el regazo.

—Bueno, nunca terminaremos con esto si no empezamos —dijo Aðalheiður, una vez se recuperaron—. Me alegra escucharte reír —añadió, y le echó una mirada bondadosa a su hija—. Lo echaba de menos.

Poco más de media hora más tarde, Elma se quedó sola evaluando su obra. Había terminado de clasificar casi toda la ropa. Un montón era para la Cruz Roja y otro le pertenecía a su hermana Dagný, que era tres años mayor que ella y cuya ropa había llegado de alguna manera a ese armario.

Elma se tumbó en la cama y se tapó con las sábanas. La habitación apenas había cambiado desde que se había mudado. Contaba con los mismos muebles y libros viejos en la estantería.

Estar en casa de nuevo le provocaba una sensación peculiar. Después de todos esos años en Reikiavik, sentía como si hubiera vuelto a donde había empezado. Pero no estaba enfadada, ya no. La rabia solo había durado unos días. Ahora solo estaba triste. Y sola. Desesperadamente sola. ¿Se acostumbraría a estar soltera?

Suspiró en voz baja y rodó por la cama. En cualquier caso, aquí estaba, después de haber superado su primera semana en el trabajo. Era sábado por la noche y, como muchas otras noches antes, estaba tumbada en la cama, donde esperaba a que su madre la llamara para decirle que la cena estaba lista. De alguna manera, el tiempo seguía pasando.

Se puso de lado y sintió que le pesaban los párpados. Había algo muy reconfortante en el olor de la ropa de cama y los sonidos familiares de la casa: las voces de sus padres, los ruidos de las tuberías cuando se abría un grifo, el crujido del suelo de parqué.

Le estaba costando conciliar el sueño en su nuevo apartamento. Tardaba siglos en dormirse y se despertaba en mitad de la noche sin ningún motivo. No tenía nada que ver con sus vecinos, puesto que el edificio era extremadamente tranquilo. Pensándolo bien, tal vez ese era el problema. El silencio. No escuchaba ninguna respiración a su lado. No había nadie al darse la vuelta en la cama.

Su antiguo miedo a la oscuridad había resurgido desde que se había mudado a su nuevo hogar. Cuando se despertaba en mitad de la noche, necesitaba orinar y, de camino al baño, no podía quitarse de encima la sensación de que alguien la observaba. De que había alguien de pie al final del pasillo, en el rincón oscuro donde no llegaba la luz de ninguna farola. Había tenido que emplear toda su fuerza de voluntad para no correr de vuelta al cuarto y cubrirse la cabeza con el edredón.

Tenía que recordarse a sí misma que ya no era una niña.

Que el verdadero mal no acechaba en los rincones oscuros, sino en el alma humana.

Magnea había recibido el correo, pero aún no lo había leído. Cuando vio quién se lo había enviado, supo lo que contenía de inmediato. Así que lo había eliminado sin ni siquiera echarle un segundo vistazo. No sabía cuántos correos llevaba. Habían llegado durante semanas y siempre decían lo mismo. Siempre incluían la misma petición. Al principio, el tono había sido amigable, casi demasiado amable, y ella había comenzado a recordar cosas que no tenía ningún interés en sacar a la luz. Pero ahora, el tono había cambiado y en los mensajes había desesperación y cada vez más agresividad. No se había reunido con ella desde que eran niñas. Por eso se había sorprendido mucho al verla en el restaurante. De todas formas, ¿qué podrían decirse la una a la otra?

Magnea había salido a correr para despejarse, pero no funcionaba. Mientras trotaba, sus pensamientos volvían a los mensajes y a lo que habían hecho. No le veía el sentido a sacarlo a relucir de nuevo. El pasado había quedado atrás y nada lo cambiaría ahora. Le había ido bien: estaba felizmente casada, vivía en una preciosa casa e iba de vacaciones al extranjero solo por placer, porque podía permitírselo. No tenía ningún interés en cambiar nada para conseguir algún tipo de paz mental, por la que no sentía ninguna necesidad.

Además, Magnea sabía que significaría perder a Bjarni, y eso era impensable. Por esa razón, había eliminado los mensajes sin responderlos y esperaba, sin mucha confianza, que la mujer se rindiera.

Se detuvo un momento para recuperar el aliento, luego continuó corriendo. Necesitaba pasar por la tienda para comprar un par de ingredientes para el postre de esa noche. Bjarni se encargaba del asado; era su especialidad. Gylfi, el amigo de la infancia de Bjarni, y su esposa, Drífa, venían a cenar. Turnarse para invitar al otro a cenar era algo que habían hecho con regularidad a lo largo de los años, aunque las invitaciones habían sido mucho más frecuentes antes de que Gylfi y Drífa tuvieran gemelos, que ya habían cumplido cinco años.

Después de comprar lo que necesitaba en la tienda, caminó el resto del camino a casa. El cansancio físico le provocaba una sensación de bienestar que le recorría todo el cuerpo. Rara vez se sentía tan contenta como después de una buena carrera. Según su reloj, había ido a paso ligero durante casi una hora.

Cuando entró, Bjarni estaba de pie en la isla de la cocina, concentrado en cortar rodajas finas en la parte superior de las patatas. La carne de ternera estaba en la mesa, sazonada y lista para meter en el horno.

—Tiene buena pinta, amor —dijo Magnea, y lo besó en la mejilla. Bjarni era tan alto que tenía que ponerse de puntillas para alcanzarlo. Le encantaba eso de él. Lo hacía parecer masculino y autoritario.

—¿Has hecho un buen recorrido? —preguntó sin levantar la vista de su tarea.

—Sí. He hecho un circuito por el pueblo, he pasado por la plantación forestal y luego por Innnesvegur. Había una vista fantástica desde la playa de Langisandur. Hace un tiempo perfecto para correr, deberías haber venido conmigo. —Abrió el grifo y llenó un vaso, luego se lo bebió de un trago y se recostó sobre la encimera—. ¿Puedo ayudarte en algo?

—No, solo voy a meter esto en la bandeja. —Bjarni sazonó las patatas y las metió en el horno—. Después haré esto. —Se volvió hacia ella, le agarró los muslos y la levantó para sentarla en la encimera.

—Bueno, bueno —dijo Magnea entre risas, y le devolvió el beso con entusiasmo, sin oponer resistencia mientras él le bajaba los pantalones.

Después, se dio una ducha larga y relajante. Todo estaba más o menos preparado, así que tenía mucho tiempo. La asistenta había ido antes y el lugar estaba reluciente. No entendía bien por qué necesitaba una encargada de la limpieza, dado que solo eran dos y la casa no solía ensuciarse. No había niños, así que no debían preocuparse por limpiar lo que derramasen o desordenasen. Pero Bjarni insistió en la ayuda. Él había crecido con ese sistema y quería que todo se limpiara una vez a la semana, pero no veía motivo alguno por el que Magnea tuviera que hacerlo. Ella no se opuso, aunque rara vez lo hacía. Después de todo, él era quien decidía qué hacer con su dinero; él era quien traía el pan a casa, no ella con su salario de profesora.

Los pensamientos de Magnea volvieron al correo. Estaba muy contenta con su vida, era completamente feliz con lo que tenía. ¿Por qué esa mujer no lo entendía y la dejaba tranquila? Sintió cómo su enfado iba en aumento e inhaló profundamente varias veces. No importaba. Al final, la mujer se rendiría, se alejaría y seguiría con su vida. Al fin y al cabo, eso es lo que debería interesarle.

Para cuando Magnea salió de la ducha, había conseguido alejar cualquier pensamiento desagradable. Entre la carrera y Bjarni, se había quedado extrañamente relajada, así que no le costó nada ponerse de buen humor para la cena. Mientras se peinaba y maquillaba, tarareaba la música que Bjarni había puesto. Luego se puso una camisa de gasa blanca, unos pantalones negros y unos tacones de aguja. Movió las caderas al ritmo de la música mientras preparaba la mesa en el salón y encendía las velas.

Poco después, el timbre sonó.

—Voy yo —le dijo Magnea a Bjarni, y comprobó su aspecto en el espejo antes de ir al recibidor. Abrió la puerta con una gran sonrisa, lista para mostrarles a sus invitados su mejor versión. Pero cuando vio quien estaba frente a ella, su sonrisa desapareció. Un par de ojos marrón oscuro la miraba con ansiedad.

—No has respondido ninguno de mis correos —dijo la mujer, con una sonrisa rápida e intermitente—. Sabes que tenemos que hablar. —Sonaba obstinada, como si estuviera determinada a salirse con la suya.

Magnea se quedó inmóvil mientras la miraba y rezaba para que Bjarni no saliera. No quería tener que explicarle cómo conocía a esta mujer. Tenía que deshacerse de ella antes de que él fuese hasta la puerta, pero sabía que ella no iría a ninguna parte hasta que consiguiera lo que quería.

—Muy bien, de acuerdo —susurró Magnea—. Me reuniré contigo. Podemos hablar, pero ahora no. Más tarde. Nos reuniremos esta noche, pero solo si te vas ahora. —Pasó un coche y Magnea empezó a cerrar la puerta. No quería que los invitados llegaran mientras estaba aquí con esta mujer en su puerta.

—¿Dónde podemos vernos? —preguntó la mujer, que se envolvió bien con su abrigo negro.

—Me pondré en contacto contigo —espetó Magnea.

—No tienes mi número. ¿Quieres apuntarlo? —La desesperación de la mujer era tan palpable que Magnea casi sintió pena por ella.

—En el faro —musitó ella—. Me reuniré contigo en el faro.

—En el faro —aceptó la mujer, y se marchó. Seguía aferrándose a su abrigo mientras se subía al coche y se iba.

—¿Esa era mamá? —preguntó Bjarni desde el baño.

—No, solo era… eran unos niños que estaban reuniendo botellas —contestó Magnea, e intentó sonar normal—. Para recaudar dinero para el club de natación. —Últimamente, pocas cosas hacían que perdiera la compostura, y esta visita no podía ser la excepción.

# Akranes, 1989

*Nunca supo cuándo empezó exactamente. Sucedió poco a poco. Como algo en lo que no reparas hasta mucho después, cuando miras atrás y te das cuenta de que todo ha cambiado. Por lo menos, así es como Elísabet lo vivió. Recordó la época antes de que todo saliera mal, cuando su papá estaba vivo y ella no tenía miedo. Pero el recuerdo era muy distante, como un sueño.*

*Si intentara determinar el momento o el lugar, probablemente sería el día después de que su hermanito muriera. Lo recordaba a la perfección. Los gritos de su madre y de la gente que vino después; las mismas personas que vinieron cuando su papá se marchó. Todos con prisa, hablando en voz baja y con lágrimas en los ojos. Y recordaba el cuerpo diminuto completamente inmóvil en la enorme cama.*

*Pero quizá lo recordaba mal. Quizá había comenzado el día en que su papá había desaparecido. Elísabet no estaba segura y, de todas maneras, no importaba demasiado. Todo había cambiado porque su madre había cambiado.*

*Lo primero que pensó fue que su madre estaba enferma. Que fue cuando no se levantaba de la cama y dormía todo el día. Todo el día y toda la noche. Elísabet no sabía qué hacer. Al principio había intentado llamar a la puerta de la habitación de su madre y hacerle preguntas. ¿Qué iban a comer? ¿Qué debía ponerse? ¿Podía salir a jugar? Pero no obtuvo respuestas, así que se rindió y no volvió a llamar. Cuando tenía hambre y no había comida en casa, se iba a la casa de Solla.*

*Llegó el día en que su madre salió de la cama. Elísabet se sentó en el suelo y jugó con sus muñecas mientras veía a su madre vestirse, peinarse y pintarse los labios de rojo. Estaba de buen humor, bailaba al ritmo de la música y le guiñaba un ojo. Si Elísabet* hubiera sabido el final de la historia, no le hubiera devuelto la sonrisa. Después de que su madre la acostara y le susurrara que se fuese a dormir, escuchó el portazo de la puerta delantera. Se quedó quieta mucho tiempo, escuchando. ¿Su madre se había marchado? Elísabet salió de debajo del edredón y bajó las escaleras de puntillas. Echó una ojeada en cada habitación hasta que llegó al salón y llamó a su madre. Al principio en voz baja, luego cada vez más alto. Nadie contestó: estaba sola.

Eso fue antes de que aprendiera que a veces era mejor estar sola. Ahora daría lo que fuera porque la dejaran sola.

# Domingo, 26 de noviembre de 2017

Aðalheiður se inclinó sobre el volante y miró la carretera con atención. Estaba empecinada en ir a una velocidad reducida e ignoraba a los coches que no dejaban de adelantarla.

—Mamá, sabes que aquí el límite de velocidad es de noventa kilómetros por hora —protestó Elma, y suspiró cuando otro coche las adelantó. El conductor estaba enfadado y les hizo luces—. Conducir demasiado despacio también puede ser peligroso —añadió, pero no pudo evitar sonreír al ver la mirada de concentración máxima de su madre.

—Noventa es la velocidad máxima en condiciones óptimas, Elma —contestó Aðalheiður sin inmutarse—. La lluvia y el viento no cuentan como condiciones óptimas, algo que deberías saber, ya que eres agente de policía.

Elma se giró para mirar por la ventana. Su madre tenía razón. Como muchas otras veces, el clima, que había sido bueno en Akranes, había empeorado ahora que estaban rodeando la península de Kjalarnes. El clima islandés era famoso por sus cambios repentinos e inesperados. Violentas ráfagas de viento azotaban el coche, y su madre agarraba el volante para ir a paso de tortuga. Al parecer, este fenómeno estaba relacionado con la forma en la que las montañas encauzaban el viento. Cuando Elma se había despertado aquella mañana, había visto que una intensa helada había cubierto la carretera frente a su apartamento de escarcha resplandeciente. Ahora, sin embargo, el cielo se había nublado de manera repentina y caían goterones que estallaban en el parabrisas.

Elma se había levantado temprano, a pesar de haber vuelto tarde a casa la noche anterior. Para su sorpresa, Begga la había llamado por la tarde y la había invitado para que le echara un vistazo a su Tinder, como si esa fuera una manera totalmente normal de pasar un sábado por la noche. Incapaz de pensar en una excusa, Elma se había dejado persuadir. Tal vez se debía a todo el vino que habían bebido, pero no se había reído tanto desde hacía mucho tiempo. No recordaba gran cosa después de haberse arrastrado hasta la cama más tarde esa noche y se había despertado con palpitaciones, dolor de cabeza y el estómago revuelto. No bebía mucho y cuando se incorporó en la cama e intentó reunir fuerzas para levantarse, recordó por qué.

Había sido una mañana preciosa y había intentado quitarse la resaca con un paseo por el pueblo. Se había detenido en la panadería a comprar un dónut, que se comió mientras caminaba por el muelle, y había leído los nombres de los barcos pesqueros que se mecían con suavidad en el mar en calma. Desde ahí, su paseo la había llevado por Langisandur. Había marea baja, el sol había salido y su brillo cubría la extensión de arena dorada. Si había algo de lo que el pueblo podía enorgullecerse, pensó, era esto: la hermosa playa que adquiría un ambiente casi mediterráneo durante los días soleados, con ciudadanos que tomaban el sol en la arena y sus hijos que chapoteaban en el mar. Al final de la bahía, la fábrica de cemento permanecía inactiva. Su chimenea blanca se elevaba por encima del pueblo, mientras que, al otro lado del mar, se vislumbraba Reikiavik y, más allá, la alargada península de Reykjanes, con sus montañas aplanadas por la distancia.

Elma estaba pasando por su antiguo instituto cuando su madre la había llamado y le había dicho que estuviera lista en diez minutos, porque iban a irse de compras a Reikiavik. Había accedido a regañadientes.

—¿Comemos algo más tarde cuando lleguemos? No es bueno ir de compras con el estómago vacío —dijo Aðalheiður alegremente, en el coche de camino al sur—. La tienda tiene un restaurante muy bueno, es realmente excelente. Incluso podríamos darnos un gusto y tomar una copa de vino.

—Eso es lo último que me apetece ahora mismo —respondió Elma con tristeza.

Su madre estaba de un humor especialmente bueno esa mañana, tarareaba al ritmo de la radio y miraba con frecuencia a su hija en el asiento del copiloto.

—Te lo pasaste bien anoche, ¿verdad? —preguntó Aðal-heiður, y le guiñó el ojo.

—Estuvo bien. —Elma se encogió de hombros.

—Bueno, me alegro de que te divirtieras.

Elma no contestó. La idea de comprar muebles nuevos le resultaba sobrecogedora, como si estableciera el comienzo de un nuevo capítulo en su vida. El recuerdo de Davíð y ella yendo cada fin de semana a comprar algo bonito para su piso era bastante reciente. Elma se había mudado a la capital con veinte años, dispuesta a valerse por sí misma, sin intención de regresar jamás a casa. La vida pueblerina nunca la había atraído. Había ansiado la variedad que Reikiavik ofrecía; la oportunidad de conocer a personas nuevas y empezar de cero, haciendo borrón y cuenta nueva. Pero ahora estaba de vuelta en Akranes y de camino a comprar muebles para su nuevo hogar. O su antiguo hogar, dependiendo de cómo se mirase.

—Estás muy callada hoy —dijo su madre, que la miró de soslayo.

—Estaba absorta en mis pensamientos.

—He oído que es algo bueno. Me refiero a pensar.

—Quizá deberías intentarlo alguna vez. —Elma sonrió—. Yo también estoy cansada. Anoche no dormí bien.

—¿Cómo te va en el trabajo? —preguntó Aðalheiður.

Cada día le hacía la misma pregunta, pero Elma nunca tenía mucho que contarle. La mayoría de los casos que llegaban a los despachos de la División de Investigación Criminal del oeste de Islandia eran accidentes de tráfico, aunque la habían llamado por un allanamiento el miércoles. Una pareja de ancianos se había dado cuenta de que habían forzado la ventana de su garaje. Elma había acudido a la escena con Sævar y hablado con la pareja, que estaba bien entrada en los ochenta. Dado que no parecía faltar nada en el garaje, el caso se dio por no resuelto y probablemente se mantendría así. A juzgar por la manera en la que el marido parecía incapaz de recordar nada por más de cinco minutos y repetía las mismas preguntas, lo único que se le ocurría a Elma era que había olvidado que él mismo había forzado la ventana.

—Bien, no hay nada ninguna novedad —respondió.

—Espero que Hörður te esté tratando bien —dijo Aðal-heiður—. Fue muy amable al conseguirte este trabajo. Tu padre y él eran buenos amigos en el pasado. Eso sí, era bastante diferente en esa época, tumbaba a cualquiera bebiendo. Pero cuando se unió a la policía, se volvió una persona reformada.

—¿Hörður? —exclamó Elma. No imaginaba tumbando a alguien bebiendo.

—Sí, en efecto. Tenía bastante debilidad por la botella. Pero ha cambiado más allá de lo imaginable desde que se convirtió en policía. No se lo digas a nadie, pero tu padre cree que se ha vuelto un blandengue. No se atreve a encargarse de los casos más difíciles porque le aterra que alguien se moleste. —Aðalheiður sonrió—. En fin, me alegra escuchar que te va bien. Pronto serás una más del equipo. Después de todo, no es que seas una forastera.

—Está bien, aunque es un poco tranquilo. Muy diferente de mi puesto en Reikiavik. Solo espero que haya suficiente que hacer. —Elma contempló las aguas salpicadas de islas de la bahía de Kollafjörður. El viento agitaba la superficie del mar gris y dejaba un rastro blanco por donde pasaba.

—Siempre hay algo que hacer —dijo su madre, que se encogió de hombros—. Supongo que tendrás que acostumbrarte a un tipo de caso distinto.

Elma asintió. Tal vez algo distinto era precisamente lo que necesitaba.

—Aquí apesta. —Arna enterró la nariz en la gran bufanda que llevaba alrededor del cuello en un intento por enmascarar el hedor de la fábrica de pescado, que soplaba en su dirección.

—Te acostumbrarás. Enciéndete un pitillo, así no lo notarás. —Reynir sonrió y le tendió un cigarrillo.

Arna dudó. En realidad, no fumaba. Lo había intentado una vez cuando su amiga le había robado un cigarrillo a su abuela, que fumaba como una chimenea. Se lo habían llevado a la playa, donde les había costado encenderlo, pero al final habían conseguido inhalar un poco de humo, antes de colapsar en un ataque de tos. Después de esa experiencia, habían llegado a la conclusión de que los cigarrillos eran asquerosos y se prometieron la una a la otra que nunca fumarían.

Pero ahora, Arna decidió aceptar el cigarrillo. Reynir le acercó el mechero y Arna le dio varias caladas hasta que el cigarrillo estuvo completamente encendido. En pocos segundos, el coche se llenó de humo. Arna hizo todo lo posible por tragarse el humo hasta los pulmones sin toser y le devolvió el cigarrillo a su compañero.

Reynir abrió la ventana, lo que hizo que el olor a pescado se adentrara aún más en el vehículo, subió el volumen y se arrellanó en su asiento. Arna lo observó embelesada mientras él inhalaba con los ojos cerrados y se dejaba llevar por el ritmo de la música. No solía escuchar este tipo de música. Era una gran fan de Taylor Swift, aunque nunca lo admitiría ante Reynir. Él era muy guay y ella sentía mariposas en el estómago. No era propio de ella estar aquí con un chico al que apenas conocía. Sus padres pensaban que estaba viendo una película en la casa de Hafdís. No tenían ni idea de que había salido con Reynir, quien era tres años mayor que ella y había sido un rompecorazones en el instituto. Todas las chicas habían estado locas por él desde el primer curso y, se podría decir que incluso se había vuelto más guay desde que había empezado la universidad. En cualquier caso, él nunca le había prestado atención a ninguna de ellas. Por esa razón, le dio un vuelco el corazón cuando vio que le había enviado una solicitud de amistad en Facebook. Nerviosa y emocionada, había llamado a Hafdís de inmediato para contarle la noticia. Hafdís se había alegrado por ella, pero, al mismo tiempo, Arna había reparado en el atisbo de celos que desprendía su voz. Después de todo, Hafdís siempre había estado más pillada por Reynir que ella.

—Voy a entrar al faro. ¿Vienes? —Reynir lanzó la colilla por la ventana y salió del coche antes de que Arna tuviera tiempo de contestarle. Luego ella siguió su ejemplo a toda prisa.

A pesar de que no serían más de las ocho de la tarde, fuera ya era de noche cerrada. Los últimos días había habido mucha humedad y viento, por lo que el ambiente le resultaba extrañamente tranquilo ahora que había una calma temporal. El paisaje de las olas casi parecía soporífero. Lloviznaba y había un olor salobre en el aire.

Reynir la esperó en el límite del aparcamiento, al lado del faro alto y nuevo, donde terminaba el asfalto y comenzaban las rocas. El antiguo faro se alzaba un poco más lejos y, para llegar a él, tendrían que trepar las rocas junto a la costa. A diferencia de las construcciones regulares y cilíndricas del nuevo edificio, el antiguo consistía en una torre cuadrada y deteriorada con pintura descascarada en las paredes y una barandilla que rodeaba la sala de la linterna en lo más alto.

—Sujétate a mí. Está resbaladizo —ordenó Reynir.

Arna obedeció y se agarró con timidez de su brazo mientras se abrían paso a través de rocas grises con manojos de hierba amarilla e inesperadas grietas llenas de agua, hasta el antiguo faro, cerca del extremo del cabo.

Arna había visitado la zona a menudo con su padre. Era un amante de la fotografía y ella se había contagiado de su entusiasmo. Disfrutaba de adentrarse en la naturaleza y tomar fotos, y había desarrollado un buen ojo para la fotografía, pero no podía permitirse comprar una cámara. El verano anterior, como muchos otros adolescentes islandeses, se había inscrito en un trabajo sociocultural de jóvenes, y todo lo que había ganado estaba intacto en su cuenta bancaria, esperando hasta que reuniese lo suficiente para la cámara de sus sueños. Por ahora, tomaba prestada la de su padre. En cuanto una aurora boreal danzaba en el firmamento, su padre y ella salían a toda prisa para intentar capturar su esplendor con la cámara, y el viejo faro era el lugar ideal para hacerlo. Su silueta frente a un fondo formado por el mar y la aurora había resultado ser una imagen magnífica. Su padre le había dicho que lo habían construido en 1918 y que fue el primer faro moderno de hormigón en Islandia. Últimamente, atraía el interés internacional y había sido votado como uno de los faros más pintorescos del mundo. Estaba considerando si compartir o no esta información con Reynir cuando unas rocas mojadas hicieron perdiera el equilibrio.

—¡Te he avisado de que resbalaba! —Reynir la sujetó por el brazo y le mostró una sonrisa increíble. Arna, ruborizada, se concentró en mirar al suelo hasta que llegaron al faro.

La puerta de acero estaba abierta, como siempre. En cuanto entraron, Reynir se dio la vuelta y la empujó contra la pared. Arna se sorprendió, pero no dijo nada. Las manos de Reynir comenzaron a recorrer su cuerpo. Mientras respiraba de forma agitada en su oído, le apretó los pechos.

—¿Eres virgen? —susurró.

Arna asintió, sin saber cómo responder a una pregunta tan directa, pero Reynir parecía complacido y la besó en la boca. Tenía una mano apoyada en la pared, por encima de la cabeza de Arna, y con la otra la acariciaba cada vez más abajo. El beso se volvió más húmedo y urgente. Arna, incapaz de respirar, no estaba segura de estar disfrutándolo.

Por supuesto que había esperado que la besaran, pero, en su mente, el beso había sido cariñoso y romántico. Se lo había imaginado al terminar la velada, justo antes de salir del coche. Primero, hablarían de todo bajo el sol. Luego, él la llevaría a casa (y se detendría a una distancia prudente, obviamente) y ella abriría la puerta y diría algo como: «Gracias por traerme». Él la agarraría de la mano y le diría: «¿Repetimos mañana?», y ella respondería: «Tal vez», solo para provocarlo. Entonces él preguntaría: «¿Me das un beso antes de irte?». Se imaginó a sí misma dudando antes de reírse ante la persuasión y de acercarse hacia él hasta que sus labios se tocasen. Lentamente, con vacilación, quizá con un poco de lengua al final. Después, rompería el beso y saldría del coche sin decir nada más. Se imaginó que el chico se recostaba en su asiento con los ojos cerrados y pensaba en ella, como cuando escuchaba la música antes.

Pero este beso no se parecía en nada a lo que tenía en mente. En su lugar, estaba de pie y aplastada de forma incómoda contra una pared gélida, mientras él la manoseaba y le metía la lengua hasta la garganta para que no pudiese respirar. Tenía frío, estaba mojada, y el faro apestaba.

—¿Has oído eso? —preguntó tras liberar su boca por un momento.

Pensó que había escuchado un ruido dentro del faro, pero no estaba segura. Probablemente era su imaginación, pero aprovechó la excusa para alejarse de Reynir.

—¿Qué?

—Creo que hay alguien arriba. —Arna se asomó a la escalera.

Sabía que los niños iban a menudo por la noche, pero no habían visto ningún otro vehículo en el aparcamiento, así que había asumido que estaban solos.

—No he oído nada —dijo Reynir, que se acercó a ella para continuar con su beso húmedo.

—Estoy segura de que he oído algo. —Arna agachó la cabeza deprisa para evitar otra agresión con lengua. Estaba empezando a dolerle la mandíbula.

Antes de que Reynir volviera a empezar, se zafó de él, sacó el teléfono y encendió la linterna. Luego, subió con rapidez la escalera de caracol con la pintura verde descascarada, y el metal de los escalones resonó bajo sus pies. Veía dónde se estaba desconchando la pintura de las paredes blancas. Las latas de *Coca-Cola* y las colillas que ensuciaban el lugar evidenciaban que el faro era un lugar frecuentado por los adolescentes del pueblo.

Cuando llegó arriba, abrió la puerta que daba a una galería estrecha y se apoyó en la barandilla. No había nadie. Aun así, habría jurado que había oído un ruido. La luna irradiaba un tenue resplandor sobre las olas, que se agitaban y rompían contra las rocas. Arna se arrebujó en su chaqueta y contempló la superficie del mar.

—¿Lo ves? Te dije que no era nada —dijo Reynir, que apareció junto a ella después de haber subido sin prisa las escaleras.

—¿Qué demonios es eso? —Arna escudriñó la oscuridad y apuntó hacia la línea de rocas que se extendía hasta el océano en dirección al arrecife.

—¿El qué? No veo nada. —Reynir observó el lugar que señalaba Arna.

—Parece pelo. —Arna se encogió de hombros—. ¿Crees que podría ser un animal? Será mejor que vayamos a averiguarlo.

—De ninguna manera voy a tocar un gato muerto. —Reynir hizo una mueca, pero Arna lo ignoró y corrió escaleras abajo.

Después, se abrió camino con cuidado a través de las rocas hasta el lugar en el que creía que se encontraba el animal. Tal vez podrían rescatarlo. Había visto movimiento, ¿verdad?

¿Se trataría simplemente de las olas que movían el pelaje? No estaba segura. La única fuente de luz era la luna y el ambiente estaba muy cargado por el frío rocío que se filtraba dentro de su fina chaqueta a través de su cuello.

Cuando Arna terminó de trepar las rocas y llegó a la costa, se detuvo y miró con detenimiento el agua que se encontraba justo debajo. Escuchaba cómo Reynir la llamaba a lo lejos, pero sus palabras se vieron ahogadas por el incesante ruido del mar que la rodeaba.

Lo que descubrió no fue el pelaje de un animal, sino el pelo de una mujer que se mecía con suavidad entre las olas.

La tienda de muebles estaba abarrotada. Recorrían los pasillos de arriba abajo y examinaban las salas de exposición. Aðalheiður se detenía en cada exhibición para escoger objetos y probar los sofás. Un par de horas después, habían encontrado un nuevo sofá; su madre la había convencido de comprarlo aunque no estaba en su lista. Hasta ese momento, Elma había tenido la intención de apañárselas con el viejo sofá cama de la habitación de invitados de sus padres. Otras incorporaciones a la lista incluían una mesita de noche y otros pequeños objetos que su madre le había prometido que harían que su pisito fuese más acogedor. A la hora de pagar, Aðalheiður le sujetó la mano a su hija y ofreció su tarjeta en su lugar.

—Considéralo un pequeño anticipo de tu herencia —dijo, y le guiñó el ojo.

Elma sintió que los ojos se le llenaban de lágrimas, y rápidamente desvió la mirada. Normalmente no era tan sensible, pero ahora le estaba costando tragarse el nudo que tenía en la garganta.

La voz todavía le temblaba un poco cuando respondió al teléfono unos minutos más tarde. Estaba al lado de la salida, cargada hasta arriba de bolsas, mientras esperaba a que su madre acercase el coche a la puerta. Eran más de las ocho de la tarde.

—Hola —dijo de forma poco natural con una voz aflauta-
da tras haber extraído el teléfono de su bolsillo con dificultad.

Era Hörður.

—Hola Elma, ha pasado algo. ¿Cuánto tardarías en llegar
a Breiðin?

# Akranes, 1989

*Elísabet había visto el colegio muchas veces antes, pero nunca le había parecido tan imponente como ahora que se encontraba en la entrada mientras observaba el edificio blanco. A cada lado, los patios de recreo y las pistas deportivas se extendían sobre lo que parecía un área extensa.*

*Agarró las correas de su mochila y entró al vestíbulo, donde una multitud de niños de su edad esperaba junto a sus padres. Miró a su alrededor. Todo el mundo parecía estar muy ocupado charlando. Nadie reparó en ella mientras los miraba. Entonces, cruzó la mirada con una niña que estaba acurrucada detrás de su madre y le sonrió, pero la niña apartó la mirada y se aferró a la mano de su madre. Lo más probable era que simplemente fuese tímida. Seguro que era eso. Muchos niños eran tímidos como ella. Pero otros estaban jugando, y armaban tal escándalo que sus padres tenían que darse la vuelta para mandarlos a callar.*

*Cuando sonó el timbre, el profesor salió y les dijo a los padres que se despidieran de sus hijos. Los alumnos tenían que ponerse en fila delante de él. Elísabet vio cómo la niña tímida se resistía mientras su madre la empujaba con firmeza hasta la fila. La niña no lloraba, pero se mordía el labio y se miraba los zapatos rosas, que parecían no haber estado nunca en contacto con la suciedad.*

*Los zapatos de Elísabet eran viejos y alguna vez habían sido blancos, pero ahora eran más bien grises o marrones. Aun así, todavía conservaban las rayas rojas. El rojo era su color favorito. Había sacado los zapatos de las bolsas de ropa que unas mujeres habían traído el día anterior. La mochila también se la habían dado ellas. Elísabet se había quedado muy impresionada. Era cierto que tenía una correa rota, pero no pasaba nada porque una de las amables señoras la había vuelto a coser. Era de un llama-*

tivo tono rojo y tenía costuras negras y muchos bolsillos. Aunque Elísabet debía admitir que las mochilas de las otras niñas eran mucho más chulas. Parecían nuevas, al igual que los zapatos que llevaban.

El profesor, un señor mayor con gafas pequeñas, les pidió a los niños que se sentaran en una alfombra frente a él en una esquina de la clase. Comenzó a leer en voz alta sus nombres y los niños tenían que responder cuando les llegara el turno. Mientras contestaban uno tras otro, Elísabet se dio cuenta de que dos niñas susurraban a la vez que la observaban. Adivinó enseguida lo que habían visto y tiró de las mangas del jersey para taparse las llagas que le sangraban en los dedos. Sintió cómo el calor se extendía por todo su cuerpo y, cuando el profesor dijo su nombre, fue incapaz de articular palabra. «¿Elísabet?», repitió el profesor, que examinó la clase. «Sí», consiguió decir con voz queda, y el maestro asintió y puso una marca junto a su nombre. Elísabet bajó la mirada hasta la alfombra gris, ajena a lo que decía el profesor. Cuando por fin alzó la cabeza, vio que la niña tímida la miraba. Cuando sus ojos se encontraron, la niña le sonrió y le mostró unos dientes de un tono blanco lechoso.

La niña se llamaba Sara, y cuando le sonrió, Elísabet supo que todo iría bien.

El edificio estaba casi vacío, pero Hendrik seguía sentado en su despacho mientras contemplaba su entorno con un sentimiento de satisfacción. Disfrutaba de tener todo ese espacio para él. Podía cerrar la puerta y echarse una siesta cuando le apeteciera. Podía trabajar en paz, entre un buen mobiliario y cuadros caros, con una vista ininterrumpida del océano; todo era azul hasta donde alcanzaba la vista. Aunque, en realidad, ahora estaba oscuro fuera; el invierno islandés era inexorablemente oscuro. Se recostó, su silla de cuero crujió y él estiró las piernas.

A pesar de que ya había terminado las tareas del día, todavía no podía enfrentarse a la vuelta a casa. Sentarse durante un rato a solas sin nadie que lo molestase era un verdadero placer. Y en casa no había nada que lo esperara salvo Ása. Además, el despacho pronto le pertenecería a Bjarni. Sin duda, ya era hora. A pesar de haber alcanzado la edad de jubilación, Hendrik no tenía intención de abandonar la empresa por completo, pero tendría que resignarse a entregarle la dirección a su hijo.

Hendrik respiró profundamente y volvió a sentarse erguido. Escuchó una puerta que se abría. Pasos. Debían de ser los encargados de la limpieza. O más bien la encargada: una mujer asiática que venía cada día, tras el cierre. Se levantó, fue a la cocina y la encontró de espaldas y agachada, mientras escurría la fregona en un cubo.

—Buenas tardes —dijo sin ganas, y tomó una taza en lo alto de un armario.

La mujer le devolvió el saludo en un islandés con un marcado acento, sin mirarlo a los ojos. Era pequeña y tímida, como la mayoría de ellas. Parecía que reconocían el poder de manera instintiva cuando lo tenían delante. Sonrió para sus adentros, esperó pacientemente a que el café se filtrara y observó a la mujer de forma distraída mientras limpiaba el suelo. Después se sentó a la mesa y se bebió el café con parsimonia.

Sin duda había encontrado su lugar en la vida. De hecho, se podría decir que había tenido la buena suerte de nacer en el lugar adecuado. En su caso, crecer en una comunidad rural pequeña había resultado ser una bendición. Conocía a casi todos los lugareños. Incluso ahora, tan solo eran unos siete mil habitantes en el pueblo, y la población había sido mucho menor en su juventud. Difícilmente podía salir a comprar sin tener que saludar a la mitad de las personas que conocía. A veces se preguntaba qué habría pasado si se hubiese dejado llevar por el impulso de marcharse y probar suerte en otro sitio. Pero, por lo general, siempre llegaba a la misma conclusión: en ningún otro lugar habría conseguido tener una vida tan buena como la que tenía aquí. Había sido popular en el colegio, un buen estudiante y también un buen deportista; un futbolista prometedor, aunque el fútbol no lo había llevado a parte alguna. En cualquier caso, ese tipo de fama nunca le había interesado especialmente. Si bien disfrutaba de la camaradería que suscitaba el deporte, no estaba preparado para asumir el tipo de compromiso que se requería para alcanzar el éxito como jugador de fútbol. Ni tampoco le había pasado por la mente abandonar el equipo del pueblo. Akranes era su hogar. Aquí era popular y muy respetado. Esa era la ventaja de vivir en una comunidad pequeña: aquellos con buena reputación se aseguraban unos beneficios. Otros no tenían tanta suerte.

Se terminó el café y se puso de pie. Hasta ahora, toda su vida había sido casi perfecta. Su época escolar había sido tranquila y divertida. Había conocido a Ása cuando tenía veintitantos años y ella tres menos que él. De joven había sido hermosa, una criatura delicada que le dejaba llevar los pantalones de la relación. Hoy en día, era difícil encontrar a mujeres así.

Todo habría sido perfecto si no hubiera sido por la niña. Lo atormentaba como una sombra. Si pensaba en ella, sentía que le faltaba el aire, pero no permitía que nadie se diese cuenta. Para el resto del mundo él era fuerte y poderoso. Pero cuando caía la noche, la oscuridad se apoderaba de su alma y ya nada parecía importarle.

Elma condujo cerca del muelle por el que había paseado más temprano aquel día. Las olas agitadas sacudían de un lado a otro las embarcaciones que antes se habían mecido con suavidad contra el muelle. Giró a la derecha y pasó por los edificios

blancos de la fábrica de pescado que había cerrado recientemente, lo que había supuesto la pérdida de muchos empleos.
Luego se desvió de la carretera principal hasta un camino de
gravilla. Las farolas iluminaban parte del camino, pero tuvo
que conducir el tramo final a oscuras con la única ayuda de los
faros del coche. Breiðin, el lugar en el extremo oeste de Akranes, se extendía hasta el mar ante ella, y el viejo faro se elevaba
desde las rocas, cerca del límite del terreno.

Elma se dirigió hasta el final del camino y estacionó al lado
de los coches de la policía que ya se encontraban ahí, junto a
una ambulancia, un enorme todoterreno y un BMW negro
con el motor encendido. Una cinta de plástico amarilla con la
palabra «Policía» se sacudía con violencia a lo largo del aparcamiento junto al faro nuevo, y, a lo lejos, atisbó a los miembros
del equipo forense que trabajaban en el punto rocoso.

Mientras se abrochaba el abrigo, examinó el nuevo y fas-
tuoso faro que se erguía sobre el aparcamiento. El antiguo parecía destartalado y en ruinas en comparación. Casi tenebroso.
Elma sintió cómo un escalofrío familiar le recorría la espalda.
Había estado ahí más veces de las que podía recordar; primero, cuando era una niña, con sus padres, y más tarde, cuando
era una adolescente, con amigos que intentaban hacer todo lo
posible para aterrorizar a los demás con historias de fantasmas.
Había algo inquietante en el edificio que un día fue una figura
tan importante y que ahora se encontraba en ruinas, abandonado a merced de los elementos.

En cuanto Sævar la vio llegar, se acercó para reunirse con
ella. Llevaba una chaqueta negra de plumas cerrada hasta el
cuello y el pelo oscuro oculto bajo un gorro grueso de lana.

—La policía científica está examinando la escena —dijo, y
sorbió por la nariz. Tuvo que alzar la voz para que lo escuchase
por encima del vendaval.

—¿Hace mucho que han llegado? —preguntó Elma. Había
conducido de vuelta a Akranes tan rápido como se había atrevido.
Su madre era un manojo de nervios en el asiento del copiloto y le
sujetaba el brazo constantemente mientras jadeaba aterrorizada.

—No, lo están preparando todo —respondió Sævar—. Estaban en Reikiavik, han tenido que llamarlos.

—¿Sabemos alguna cosa?

—Se trata de una mujer de entre veinte y treinta años. Los agentes que han respondido a la llamada han detectado las heridas tan pronto como han llegado al escenario, y por esa razón tenemos todo esto aquí montado. Eso es todo lo que sé. —Inclinó la cabeza en dirección al BMW—. Ellos son quienes han encontrado el cadáver. Les he pedido que se queden por aquí para que podamos hablar. No quería hacerlo solo. Hörður también acaba de llegar. Estaba pasando el fin de semana en su casa de verano en Skorradalur.

Sævar se acercó al BMW, se agachó y golpeó la ventanilla. La puerta se abrió y un chico desgarbado salió. El pelo oscuro le caía por ambos lados de la cara, y llevaba unos tejanos apretados rotos y una sudadera holgada de color gris claro que le cubría la cabeza. Tenía las manos enterradas en lo más profundo de los bolsillos de la cazadora de cuero negra. La chica se quedó en el coche.

—¿Tu amiga no va a salir para hablar con nosotros? —preguntó Sævar.

—Tiene frío —contestó el chico—. No ha parado de temblar desde que…

Sævar se agachó y volvió a golpear la ventanilla. La chica, que estaba sentada ensimismada, se sobresaltó como si hubiera estado en trance. Miró hacia arriba, dudó y abrió la puerta para salir. El pelo rubio le caía por la espalda por encima de una fina chaqueta. Se abrazaba a sí misma y enterraba la barbilla en una enorme bufanda en un intento inútil por combatir el frío.

—Será mejor que os deis prisa antes de que Arna se venga abajo —dijo el chico, que señaló el antiguo faro.

Sævar ignoró el consejo no solicitado, abrió la puerta trasera del coche patrulla y les indicó a los dos jóvenes que se metieran dentro.

—¿Qué estabais haciendo aquí? —preguntó Elma, que se había dado la vuelta en el asiento del copiloto para estudiar a los chicos, una vez todos estuvieron dentro del coche.

El chico bajó la mirada, luego la alzó de manera sospechosa y contestó:

—¿Qué estábamos haciendo? Estábamos paseando, ya sabe. Echándole un vistazo al faro.

—¿Estabais solos? —preguntó Sævar.

El chico asintió y clavó la mirada en la chica, quien se limitó a gimotear sin decir nada.

—Entonces, Reynir, ¿no visteis a nadie más por aquí, algún coche o algo por el estilo?

—No, nada. —Reynir negó con la cabeza de forma enérgica.

—Pero, yo creí haber escuchado algo —añadió la chica, que de repente había encontrado la voz—. Por eso subí las escaleras y fue en ese momento cuando... la vi.

Sævar y Elma intercambiaron miradas.

—¿Qué clase de ruido escuchaste? —preguntó Sævar.

—Un golpe seco. Como si hubiera alguien en la parte de arriba del faro. Pero no había nadie —puntualizó, y se estremeció al recordarlo.

—Sí, la vimos cuando llegamos arriba —añadió Reynir—. Es decir, Arna creyó ver algo. Yo no.

—¿Qué viste? —le preguntó Elma a la chica—. Debe de haber estado oscuro, y no se ve gran cosa en estas condiciones. ¿De verdad divisaste el cuerpo desde ahí arriba?

—Solo el pelo. Pensé que se movía, pero probablemente eran las olas. —La voz de la chica era tan baja que Elma tuvo que acercarse para escucharla por encima del ruido del viento, que percutía las ventanas del coche—. Pensé que era un animal. El pelaje de un animal.

—¿Y qué hiciste después? —inquirió Sævar.

—Quería saber si podía, ya sabe, ayudar o algo —dijo Arna.

Cuando no mostró indicios de continuar, Reynir intervino:

—No tuvimos que acercarnos demasiado para darnos cuenta de que no era un animal.

—¿Tocasteis algo en las rocas? —preguntó Sævar.

—No, salimos por patas y llamamos a la poli. No es el tipo de cosa que uno quiere tocar, ¿me entiende? —El chico hizo una mueca.

La chica permaneció en silencio y se centró en arañar la tela del respaldo del asiento con un dedo. Sævar miró a Elma, luego apuntó sus teléfonos móviles y les dijo que se fueran a casa y entrasen en calor.

Elma los observó marcharse.

—¿No deberíamos haberlos retenido un poco más en caso de que estuvieran implicados de alguna manera? ¿Crees que hay alguna posibilidad de que lo estén?

—Bueno, el cuerpo de la mujer estaba medio sumergido —dijo Sævar—, pero la ropa de los chicos estaba completamente seca. Así que he considerado que no hay ninguna razón para retenerlos.

—De acuerdo. —Elma asintió.

—El cuerpo está allí, justo en el extremo —dijo Sævar—. Nos costará un poco llegar hasta él.

Elma siguió a su compañero y casi perdió el equilibrio en una roca resbaladiza, por lo que se sujetó a él sin darse cuenta.

Mientras se acercaban, identificó a Hörður un poco más allá, que tenía las manos en los bolsillos y observaba a la policía científica trabajar. Los técnicos llevaban unos monos azules y uno de ellos sujetaba una luz led con la que iluminaba el área. En circunstancias normales, habrían colocado la luz en un trípode, pero Elma dudaba que eso fuese posible en un terreno tan irregular. Además, el viento lo habría lanzado por los aires en cuestión de segundos.

El cuerpo yacía al pie de las rocas, entre dos grandes piedras. Los técnicos de la científica no habían hecho ningún intento por protegerlo con una lona de plástico o levantar una carpa encima, seguramente porque no era visible desde la costa salvo que alguien estuviese justo en el extremo. Elma no le veía la cara a la mujer, solo el pelo, que estaba suelto y se mecía con el movimiento de las olas. Llevaba un abrigo negro, pero la mitad inferior estaba sumergida en el agua. Elma estaba tan absorta examinando el cuerpo que se sobresaltó cuando notó una mano en el hombro.

—Lo siento, no pretendía asustarte —dijo Hörður—. No pinta bien. Parece que tendremos bastante trabajo.

—¿Hay algo que parezca sospechoso? —preguntó Elma, que intentaba ignorar el frío. Su fino abrigo no le proporcionaba ningún tipo de protección y el pelo se le movía con violencia a causa del viento. Miró a Hörður con envidia, pues llevaba los mechones rizados perfectamente contenidos bajo el gorro de pelo.

—Desde luego que sí —respondió—. A no ser que sufriera una muy mala caída.

Los técnicos le dieron la vuelta al cuerpo y revelaron una cara inflamada. Los ojos de la mujer estaban cerrados y tenía la piel blanca, salvo por las manchas de pigmentación azul de la cara y el cuello. A estas alturas, Elma había visto suficientes cuerpos para saber que los hematomas los habría provocado la lividez, o la acumulación de la sangre *post mortem,* lo que significaba que debía llevar muerta un tiempo. Uno de los técnicos le apartó el cabello a un lado y expuso unas contusiones llamativas en la garganta.

—No parece que se haya caído —observó Elma en voz baja.

—A juzgar por el estado del cuerpo, no debe de llevar mucho en el agua —terció Hörður—. Las pulgas de mar son muy voraces por esta zona.

—¿Crees que hay alguna posibilidad de encontrar pruebas? —Elma escrutó las rocas mojadas mientras intentaba, sin éxito, apartarse el pelo de los ojos.

Tras un rato en el que se dedicaron a observar su alrededor, un miembro de la científica se aproximó a ellos.

—Queremos mover el cuerpo lo antes posible —explicó—. No tiene sentido seguir examinándolo aquí. Tenemos que trasladarla antes de que suba la marea.

Algunos miembros del equipo trajeron una bolsa para cadáveres y ayudaron a meter con cuidado a la mujer dentro. Cuando terminaron, partieron y se llevaron el peso inerte entre ellos mientras se abrían paso, de forma precaria, a través de las rocas viscosas hasta la ambulancia. Se habían llevado la luz led, lo que había sumergido el extremo rocoso en la oscuridad.

—¿Hay algo más que nos puedas decir por ahora? —le preguntó Hörður a uno de los técnicos mientras volvían al aparcamiento.

—Imagino que no llevaba mucho tiempo ahí —contestó el hombre—. El mar y las rocas deben de haber escondido su cuerpo durante al menos una parte del tiempo. El *rigor mortis* debió ocurrir de inmediato, debido a las bajas temperaturas, y ha durado más de lo habitual, así que sospecho que alrededor de veinticuatro horas. La lividez de la cara y el cuello indica que estuvo bocabajo todo el tiempo. No creo que la hayan movido o arrastrado desde algún otro lugar. Tendremos que dejar que el forense establezca la causa de la muerte, pero, las marcas en el cuello sugieren que estaba muerta antes de acabar en el mar. De una cosa estamos seguros: no se ahogó.

—¿Tiene alguna otra herida? —preguntó Elma.

—Tiene la pierna izquierda rota. Eso es evidente. Y tiene un corte en la parte derecha de la cabeza que podría indicar una caída o un golpe. Ahora mismo es imposible determinar la verdadera causa de la muerte o especificar cuál de los dos la provocó.

—¿Llevaba algún documento de identificación? —inquirió Hörður.

—No, no hemos encontrado ninguna pista que nos revele su identidad —dijo el hombre—, ni tampoco nada de interés en las rocas del alrededor. Ahora, la cuestión es cuánto territorio debemos abarcar en la investigación. Ya que hay diversos factores que sugieren que no murió por causas naturales, necesitaremos acordonar una mayor área. —Se detuvieron frente al nuevo faro, y el hombre se giró para examinar el lugar. A juzgar por su expresión, no anhelaba la labor que le esperaba—. Nos quedaremos un poco más —añadió, y se limpió la frente con la manga azul—. Voy a llamar a más agentes de Reikiavik. No podemos hacer mucho más.

—¿Es posible que fuese una turista? —preguntó Elma, que observaba cómo el técnico entraba en uno de los coches cercanos—. Puesto que no la reconoces.

—Tal vez. —Sævar frunció el ceño—. Pero lo veo improbable, aunque realmente no sé por qué. No pondría la mano en el fuego, pero no creo que sea una turista.

—De momento, es imposible saber si se trata de una extranjera o una islandesa, pero te aseguro que no es de Akranes —dijo Hörður—. La reconocería si fuese de aquí.

Un repentino vendaval los interrumpió, agitó las olas y espesó la bruma con frías gotas de agua.

—Parece que se acerca un temporal —comentó Hörður—. Por ahora, no creo que podamos hacer mucho más aquí. Deberíamos resguardarnos del viento antes de que arrecie.

Contempló la escena. El equipo de la científica seguía peinando el área, y al observar destellos de luces en las ventanas del antiguo faro, Elma se percató de que algunos miembros debían de estar trabajando allí dentro. La ambulancia se marchó y ambos agentes la observaron hasta que la perdieron de vista. Hacía rato que Elma había renunciado a mantener su pelo a raya, pues ya se había convertido en una maraña salada, y su abrigo ahora estaba empapado.

—Nos vemos en la comisaría —dijo Hörður, al mismo tiempo que subía al todoterreno.

Elma se subió al coche que había tomado prestado de sus padres, encendió el motor, se frotó las manos y puso la calefacción a toda potencia. Gotas de agua se deslizaban por su rostro y ráfagas de viento azotaban el coche. Sin embargo, su asiento empezó a calentarse enseguida. Elma sabía que tardaría mucho antes de que el frío abandonase su cuerpo. Eran casi las diez de la noche y, mientras observaba más allá del faro, apreció que la oscuridad que se extendía más allá de las luces era impenetrable. El lugar en el que habían encontrado a la mujer ahora estaba inundado, las olas rompían contra las rocas y, sin lugar a duda, se apropiaban de cualquier cosa que quedase.

# Akranes, 1989

*A medida que la semana escolar llegaba a su fin, y el fin de semana se asomaba, Elísabet comenzó a sentir dolores en el estómago. A veces eran tan fuertes que tenía que ir al baño a esconderse. Nunca se lo contó a su profesor. No le caía muy bien. Era estricto y se mostraba reacio a hablar sobre cualquier cosa salvo lo que había en sus libros de texto. Aun así, Elísabet disfrutaba del colegio. Le gustaba la lectura y había comenzado a leer libros más gruesos que los que leían la mayoría de los otros niños; libros con menos ilustraciones y más palabras. Libros en los que podía perderse para no tener que escuchar al profesor cuando hablaba o el sonido del timbre.*

*Pero lo que más le gustaba era el tiempo que pasaba jugando con Sara. Se habían vuelto mejores amigas desde ese primer día de clase. Elísabet nunca había tenido una amiga y ansiaba ir al colegio cada día porque significaba que vería a Sara.*

*A veces, si tenía suerte, la dejaban hacer lo que quisiese los fines de semana. Su madre estaba en casa en algunas ocasiones, pero, cuando tenía hambre, Elísabet corría hasta la casa de Solla, quien le daba de cenar e incluso galletitas si lo pedía con amabilidad. Normalmente jugaba en la orilla de la playa o en el parque infantil con Sara. Otras veces, se escondía en su habitación todo el fin de semana mientras las personas en el piso de abajo bebían su asqueroso alcohol. En esas ocasiones, evitaba bajar. No le gustaba el aspecto de los amigos de su madre ni las cosas que hacían. Un minuto ahí implicaba presenciar fuertes discusiones, estallidos de risas escandalosas y desmayos en el sofá o el suelo. En resumidas cuentas, su mamá le prohibió bajar cuando sus amigos vinieran y le ordenó que se quedara en su habitación.*

*Una mujer, que iba con frecuencia los fines de semana, iba a verla, la abrazaba y le decía todo tipo de cosas que Elísabet no*

70

entendía muy bien. Pero no le importaba. A veces, cuando bajaba, los invitados la llamaban, le pedían que se sentara junto a ellos y se reían de cualquier cosa que dijera, a pesar de que no intentaba ser graciosa. Pero en cuanto empezaban a romper cosas y a alzar las voces, no se atrevía a aventurarse fuera de la habitación. Se escondía arriba hasta que se tranquilizaban y podía asegurarse de que se habían quedado dormidos.

Una noche, el chirrido de la puerta la despertó. Cuando levantó la mirada, vio un rostro desconocido. Era un hombre que se acercó, se sentó en la cama y empezó a acariciar el edredón. Su aliento era agrio y sus ojos, amenazadoramente enormes mientras la observaba en la penumbra. Cuando se despertó a la mañana siguiente, tenía las uñas mordidas y había manchas de sangre en la almohada.

Desde entonces, dejó de dormir en su cama los fines de semana. En su lugar, arrastraba el edredón y la almohada hasta el armario bajo el techo abuhardillado y dormía ahí con la puerta cerrada. Aunque el armario olía a moho y estaba segura de que había bichos dentro, se sentía a salvo; estaba convencida de que nadie llegaría hasta ella allí dentro.

# Lunes, 27 de noviembre de 2017

Elma abrió la nevera y sacó un bote de *skyr*, luego untó de mantequilla un bizcocho y le puso encima una rodaja de cordero ahumado. Se llevó el tentempié al sofá, encendió el televisor y comenzó a ver un programa sin prestarle mucha atención.

Había sido un día largo. Aunque había trabajado hasta tarde la noche anterior debido al hallazgo del cuerpo, había acudido a la estación temprano esa mañana, al igual que Hörður y Sævar. Era extraño que aparecieran cuerpos en circunstancias sospechosas en Islandia, sobre todo en Akranes, y en la mayoría de los casos era fácil determinar lo que había sucedido. Los asesinatos casi siempre tenían lugar en el hogar de las víctimas. El autor cometía el crimen bajo los efectos del alcohol o las drogas y confesaba de inmediato. Pero este caso era distinto, y los teléfonos no habían parado de sonar debido a los periodistas que estaban a la caza de información.

El problema era que la policía apenas tenía información que proporcionar. Ni siquiera sabían el nombre de la mujer, porque no llevaba ningún documento de identidad, y no parecía que hubiera llegado al lugar en coche, puesto que no habían descubierto ningún vehículo abandonado en las inmediaciones. Por consiguiente, estaban considerando la posibilidad de que hubieran tirado el cuerpo ahí; de que alguien hubiera intentado, en vano, deshacerse de él en el mar. La científica había descubierto trazas de sangre en la escena, lo cual respaldaba esa teoría. Cuando iluminaron el área, el rastro fue evidente. Comenzaba en el camino de gravilla, junto al faro nuevo, y conducía hasta la costa a través de las rocas. El hematólogo forense a cargo de examinar las fotografías estaba convencido de que habían arrastrado a la mujer desde el aparcamiento hasta la costa en la que la habían encontrado. Para obtener un análisis más detallado de la causa de la muerte, deberían esperar a las conclusiones del forense, cuyo retorno al país se esperaba al día siguiente. En definitiva, hoy no habían avanzado mucho, más allá de especular sobre la procedencia de la mujer y sobre quién podía ser. Nadie había denunciado su desaparición. En esos momentos, las únicas denuncias de desaparición las habían puesto unos padres angustiados porque sus hijas adolescentes no habían vuelto a casa desde el fin de semana.

Elma dejó a un lado el bote vacío de *skyr* y se arropó. Todo había sucedido muy rápido: un nuevo trabajo, un nuevo pueblo, una nueva vida. En momentos así, el deseo de llamar a Davíð era casi insoportable. Ansiaba escuchar su voz, sentir su presencia. La noche en la que se había marchado era como un sueño lejano, y no dejaba de repetirse que había sucedido de verdad, que había sido capaz de hacerle eso. Estaba tan absorta en sus pensamientos que se sobresaltó cuando sonó el teléfono.

—Espero que no estuvieras dormida, porque llegaré a tu casa en un par de minutos. —Era Sævar—. Parece que tenemos un nombre.

—Esta tarde hemos recibido una llamada en la que han denunciado la desaparición de Elísabet Hölludóttir, una piloto profesional nacida en 1983. Al parecer, la razón por la que no nos lo han comunicado antes es que el marido pensó que estaba en Canadá por trabajo. Pero cuando no hoy no ha regresado a casa, ha comenzado a preocuparse y ha llamado a la compañía área. Resulta que ni siquiera embarcó en el vuelo. De hecho, el viernes por la mañana llamó para avisar de que estaba enferma. Nadie conoce su paradero desde entonces. —Sævar aminoró la marcha cuando llegó a la rotonda en las afueras del pueblo. Iban de camino a visitar al marido, quien vivía justo en lo más alto del fiordo de Hvalfjörður, a una media hora en coche al este de Akranes.

—Parece que tenía algún plan… ¿para dejarlo, tal vez? —Elma se frotó las manos y comprobó que la calefacción estuviese encendida. Había salido a toda prisa de casa con un cárdigan, que no abrigaba lo suficiente.

—Sí, eso parece, pero nunca se sabe. —Sævar se encogió de hombros.

—¿Alguien más pudo haber llamado para decir que estaba enferma?

—Buena pregunta —dijo Sævar—. Ahora que conocemos su nombre, podemos contactar con su compañía telefónica. Deberían tener registros de las llamadas que hizo desde el móvil. Si resulta que fue ella la que hizo la llamada, sin duda será sospechoso.

—¿Una aventura que terminó mal? —Elma lo miró de soslayo.

—Es posible —contestó Sævar—. Por lo visto, vivió en Akranes cuando era niña, aunque dudo que tenga relevancia.

—En ese caso debería reconocerla, ¿no? O, aunque no lo hiciera, Hörður debería —concluyó Elma, que recordó cómo la noche anterior su jefe había afirmado conocer de vista a todos los habitantes de Akranes.

—No necesariamente. Según su marido, se mudó cuando tenía nueve años. No estaba seguro del año. Ella es piloto y él, abogado en una compañía de seguros en Reikiavik. Aparte de eso, no parece saber casi nada sobre la infancia de su esposa. —Sævar adelantó a un coche que avanzaba por la carretera a paso de tortuga—. Pero pronto conoceremos más detalles.

—¿Estamos seguros de que se trata de la misma mujer?

—Bueno, la edad y la descripción coinciden. No hay muchas mujeres en la treintena que hayan desaparecido hace poco en Islandia.

Pasaron junto al pie de la montaña de Akrafjall en silencio, y dejaron atrás la península de Skagi para desviarse al este hacia el interior del gran fiordo. Hacía mucho tiempo que Elma no recorría la carretera que bordeaba Hvalfjörður. Antes de la inauguración del túnel, en 1998, trasladarse de Akranes a Reikiavik era una tarea que consumía mucho más tiempo. El túnel bajo el fiordo suponía un ahorro de cuarenta y cinco kilómetros. Los ciudadanos tenían que escoger entre tomar el ferri directo a la capital a través de las aguas turbulentas de la bahía de Faxaflói, o conducir por las curvas largas y lentas que rodean el fiordo. Hvalfjörður era extraordinariamente pintoresco de día, pero ahora, en una noche de invierno sin luna, el agua era negra y las montañas poco más que sombras oscuras que se alzaban imponentes en la distancia a ambos lados. Durante gran parte del camino, lo único que animó un poco el viaje fueron las luces de una granja.

Cuando por fin llegaron a la cima del fiordo, advirtieron una casa blanca de una sola planta, con azotea y ventanales del suelo a techo. No tenía mucho jardín, solo césped y algunos farolillos que iluminaban el camino hacia la puerta principal. A diferencia de los otros lugares por los que habían pasado durante el trayecto, no había un granero o un establo que sugiriese que se dedicaban a la ganadería. En cambio, parecía que habían diseñado la casa para el exclusivo barrio de Garðabær, pero luego la habían arrojado a las profundidades de una zona rural de Islandia. Aparcaron en la entrada, detrás de un Lexus negro.

Elma llamó al timbre y, mientras esperaban, se fijó en la placa metálica del buzón y en los cuatro nombres que había grabados: «Eiríkur, Elísabet, Fjalar y Ernir».

El hombre que los recibió era alto y tenía el pelo rubio y corto. Los botones de su camisa blanca se tensaban ligeramente contra su estómago y tenía grandes manchas de sudor bajo las axilas. Después de que se presentara como Eiríkur y les estrechara las manos, les mostró el camino al salón, que era tan extremadamente moderno como la propia casa, con un suelo de parqué de roble blanco, muebles en blanco y negro y varias piezas que Elma reconoció de revistas de estilo de vida y que probablemente costaban más que todos sus muebles juntos. Eiríkur los invitó a tomar asiento en unas sillas sin brazos de cuero negro y se sentó frente a ellos en el sofá. A juzgar por su expresión, no estaba de buen humor. Parecía estar esperando a que ellos comenzasen la conversación.

—Bonita casa —dijo Sævar, que echó un vistazo alrededor.

—Gracias —respondió Eiríkur de manera distraída—. Contratamos a un diseñador de interiores. —No parecía muy satisfecho con el resultado.

—¿Es ella? —Elma señaló una foto en el aparador detrás de ellos en la que aparecía una mujer embarazada de pie con las manos sobre el vientre protuberante. Tenía el pelo largo, oscuro y ondulado, unos ojos marrones y una sonrisa leve, casi invisible.

—Sí, esa es Beta. ¿Creen que es ella a la que han encontrado? —Se le quebró la voz y tosió.

Sævar y Elma intercambiaron miradas. A partir de la fotografía era difícil deducir si se trataba de la misma mujer, puesto que claramente se había tomado hacía varios años, pero su largo pelo negro parecía coincidir.

—Pronto lo averiguaremos, con su ayuda —dijo Sævar—. Sería conveniente que comenzase por explicarnos lo que ha pasado. Es decir, la última vez que la vio y si pasó algo inusual en los días anteriores a su desaparición. Sé que ya ha hablado por teléfono con Hörður, el director de la División de Investigación Criminal, pero sería fantástico si nos repitiera lo que le contó.

—Por supuesto. Como ya le expliqué, se suponía que Beta llegaría esta mañana. Lo normal es que vuelva a las siete o las ocho, pero, cuando me despedí de los chicos, aún no había regresado. Sin embargo, eso no era especialmente inusual, dado que los vuelos se retrasan a menudo. Estoy acostumbrado a que no tenga un horario regular. No se puede confiar en que volverá a una hora determinada, es así y ya está. Intenté llamarla a lo largo del día, pero tenía el teléfono apagado, lo que tampoco resulta extraño, porque, por lo general, duerme hasta que volvemos a casa. Así que no pensé que le hubiese ocurrido nada hasta que llegué a casa alrededor de las seis y descubrí que no se encontraba aquí. En ese momento, empecé a preocuparme. —Se inclinó hacia delante, con los codos en las rodillas, y Elma percibió un potente olorcillo a sudor que resaltaba por encima de la loción para después del afeitado—. Llamé a la compañía aérea a la hora de la cena y me dijeron que nunca apareció en el trabajo. Que había llamado para decir que estaba enferma.

—¿Pudo haber estado enferma? ¿La vio marcharse para ir al trabajo?

—No, no se iba hasta después de comer, así que nos despedimos de ella el viernes por la mañana. No estaba enferma y tenía buen aspecto cuando me fui a la oficina. ¿No creerán que habrá alguna posibilidad de que alguien la haya atacado aquí, en nuestra casa? —preguntó Eiríkur, quien se tensó durante un instante, pero enseguida se sosegó tras reflexionar—: No, es imposible. Su coche no estaba aquí, ni tampoco la maleta que siempre lleva en los vuelos.

—¿Observó algo inusual cuando llegó a casa el viernes?

—No —dijo Eiríkur—. Los chicos estaban en casa. Fjalar tiene una llave. Los días en los que Beta trabaja, se quedan solos durante una hora más o menos o hasta que yo vuelvo. Lo único diferente fue que Beta no estaba aquí cuando he llegado.

—¿Normalmente iba al trabajo en su propio coche? —inquirió Elma.

—Sí, es un Ford Focus gris.

—Y asumo que tenía un teléfono.

—Sí, por supuesto, siempre lo lleva encima. Por eso estaba tan preocupado cuando regresé a casa y no la encontré aquí. Siempre me llama antes de irse a la cama, pero asumí que lo había olvidado porque estaba muy cansada. Tampoco era extraño que no me llamara durante un viaje. Por lo general, está agotada y la diferencia horaria… Pero debí suponer antes que algo iba mal, siempre llama de camino a casa.

Elma sintió lástima por Eiríkur al verlo sentado frente a ellos, con una mirada desconcertada. Sus ojos estaban desenfocados, tenía la piel pálida y brillante, y las mejillas rojas. Quería brindarle una sonrisa alentadora, pero temía que fuese inapropiada dadas las circunstancias.

—Voy a mostrarle una fotografía —dijo Sævar—. Esta es la mujer hallada en el faro. —Sacó una imagen de un sobre y se la entregó a Eiríkur—. Tómese el tiempo que necesite. Obsérvela bien y díganos si podría ser Elísabet.

La imagen mostraba a la mujer tumbada con los ojos cerrados. Una sábana blanca le cubría el cuerpo y el pelo negro contrastaba en exceso con su pálido rostro. Podría haber estado dormida y, para el alivio de Elma, ninguna de las marcas del cuello ni la herida de la cabeza eran visibles.

Eiríkur la tomó y la examinó durante unos instantes. Luego se levantó, dejó la fotografía en la mesa y dijo con voz ronca:

—Sí, es ella. Por favor, discúlpenme. —Se escabulló dentro de lo que Elma supuso que era el baño.

Su mirada se volvió a encontrar con la de Sævar. Las malas noticias como esta eran la parte más difícil del trabajo.

Cuando Eiríkur regresó, se sentó en el sofá con la mirada perdida, la mandíbula apretada y los ojos rojos.

—Todavía no estamos seguros, pero la naturaleza de sus heridas sugiere que se trata de una muerte sospechosa.

—¿Sospechosa? —Eiríkur se quedó boquiabierto—. ¿Heridas? ¿Quieren decir que… que alguien la asesinó de forma premeditada?

—Como he dicho, todavía no lo sabemos —replicó Sævar con voz serena—. Pero es improbable que sus heridas sean autoinfligidas. Le aseguro que haremos todo lo posible para descubrir lo que ha sucedido.

Eiríkur frunció el ceño como si intentase procesar la información. Cuando alzó la mirada, la ira se reflejó en su rostro.

—Pensaba que… —Se interrumpió y guardó silencio durante un momento. Cuando volvió a hablar, lo hizo con voz estridente—: ¿Me está diciendo que la asesinaron? No tiene sentido. ¿Quién querría…?

—¿Papá…? —Un niño con un pijama de dibujos animados amarillos estaba de pie en el recibidor y parpadeaba bajo las brillantes luces del salón—. Tengo que hacer pipí.

—Ve, hijo.

Nadie dijo ni una palabra hasta que el niño terminó y correteó descalzo de vuelta a su habitación al final del pasillo.

—No lo sabemos —añadió Sævar cuando volvieron a estar a solas—. ¿Notó algo inusual los días previos a la desaparición de Elísabet? ¿Alguna llamada telefónica? ¿Parecía diferente? ¿Tenía problemas en el trabajo? ¿Hay algo que recuerde?

Eiríkur caviló.

—No —dijo mientras sacudía la cabeza—. No se me ocurre nada. Ni una sola cosa.

—¿Se le ocurre alguna razón por la que haya ido a Akranes en lugar de a trabajar?

—No, no parece algo propio de Beta. Es muy diligente. Iba a trabajar aunque no hubiese dormido bien, al margen de lo que yo opinase. Hubo momentos en los que pensé que no estaba en condiciones de hacer su trabajo, pero, al parecer, eso es inevitable en su línea de negocio. Dormir poco o descansar de forma irregular son gajes del oficio.

—¿Conocía a alguien en Akranes?

—No, a nadie. —Eiríkur negó con la cabeza con énfasis—. Pero vivió ahí durante varios años cuando era niña. —Tras una pausa, continuó—: No soportaba el lugar. Se negaba rotundamente a regresar. Íbamos de compras a Reikiavik o a Borgarnes, a pesar de que resultaba bastante más inconveniente. De hecho, era extraño lo mucho que odiaba el pueblo. Por eso... por eso no comprendo qué hacía ahí, de entre todos los lugares.

—¿Tiene idea de por qué odiaba tanto el pueblo? ¿Cree que había una razón específica?

—Si le soy honesto, no lo sé. Nunca me lo explicó, solo me dijo que no tenía deseo alguno de ir al pueblo. Tenía malos recuerdos del lugar. Pensé que tal vez se debía a que había sufrido acoso escolar, pero jamás le pregunté. Dejó claro que no quería hablar del tema.

—¿Con quién se relacionaba? Aparte de sus compañeros de trabajo.

—Con nosotros —respondió Eiríkur de inmediato—. No mantenía el contacto con ningún familiar. Su madre murió hace años, antes de que nos conociésemos. Había una tía, Guðrún, con la que vivió después de la muerte de su madre, pero ya no hablaba con ella. Y solo hay una amiga que la visite con regularidad. Se llama Aldís. Salvo por eso, solo estamos los chicos y yo.

—¿Y usted? ¿Dónde estuvo el fin de semana?

—En casa con los chicos. No hicimos gran cosa.

—¿Hay alguien que pueda confirmarlo?

Eiríkur suspiró y se quedó mirando a la nada.

—Veamos… el viernes fui a trabajar y mis compañeros deberían poder confirmarlo. Los chicos invitaron a unos amigos a casa por la tarde y su madre los recogió sobre las siete. El sábado nos quedamos en casa. No, de hecho, llevé a los chicos a ver a sus amigos, y, mientras estaban ahí, hice la compra para el fin de semana. Por la noche cenamos aquí, y el domingo hicimos más o menos lo mismo, y además dimos una vuelta en coche y compramos unos helados en Borgarnes—. Los miró y añadió con pesadumbre—: ¿Con eso basta, o quieren que despierte a los niños para que confirmen mi historia?

—No, no es necesario —terció Elma enseguida—. Pero me temo que tenemos que confirmar su coartada. Es una simple formalidad. —Le dedicó una breve sonrisa.

—Bueno, estoy seguro de que es suficiente por ahora. Nos iremos pronto y le dejaremos tranquilo para que lidie con lo que ha pasado. Pero sería conveniente que mañana viniese para hacer la identificación formal de… —Sævar dudó. Había estado a punto de decir «el cuerpo», pero sonaba muy insensible—. Ofrecemos asistencia psicológica para situaciones como esta y le recomiendo que la acepte. Por lo pronto, le hemos pedido al párroco municipal que le haga una visita, si le parece bien. Me temo que, dada la naturaleza del caso, tendremos que hacerle más preguntas, así que le agradeceríamos que llevara el teléfono siempre encima. ¿Tiene alguna fotografía actual de Elísabet que pueda darnos?

Eiríkur no reaccionó de inmediato, pero, tras unos segundos, se levantó y buscó una foto de su esposa para ellos. Elma no estaba segura de que hubiese asimilado todo lo que Sævar había dicho, pero ambos sabían que no tenía mucho sentido hacerle más preguntas en esos momentos.

Por suerte, no tuvieron que esperar mucho antes de que sonase el timbre que anunció la llegada del párroco. Sævar se dirigió a la puerta y la abrió. Elma tenía la esperanza de que la familia de Eiríkur también lo visitara y lo acompañara, a pesar de las altas horas de la noche. Sintió un nudo en la garganta cuando pensó en los dos niños que dormían, ajenos a la situación en sus camas. Eiríkur seguía sentado con la vista fija en las manos, cuando ella se levantó.

—No dude en ponerse en contacto con nosotros si se le ocurre algo más —dijo Elma antes de marcharse, y apuntó sus números de teléfono. Mientras le entregaba el trozo de papel, añadió—: Lo lamento sinceramente. —Eiríkur agarró el papel en silencio.

Tras dejarlo con el párroco, iban de camino al coche cuando escucharon su voz tras ellos.

—¿Qué les voy a decir los niños? —preguntó, y los miró a ambos con la boca abierta en una expresión de desesperación perpleja.

No tenían respuesta para esa pregunta.

# Akranes, 1990

*Su papá solía contarle historias. Sabía que la mayoría no eran reales, pero eso es lo que las hacía tan divertidas. En las historias de su papá, cualquier cosa era posible. Las cosas más improbables cobraban vida y su papá siempre se metía en líos. Le contaba historias de cuando era niño y se dedicaba a hacer travesuras. Había crecido en una granja con ovejas, vacas, caballos y gallinas. Lo escuchaba fascinada y deseaba haber crecido en el campo al igual que él, rodeada de todos esos animales. Le prometió que la llevaría a la granja para que los visitara. Sin embargo, fue otra promesa que no pudo cumplir.*

*Una de las historias le rondaba la mente. No sabía si era cierta o inventada —quizá nadie lo sabía—, como si hubiera sucedido hacía mucho tiempo. Se la había contado mientras paseaban por la playa en un día soleado con temperaturas suaves. La superficie del mar era casi totalmente lisa y el glaciar de Snæfellsjökull se veía con claridad a lo lejos, al noroeste.*

*—¿Sabes quién vive en Snæfellsjökull? —preguntó su padre con una sonrisa.*

*Estaba escribiendo en la arena con un palo largo, pero se detuvo para mirarlo con los ojos entornados por la deslumbrante luz del sol.*

*—¿Papá Noel? —supuso.*

*—No, él no —respondió su papá—. Bárður, Bárður Snæfellsás. Dicen que era tan grande que era probable que descendiese de los gigantes y los troles.*

*—¿Era peligroso?*

*—Al principio no, pero luego pasó algo que lo cambió.*

*—¿Qué pasó? —preguntó, y dejó de escribir en la arena. Sabía que le iba a contar una historia y le encantaban sus historias.*

*Se aclaró la garganta y se sentó junto a ella en la arena.*

*—Bueno, Bárður tenía una hija llamada Helga, a quien quería mucho. Y un día, Helga estaba jugando con sus amigos, Sölvi y Rauðfeldur.*

*—Rauðfeldur —repitió, con una risita.*

*—Sí, Rauðfeldur, porque tenía la piel roja. ¿No te parece un buen nombre?*

*Negó con la cabeza y se rio.*

*—En fin, estaban jugando en la costa de Arnarstapi, cerca del hogar de los chicos. Hacía viento, había niebla y el hielo marino se había acercado a la superficie terrestre. Estaban celebrando una competición, que acabó en pelea y terminó con Rauðfeldur empujando a Helga al mar, encima de un iceberg. El viento era tan fuerte que el iceberg se alejó flotando de la costa, y se llevó a Helga consigo. —Hizo una pausa antes de continuar—: ¿Sabes cuál es el nombre de nuestro país vecino al oeste? Es Groenlandia. Bueno, el viento era tan fuerte que Helga solo tardó siete días en llegar flotando en el iceberg a Groenlandia.*

*—Hala, siete días es mucho tiempo —intervino ella.*

*—Sí, supongo que es bastante tiempo. —Su papá coincidió con ella—. Pero la historia no ha terminado, porque cuando Bárður escuchó lo que le había sucedido a su hija, enloqueció de rabia. Y eso era malo, porque provenía de una familia de troles y gigantes, ¿recuerdas?*

*Elísabet asintió.*

*—Fue a Arnarstapi, cogió a Rauðfeldur y a Sölvi, se puso a cada uno debajo de un brazo, y se los llevó a la montaña. Primero, tiró a Rauðfeldur dentro de la gran y profunda fisura que hoy en día llamamos Rauðfeldsgjá, y que significa «grieta de piel roja». Luego, lanzó a Sölvi desde un acantilado que desde ese entonces se conoce como Sölvahamar o «El acantilado de Sölvi». A partir de ese momento, Bárður cambió y se volvió callado y malhumorado. Sentía que ya no pertenecía al mundo de los hombres, así que se fue a vivir al glaciar de Snæfellsjökull, y así es como obtuvo su nombre, Snæfellsás, el dios de Snæfell. Se dice que rescata a las personas que tienen problemas cuando escalan el glaciar.*

*—¿Se parece un poco a Superman?*

*—Sí, se parece un poco a Superman —dijo su padre entre risas.*

A veces, cuando observaba el glaciar, que se alzaba desde el mar como una pirámide en el horizonte, deseaba poder copiar a Helga y flotar en un iceberg hasta otro país en tan solo siete días. Ahora sabía que siete días no era mucho tiempo. Y, a veces, se decía a sí misma que si Bárður era el espíritu guardián del glaciar, tal vez su papá era el espíritu guardián del mar. Y, por esa razón, nada malo le sucedería si viajase por el mar en un iceberg. Se sentaba ahí durante horas, rememoraba ese día en la playa y fantaseaba con un futuro en otro país y con su papá viviendo bajo el mar. Pronto tendría siete años, y se cumpliría un año desde la última vez que lo vio. Se inventaba historias en su cabeza sobre todas las aventuras que encontraría en su travesía. Todas eran historias bonitas, con finales felices.

# Martes, 28 de noviembre de 2017

A las nueve de la mañana, Elma y Sævar estaban sentados en la mesa de la pequeña sala de reuniones, donde esperaban a Hörður. Llegó unos minutos más tarde, sin aliento y con el casco de la bici todavía puesto. Se lo quitó y se limpió el sudor de la frente con un pañuelo blanco que volvió a guardarse en un bolsillo. Tenía la parte superior del pelo aplastada mientras que la inferior se enroscaba en unos rizos tupidos. Sacó las gafas de un bolsillo y se las colocó por encima de la nariz.

—Qué agradable mañana —declaró con una sonrisa, mientras sacaba una carpeta de la cartera y la dejaba sobre la mesa. Se sentó, hojeo rápidamente los papeles que contenía, se volvió a levantar y les pidió que esperasen un momento.

Sævar le sonrió a Elma, quien alzó las cejas. Cuando Hörður regresó, traía una taza blanca que dejó con cuidado sobre la mesa para no derramar ni una gota de té.

—Bueno —dijo, tras haber recuperado la compostura habitual—, nos han confirmado que el cuerpo es de Elísabet Hölludóttir, nacida en 1983. —Escribió el nombre de la víctima en la reluciente pizarra blanca con un rotulador rojo—. Su marido, Eiríkur, la ha identificado formalmente esta mañana. El veredicto de la Comisión de Identificación debería estar disponible en un par de días. —Hörður se dio la vuelta, con el rostro serio, y se ajustó las gafas—. Está previsto que el médico forense regrese al país hoy y realice la autopsia de inmediato, pero los doctores que ya la han examinado están seguros de que la golpeó un coche.

—¿La golpeó un coche? —preguntó Sævar, que levantó la vista de la fotografía que había estado garabateando en su libreta. Elma, que se había inclinado para ver lo que hacía, también se giró hacia Hörður con interés renovado

—Sí, eso es lo que sugieren las heridas de la cabeza y las piernas. Los doctores no creen que las haya podido causar nada más. Pero eso no implica que la atropellasen en el lugar. Es posible que el culpable la atropellase y luego la moviera hasta el lugar en que la encontraron con la intención de deshacerse del cuerpo.

—¿Murió a causa del impacto?

—Todavía no lo sabemos. Como he dicho, tenemos que esperar a que el forense se ponga en contacto con nosotros cuando realice la autopsia. Pero todos hemos visto las marcas del cuello, que demuestran que alguien intentó estrangularla, ya fuese antes o después del atropello. Así que lo más probable es que se trate de un homicidio doloso.

—Entonces no pudo haber sido un accidente —dijo Sævar.

—Lo dudo mucho.

—Puede que alguien la persiguiera hasta allí —sugirió Elma.

—¿Que alguien la persiguiera? —Sævar se giró hacia ella.

—Sí, puesto que la encontraron muy lejos de la carretera. Quizá la atropellaron e intentó huir.

—¿Hacia el mar? —cuestionó Sævar—. No es una buena ruta de escape.

—Dudo que alguien pudiese pensar con claridad en una situación como esa —replicó Elma, que creía que estaba explicando una obviedad.

—¿Es posible que alguien la atropellara por accidente, entrara en pánico e intentara deshacerse del cuerpo? —Sævar se sentó en su silla—. ¿Y cuando se dio cuenta de que seguía viva, se asustara y la rematara?

Elma se encogió de hombros. Sonaba como una escena de una película mala.

—Como ya sabéis, la unidad científica encontró sangre en la gravilla cerca del aparcamiento y también en las rocas, así que sabemos que la hirieron antes de moverla. Y no olvidéis que, según el hematólogo forense, la arrastraron por las rocas. —Hörður volvió a sentarse. Sacó la bolsita de té de la taza y la dejó en el platillo antes de continuar—. Ayer visitasteis al marido. ¿Averiguasteis alguna cosa interesante?

—Parecía sorprendido y nos dijo que había estado en casa todo el fin de semana con sus hijos —relató Elma, que apartó la mirada del líquido verdoso que goteaba de la bolsita de té y formaba un charco en el platillo—. Pero, en realidad, no hay nadie que pueda confirmar su coartada, a excepción, tal vez, de los padres de los niños que jugaron con sus hijos durante el fin de semana. Aunque claro, Eiríkur pudo haber salido sin que los niños se diesen cuenta. Cuando estaban dormidos, por ejemplo.

—Sí, es posible. Será mejor que investiguemos al marido. —Hörður frunció el ceño—. Tendremos que llamar a su jefe para comprobar si fue a trabajar el viernes, y, si lo hizo, cuándo. Los chicos de la científica creen que Elísabet pudo haber estado en el mar durante más de veinticuatro horas, pero tendremos que esperar a que el forense lo confirme. —Hörður hizo una pausa para hojear los papeles de una pila ordenada frente a él—. Como sabéis, el viernes llamó para decir que estaba enferma, pero Eiríkur asegura que no estaba al corriente. ¿Es posible que tuviese la intención de ir a otro sitio mientras su familia pensaba que estaba a bordo de un vuelo?

Elma se recostó en su silla.

—¿Tendría una aventura?

—¿Quieres decir que tenía una aventura con alguien de Akranes? —preguntó Sævar.

—No necesariamente —respondió Elma—, aunque si movieron el cuerpo hasta el faro, podemos asumir que lo hizo alguien familiarizado con el pueblo. O al menos alguien que sabía dónde encontrar un lugar tranquilo y alejado de los caminos transitados.

—¿En serio describirías Breiðin como tranquilo y no transitado? —Hörður sonaba escéptico.

—Bueno, a última hora de la tarde o por la noche sí —afirmó Elma.

—Según Eiríkur, Elísabet no soportaba Akranes y hacía todo lo posible por no acercarse. Además, estaba bastante seguro de que no conocía a nadie en el pueblo, a pesar de haber vivido aquí de niña. Por lo que resulta muy extraño que su cuerpo apareciera cerca del faro. Si vino aquí por voluntad propia, la pregunta es, ¿qué estaba haciendo o con quién se reunió?

—Sí, vivía aquí, supuestamente. —Hörður asintió con aire pensativo.

—Sabemos que tenía coche, un Ford Focus gris —declaró Sævar—. Dado que no ha aparecido todavía, lo más seguro es que lo estuviera conduciendo, por lo que es fundamental localizarlo cuanto antes. Podríamos empezar comprobando si hay algún coche de esa marca aparcado en algún lugar del pueblo o de los alrededores.

—Sí, esa debe ser nuestra mayor prioridad. Les diré a los agentes de servicio que empiecen a buscarlo —dijo Hörður—. Podrían haberlo aparcado a las afueras del pueblo, en un área recreativa como Elínarhöfði o Garðalundur. También tendremos que revisar los talleres de coches, para ver si alguien ha llevado un vehículo con daños en la carrocería que coincidan con las heridas de la víctima. No es muy probable que el autor del crimen haya llevado el coche directamente a un taller, pero nunca se sabe. Sævar, vendrás conmigo a Breiðin. Me gustaría examinar mejor el área ahora que sabemos que la atropellaron.

—¿La científica ha encontrado algún fragmento de cristal o algún otro material del coche que indique que el impacto se produjo cerca del faro? —preguntó Sævar.

—No, no han encontrado nada por el estilo en la escena. Pero las condiciones meteorológicas eran tan malas que me gustaría que volviesen a peinar el área con cuidado de día, ahora que el tiempo ha mejorado, con el objetivo específico de buscar posibles restos de un vehículo. —Hörður se giró hacia Elma—. Me gustaría que reunieras toda la información que puedas sobre Elísabet y su pasado. Intenta hablar con la gente con la que se relacionaba. Debe haber alguien que tenga información.

—¿Qué hay de su teléfono? —preguntó Elma.

—He enviado una petición a su compañía telefónica para que nos proporcione el registro de llamadas. Cuando lo tengamos, comprobaremos si la llamada a la aerolínea para avisar de que estaba enferma se hizo desde su móvil. —Hörður volvió a meter los papeles en la carpeta y se levantó—. Nos vemos aquí por la tarde.

Breiðargata fue una vez la avenida principal de Akranes, pero el núcleo del pueblo se había desplazado y la calle había quedado relegada a las afueras. Pasaron frente a una cabaña abandonada, en la que se procesaba el pescado, y frente a unas estructuras de madera viejas, donde antes se secaba pescado, pero que ahora los niños utilizaban como área de juegos. Sævar aparcó al lado del panel informativo junto al faro nuevo. Hacía poco que habían construido una pasarela de madera hacia las rocas y habían asfaltado los senderos. No estaba seguro de qué pensaba al respecto. El lugar había perdido parte de su encanto ahora que el faro se había convertido en una atracción turística.

Salieron del coche, cerraron las puertas y respiraron el aire fresco del mar. El clima había mejorado desde la noche del domingo, y de día era mucho más fácil advertir las rocas alrededor del viejo faro, que se estrechaban en un arrecife largo y angosto en el extremo de la península de Skagi. En condiciones adversas, las olas llegaban a romper contra el viejo faro. Aquí, en el extremo oeste de Akranes, la tierra, el mar y el cielo parecían converger. Al mirar atrás en dirección contraria, se divisaba el pueblo en la distancia. En el paisaje destacaban los depósitos de combustible abandonados y la alta chimenea de la fábrica de cemento en ruinas, que en su momento había sido blanca, pero ahora evidenciaba el paso del tiempo. Había rumores de que la iban a demoler. Más allá, la curvatura amarilla de Langisandur se extendía hacia las laderas escarpadas de la montaña de Akrafjall, que tenía el aspecto de un cráter en el medio de estas. Al sur, apenas visibles al otro lado de la bahía de Faxaflói, se distinguían los edificios de la capital, mientras que, a lo lejos, en el horizonte, la extensa superficie de la península de Reykjanes se alejaba hacia el suroeste.

Más cerca, una bandada de gaviotas revoloteaba y graznaba por encima de las rocas, como si hubieran encontrado algo comestible. En verano, la fauna avícola era más variada; había escolopácidos, arenarias, ostreros y patos. A Sævar le gustaba pasear por la costa para observarlos, aunque no se describiría como un auténtico observador de aves. Aun así, le parecía relajante, y su perra, Birta, también disfrutaba de los paseos. El bloque de apartamentos en el que vivía le provocaba claustrofobia. Las paredes eran finas, y había familias con niños tanto arriba como abajo. Una de las parejas tenía discusiones tan escandalosas que, a menudo, el sonido de los gritos no lo dejaba dormir. En esas ocasiones, abandonaba el edificio y caminaba hasta el puerto, a veces incluso llegaba hasta Breiðin. Telma estaba tan acostumbrada que no protestaba cuando se iba en mitad de la noche.

—Échale un vistazo a esto —voceó Hörður—. Estas marcas podrían ser de un frenazo. —Caminaba alrededor del coche mientras tomaba fotos—. Pero, claro está, es difícil determinarlo en la gravilla.

Sævar examinó las marcas que Hörður había advertido. Tenía razón. Las huellas de neumáticos estaban fuera del camino, como si alguien hubiera girado con brusquedad a un lado y frenado de repente. La zona estaba acordonada y se encontraba bajo vigilancia desde el domingo por la noche, cuando la policía científica había investigado la escena del crimen, así que era improbable que las marcas se hubieran hecho desde entonces. Por otra parte, era imposible especificar cuánto tiempo llevaban ahí.

Hörður tomo un par de fotos más.

—Quizá hay fragmentos del coche por aquí. La científica peinó la zona junto a las rocas, donde se halló el cuerpo, pero no estoy seguro de que hayan inspeccionado el aparcamiento en detalle.

—Ampliaron bastante el área de búsqueda —indicó Sævar. Se enderezó donde se había agachado en cuclillas para contemplar las marcas y escaneó el entorno.

La zona acordonada por la científica se extendía a lo largo del camino de gravilla y llegaba hasta la costa rocosa alrededor de los dos faros. El equipo de la científica tuvo que haber trabajado media noche para cubrir todo ese terreno.

Los dos hombres deambularon en silencio durante un rato y escudriñaron el suelo sin encontrar nada. Hörður metió una lata de cerveza vacía en una bolsa de plástico. El sol invernal poco podía hacer para aminorar la brisa fresca que soplaba desde el norte. Un coche se aproximó por el camino de gravilla. Sævar levantó una mano para protegerse los ojos y vio un todoterreno gris en el que iban un hombre y una mujer en la parte delantera y dos niños en la trasera.

—No vamos a encontrar nada aquí ahora —dijo Hörður—. Vámonos.

Sævar asintió y subió al coche. Se dio la vuelta y observó los dos faros. La familia había salido del todoterreno y miraba la zona acordonada con curiosidad. El hombre llevaba una cámara enorme y la mujer sujetaba las manos de los niños, que no tendrían más de seis o siete años. De día el lugar tenía una atmósfera tranquila e inocente, pero Sævar sabía que, una vez caía la noche, el ambiente se tornaba escalofriante. No era de los que se asustaban con facilidad. Era una persona práctica, que confiaba en lo que sus ojos veían y en nada más. No obstante, no podía evitar ver el rostro de la mujer cada vez que miraba hacia las rocas.

Elma, sentada frente al ordenador, reunía toda la información que podía encontrar sobre Elísabet Hölludóttir. Hasta ahora, había descubierto que Elísabet había nacido en Akranes, que había vivido ahí de niña y que había asistido al Colegio Brekkubær. En 1992 se había mudado a Reikiavik con su madre, Halla Snæbjörnsdóttir, que había muerto de cáncer ese mismo año y había dejado a su hija a cargo de su hermana, Guðrún Snæbjörnsdóttir. Elma buscó a la tía y descubrió que vivía en el distrito de Breiðholt en Reikiavik. Anotó su número de teléfono.

A continuación, llamó al Colegio Brekkubær y les pidió que le enviaran por correo una lista de los niños que fueron a clase con Elísabet durante los años en los que estudió ahí. Mientras se preguntaba qué pudo haber provocado la vuelta de Elísabet a Akranes, se le ocurrió que alguno de sus antiguos compañeros de clase pudo tener algo que ver. La amable secretaria escaneó el archivo y se lo envió pocos minutos después de colgar. La clase se llamaba 1.IG, por las iniciales del profesor, Ingibjörn Grétarsson, que había dado clases durante el tiempo que Elísabet estuvo allí. Elma buscó 1.IG en la página web de del Museo de Fotografía de Akranes y varias imágenes aparecieron, incluida una foto grupal de la clase entera. En otras fotografías aparecían niños participando en distintas actividades, pero, para la frustración de Elma, pocos pies de foto incluían algún nombre. Niños de seis años entusiasmados de camino al colegio, con anoraks extragrandes y mochilas enormes; niños que construían torres con bloques de madera; dos niñas sentadas en una mesa cuadrada pintando dibujos. El pie de foto de esta última imagen decía: «Alumnas del Colegio Brekkubær. Fotografía tomada en 1989». Una de las niñas miraba directamente al objetivo con una gran sonrisa; la otra tenía un llamativo cabello negro y unos intensos ojos marrones.

Elma estudió la imagen, luego sujetó la foto de Elísabet de adulta y la comparó con la pantalla del ordenador. No era la que le había dado el forense, sino la que le había entregado el marido de Elísabet, Eiríkur; un primer plano, presumiblemente una foto para el pasaporte. No cabía duda de que la niña en la pantalla y la mujer en la foto eran la misma persona. Dos pares de deslumbrantes ojos marrón oscuro miraban fijamente a Elma.

Encontró otras dos imágenes de Elísabet en la web. Una era una foto de grupo en la que los niños estaban en fila junto a su profesor en la clase. La otra mostraba un grupo de niños vestidos con delantales que amasaban una masa. Cuatro de ellos extendían las manos cubiertas de harina. Era la única fotografía en la que Elísabet sonreía.

Elma pensó en el niño que había salido de su habitación para ir al baño cuando hablaban con Eiríkur. Era la viva imagen de su madre, con el pelo oscuro y los ojos marrones, pero con una expresión mucho menos grave que la de ella. Elísabet no parecía haber sido una niña muy alegre, pero no podía juzgarla por las fotos. Quizá el fotógrafo era un extraño, alguien que la intimidaba. Muchos niños se mostraban tímidos a la hora de hacerse fotos. Elma recordó que a ella nunca le había entusiasmado. Las fotografías en los gruesos álbumes de sus padres casi siempre mostraban a una niña con una expresión malhumorada, mientras que, a su lado, su hermana aparecía con una sonrisa radiante como una niña modelo. Elma solo sonreía en las fotos que le habían tomado por sorpresa, antes de que tuviera tiempo de fruncir el ceño.

Se preguntó si debería intentar localizar al antiguo profesor de Elísabet, pero decidió que era algo que podía esperar. Hablar con el marido y con cualquiera con quien hubiera interactuado recientemente era mucho más urgente que entrevistar a las personas de su pasado. A pesar de que la conmoción y el dolor de Eiríkur habían parecido auténticos, a menudo los asesinatos los cometían las parejas u otros familiares cercanos, y en el caso de Elísabet no había muchas opciones para elegir. Ninguno de sus parientes cercanos estaba vivo aparte de su tía Guðrún, con quien, según la palabra de Eiríkur, había tenido poco contacto. De momento, la policía no estaba al corriente de la existencia de ningún otro familiar.

Elma tomó el teléfono y llamó al número de Guðrún. Una voz ronca le contestó casi de inmediato.

—Hola, ¿hablo con Guðrún Snæbjörnsdóttir? —preguntó Elma.

—Sí, ¿soy yo? —Sonó como una pregunta.

—Mi nombre es Elma y le llamo de la Comisaría de Akranes. Me preguntaba si podría reunirme con usted mañana para charlar.

Hubo un breve silencio al otro lado de la línea.

—Si se trata de Elísabet, tengo poco que decir. Hace años que no la veo, desde que se marchó de aquí sin ni siquiera despedirse y mucho menos dar las gracias.

—Le doy mi más sentido pésame por la pérdida de su sobrina —dijo Elma, a pesar de la fría indiferencia en la voz de Guðrún. Dudó, pero añadió—: Si no le importa que le pregunte, ¿cómo sabía que le llamaba por Elísabet? Ha dicho que no se han visto demasiado en los últimos años…

—Desde luego que no —replicó Guðrún en voz alta—. Pero a su marido todavía le quedan buenos modales y me llamó para contármelo. Por lo menos, mi sobrina tuvo la sensatez de casarse con un buen partido. Ese Eiríkur parece un hombre muy decente. Pero no veo por qué querría reunirse conmigo: no tengo nada que decir.

Elma hizo una pausa.

—Aun así, me gustaría visitarla. No le robaría mucho tiempo. ¿Le iría bien mañana a las once de la mañana?

Hubo otro silencio, antes de que Guðrún respondiera a regañadientes:

—Bueno, no sé de qué le servirá, pero puede venir. Estoy ocupada hasta las dos, así que tendrá que acudir después.

Elma comenzó a toser, le dio las gracias y colgó. Parecía que Eiríkur estaba en lo cierto respecto a la tensa situación entre tía y sobrina. Tecleó el segundo número que el marido le había proporcionado, el que pertenecía a Aldís Helgadóttir, la única amiga con la que Elísabet había mantenido el contacto.

El teléfono sonó y sonó. Elma estaba a punto de darse por vencida y colgar cuando una voz jadeante contestó.

—¿Sí? —dijo la mujer con brusquedad, como si la llamada hubiera interrumpido algo importante. Pero su tono cambió en cuanto Elma le explicó de qué se trataba—. Por supuesto que puedo reunirme con usted. Dios, si hay algo que pueda hacer… —Su voz se fue apagando, y Elma creyó escuchar un sollozo.

—¿Mañana, justo después del mediodía? —preguntó, cuando Aldís no dijo nada más.

—Tengo una reunión a la una, así que al mediodía me va bien.

Elma se despidió tras anotar la dirección del hotel en el que Aldís trabajaba como directora. Después permaneció sentada, con el teléfono en la mano, y caviló durante un minuto antes de llamar al Registro Civil. Una voz robótica le informó de que un agente de atención al cliente la atendería en cuanto fuera posible. Esperó varios minutos hasta que por fin alguien contestó su llamada: una mujer que se presentó como Auður.

—Veamos —dijo Auður, y Elma escuchó el aporreo del teclado—. Sí, aquí está. La dirección en la que la madre y la hija estaban registradas en Akranes era el número ocho de la calle Krókatún.

—Gracias —contestó Elma—. También me preguntaba si podría comprobar si alguna vez tuvo un patronímico y, en caso afirmativo, cuándo se cambió el apellido. —Le había parecido extraño que, mientras que la mayoría de los islandeses usaban el nombre de su padre en el apellido, Elísabet usase el de su madre, Hölludóttir, «hija de Halla».

—Veamos. —Una vez más, Elma escuchó cómo aporreaba el teclado—. Elísabet Hölludóttir nunca se cambió el apellido. En el certificado de nacimiento está registrada con el nombre de su madre. Su padre se llamaba Arnar Helgi Árnason. Murió en 1989.

—¿Hay algún registro de su muerte?

—Lo único que dice aquí es «muerte accidental», pero no debería ser difícil averiguar los detalles por otros medios.

Elma se lo agradeció y colgó. Volvió al ordenador, abrió la página web de la hemeroteca y tecleó el nombre del padre de Elísabet. El artículo apareció casi al instante. Estaba fechado en 1989. Dos hombres desaparecieron la noche del 16 de febrero después de que su barco pesquero se hundiera en una tormenta cerca de la entrada del puerto de Akranes. Se cree que una ola rompió contra la embarcación de cinco toneladas, que volcó con los dos tripulantes a bordo. Al parecer, una borrasca había empeorado el clima de manera repentina e inesperada, y las condiciones habían sido extremas en las zonas de pesca costera poco profunda y en la bahía de Faxaflói. El artículo afirmaba que Arnar tenía una pareja de hecho y una hija.

Elma anotó los detalles en su libreta y se recostó en la silla. Elísabet solo tenía seis años cuando su padre murió, y parecía que sus padres vivían juntos. Entonces, ¿por qué se apellidaba con el nombre de su madre en lugar del con el del padre, como era habitual en Islandia?

# Akranes, 1990

*El frío le golpeó las mejillas mientras se abría paso a través de la nieve intentando seguir el ritmo de su madre. Cuando miró hacia abajo, se quedó encandilada por un momento: la nieve era increíblemente blanca y resplandecía bajo el sol como la purpurina. Pero también era extremadamente fría y se le acumulaba dentro de las botas, donde se derretía y le empapaba las medias. Alzó el rostro hacia el cielo y sacó la lengua para tratar de atrapar los grandes copos de nieve que flotaban de manera perezosa en el ambiente tranquilo.*

*—¿Qué estás haciendo? ¡Date prisa! —espetó su madre.*

*Elísabet corrió tras ella. Su madre estaba de mal humor; tenía los ojos hinchados y rojos.*

*Algunos copos le entraron por el cuello del anorak y sintió que se deslizaban por su columna.*

*—Mami, tengo frío —se quejó, pero enseguida se arrepintió. Su madre perdía la paciencia con facilidad cuando gimoteaba.*

*Se dio la vuelta, la agarró del brazo y tiró de ella. Elísabet tropezó y se cayó en la nieve, pero, en lugar de detenerse, su madre continuó andando, y casi le arrancó el brazo mientras la arrastraba por el suelo. Elísabet sentía cómo las lágrimas amenazaban con inundar sus ojos, pero luchó por contenerlas. No se atrevía a llorar. Últimamente, su madre había estado de muy mal humor. Muchas veces, Elísabet no tenía ni idea de qué era lo que había hecho mal: los golpes llegaban sin previo aviso.*

*La nariz le moqueaba e intentó limpiársela en la manga del anorak con la mano libre. Esperaba que nadie las viera. Imaginó lo que dirían sus compañeros de clase si la veían en ese momento: calada hasta los huesos y moqueando. Todo era culpa de su papá. Si no se hubiera subido al barco, su mamá no estaría tan enfadada y todo sería mejor.*

96

*Se detuvieron delante de un bloque de apartamentos rojo y blanco, y fueron a la entrada central, donde su madre llamó a uno de los timbres. No hubo respuesta. Su madre no esperó mucho antes de volver a presionar el botón y lo sostuvo durante un buen rato. A la niña le goteaba el pelo sobre el anorak rojo.*

*—Sí —respondió un hombre con voz ronca.*

*—Soy yo —dijo su madre en voz baja.*

*Al parecer, el hombre conocía a su madre, porque hablaban con intensidad. Su madre abrió la puerta, se detuvo en el umbral y se dio la vuelta. Luego se arrodilló ante Elísabet y la miró.*

*—Quédate aquí —le ordenó.*

*Elísabet asintió y sorbió por la nariz. Después, la puerta se cerró de golpe y su madre desapareció. Se sentó a esperarla.*

*Mientras permanecía sentada, vio a Magnea, que salía de la escalera contigua con su madre. Magnea iba a su clase, pero no eran amigas. Elísabet sorbió por la nariz con fuerza y apretó los dedos de los pies para que la sangre fluyese. Madre e hija fueron directas hacia un enorme SUV, que parecía nuevo, y se subieron; Magnea no tenía que abrirse camino entre la nieve. Probablemente nunca se le habían helado los dedos de los pies. Elísabet observó con envidia cómo la otra niña se ponía el cinturón, se acomodaba y acariciaba una muñeca rubia en su regazo.*

*En ese instante, Elísabet se prometió a sí misma que, cuando fuera mayor, tendría un coche grande como ese para que sus hijos nunca tuvieran los pies congelados.*

El día había transcurrido con dolorosa lentitud. Magnea estaba sentada y observaba el reloj en la pared a la espera de que las manecillas dieran la vuelta. Al notar su indiferencia, los niños hablaban más alto de lo habitual y prestaban poca atención a sus deberes, pero ella no se molestó en alzar la voz para restaurar la disciplina. En su lugar, permaneció sentada frente a su escritorio y contempló distraída, a través de la ventana, el terreno de juego, el pabellón deportivo con los paneles del techo disparejos y el mar más allá. La visibilidad era lo bastante buena como para distinguir Reikiavik al otro lado de la bahía. De vez en cuando, desviaba la mirada a las hojas que tenía enfrente, leía las respuestas sencillas y las marcaba como correctas o incorrectas.

Se llevó una mano al vientre. Seguía plano. Nadie podría adivinar que había una vida creciendo en su interior, aunque fuese diminuta. Tan pequeña como un guisante. Sonrió para sus adentros. Lo habían intentado durante mucho tiempo, y ahora, de repente, como por arte de magia, había sucedido. No podía tratarse de una coincidencia. Había hecho lo correcto. De alguna manera, había hecho algo bien.

—Magnea, he terminado. —Agla, de pie frente a ella, sostenía el libro de ejercicios con una sonrisa zalamera. Era la alumna más predispuesta a sentarse en silencio, obedecer instrucciones y hacer los deberes sin protestar.

Magnea sonrió de manera superficial y tomó la hoja.

—¿Y ahora qué hago? —preguntó la niña tras unos instantes, desconcertada al no recibir más instrucciones.

Magnea suspiró en voz baja.

—Siéntate y lee hasta que los demás terminen.

Agla asintió de forma obediente y volvió a su asiento, donde sacó un libro demasiado grueso para alguien de nueve años y comenzó a leer. Magnea negó con la cabeza. Era improbable que su propia hija fuese así si seguía el ejemplo de sus padres. Por supuesto, todavía no sabía el sexo del bebé, pero estaba segura de que era una niña. Una pequeña que probablemente sería como Gréta y Anna, que se sentaban juntas y cuchicheaban cuando pensaban que la profesora no las veía.

Magnea estudió a sus alumnos. En grupos como ese se establecía rápidamente una jerarquía interna. Podía señalar al puñado de niños que el resto admiraba, los líderes naturales, quienes decidían lo que los demás debían hacer y lo que era y no era guay. La mayor parte del resto pertenecía a la categoría de seguidor, los niños que respetaban a los líderes con admiración. Luego estaban los marginados, aquellos con los que nadie quería juntarse y que a menudo eran objeto de susurros y acoso. Como Þórður, que miraba por la ventana y llevaba unos tejanos demasiado cortos que dejaban a la vista sus espinillas huesudas. O Agla, que estaba sentada inmersa en su libro salvo cuando levantaba la mirada para intentar llamar la atención de Magnea.

Sí, era un mundo cruel, incluso para los niños de nueve años. Magnea era plenamente consciente de la posición que ella había ocupado en la jerarquía del colegio. Había estado en lo más alto. Había disfrutado mucho de su estatus y le había encantado estar al mando. Ahora echaba de menos esa sensación de poder. La vida se había ido complicando cada vez más a lo largo de los años. Había observado con impotencia cómo su antiguo poder se le escapaba poco a poco de las manos y cómo la gente había perdido el interés en ella.

Volvió a echarle un vistazo al reloj. El día casi había terminado y tenía una reunión después del trabajo, una que llevaba mucho tiempo esperando.

Habían dejado un termo de café y tres tazas en medio de la mesa, junto a una cesta de *piparkökur* perfectamente ordenadas en una servilleta roja, lo que le recordó a Elma que la Navidad estaba a la vuelta de la esquina. Si estuvieran en Estados Unidos, comerían dónuts, pero aquí tenían que conformarse con galletas de jengibre, pensó, y dejó que se deshiciera una en su boca con el café caliente. Se moría de hambre porque no había tenido tiempo de ir a comer, y por una vez no había bollería en la cocina. Hörður aún no había vuelto, pese a que eran más de las cinco. Elma estaba aprendiendo poco a poco que, aunque su nuevo jefe poseía muchas virtudes, la puntualidad no era una de ellas.

—¡Lo siento! Os pido disculpas por haceros esperar —dijo Hörður cuando por fin llegó—. Estaba hablando por teléfono con la prensa. —Elma vio que Sævar intentaba ocultar su sonrisa, pero Hörður continuó, ajeno al gesto—: El jefe de Eiríkur ha confirmado que llegó al trabajo a las nueve de la mañana y se fue a las cuatro y media. Dicho de otro modo, no hay nada que sugiera que mintió al respecto.

—Pero eso solo le da una coartada para el viernes —terció Sævar—. Si descubrió que Elísabet había estado saliendo con alguien más, ese día más tarde o durante el fin de semana...

—Exacto —lo interrumpió Hörður, antes de continuar con lo que había planeado decir. Elma se dio cuenta de que se había preparado la reunión y había traído una lista con puntos importantes a tratar—. No han llevado ningún coche con daños sospechosos a los talleres del pueblo. Pero como Sævar y yo descubrimos unas huellas de neumático llamativas en el camino de gravilla frente al faro, llamé a la policía científica de Reikiavik y volverán a investigar la zona mañana. Así que permanecerá cortado por ahora, y los agentes de servicio tendrán que asegurarse de que nadie entre en la zona.

—¿Eso significa que podemos partir de la base de que Elísabet fue atropellada junto al faro? —preguntó Elma.

—No, todavía no —replicó Hörður—. Hablaremos de esa cuestión cuando los técnicos hayan peinado la zona minuciosamente y, con suerte, hayan encontrado pruebas que confirmen qué sucedió allí.

Elma asintió y miró a Sævar. Cuando le sonrió, se sintió inexplicablemente avergonzada y desvió la mirada, aunque no antes de darse cuenta de que sus ojos marrones eran como los de Davíð.

—He impreso el registro de llamadas de Elísabet para que lo revisemos. —Hörður tomó algunas hojas grapadas y las dejó en la mesa frente a ellos—. Podemos ver todas las llamadas que recibió y que hizo desde el teléfono móvil durante las últimas semanas.

Elma se inclinó sobre la mesa para examinar los números de teléfono y las fechas en la parte superior de la página. No había muchos números. Y, además, Elísabet no había usado demasiado el móvil durante sus últimos días de vida. Mientras leía el resto de la lista por encima, observó que, en realidad, el teléfono se había usado muy poco durante esos días. Había dos números que aparecían una y otra vez. Elma supuso que uno pertenecía a Eiríkur; el otro era presuntamente de la compañía aérea.

Sævar se acercó a Elma y se sentó a su lado. Sintió el calor que irradiaba su cuerpo cuando se inclinó sobre ella para tomar el documento.

—Necesitamos un ordenador —dijo tras unos instantes. Salió de la habitación y regresó casi de inmediato con un portátil.

—Comprueba estos dos números primero —le pidió Elma, que señaló el inicio de la página.

Sævar buscó los números en la guía telefónica. Con el primero no obtuvo resultados, pero cuando buscó el segundo, apareció el nombre de Eiríkur. Elma lo anotó en la lista.

—¿El otro número podría ser de la compañía aérea? —preguntó Elma—. Si es una extensión que solo usan los trabajadores, es improbable que esté registrado.

—Vamos a comprobarlo. —Hörður sacó el móvil y marcó el número—. Perdón, me he equivocado de número —dijo cuando alguien contestó, y colgó—. Sí, es de la aerolínea.

—De acuerdo —dijo Elma, que también anotó ese número—. El registro indica que llamó a la compañía aérea el viernes por la mañana a las nueve. Eso fue poco después de que Eiríkur se fuera a trabajar y los niños se marcharan al colegio.

—No hizo más llamadas después de esa —reveló Sævar. Seguía tan cerca de Elma que podía oler el ligero aroma de su loción para después del afeitado—. Parece que la última vez que usó el móvil fue el viernes.

Elma suspiró. Habría sido demasiado fácil si en el registro hubiera aparecido el número del agresor. Pero si Elísabet se había puesto en contacto con alguien, claramente no lo había hecho con ese teléfono. Pasó las páginas y comprobó las llamadas más antiguas, pero no encontró nada de interés. También había una lista de los mensajes que había enviado y recibido.

—Hay algunos mensajes antiguos —dijo Elma—. La mayoría son bastante normales: un recordatorio de una cita con el dentista, mensajes de Aldís, la amiga de Elísabet, y de Eiríkur. Nada fuera de lo común.

—¿Qué tipo de mensajes se enviaban Elísabet y Eiríkur? —preguntó Hörður.

—Los típicos —respondió Elma, que empezó a leerlos—. «¿Puedes recoger a los niños?». «¿Cuándo llegarás a casa?». «Compraré la cena de camino a casas». Nada muy personal. Nada cariñoso, nada de besos.

—Los mensajes de texto no dan mucha información de la situación de la relación de una persona —terció Sævar. No recordaba la última vez que le había enviado a Telma un mensaje que no fuera breve e impersonal—. Sobre todo, si la pareja lleva muchos años junta —añadió, y pensó que, en realidad, lo más probable era que sí que diesen bastante información sobre la pareja. Después de todo, no podía decir que la relación entre él y Telma fuese especialmente buena.

—Espera, aquí hay algo —dijo Elma—. Un mensaje de Eiríkur. Escuchad esto: «Te quiero mucho más de lo que crees, pero no creo que tú me quieras en lo más mínimo».

—Vaya, vaya. —Sævar emitió un silbido grave. Después leyó en voz alta—: «Si te vas, lo harás sola. Los niños se quedan conmigo».

Intercambiaron miradas significativas.

—Así que planeaba dejarlo —puntualizó Elma—. Aunque si miráis la fecha, veréis que esos mensajes tienen casi seis meses.

—Quizá decidió hacerlo ahora —propuso Hörður—. Quizá sucedió algo que la ayudó a dar el paso. La cuestión es, ¿Eiríkur lo sabía?

—Pero no hay nada que sugiera que Eiríkur vio a Elísabet el viernes —indicó Sævar—. Ya hemos estudiado esa posibilidad y no hay indicios de que la siguiera hasta Akranes. Todo lo contrario, tiene una coartada muy sólida para ese día.

Hörður suspiró, concentrado en sus pensamientos.

—No podemos estar seguros de lo que hizo el viernes por la noche o el sábado. Tenemos que repasar sus movimientos; conseguir una coartada incuestionable.

A continuación, se giró hacia Elma y le pidió que compartiera lo que había descubierto en su investigación.

Elma se aclaró la garganta y comprobó sus notas.

—Veamos. La mayor parte de lo que nos contó Eiríkur resultó ser cierto. Elísabet asistió al Colegio Brekkubær cuando vivía en Akranes, y tanto ella como su madre estaban registradas en el número ocho de la calle Krókatún. Aparte de eso, Elísabet apenas tenía presencia en las redes sociales. No estaba en Facebook, Twitter o ninguna de las plataformas habituales, lo cual encaja con lo que sabemos de su personalidad: es decir, era una persona muy reservada. Me he puesto en contacto con su tía materna, Guðrún, quien ha accedido a reunirse conmigo mañana. También he llamado a su amiga, Aldís Helgadóttir. Pese a que Elísabet no parecía tener muchos amigos, había mantenido el contacto con Aldís desde el instituto. Había pensado en ir mañana a Reikiavik para encontrarme con la amiga y la tía. Tal vez tienen alguna idea de lo que hizo Elísabet el viernes. —Elma miró su cuaderno y añadió—: O de con quién estuvo.

—De acuerdo, ¿pero no se había distanciado de la tía? —preguntó Hörður.

—Sí, así es. Al menos, según Eiríkur. Pero quizá la tía puede darnos más información sobre Elísabet. Creo que, aparte del punto de vista del marido, es importante tener otros, lo malo no hay muchas personas a las que podamos preguntar. Eiríkur no parece saber casi nada de la infancia de Elísabet en Akranes. Tal vez Guðrún pueda resolvernos algunas dudas.

—Sí, supongo que tiene sentido —reconoció Hörður, aunque no sonaba muy convencido—. Vale, ve a hablar con Guðrún y la amiga mañana. Sævar te acompañará. Volved a hablar con el marido en el trayecto. Intentad sacarle más información, preguntadle cómo era su relación. Tiene que saber más de lo que nos ha dicho.

—Y hay algo más —dijo Elma—. Averigüe quién era el padre de Elísabet. Se llamaba Arnar Helgi Árnason y murió cuando el barco pesquero en el que trabajaba se hundió en una tormenta en 1989.

—¿Has dicho en el 89? —Hörður se incorporó—. Lo recuerdo. Todo el pueblo estaba de luto. Sabía que uno de los hombres tenía una hija, aunque, por suerte, el otro estaba soltero y no era muy joven. Qué extraño. —Se quedó callado un momento, como si rememorase esos días, luego añadió—: Si mal no recuerdo, el embarazo de la novia de Arnar estaba muy avanzado. ¿No se mencionaba en algún sitio si Elísabet había tenido un hermano o hermana?

Cuando Magnea llegó a casa, vio que todas las luces estaban apagadas. Bjarni no había vuelto del trabajo todavía y la enorme casa estaba desprovista de vida. Aparcó en la entrada y se apresuró a entrar. Aún no se había acostumbrado a vivir en un chalé. Antes vivían en una casa adosada, y sentía cierto grado de alivio al saber que los vecinos estaban al otro lado de la pared cuando estaba sola por las noches. Bjarni y ella llevaban mucho tiempo soñando con construir un lugar propio, y su sueño se había hecho realidad cuando se mudaron en verano. La casa era exactamente como la habían planeado, hasta el último detalle: era amplia y luminosa, con grandes ventanales, techos altos y un interior blanco y elegante, con muebles caros y de calidad. En verano, Magnea apenas había notado lo aislada que estaba, pero ahora que los días eran más cortos y oscurecía antes, la casa adquiría un aire tenebroso. Las llaves resonaron cuando las dejó en el aparador del recibidor, y encendió las luces a toda prisa para disipar su sensación de inquietud. Caminó hacia los ventanales y cerró las cortinas. Se arrepentía de haber elegido una cristalera tan grande. Fuera no había árboles que los protegieran de los ojos curiosos y se sentía expuesta constantemente, como si hubiera alguien en el exterior que la observaba.

Encendió la televisión para ahogar el silencio sobrecogedor que llenaba la casa. Luego, con el sonido reconfortante de unas voces que charlaban de fondo, fue hasta el dormitorio y entró en el vestidor. Después de pasar los dedos por la ropa colgada, sacó un camisón rojo con encaje negro en el dobladillo y en el cuello. Para combinarlo escogió un salto de cama de seda negro y dejó ambas prendas en un colgador del baño. Mientras se llenaba la bañera, estudió su reflejo en el espejo.

Su cara apenas había cambiado durante la última década. Tenía unos ojos preciosos, aunque las comisuras del rabillo se habían acentuado a lo largo de los años; nada demasiado evidente, solo unas arrugas finas. El labio superior era carnoso y todavía sobresalía un poco por encima del inferior de manera sensual. Y solo había un toque gris en su melena larga y rubia, dado que se aseguraba de retocarse el color con regularidad. Se cuidaba y sabía que Bjarni lo valoraba. Le encantaba que le envolviera la cintura cuando se la presentaba a alguien. En esos momentos, se percataba de que se enorgullecía de tener una esposa tan glamurosa.

Se recogió el pelo en un moño alto y metió con cuidado los dedos de los pies en el agua caliente y espumosa. Se recostó, con los ojos cerrados, e intentó no pensar en el hecho de que estaba sola en esa casa enorme y vacía. A veces imaginaba qué pasaría si un intruso entrara y la arrastrara fuera de la bañera. Representaba la escena completa en su cabeza y sentía cómo se le tensaba cada parte del cuerpo. Había veces en las que se asustaba tanto que deambulaba por la casa y comprobaba que todas las puertas y ventanas estuviesen completamente cerradas. Sin duda, las cerraduras daban una falsa sensación de seguridad, pero intentaba no pensar en eso. Si alguien pretendía entrar, podía romper una ventana con facilidad y nadie oiría el estruendo. Estaban demasiado aislados; demasiado lejos de los vecinos más cercanos.

Poco después, escuchó que se abría la puerta principal, y unos pasos la siguieron. Cuando abrió los ojos, Bjarni estaba de pie frente a ella. Se agachó y comenzó a besarla. Magnea le envolvió el cuello con los brazos y lo acercó a ella. Luego lo empujó con suavidad y mantuvo la distancia durante un momento para estudiarlo. Seguía siendo tan atractivo como lo había sido en el colegio; el mismo rostro juvenil, la misma mirada de ojos claros.

—Tengo un regalo para ti —dijo Magnea, que apuntó al lavabo.

Bjarni recogió un palito blanco de plástico que estaba en el mueble del lavabo. La ventana del palito mostraba dos rayas azules.

—¿Significa esto que… ? —Se interrumpió para mirarla.

Una leve sonrisa asomó en los labios de Magnea y asintió con serenidad. Esas dos rayas de color azul oscuro lo cambiarían todo. Ya se imaginaba el sonido de una risa infantil llenando la casa.

Por extraño que pareciera, caminar entre tumbas resultaba pacífico. Era una noche brumosa y la humedad flotaba en el aire. El cementerio no estaba situado junto a la iglesia de Akranes, sino al otro lado del pueblo. Tenía su propia torre del reloj —alta y de un color marrón rosado—, que había sido construida en los años cincuenta. Era una estructura moderna, diseñada para parecer un chapitel que apuntaba al cielo, con ventanas triangulares saledizas en los cuatro lados y, debajo de cada una, tres pequeñas ventanas con marcos blancos. En la base, a lo largo de dos de los lados, destacaban hileras de pilares decorativos. Elma recordaba ser lo bastante delgada de niña como para caber entre los huecos de los pilares. La torre dominaba la parte alta del cementerio, donde un extraño árbol atrofiado crecía en un campo raso. Las lápidas en ese área estaban visiblemente desgastadas y la escarcha, el viento y la lluvia habían borrado muchos de los nombres. Las fechas, si eran legibles, databan de hacía tanto tiempo que los familiares más cercanos de los que yacían ahí probablemente estaban muertos, lo que significaba que no había nadie que cuidara de sus tumbas.

—Debería hacer esto más a menudo. —Aðalheiður jadeó al lado de Elma.

Llevaba un chubasquero blanco y un gorro de lana negro con el logo de la Asociación de Fútbol de Akranes. El pueblo se enorgullecía de sus jugadores, pero a Elma nunca le había interesado la suerte del equipo. Sus padres, en cambio, asistían fielmente a todos los partidos en casa, con sus bufandas y gorros amarillos y negros, a pesar de que el auge del equipo parecía ser cosa del pasado y últimamente languidecía cerca del final de la tabla clasificatoria de la liga.

—Sí, ayuda a despejar la mente —convino Elma. Cuando se disponía a salir hacia el cementerio, su madre había aparecido en la puerta, por lo que la había invitado a acompañarla.

—¿Cómo va la investigación? —preguntó Aðalheiður, sin aliento. Elma había acelerado el paso de camino al cementerio.

—Todavía no hemos hecho grandes avances —respondió ella. Estaba frustrada por la falta de progreso y su mente era como un disco rayado, que repasaba constantemente los mismos hechos sin poder interpretarlos.

—Resulta extraño que nadie denunciara su desaparición antes. ¿La mujer era un poco rara? ¿Padecía alguna enfermedad mental?

—No que sepamos. Era piloto. Se suponía que iba a volar ese día, pero llamó para decir que estaba enferma.

—¿En serio? —exclamó Aðalheiður—. ¿Crees que lo hizo el marido? Por desgracia, hay una gran cantidad de hombres que golpean a sus esposas. Lo que me recuerda: ¿te has enterado de lo de Tómas Larsen? ¿Pero qué digo? Claro que te has enterado. Parece ser que le ha dado una paliza a la chica con la que vive. ¿Crees que ese tipo de conducta es aceptable?

Elma negó con la cabeza. Dado que las noticias volaban en Akranes, pronto todo el pueblo se enteraría del incidente.

—Pero tampoco es que fuera algo inesperado —continuó Aðalheiður—. Esa pareja no hace más que dar problemas. Por culpa de Tómas, al menos tres familias se han mudado del edificio. Por lo visto, es imposible vivir a su lado, con la basura y el ruido constante. Me sorprende que Hendrik no hiciera nada al respecto hace años.

—¿Hendrik? ¿Por qué debería intervenir?

—Porque Tómas es su hermano. ¿No lo sabías? Son socios en el negocio familiar, la inmobiliaria, aunque dudo que Tómas se haya encargado de la administración o, al menos, no directamente. Se encargaba de cobrar el alquiler a su manera, es decir, sin escrúpulo alguno.

—No tenía ni idea. No recuerdo haber visto a Tómas en mi vida —dijo Elma. Su mente evocó el rostro magullado de Ásdís, la joven que había conocido en la casa de su abuela hacía unos días. Pero no se lo dijo a su madre, pues se había entrenado para ser discreta con su trabajo.

—Estoy segura de que lo reconocerás cuando lo veas. Se parece mucho a su hermano —aseguró Aðalheiður.

Elma asintió, preocupada. Había encontrado lo que estaba buscando. Ahí estaba, la tumba del hermanito de Elísabet. Una simple búsqueda había confirmado lo que Hörður había dicho: la madre de Elísabet estaba embarazada cuando Arnar murió en el mar, y había dado a luz a un niño un par de meses después. Pero el bebé no había vivido mucho tiempo. Elma había buscado la ubicación de la tumba en la página web del cementerio. Se llamaba Arnar Arnarsson y solo vivió dos semanas. Buscó la linterna en su teléfono e iluminó la cruz.

—Siempre es muy trágico —dijo su madre—. Por suerte, hoy en día hay muy pocas muertes súbitas.

Elma no respondió. Se agachó y recogió un farolillo pequeño y negro que estaba apoyado en la cruz blanca. Parecía bastante nuevo: el cristal todavía era transparente y estaba limpio.

—Solo vivió dos semanas —murmuró, como para sí misma.

—¿Es alguien que conocías? —preguntó Aðalheiður.

Elma negó con la cabeza y se enderezó. Se pusieron en marcha, de camino al sendero de gravilla que seguía por encima del cementerio y que rodeaba el conjunto de edificios históricos que pertenecían al museo etnográfico al aire libre, que estaba iluminado en medio de la oscuridad invernal. El primer edificio por el que pasaron fue una casa parroquial amarilla de finales del siglo XIX, que, a pesar de su aspecto tradicional, había sido la primera casa residencial construida con hormigón en Islandia. Justo al lado, había una casa roja, datada de la misma fecha, que era la construcción de madera más antigua conservada en Akranes. La llamaban «El palacio de Cristal» debido a la cantidad inusual de cristal en las ventanas, algo que contrastaba con las casas oscuras, minúsculas y cubiertas de césped en las que la mayoría de los islandeses vivía en esa época. Aunque resultaba un poco irónico referirse a una casa así de pequeña como un palacio, era un edificio encantador. Madre e hija caminaron en dirección al campo de golf, luego giraron en una calle llamada Jörundarholt.

—¿Recuerdas haber vivido aquí? —preguntó Aðalheiður al pasar frente a una hilera de casas adosadas, pero se respondió a sí misma de inmediato—. No, por supuesto que no; eras muy pequeña, no podías tener más de dos años.

—Tenía siete cuando nos mudamos. —Elma le sonrió a su madre.

Guardaba buenos recuerdos del barrio y había seguido jugando ahí incluso después de haberse mudado. Su nuevo hogar no se encontraba muy lejos y, desde hacía mucho tiempo, los niños se juntaban en esa zona para jugar al pillapilla o al béisbol, hasta que perdían el interés y preferían vagar por el pueblo o pasar el rato en las tiendas.

Su madre pareció leerle la mente.

—Era un buen lugar para vivir —dijo, y su hija asintió—. Elma, cariño, dentro de poco llegará Año Nuevo —prosiguió Aðalheiður, que de repente adoptó un tono serio—. Es momento de dejar atrás a tu antigua yo.

Elma volvió a asentir, plenamente consciente de lo que su madre insinuaba. Si tan solo fuese así de sencillo. Si pudiera olvidar, todo sería mucho más fácil. Sin embargo, aunque no tenía intención de abrumar a su madre con ese dato, dudaba que alguna vez volviese a ser feliz.

# Akranes, 1990

—¿Hacemos una fiesta de pijamas? —le sugirió Elísabet a Sara un día. Estaban jugando con sus muñecas en la habitación de Sara mientras engullían un gran cuenco de palomitas.

Sara sonrió y asintió con entusiasmo.

—Pero tengo que preguntarle a mi mamá primero —dijo, al tiempo que se levantaba y salía corriendo de la habitación.

Un minuto o dos después, la madre de Sara apareció. Era menuda y amable, pero mucho mayor que la madre de Elísabet, tanto que Elísabet pensaba que podría ser perfectamente la abuela de Sara. Tenía que estar cerca de los cuarenta.

—¿Crees que tu madre te dejará quedarte a dormir? —preguntó.

Elísabet asintió.

—Estoy segura de que no le importará —contestó. Sabía que era cierto, y la idea la entristeció por un momento.

—Entonces la llamaré —dijo la madre de Sara, y le preguntó su número de teléfono.

—No tenemos teléfono —respondió Elísabet enseguida—. Yo se lo diré.

La madre de Sara no parecía satisfecha del todo con la propuesta.

—Prefiero hablar con ella —dijo en tono amable pero firme, y Elísabet supo que no tendría sentido discutir con ella.

La madre de Sara era estricta. Siempre insistía en que Sara volviese a una hora determinada y en que terminase los deberes antes de salir a jugar. Sara envidiaba a Elísabet porque nunca tenía que pedir permiso para nada y podía quedarse hasta tarde siempre que quisiera. Elísabet sonrió y fingió que era algo bueno.

—Pero... —comenzó a decir.

Antes de que pudiese añadir nada más, la madre de Sara la interrumpió:

—¿Por qué no vamos a tu casa ahora?

Elísabet asintió de mala gana. Por lo general, evitaba invitar a Sara a jugar a su casa. Se pusieron los abrigos y los zapatos y se dirigieron a la casa de Elísabet. Caminaba despacio, unos pasos por detrás de Sara y su madre. No estaba segura de que su madre estuviese en casa, o de que no tuviese compañía.

—¡Qué casa tan bonita! —exclamó la madre de Sara cuando llegaron.

Era cierto: su casa era preciosa, al menos, según la opinión de Elísabet. Era grande, con tres plantas y ella tenía un tragaluz triangular en el techo de su dormitorio. Además, alrededor de la casa había un bonito jardín, con árboles y un columpio en el que jugaba mucho en verano, y un rosal rosa.

—Voy a ver si mi mamá está dentro —dijo, y subió los escalones en un par de saltos.

—Voy a entrar a saludarla —añadió la madre de Sara tras ella.

Elísabet suspiró. Abrió la puerta y se encontró con un aire viciado y rancio. Estaba tan acostumbrada al olor que apenas solía notarlo, pero después de haber pasado el día en casa de Sara, con su aroma a jabón ligero y penetrante, no pudo evitar percatarse de la diferencia.

—¡Mami! —llamó con aprensión en cuanto entró.

No hubo respuesta. Sara y su madre esperaron en el recibidor mientras contemplaban el estado del lugar en silencio. Elísabet sabía lo que estaban pensando. ¿Por qué su casa siempre tiene que estar hecha un desastre?

Subió las escaleras y llamó con indecisión a la puerta del dormitorio de su madre. Cuando nadie respondió, abrió y entró. Ahí estaba, profundamente dormida. El pecho le subía y bajaba lentamente, y su pelo era una maraña encima de la almohada blanca.

—Mami —susurró, y le tocó el hombro con suavidad. Su madre se removió y entreabrió los ojos—. ¿Puedo ir a una fiesta de pijamas en casa de Sara? —preguntó Elísabet.

Su madre la ignoró y le dio la espalda. Elísabet permaneció ahí durante un rato, confundida, luego salió a hurtadillas y cerró la puerta.

—Mamá está dormida, pero tengo permiso para dormir fuera —anunció Elísabet cuando volvió con las demás.

—¿Estás segura? —preguntó la madre de Sara—. Preferiría hablar con ella.

—Está dormida —contestó Elísabet con terquedad—. No quiere que la molesten.

—Entiendo. —La madre de Sara frunció el ceño. Caminó con incertidumbre por la cocina durante unos instantes antes de sonreír—. De acuerdo, entonces será mejor que nos vayamos. Podemos parar a comprar helado de camino a casa. ¿Qué os parece?

—¿Estás dormida? —susurró Sara más tarde esa misma noche. Compartían un colchón en el suelo de la habitación de Sara.

El colchón era para Elísabet, pero Sara había insistido en acompañarla y lo había justificado con que era mucho más divertido que dormir en una cama.

—No —musitó Elísabet, y soltó una risita. El edredón olía tan bien que tiró de él hasta su nariz y lo único que dejó a la vista fue su pelo oscuro y sus ojos marrones.

Sara dejó de reírse y desvió esos grandes ojos azules hasta Elísabet.

—¿Por qué tu casa huele tan raro? —preguntó.

—No lo sé. —Elísabet no entendía por qué su madre nunca limpiaba y rara vez abría la ventana a pesar de que fumaba todo el tiempo.

—¿Dónde está tu papá? —preguntó Sara.

—Bajo el mar —respondió Elísabet—. Estaba en un barco en el mar cuando llegó una tormenta.

Sara guardó silencio unos instantes y miró al techo de forma pensativa.

—Ojalá él hubiese estado en el barco en su lugar —dijo, justo cuando Elísabet se estaba durmiendo—. Ojalá él hubiese muerto en vez de tu papá.

Elísabet giró la cabeza para mirar a su amiga sorprendida. ¿De quién hablaba? No era un comentario muy bonito sobre esa persona, fuese quien fuese. Estaba a punto de responder cuando Sara se dio la vuelta y le quitó una parte del edredón para taparse. Poco después, ambas estaban profundamente dormidas.

# Miércoles, 29 de noviembre de 2017

Las marcadas ojeras moradas bajo los ojos de Eiríkur indicaban que apenas había dormido. Pero, pese a eso, llevaba el pelo cuidadosamente peinado con gel y se había arreglado con unos tejanos y una camiseta. «Demasiado arreglado», pensó Elma. No se imaginaba, en un momento como ese, teniendo la paciencia necesaria para situarse frente al espejo y peinarse de esa manera. En definitiva, su apariencia no habría estado en lo más alto de su lista de prioridades. Al estudiarlo a la luz del día, reparó en una llamativa línea marrón amarillenta bajo su barbilla, lo que la llevó a suponer con bastante seguridad que se había aplicado un autobronceador.

Eiríkur los condujo hasta la cocina, donde su hijo mayor desayunaba cereales. Elma volvió a sorprenderse por su gran parecido con su madre: el mismo pelo y las mismas pestañas oscuras. Era todo lo contrario a su padre, que era tan pálido que sus pestañas y cejas eran casi invisibles.

—Fjalar no irá al colegio hoy —dijo Eiríkur—. Sé que probablemente ambos niños deberían haberse quedado en casa, pero Ernir me preguntó si podía ir y pensé que le vendría bien salir de casa. Lo distraerá. De lo contrario, los dos estarían aquí conmigo todo el día, y ahora mismo no soy una persona precisamente alegre. —Su sonrisa fue casi una mueca—. Mi hijo menor no comprende lo que ha sucedido —añadió. Fjalar levantó la vista y observó a Elma y a Sævar con recelo. Elma le dirigió una sonrisa tranquilizadora, pero el niño desvió la mirada y volvió a estudiar el dibujo de la caja de cereales.

Se sentaron frente a la barra de desayuno de la cocina y Eiríkur les ofreció café. Elma aceptó; Sævar pidió un vaso de agua. Cuando Eiríkur les dio las bebidas, se acercó a Fjalar.

—Ve a vestirte, ¿quieres?

El niño dejó la cuchara, se levantó y se marchó a regañadientes a su habitación sin dirigirles la mirada.

—Lo llevan de formas muy diferentes —dijo Eiríkur, cuando perdió de vista al niño—. Fjalar está muy callado; como si la luz de su interior se hubiera apagado. Ernir sigue preguntando qué ha pasado: ¿dónde está mami, por qué no vuelve a casa? —Eiríkur apartó la vista hacia la ventana y luego volvió a mirarlos—. No sé qué es peor.

—Creo que a ambos les vendría bien hablar con alguien —aseguró Elma—. Con un profesional.

—Bueno, hemos hablado con el párroco, y la situación es la misma: Ernir sigue haciendo preguntas; Fjalar no dice ni una palabra. En realidad, me preocupa más Fjalar. Él y Elísabet tenían un vínculo especial, uno que nunca llegué a comprender. Eso no significa que no los quisiera a ambos por igual, pero ella y Fjalar se parecían mucho. Los dos tenían la misma actitud distante que puede parecer desagradable y fría si no los conoces.

—¿Tiene algún familiar que pueda ayudarle? Imagino que en estos momentos se sentirá abrumado por las tareas cotidianas: hacer la compra, llevar a los niños al colegio…

—Sí, mis padres han venido cada día. Mi madre cree que podemos ahogar nuestras penas con la comida. —Eiríkur sonrió levemente.

Sævar sacó un pequeño cuaderno y se aclaró la garganta.

—De todas formas, nos gustaría hacerle algunas preguntas sobre Elísabet, si le parece bien —dijo. Cuando Eiríkur asintió, continuó—: ¿Mantenía el contacto con su tía o con sus primos?

Eiríkur resopló.

—No, con ninguno. Su tía Guðrún es una arpía, pero aun así la llamé para contarle lo que había pasado porque creí que lo correcto era comunicarle la noticia a los familiares que le quedaban. Pero lo cierto es que a ella nunca le importó Elísabet; solo la acogió porque sentía que era su obligación. No sé si tuvo hijos, puesto que Elísabet nunca los mencionó.

—Elísabet se fue a vivir con Guðrún después de que su madre muriera, ¿verdad?

—Sí. En ese momento tenía nueve o diez años.

—Cáncer, ¿no es así?

—Sí —dijo Eiríkur, que puso una mueca—. Una enfermedad horrible, pero tengo entendido que Halla no llevaba una vida precisamente saludable; era una fumadora empedernida y bebía mucho. De hecho, teniendo en cuenta lo poco que Elísabet me contó, deduzco que tenía graves problemas con la bebida. Al parecer, siempre había gente de fiesta en su casa cuando Elísabet era pequeña. Y Halla no pudo haber tenido más de treinta cuando le dieron el diagnóstico.

—¿Fue por eso por lo que se mudó a Reikiavik con Elísabet? —preguntó Elma—. ¿Para estar más cerca de la familia cuando se enteró de que estaba enferma?

—Sí, supongo que sí. —Eiríkur se rascó la cabeza—. Aunque en realidad no sé mucho al respecto. Tal vez Guðrún pueda decirles más. Imagino que Halla quería darle a Elísabet la oportunidad de conocer a su tía antes de morir, dado que sabía que Guðrún se ocuparía de ella. Pero Elísabet nunca quiso hablar del tema.

De repente, oyeron una música a todo volumen que salía de una de las habitaciones y la voz de un cantante empezó a retumbar. Eiríkur se levantó con un suspiro y salió de la habitación. El volumen bajó de golpe y el hombre regresó a la cocina y se sentó en la barra otra vez.

—¿Elísabet seguía en contacto con alguien de Akranes? —continuó Sævar.

—No, para nada —respondió Eiríkur—. Como he dicho, nunca quería ir a Akranes. Las únicas veces que lo hacía era para reunirse con una señora mayor, y lo hacía en contadas ocasiones.

—¿Una señora mayor? —repitió Elma—. ¿Por casualidad sabe su nombre?

—No, me temo que lo he olvidado por completo. —Eiríkur negó con la cabeza—. De hecho, creo que jamás mencionó su nombre.

—¿Alguna idea de cómo la conoció?

—No. Le pregunté una vez, pero no me dio detalles, solo me dijo que era una amiga de la familia. Eso es todo. —Guardó silencio durante unos instantes, luego añadió—: No lo entiendo. No comprendo quién puede haberle hecho esto. —Alternó la mirada entre los dos agentes—. He intentado pensar en quién le guardaría rencor, en quién habría querido hacerle daño, pero no se me ocurre ni un solo nombre. La única persona que sé que definitivamente no le caía bien a Elísabet era su tía Guðrún, pero es tan vieja y frágil que a duras penas la habría atacado.

—Estamos haciendo todo lo posible para averiguar qué ha pasado —le aseguró Sævar.

—¿Cómo era su relación? —preguntó Elma—. ¿Han tenido algún problema recientemente?

Eiríkur parecía desconcertado y en un tono de voz ligeramente irritado respondió:

—Teníamos una relación perfectamente normal. Por supuesto que teníamos nuestros desacuerdos, pero nada importante.

—Hemos leído un mensaje que usted le envió —dijo Sævar, que le lanzó una mirada severa—. Un mensaje enviado hace unos seis meses, que sugiere que sus problemas eran un poco más serios que eso.

Eiríkur lanzó una mirada a la habitación de los niños, luego dijo en voz baja:

—Por el amor de Dios, solo fue una discusión. Hemos estado bien desde entonces.

—¿Y está seguro de que Elísabet no salía con alguien más? —preguntó Elma, sin apartar la mirada de él.

Abrió la boca para hablar, pero la volvió a cerrar. Cuando por fin respondió, sonó derrotado:

—Si les soy sincero, no lo sé. Nunca supe qué pensaba Elísabet realmente. Llevábamos juntos nueve años, pero había momentos en los que sentía que no la conocía en absoluto.

La amiga de Elísabet, Aldís, era una mujer grande, alta y corpulenta. Llevaba los labios pintados de un rojo intenso y el pelo oscuro recogido rigurosamente en un moño alto. Estaba sentada en el escritorio de su despacho en el hotel, muy erguida en su traje negro de chaqueta y pantalón, con unos ojos enormes y redondos fijos en Elma y Sævar.

—Cuando me enteré de que se trataba de Beta... —Negó despacio con la cabeza y cerró los ojos durante un segundo—. Me quedé paralizada, literalmente. Iba de camino a una reunión que no podía posponer, así que me quedé sentada, totalmente conmocionada. No escuché ni una sola palabra, no recuerdo nada de lo que dijeron. —Se inclinó hacia ellos y Elma percibió el potente aroma de su perfume—. Es decir, ¿quién haría algo así? Escuchamos ese tipo de cosas en las noticias y leemos sobre asesinatos horribles que ocurren en el extranjero, pero eso es tan lejos, tan irreal. —Frunció los labios y volvió a erguirse sin dejar de observarlos con esos ojos tan abiertos que no parpadeaban.

—¿Entonces se conocían bien? —inquirió Elma.

—Sí. Nos conocimos en el instituto y mantuvimos el contacto, aunque disminuyó a lo largo de los años.

—¿Quedaban a menudo?

—No, yo no diría eso. Elísabet tenía una familia, claro está, y vivía en medio de la nada. Aún no he tenido tiempo para eso... es decir, empezar una familia. Trabajo mucho.

—¿Recuerda la última vez que la vio?

—Veamos. —Pensó—. Sí, fui a verla una noche. Sería hace un par de semanas, no, creo que hace tres. Bebimos vino y charlamos. Nada fuera de lo común.

—¿Sabe cómo era su relación con Eiríkur?

—Oh, siempre tuve la impresión de que no era muy estrecha. Como si Beta nunca hubiera estado realmente enamorada de él. Es decir, solo tiene que echarles un vistazo: Beta era preciosa; podía haber estado con cualquier hombre que quisiese, pero se conformó con Eiríkur, el señor Mediocre. Nunca entendí qué es lo que vio en él.

—¿Alguna vez habló de dejarlo?

—No. Jamás. —Aldís examinó sus uñas rojas, luego alzó la mirada hasta ellos con una expresión desafiante—. Escuchen, tienen que entender una cosa sobre Beta: era una persona extremadamente reservada. Era difícil leerle los pensamientos. Podía parecer un poco arrogante, pero siempre pensé que la malinterpretaban, y por eso no le caía bien a mucha gente. No es que la detestaran a ella en particular, pero resultaba difícil acercarse a Beta. Ser su amiga siempre era un reto porque nunca te dejaba entrar en sus pensamientos más íntimos. Era como si en cualquier ocasión te sincerases mucho más que ella.

—¿Sabe por qué era así?

—No, no lo sé. Las personas son distintas. —Aldís se encogió de hombros—. Beta era la típica introvertida. Nunca tuvo mucha necesidad de estar acompañada. Nunca necesitó el reconocimiento de los demás.

—¿Cree que Eiríkur también era así?

—Creo que Eiríkur estaba feliz de que alguien tan impresionante como Beta se hubiera fijado en él —replicó Aldís con cierta aspereza, luego continuó—: No estoy diciendo que Eiríkur fuese un mal marido, solo que nunca entendí su relación. No tenían mucha química. Si no lo supiera, habría pensado que sus padres concertaron la relación, como en uno de esos matrimonios musulmanes.

—¿Uno de esos matrimonios musulmanes? —repitió Elma, que enarcó las cejas, y Aldís hizo un gesto desdeñoso y se rio en tono de disculpa.

—No me malinterpreten. Lo que quería decir es que era como un matrimonio concertado, al menos por parte de Elísabet. Eiríkur estaba completamente loco por ella. Ella nunca lo había mencionado y, de repente, eran pareja. Poco después, estaban casados y esperaban un bebé. —Aldís negó la cabeza en señal de disgusto—. Ni siquiera tuvieron una boda como es debido, simplemente fueron al registro civil y se casaron, así sin más.

Elma asintió.

—¿Así que no hubo nada que la desconcertase la última vez que hablaron? ¿Nada que sugiriese que su relación había cambiado?

Aldís reflexionó una vez más.

—No, nada por el estilo. Todo fue igual que siempre.

—¿Sabe si tenía algún amigo o conocido en Akranes?

—No, aunque vivió ahí. Pero seguro que eso ya lo sabían, ¿no? —preguntó Aldís en un tono de incredulidad, y sus enormes ojos se abrieron aún más. Cuando asintieron, continuó—: Nunca dijo mucho de Akranes. Solo que no tenía ningún interés en regresar. Aunque mencionó algo de ir a visitar la casa en la que se crio. Al parecer, salió a la venta hace poco.

—¿Cree que fue esa la razón por la que volvió a Akranes? ¿Para ver su antigua casa?

—No tengo ni idea de lo que hacía allí. Quizá fue a ver la casa. ¿Quién sabe? Todo lo que les puedo decir es que ya no le quedaba ningún amigo ahí. Nunca tuvo muchos demasiados, ¡y punto! —añadió Aldís con impaciencia, luego se miró el reloj y declaró que iba a llegar tarde a una reunión. Se puso de pie y recogió el bolso, mostrando su manicura perfectamente hecha. Después se detuvo, como si la hubiera golpeado una ocurrencia tardía—: Pero… si les soy sincera, no me sorprendería si hubiese estado saliendo con alguien más. Lo entendería a la perfección. —Les dirigió una sonrisa breve e impersonal antes de acompañarlos a la salida.

El coche estaba sumido en el silencio mientras se alejaban de Reikiavik, en dirección norte. Eran más de las cuatro, y el tráfico de hora punta no parecía que fuese a mejorar: había una fila de coches que continuaba en la distancia. Elma cerró los ojos y sintió cómo el sueño se apoderaba de ella.

La conversación con la tía materna de Elísabet, Guðrún, no había aportado información de interés. La señora mayor los había invitado a su diminuto apartamento, una vivienda especial para jubilados, situado en la zona este de la periferia de Breiðholt, un área de grandes bloques de apartamentos que se extendía por una colina con vistas al pueblo. El piso estaba repleto de muebles oscuros y robustos, y las paredes estaban adornadas con obras de arte bordadas. Allá donde mirasen, había esculturas de madera de gatos en todos los tamaños y formas, por lo que Elma no debería haberse sorprendido tanto cuando un gato atigrado saltó de repente de uno de los armarios y aterrizó justo delante de ella.

Guðrún no tenía mucho que decir de su sobrina, excepto que había sido un poco solitaria, por lo que prefería pasar el tiempo encerrada en su habitación en lugar de con el resto de la familia. Los hijos de Guðrún, dos chicos mayores que Elísabet, no se habían mostrado especialmente interesados en conocer a su primita cuando se mudó con ellos de improviso.

—Y no los culpo —dijo Guðrún, con una mueca de repugnancia—. La niña no fomentaba precisamente la amistad. Era arisca y huraña, y la mayor parte del tiempo se dedicaba a leer libros. Si quieren saber mi opinión, era una vaga y eso es todo. —La última parte la dijo en un murmullo, como si temiera que Elísabet la oyera desde el más allá.

Elma se dio cuenta de que no parecía angustiada en absoluto por la inesperada muerte de su sobrina. Hablaba de ello con total naturalidad, como si no tuviese nada que ver con ella.

—¿Qué clase de relación tenía Elísabet con su madre Halla, su hermana? —preguntó Elma—. Por ejemplo, ¿sabe por qué se apellidaba con el nombre de su madre en lugar del de su padre?

Guðrún resopló con desaprobación.

—Ah sí, eso. Nunca quisieron casarse y, por lo que yo sé, ni siquiera vivían juntos de manera oficial. Siempre supuse que Halla se había inscrito como madre soltera para solicitar beneficios. Aunque claro, después resultó contraproducente, cuando él murió. —Elma juraría que la señora mayor se estaba regodeando un poco al decir esto.

Cuando llegaron, Guðrún había hecho café y preparado la mesa, así que no les quedó más remedio que sentarse y aceptar la tarta que les ofreció, una *randalína* tradicional hecha con capas de bizcocho y mermelada. Al preguntarle si creía que alguien iba a por Elísabet y quería hacerle daño, exclamó y los miró con asombro.

—¿Hacerle daño? No. ¿Qué demonios quieren decir? La única persona que pudo haber querido hacerle daño era ella misma.

Cuando le pidieron más detalles sobre lo que había dicho, comenzó a despotricar sobre Elísabet, su comportamiento y sobre cómo algunas personas habían decidido desvincularse de ella.

—Decir que encerrarte constantemente en tu habitación durante días es una enfermedad y no pura holgazanería es inconcebible —añadió con severidad—. No, sabiendo cómo era Elísabet, simplemente se rindió. Típico. Siempre tuve la sensación de que un día tiraría la toalla. Era como si nada pudiese hacerla feliz. No comprendo cómo logró mantener su trabajo como piloto —comentó con desdén, y sorbió el café mientras los observaba por encima del borde de la taza.

Elma había salido del piso con un mal sabor de boca, que no se debía del todo a la *randalína* rancia. Tuvo que respirar profundamente y morderse el labio varias veces para no contradecir los comentarios ignorantes de Guðrún sobre la depresión o las indirectas de que una cabina de vuelo no era lugar para mujeres.

No habían sacado prácticamente nada de interés del interrogatorio, y Elma no se habían molestado en aclararle a Guðrún que las heridas de Elísabet contradecían su teoría de que su sobrina se había suicidado.

Elma recapituló lo que habían descubierto. Guðrún y su hermana Halla se habían criado en el campo, en los Fiordos del Este, donde sus padres, Snæbjörn y Gerða, tenían una granja. Nacieron con un año de diferencia y, cuando eran adolescentes, las hermanas se mudaron juntas al otro lado del país para estudiar en Reikiavik y nunca volvieron a vivir en el este. Guðrún conoció a un hombre con el que más tarde se casó y tuvo dos hijos, mientras que Halla tuvo a Elísabet y al bebé que había muerto dos semanas después de nacer. Halla había trabajado en la fábrica de pescado Haraldur Böðvarsson and Co., en Akranes, hasta que Arnar, el padre de sus hijos, murió en el accidente. Después de la pérdida de su bebé, Halla no regresó al trabajo. Por lo que Guðrún sabía, vivía únicamente de prestaciones. Las hermanas se habían distanciado poco después de haberse mudado a Reikiavik, pero Guðrún se negó en redondo a revelar el motivo y alegó que no era asunto suyo y que no era necesario reabrir viejas heridas.

Elma estaba tan absorta en sus pensamientos que no escuchó lo que dijo Sævar hasta que bajó el volumen de la radio y repitió la pregunta.

—He dicho que si tienes hambre. —La miró—. ¿O estás cansada?

—¿Puedo quedarme con las dos opciones? —respondió Elma con un bostezo.

Sævar sonrió.

—¿Por qué no das una cabezada antes de llegar a Akranes? Luego iremos a por algo de comer.

—¿Después de la reunión?

—Sí, por supuesto, después de la reunión —dijo Sævar—. ¿Puedes esperar hasta entonces?

—Claro. —Elma volvió a bostezar y cerró los ojos.

Cuando los abrió de nuevo, el coche estaba aparcando frente a la comisaría de Akranes y, al bajar la ventanilla, notó una corriente de aire frío.

—¿Qué estás haciendo? —preguntó con otro bostezo, y se arropó con su abrigo.

—Es hora de despertar: hemos llegado —respondió.

—¿Por qué siempre duermo tan bien en los coches? —Elma se frotó los ojos e intentó desentumecerse en el espacio angosto.

—Es por el ruido —dijo Sævar—. Por eso también duermes bien en los aviones. El ruido está en la misma frecuencia que el latido de tu madre cuando estabas en el útero.

Elma lo miró sorprendida y se echó a reír.

—No esperaba una explicación científica, pero me alegra saber que existe una.

—Veamos, hemos recibido el informe preliminar del forense. Le han dado máxima prioridad a nuestro caso. —Hörður alternó la mirada entre Sævar y Elma al mismo tiempo que se sentaba frente a ellos. Los fluorescentes del techo acentuaban las marcadas arrugas de su frente. Sus ojos azul claro parecían haberse hundido profundamente en su cara. Se pasó una mano por el pelo y aplastó unos rizos que de inmediato volvieron a levantarse—. Elísabet estaba muerta antes de que la tiraran al mar. Según el informe del forense, la causa de la muerte fue un golpe fuerte en la cabeza y murió en algún momento entre las diez y las doce del sábado por la noche. También la intentaron estrangular sin éxito. Sus heridas confirman que la golpeó un coche con bastante fuerza, lo que explicaría las huellas de neumático que Sævar y yo encontramos ayer, y que los técnicos han analizado esta mañana. Tiene la pierna izquierda destrozada y, a juzgar por el lugar donde el parachoques le golpeó en las piernas, puede que su cadera dejara una abolladura en la carrocería del coche. Es probable que el traumatismo craneal lo provocara la caída al suelo cuando el coche la atropelló, en lugar del golpe en sí. En ese momento, sufrió una fractura craneal y una hemorragia cerebral. —Hörður se quitó las gafas y se frotó los ojos antes de continuar—. Aparte de eso, no presentaba lesiones en el cuerpo salvo por las marcas en el cuello. El forense confirmó lo que dijeron los técnicos: el cuerpo no podía llevar mucho tiempo en el mar y solo habría estado sumergido parte de ese tiempo. Eso descarta la hipótesis de que la ahogaron en algún lugar del mar y la marea la arrastró hasta donde la encontraron. Según los expertos, las corrientes habrían tardado varios días en llevarla hasta la orilla si hubieran tirado su cuerpo en el mar, bueno... en Hvalfjörður, por ejemplo, o en Langisandur.

—¿Entonces partimos de la base de que la noqueó un coche en las inmediaciones del faro? —preguntó Sævar.

Hörður asintió.

—Todo apunta a eso. Los técnicos han recogido muestras de la sangre y el pelo hallados en la escena del crimen y las han enviado a analizar. Pero no han aparecido fragmentos de cristal, por lo que es improbable que las luces del coche hayan sufrido daños.

—Deben haberla arrastrado al mar después de golpearla con el coche —dijo Elma, que pensó en las rocas resbaladizas—. No debió de ser fácil.

—No —coincidió Hörður.

—Pero ¿por qué el agresor habría intentado estrangularla si ya estaba muerta por el golpe en la cabeza? ¿La estrangularían antes de atropellarla? —preguntó Elma.

—Es posible que no muriese de inmediato y mostrase señales de vida justo después del golpe —sugirió Hörður.

Hubo un breve intervalo de silencio en el que consideraron lo que eso implicaba.

—¿Ya han localizado su móvil? —preguntó Elma, que se desabrochó el abrigo que aún no se había quitado. Se sentía revitalizada después de su siesta en el coche y escuchaba a Hörður con interés. No es que la información la sorprendiera: solo confirmaba lo que ya sabían.

—El teléfono estuvo encendido hasta alrededor de las ocho de la noche del sábado —respondió Hörður—. No se ha recibido ninguna señal desde entonces.

—¿Pudo llevárselo el asesino?

—Sí, me preguntaba lo mismo —dijo su jefe—, así que lo monitorizaremos en caso de que lo enciendan. Pero sospecho que se encuentra en el fondo del mar. Ahí o en su coche. En este momento están revisando el portátil de Elísabet y esperamos que aparezca algo de utilidad. Mientras tanto, haremos todo lo posible por encontrar su coche. Los coches no desaparecen sin más, joder, tiene que estar en alguna parte. —Hörður se frotó la barbilla. Después bajó la mirada hasta los documentos en la mesa frente a él—. Creemos que las marcas del cuello las hizo alguien con manos pequeñas.

—¿Una mujer? —preguntó Sævar sorprendido.

—O un hombre con las manos pequeñas —replicó Hörður—. ¿Os habéis fijado en las manos del marido? —Negaron con la cabeza—. No, no teníais ninguna razón para hacerlo.

Tras determinar que no habían descubierto nada trascendental en los interrogatorios de Guðrún y Aldís, Hörður les pidió que aplazaran su informe hasta la próxima reunión al día siguiente, puesto que tenía que hacer una llamada urgente.

Al acabar la reunión, Elma no pudo evitar pensar que no había aportado respuestas. Aunque, por lo menos, ahora sabían que alguien había atropellado a Elísabet y luego la había intentado estrangular antes de tirarla al mar para que muriera. ¿Quién podía odiarla hasta tal punto?, se preguntó.

—Puedo volver a pie a casa —le dijo Elma a Sævar mientras salían—. Vas en dirección contraria, ¿verdad?

—Eh, no seas así, prometí invitarte a cenar, ¿recuerdas? —Sævar señaló el coche con firmeza.

Elma vaciló en la acera, consciente de que si se iba a casa, probablemente no cenaría. Hacía días que no iba al supermercado, y lo único que había en su nevera estaría caducado.

—De acuerdo, iré —accedió—. ¿Pero no hay algún lugar cerca con comida para llevar en el que podamos pedir algo rápido?

—¿Te das cuenta de que hay un restaurante de comida rápida de primera justo aquí al lado? —Sævar señaló con la cabeza el puesto en el edificio contiguo—. Estoy seguro de que acabo de escuchar a un perrito caliente llamándome. ¿Tú no?

Elma se echó a reír.

—Vaya, llevo sin comerme un perrito caliente… bueno, ni siquiera recuerdo cuándo fue la última vez que lo hice. Probablemente desde la adolescencia.

—Elma, Elma, lo que te estás perdiendo. —Sævar negó con la cabeza con tristeza fingida—. Qué conveniente que esté aquí para educarte. —Elma esbozó una sonrisa, pero se dejó persuadir y se metió en el coche. Sævar condujo la corta distancia que había hasta el puesto.

La especialidad de Akranes, un perrito caliento frito, sabía exactamente como lo recordaba. Y el queso derretido, las patatas y la salsa satisficieron con creces su antojo de comida basura. Después, antes de que se diera cuenta, aparcaron frente a su apartamento.

—Gracias —dijo mientras se limpiaba la salsa de las comisuras de los labios.

—De nada. Gracias por dejarme educarte —dijo Sævar con solemnidad fingida.

Elma titubeó antes de salir del coche.

—Tengo un par de cervezas, por si te apetece una copa. —Intentó sonar casual, pero sintió que se ruborizaba.

En realidad, no sabía lo que quería, pero se dijo a sí misma que solo buscaba algo de compañía. Siempre estaba sola en su piso; sus padres eran visitantes, aunque tampoco es que tuviera amigos. Durante las últimas semanas, había pensado mucho en las chicas que habían sido una parte importante de su vida; las amigas que había hecho en la universidad y, más tarde, en la Academia de policía. Si bien podría haber intentado mantener más el contacto con ellas durante los últimos años, la verdad es que la mayoría de sus amigas estaban tan ocupadas con sus maridos e hijos que apenas tenían tiempo para ella. Claro que había hablado con algunas de ellas después de lo que había sucedido con Davíð, pero ellas no habían sido las primeras en llamar: Elma tuvo que contactarlas. Para ser justa, era probable que pensaran que no quería que nadie la molestara, sobre todo, teniendo en cuenta que se había mudado de vuelta a Akranes. Elma, sin embargo, sabía que no era la única razón. La relación que había tenido con ellas a los veinte años, en la que se habían llamado a diario para charlar sobre todo lo habido y por haber, había cambiado. Últimamente era más impersonal; un café de vez en cuando o una cena con sus parejas. Ya no compartía sus secretos con ellas, pero eso no le había importado, ya que tenía a Davíð. Pero ahora que estaba sola, a veces sentía que iba a estallar por todas las cosas que quería decir. A menudo, quería llamarlo y contarle todo lo que había sucedido, cómo se sentía y lo mucho que lo echaba de menos. Luego, de repente, recordaba que no respondería a sus llamadas.

Se percató de la vacilación de Sævar, pero, tras unos segundos, apagó el motor y salió del coche.

—Así que vives aquí —dijo una vez estuvieron dentro.

Elma se sintió aliviada de que el piso oliera bien y de que no hubiera ropa interior en el suelo. A veces volvía del trabajo y se encontraba con la peste que emanaba de la basura que había olvidado tirar o de la leche que se había vuelto agria. Para quedarse tranquila, fue al baño, recogió la ropa tirada en el suelo y la arrojó en la habitación.

Sævar comenzó a andar por el apartamento mientras echaba un vistazo aquí y allá.

—Sin duda te has instalado. No ha pasado mucho tiempo desde que te mudaste, ¿cierto?

—No, solo unas pocas semanas —respondió a la vez que sacaba las cervezas de la nevera.

—Deberías ver mi casa. —Sævar pasó la mano por un baúl y apreció el tallado decorativo—. Hace tres años que vivo ahí, pero no he conseguido que sea tan acogedora como tu piso.

Se sentó en el sofá y Elma lo estudió con disimulo mientras se bebía la cerveza. Su pelo oscuro, que por lo general llevaba bien peinado en el trabajo, estaba revuelto donde se había pasado las manos, y las cejas casi se unían en el medio.

—Seguro que nos hemos cruzado antes —dijo Elma de repente—. No puede haber una sola persona en Akranes con la que no me haya topado en un momento u otro, y soy buena para recordar rostros. Nunca los olvido —añadió cuando la miró sorprendido.

—Yo sí —dijo con una sonrisa—. No podría recordar una cara aunque me pagases. Una vez fui a una entrevista de trabajo que duró casi una hora y de la que salí muy satisfecho. Después me topé con un hombre fuera del edificio y le pedí indicaciones sin darme cuenta de que era el mismo chico que me había entrevistado cinco minutos antes. Tendrías que haber visto la expresión de su cara cuando no lo reconocí.

Elma estalló en carcajadas.

—Obviamente, nunca volví a saber de él.

Elma no dejaba de reírse.

—Debe resultarte extraño —dijo Sævar cuando Elma se dejó de reírse.

—¿El qué?

—Haber vuelto.

—Un poco, supongo. —Se encogió de hombros—. De hecho, no ha sido tan raro como esperaba.

—No me engañarás con eso de que echabas mucho de menos Akranes —añadió Sævar. Su sonrisa era contagiosa.

—¿Qué quieres decir? —preguntó con falsa indignación—. ¿Insinúas que no hay ninguna posibilidad de que haya echado de menos los paisajes llanos, las aceras agrietadas, las calles llenas de baches y el agradable olor a pescado?

—Bueno, dicho así…

—No, tienes razón —dijo, y desvió la mirada. Sævar aguardó. No se decidía. No lo había dicho en voz alta desde que se había mudado. Ni siquiera lo había hablado con sus padres. El corazón empezó a latirle con fuerza y sentía cómo empezaba a sudar. Sin duda las rojeces se estaban expandiendo bajo su jersey. Pero entonces se acobardó y dijo:

—Yo… estaba en una relación que terminó. —Se encogió de hombros como si no tuviera mucha importancia.

—Ah.

Antes de que Sævar dijera algo más, Elma lo interrumpió.

—¿Qué hay de ti? ¿Algún trapo sucio?

—No, no creo que tenga nada que esconder. Me gusta vivir en Akranes. Conozco a los ciudadanos y ellos a mí. Reconozco que me sentiría un poco perdido en cualquier otro lugar.

—¿Tu familia vive aquí?

—Mi hermano —dijo Sævar, que tomó otro trago de cerveza. Parecía distraído y le echó un vistazo al reloj—. En fin, debería irme. Mañana nos espera un día importante. ¿Puedes llevarme el coche de vuelta a la comisaría mañana?

Sævar le entregó las llaves, abrió la puerta a la terraza y puso una mueca cuando lo atravesó una fría ráfaga de viento. Tras abrocharse la chaqueta y colocarse firmemente el gorro por encima de las orejas, alzó una mano para despedirse de ella. Elma se levantó para cerrar la puerta y lo observó cruzar la calle a toda prisa y desaparecer detrás de las casas de enfrente.

La tarta tenía buen aspecto, pero no sabía a nada. Magnea comió un poco del relleno de crema y se sintió abrumada por las náuseas. Dejó el tenedor y apartó el plato. Ni siquiera el agua con gas podía hacer desaparecer el sabor a mantequilla.

—¿Cómo van tus estudios, Karen? —preguntó Sigrún, que añadió leche a su té y lo removió. Las cuatro amigas estaban sentadas a una mesa barnizada de color blanco en la cocina de Karen. Desde la sala de estar, les llegaba el ruido inconfundible de un partido de fútbol, interrumpido de vez en cuando por los vítores o los insultos del marido.

—Oh, ni lo menciones —dijo Karen, que puso los ojos en blanco. Aquel otoño se había matriculado en un curso a distancia de administración de empresas en la Universidad de Bifröst—. Debería terminar un informe esta noche. Había olvidado lo horrible que es ser estudiante, siempre tienes algo pendiente. Ya ni hablemos de cuando trabajas más o menos a tiempo completo y también tienes hijos.

—Madre mía, no te culpo por considerar que es demasiado —comentó Brynja—. Aun así, creo que eres increíblemente valiente por intentarlo.

—No me he rendido —declaró Karen con tono malhumorado—. Simplemente voy a pedir una prórroga para este proyecto. La parte positiva es que los profesores son muy flexibles, sobre todo cuando estás en casa con un niño enfermo, como yo esta noche. —Les guiñó un ojo y se rieron—. Esto es justo lo que necesito —continuó—. Esta semana ha sido increíble. El lunes encontramos pececillos de plata en el baño. —Sus amigas se quedaron boquiabiertas—. Acabamos de renovar el baño y ya tenemos una plaga. Deberíamos haber construido una casa desde cero en lugar de intentar reformar una antigua.

—Pero te está quedando preciosa —protestó Brynja—. Y los pececillos de plata son totalmente inofensivos. Solo necesitas usar algún insecticida.

—No vale la pena. —Sigrún se bebió el resto del té de un trago—. Aparecen donde hay humedad y no se van hasta que te deshaces de ella.

—Deberíamos habernos mudado a una obra nueva, como tú, Magnea. —Karen suspiró—. Seguro que no tienes bichos u otros problemas.

Magnea asintió sin prestarles atención.

—¿Te encuentras bien, Magnea? Estás muy callada. —Karen la miró de forma inquisitiva.

—Sí, estoy bien —dijo con una sonrisa—. En serio —añadió, al ver que sus amigas no parecían muy convencidas.

—Al parecer hay un bicho horrible rondando por ahí —dijo Brynja.

—Siempre hay algo rondando —replicó Sigrún.

Se escucharon vítores en la sala de estar, seguidos casi de inmediato por insultos y fuertes gritos que decían que no era fuera de juego. Las mujeres intercambiaron sonrisas.

—Por Dios, va a despertar a los niños. —Karen miró con angustia la habitación de los niños—. Bueno, si lo hace, será su problema.

Todas sabían que era mentira. Karen se ocupaba de los niños y la casa mientras que su marido, Guðmundur, solo se ocupaba de sí mismo. Lo habían presenciado durante las distintas visitas a las casas de verano y los viajes de acampada que su grupo de amigos había realizado a lo largo de los años. Él siempre estaba sobre su trasero, con una cerveza en la mano, mientras los niños corrían, chillando o berreando, con Karen a la zaga.

—Nunca he entendido cómo se pueden alterar tanto con el fútbol —dijo Sigrún con desprecio, y negó con la cabeza—. Solo es un partido.

—No dejes que Gummi te oiga decir eso —contestó Karen—. Lo digo en serio, una vez lo intenté y no tengo ninguna prisa por volver a hacerlo.

Todas se echaron a reír.

—Por cierto, ¿habéis oído que han encontrado un cuerpo junto al faro? —Karen observó a sus amigas con una expresión escandalizada y emocionada a partes iguales—. Parece que han identificado a la mujer y que era de aquí. O, al menos, vivió aquí de niña.

—¿De veras? —Las otras mujeres se inclinaron hacia delante ansiosas por saber más—. ¿Quién era? Es terrible. He oído que la asesinaron. ¿Es cierto? Parece mentira.

Magnea notó que empezaba a sudar. Bebió otro sorbo de agua y comió un par de pasas con chocolate, pero no sirvió de nada.

—Sí, eso parece. Se llama... más bien se llamaba Elísabet. Fue al Colegio Brekkubær, pero vivía en la zona de Hvalfjörður con su marido y sus hijos. Dos niños.

—Elísabet… —Sigrún pensó en el nombre—. No recuerdo a ninguna Elísabet. ¿Tenía nuestra edad?

—Sí, estaba en nuestro curso. He buscado una foto de ella y la he reconocido, aunque no la recuerdo mucho. Por lo visto, era muy joven cuando se mudó.

Cuando el ruido de la habitación de al lado cesó, Karen le echó un vistazo al reloj. El partido había terminado y su marido había apagado el televisor. Poco después, escucharon el sonido de la ducha.

—Es espantoso. Sus pobres hijos. —Brynja apoyó la mejilla en una mano—. No entiendo qué tipo de persona haría algo así. ¿Habrá sido el marido? Normalmente lo es, ¿verdad?

—¿Su cuerpo habría aparecido en Akranes si hubiese sido él? —preguntó Karen—. No entiendo por qué estaba aquí. ¿Qué demonios haría en el faro?

—Tal vez estaba deambulando borracha y tuvo la mala suerte de toparse con el tipo equivocado. —Sigrún bostezó.

—¿Pero con quién? Si hubiese alguien viviendo en Akranes capaz de hacer algo así, ¿no lo sabríamos? —preguntó Karen.

—¿Tú crees? ¿Sería tan obvio? —Sigrún no parecía convencida—. Eso sí, hay tipos bastante chungos en este pueblo.

—Sí, chungos sí, pero asesinos… Lo dudo —dijo Karen.

Magnea se inclinó hacia delante y respiró profundamente.

—¿Estás segura de que te encuentras bien, Magnea? —Karen parecía preocupada.

Magnea irguió la cabeza. Respiraba de manera agitada, se sentía mareada y olía su sudor bajo el perfume.

—No —admitió al final—. No, no me encuentro muy bien. —Esperaba que no se dieran cuenta de que se tambaleaba cuando se puso de pie. Se despidió de forma apresurada y se dirigió a la puerta. Karen se levantó y la siguió.

—Debes estar encubando algo, querida. Estás blanca como la leche —dijo, y sacó el abrigo de Magnea del armario—. ¿Te llevo a casa?

—No, no hace falta. —Magnea intentó sonreír, se despidió y salió deprisa, evitando la mirada de Karen al cerrar la puerta.

Se encontró mejor en cuanto sintió el aire frío y húmedo, y sus náuseas disminuyeron a medida que se alejaba de la casa.

Respiró hondo un par de veces y se acarició el vientre. Se estaba convirtiendo en un hábito, a pesar de que su estómago seguía plano. Resultaba muy reconfortante sentir cómo una vida crecía en su interior y saber que ya no estaba sola. Pero ahora, al posar la mano en su vientre, lo único que sentía era un vacío, y tuvo un presentimiento repentino de que todo saldría mal; que el bebé pagaría por lo que ella había hecho.

# Akranes, 1990

*Tuvo el presentimiento de que algo iba a suceder antes de siquiera abrir la puerta. Cada paso que había dado para alejarse de la escuela y dirigirse a casa había amplificado la sensación. Aunque solo era abril, el sol brillaba con fuerza, la brisa le acariciaba las mejillas y había un aroma dulce en el aire: el olor del césped recién salido que asomaba por la tierra. Pero era insensible a esos primeros indicios de primavera. Los sonidos a su alrededor se transformaron en un murmullo. Ya no era consciente de los coches, de las voces ajenas, de las puertas que se abrían y se cerraban, ni de los graznidos de las aves. El silencio ensordecedor de su interior sofocaba todos los demás. Intuía que algo iba a suceder.*

*Los escalones de hormigón que conducían a su casa estaban surcados de grietas y el musgo brotaba por las brechas. Se sentó y empezó a arrancarlo hasta que se abrió las llagas de los dedos. El cabello le caía hacia delante y le cubría el rostro casi por completo. Llevaba puesto el anorak marrón y las zapatillas rojas y blancas que le había regalado la mujer que a veces visitaba a su madre.*

*Las señoras no la molestaban. Le traían ropa y la miraban a los ojos cuando le hablaban. «¿Cómo te sientes?», le preguntaban. «¿Cómo te va en el cole?». «¿Tienes muchos amigos?». «¿Qué te ha pasado en las manos?». Preguntas para las que tenía respuestas. «Pues, me va bien». «Tengo una amiga que se llama Sara». «Me caí cuando estaba jugando». «Sí, mi mamá es buena conmigo». Todas le tomaban las manos y se preocupaban en cuanto le examinaban las uñas, o lo que quedaba de ellas. Casi nunca se daba cuenta hasta que empezaban a sangrar. Se mordía las uñas desde que tenía memoria. Y también arañaba cosas. Rasguñaba las piedras o el cemento hasta que la piel de sus dedos se rasgaba y sangraba todavía más.*

*Como ahora. La sangre se mezclaba con la suciedad y el musgo en los escalones de hormigón. Las heridas de sus dedos estaban hinchadas e irritadas. A veces adquirían un matiz blanco o verdoso. En el colegio iba con los puños apretados para que nadie se diese cuenta de lo que había estado haciendo. No soportaba las miradas de los otros niños cuando le veían las manos. Después del primer día de clase, siempre había tenido cuidado de esconder los dedos, pero a veces era imposible. Repugnante, leía en las caras de los otros niños. Pero las expresiones de los rostros de los adultos eran incluso peores. Podía interpretar que sentían lástima. Preocupación.*

*No había más remedio. Elísabet abrió la puerta principal y se sintió aliviada al descubrir que no había nadie en casa. Las tablas del suelo crujieron cuando fue a la cocina. Su casa era vieja. Eso era algo que no se le había ocurrido hasta que empezó a ir a la casa de Sara. Tampoco se había dado cuenta antes de lo sucio que estaba todo. Quizá había dejado de verlo porque siempre había sido así, desde que era una niña pequeña. Sin embargo, ya no se sentía como una niña pequeña. Dentro de poco cumpliría siete años, pero hacía mucho que había dejado de considerarse una niña.*

*Su casa era muy grande; tenían tres plantas solo para ellas. Nunca había dejado de preguntarse cómo podían permitirse vivir ahí, hasta que una noche su madre le dijo que tendrían que mudarse. El alquiler era demasiado alto. Pero algo tuvo que haber cambiado, porque, después de todo, no se habían mudado, a pesar de que su madre nunca tuvo trabajo y no tenían dinero.*

*Encontró un yogur en la nevera y lo mezcló con cereales y azúcar moreno, mucho azúcar moreno. Luego se sentó a la mesa de la cocina y miró por la ventana mientras comía. El mar estaba en calma y el sol proyectaba un rayo blanco amarillento sobre la superficie azul. Al igual que sucedía siempre que observaba el mar, sus pensamientos viajaban hasta su padre.*

*Todavía pensaba en él cuando la puerta principal se abrió y escuchó la voz de su madre. Era estridente y se reía en voz alta. Demasiado alta. Elísabet también escuchó una voz grave masculina y, de inmediato, miró a su alrededor para encontrar un lugar en el que esconderse. Había una despensa al salir de la cocina y se levantó para entrar a toda prisa, pero antes de poder hacerlo, los vio frente a ella.*

—Elísabet —dijo su madre. Tenía una expresión distante, con los ojos vidriosos. Estaba tan delgada que los tejanos le quedaban holgados—. Sube a tu habitación. Ahora. —Había un hombre a su lado. A diferencia de los otros que a veces venían a visitar a su madre, iba bien vestido, con camisa y corbata.

—¿Cómo te llamas? —le preguntó a Elísabet. Su ojos eran de color gris pedregoso y su cabello, oscuro.

—Esa es Elísabet —contestó su madre. Lo tomó de la mano e intentó apartarlo—. Y ahora se irá a su habitación —añadió con voz firme, y entrecerró los ojos.

Pero el hombre no se movió.

—Eres una niña preciosa, Elísabet —afirmó. Olía bien y le sonreía.

—Dale las gracias —le pidió su madre.

—Gracias —dijo Elísabet, que bajó la cabeza.

—Nuestra casa le pertenece —añadió su madre, y le sonrió al hombre—. Así que más te vale ser amable con él.

Elísabet asintió. Sintió cómo el hombre la seguía con la mirada mientras subía las escaleras.

# Jueves, 30 de noviembre de 2017

A la mañana siguiente, Elma se puso a trabajar temprano. Se había quedado despierta gran parte de la noche, su mente estaba agitada por los pensamientos sobre el caso, la gente que había conocido ese día y Sævar. Se sentía afligida por un persistente sentimiento de culpa causado por Davíð. Era demasiado pronto. Muy pronto para interesarse por alguien más. Sin embargo, sus pensamientos seguían regresando a Sævar. Se levantó, agarró una taza de café e intentó despejar la mente y centrarse en el caso. Mientras mordisqueaba el tapón de un bolígrafo, observó la pared y evocó las conversaciones que había mantenido el día anterior.

Guðrún no había hecho mucho más que confirmar lo que Eiríkur había dicho. Nada de lo que les había dicho explicaría por qué habían encontrado a Elísabet muerta junto al antiguo faro de Akranes.

Elísabet desconcertaba a Elma. Era preciosa a pesar de su aire sombrío, que rozaba lo funesto. Con ese pelo oscuro, casi negro, y una piel luminosa. ¿Por qué había sido tan seria? ¿Era así de forma natural? Así como algunas personas siempre estaban sonriendo sin motivo aparente, ¿lo contrario no era posible también? Parecía tener una vida estable, con un marido y dos hijos. Tanto ella como Eiríkur tenían buenos trabajos, y había pasado mucho tiempo desde que había roto todos sus lazos con Akranes. Al parecer, no se había puesto en contacto con nadie que viviese en el pueblo, con excepción de una mujer mayor, cuya identidad todavía no se había revelado. No obstante, su cuerpo había aparecido ahí. Casi treinta años después de haberse sentado en una clase en Akranes, mirando con solemnidad a la cámara, la habían encontrado en la costa cerca del pueblo. Asesinada.

¿Había quedado con un hombre? ¿Eiríkur lo había averiguado? Por estadística, la víctima de asesinato promedio en Islandia no era una madre de dos niños en la treintena. Desde el año 2000, habían asesinado a unos veinte hombres y diez mujeres. La mayoría de los asesinatos de hombres tenían relación con el alcohol. Por otro lado, cuando las víctimas eran mujeres, solía ser por violencia doméstica. Elma sabía que, muchas veces, el maltrato en el ámbito doméstico estaba bien escondido, incluso entre los caros muebles de diseño de los apartamentos de lujo, por lo que sería lógico examinar con más detenimiento a Eiríkur.

Elma recordó la expresión de su rostro cuando se estaban marchando. No dudó ni un segundo de que su dolor fuera sincero, pero había algo más: furia. Elma estaba segura de haberla visto. Por alguna razón, estaba furioso.

Eiríkur no le había causado una impresión especialmente buena. Parecía demasiado astuto, demasiado consciente de su comportamiento y de su apariencia. Daba la impresión de ser deshonesto. Todos sus movimientos parecían ensayados, como si estuviera actuando. Aun así, no había nada que sugiriese que hubiese querido causarle algún daño a Elísabet. Todo lo contrario, sin ninguna duda había estado loco por ella. Pero ¿y si planeaba dejarlo? La policía no había encontrado ninguna prueba al respecto más allá de los mensajes de texto, claro que Elísabet no parecía tener ninguna confidente, aparte de su amiga Aldís. Tal vez encontraría más pruebas en su ordenador. En esos momentos, los técnicos estaban analizando las pruebas que habían recogido, en busca de algo que les diera alguna pista de lo que había sucedido. Elísabet pudo haber utilizado algún término de búsqueda, por ejemplo, que sirviese para demostrar de manera concluyente que estaba considerando dejar a su marido.

La casa era otro elemento que tener en cuenta. Aldís había mencionado que Elísabet había comentado que quería visitar la casa de su infancia en Krókatún, así que era muy posible que eso fuera lo que la hubiese traído de vuelta a Akranes. Quizá había sido parte de un intento de estar en paz con su pasado. Según las descripciones que les habían dado, parecía que había algo que la atenazaba. A lo mejor sucedió algo en el colegio o en casa que provocó que se convirtiese en alguien retraída y antisocial.

Elma cerró los ojos e intentó pensar con lógica. Tampoco ayudaba que, desde la aparición del cuerpo de Elísabet, la curiosidad hubiese invadido el pueblo. La gente aparecía en la comisaría por si acaso se enteraba de algo y husmeaba en busca de información, con el pretexto de tener que ocuparse de otros asuntos. Además, no paraban de recibir llamadas de periodistas que pedían información. Lo cierto era que el reloj seguía avanzando y no daría buena imagen que la policía no revelara algún detalle pronto a la prensa. Al principio era comprensible, pero a medida que el tiempo pasaba, empezaría a parecer que no tenían ninguna pista. Lo que por supuesto era cierto. Habían pasado más de tres días desde el hallazgo del cuerpo, y, sin embargo, aún no tenían ningún hilo del que tirar.

Hasta ahora tenían el informe del forense, pero aún no tenían ningún sospechoso. La reunión de seguimiento comenzaría en unos minutos, aunque Elma no tenía esperanzas de que alguien fuese a aportar algo significativo.

Hörður tenía el flequillo grisáceo de punta y sus ojos, que observaban por encima de las gafas, estaban cansados.

—Han revisado su ordenador, pero el historial de búsqueda no muestra nada de interés. La navegación no es nada fuera de lo común; no hay ninguna búsqueda de términos sospechosos o algo por el estilo. De hecho, no parece haber pasado mucho tiempo en Internet. —Hizo una pausa y bajó la mirada hasta las notas—. Pero lo que sí han encontrado es un correo que indica que tenía una cita con un abogado este viernes. Su nombre es Sigurpáll G. Hannesson, y que trabaja en un despacho de abogados en Reikiavik. Tenemos que contactar con él y averiguar lo que quería Elísabet.

—¿Crees que quería solicitar el divorcio? —preguntó Sævar, que arqueó la columna con la esperanza de aliviar el dolor de espalda.

Estaba cansado y rígido por haberse quedado sentado toda la noche mientras abrazaba a Telma hasta que se había dormido. Pese a la incómoda posición, no se había atrevido a moverse por miedo a molestarla y, en consecuencia, se había despertado en mitad de la noche con un brazo entumecido y torticolis. En aquel momento, la había llevado a su cama, donde se había vuelto a dormir, apretujada a él. Sus sollozos habían continuado de manera esporádica incluso después de haberse quedado dormida, y lo habían mantenido despierto durante horas.

—Yo también me lo pregunto —dijo Hörður—. Eiríkur pudo haber descubierto que le era infiel. O que quería el divorcio. Aunque, claro, eso no significa que hubiese otro hombre involucrado.

—Cuando Sævar y yo hablamos con él, insistió en que no tenían ningún problema —señaló Elma.

—Pues claro que lo hizo —dijo Sævar.

—¿Qué pasa con la tía Guðrún? —preguntó Hörður—. ¿Sabe más de lo que dice el marido?

—No ha sido de ayuda —respondió Elma, que volvió a recordar a la pequeña mujer encogida que había parecido tan desprovista de sentimientos y lástima—. Me dio la impresión de a que Guðrún no le hizo mucha gracia tener que acoger a Elísabet. La describió como ingrata e insistió en que era antisocial y perezosa. Llevaban años sin hablar, así que no nos dijo prácticamente nada sobre sus circunstancias recientes. Por otro lado, la amiga de Elísabet, Aldís, nos dio a entender que Eiríkur estaba un poco obsesionado con ella. Que estaba mucho más enamorado de Elísabet que ella de él. No sé cuánta importancia deberíamos darle a su opinión, pero creo que deberíamos vigilarlo más de cerca.

—Tiene coartada, si confiamos en sus hijos.

—¿Pero es irrefutable? —cuestionó Sævar—. ¿Cuánto tiempo le habría llevado conducir hasta Akranes? ¿Media hora? Si los niños hubieran estado dormidos, no se habrían dado cuenta de que salía.

—¿Hay algo que indique que tenía intención de dejarlo? —preguntó Hörður—. Tenemos pocas pruebas reales que respalden esa teoría.

—También está la cuestión de que llamase para avisar de que estaba enferma sin mencionárselo a Eiríkur y luego pasase la noche fuera —apuntó Elma—. Seguimos sin tener ni idea de dónde estuvo. No solo eso, sino que tenía una cita con un abogado. Aunque, a decir verdad, creo que eso está relacionado con algo completamente distinto. Quizá con sucesos de su infancia o con alguien que conocía antes de mudarse. Según su amiga Aldís, Elísabet había mencionado que quería visitar el hogar de su infancia, ya que recientemente había salido a la venta.

—¿La casa en Krókatún?

—Exacto. La han vendido, pero creo que deberíamos pasarnos para hablar con los nuevos propietarios y averiguar si recibieron alguna visita de Elísabet durante el fin de semana.

Hörður asintió.

—De acuerdo, Elma, échale un vistazo a la casa. Sævar, comprueba qué tipo de coche tiene Eiríkur y mira a ver si puedes encontrar algún agujero en su coartada: ¿alguna cámara de seguridad lo pilló en un sitio en el que no debería haber estado? Ese tipo de cosas.

Elma se levantó y le echó una mirada a Sævar, quien le dirigió una breve sonrisa. Le daba la impresión de que había evitado mirarla desde que habían llegado. Advirtió que tenía ojeras. La noche anterior se había marchado tan de repente que le preocupaba haber hecho algo que lo asustara.

Elma aparcó frente a la casa al oeste del pueblo. Un jardín vacío la rodeaba: no había ninguna valla, solo unos árboles que el viento agitaba y un columpio solitario que la brisa mecía con suavidad hacia delante y hacia atrás. La fachada de la casa que daba a la carretera estaba revestida con madera pintada de blanco y tenía ventanas abatibles de tres hojas. El lado opuesto tenía vistas al mar y, cuando había buena visibilidad, se apreciaba con nitidez la península de Snæfellsnes, al noroeste. Estaba claro que el lugar necesitaba mantenimiento, dado que el hormigón de la base de las paredes se estaba desmoronando y tenía manchas de óxido por todas partes.

Elma subió los peldaños agrietados de hormigón hasta la puerta principal mientras pensaba que ese era exactamente el tipo de casa antigua que Davíð apreciaba. Llamó a la puerta. Al cabo de unos segundos, una mujer con una camisa holgada azul claro y unos tejanos rotos le dio una cálida bienvenida. Llevaba el pelo rubio recogido en una cola de caballo y algunos mechones sueltos le caían por la cara.

—Adelante —dijo la señora después de que Elma le explicara sus intenciones. Se presentó como Gréta.

Elma la siguió hasta la cocina mientras hablaba. Había cajas de cartón por todas partes, algunas abiertas, otras todavía empaquetadas.

—Acabamos de mudarnos —explicó ella—. Vamos a arreglar la casa y a convertirla en un Airbnb. Es demasiado grande para nosotros dos y hace siglos que sueño con abrir una pensión, así que he decidido hacerlo. —Le hizo un gesto a Elma para que se sentara en la pequeña mesa de la cocina—. Me he divorciado hace poco —añadió.

—He oído que Akranes es cada vez más popular entre los turistas —observó Elma, que aceptó la taza de café que Gréta le ofreció.

—Exacto —dijo Gréta—. En fin, me preguntó si había recibido alguna visita, ¿verdad?

—Sí, tiene relación con un caso que estamos investigando —reconoció Elma—. Puede que suene un poco extraño, pero ¿por casualidad el fin de semana pasado no recibiría la visita de una mujer que vivía aquí de niña?

—Pues sí —asintió Gréta con entusiasmo—. Era muy simpática. Para nada insistente. Me preguntó amablemente si podía echar un vistazo. Quería venir antes, cuando la casa estaba en venta, pero por alguna razón no había sido capaz.

—¿Estaba sola?

—Sí, solo ella. La vi desde la ventana. En realidad, fue bastante raro. —Gréta se rio—. Salí de la ducha y la vi en la parte de atrás de la casa, en el pequeño jardín silvestre junto al mar, desde donde contemplaba las vistas. Cuando salí a ver qué quería, pareció sentirse un poco avergonzada y se disculpó. Pero en cuanto me explicó lo que hacía aquí, lo entendí a la perfección. A menudo sientes una conexión fuerte con el lugar en el que viviste de niño. Yo crecí en una casa azul en Hafnarfjörður y a veces me desvió para pasar por delante a saludar, no sé si me explico.

—¿Qué le dijo? —Elma se apresuró a interrumpirla, antes de que Gréta se fuese por las ramas sobre su propia infancia. Estaba claro que le gustaba hablar.

—Oh, la verdad es que no dijo gran cosa. Solo mencionó que había vivido aquí con su madre y siempre había querido volver a ver la casa. Me preguntó si podía estar un minuto a solas en su antigua habitación, en el ático, que ahora es la habitación de Nói. Le dije que sí, por supuesto, pero imagínese la cara de Nói cuando tuvo que levantar la vista del ordenador por una vez. Luego, la mujer recorrió la casa. Le ofrecí un café, pero lo rechazó. Estaba muy entusiasmada por los cambios que pensamos hacer. Muy entusiasmada… —Se interrumpió, y Elma esperó pacientemente a que prosiguiera.

Gréta tosió y se rio con incomodidad.

—Perdone, es que… cuando bajó del ático, parecía estar de un humor extraño. Tuve la sensación de que había despertado malos recuerdos o algo así, porque parecía muy… triste. Le pregunté si había sido feliz aquí. Para nosotros es importante. Cada propietario deja atrás un aura que ayuda a crear una buena atmósfera en la casa. Pero no respondió, solo me dio las gracias y se marchó de inmediato.

Elma se mostraba escéptica sobre las auras, ya fuesen buenas o malas, pero de todas formas asintió.

—¿Sería posible que me dejase echar un vistazo al ático?

Gréta se encogió de hombros.

—Claro, pero no hay nada excepto las pertenencias de Nói. Apenas ha movido un dedo desde que nos mudamos. Lo único que ha desempaquetado ha sido su consola de videojuegos. —Puso los ojos en blanco y luego gritó «¡Nói!» de manera tan repentina que Elma dio un salto. Miró hacia las escaleras y, un minuto o dos después, un adolescente desgarbado apareció en lo alto, con unos tejanos ajustados y una sudadera holgada que le llegaba casi hasta las rodillas. Obedeció la impaciente llamada de su madre y bajó las escaleras con calma.

—Nói, esta es Elma. Trabaja para la policía y quiere echarle un vistazo rápido a tu habitación. —Gréta le puso una mano en el hombro. Nói miró a Elma y luego a su madre. Abrió la boca para protestar, luego gruñó y se dejó caer en el sofá.

Gréta se dirigió a las escaleras y le hizo señas a Elma para que la siguiera.

—Es una casa muy vieja y todo es un poco estrecho, pero es parte de su encanto —dijo en cuanto llegaron al rellano.

Elma examinó la buhardilla. No sabía qué hacía ahí arriba exactamente o qué esperaba encontrar. Había un suelo de parqué antiguo y un armario empotrado a lo largo de la pared en la parte baja del techo abuhardillado. El suelo estaba repleto de cajas. En un lado de la habitación, había una cama y, frente a ella, una mesa con un televisor y una consola. El edredón estaba cubierto por mandos a distancia y en la mesita de noche había un vaso lleno de algún refresco. Gréta se acercó al tragaluz y lo abrió de par en par.

—Uf, el ambiente está un poco cargado —exclamó—. Ese armario podría ser un buen espacio de almacenamiento, pero no me atrevo a meter la ropa de Nói ahí. —Abrió la puerta del armario bajo el techo abuhardillado—. Mire lo sucio que está. Todavía no he podido limpiarlo.

—¿Le importa que lo revise? —preguntó Elma.

Gréta se encogió de hombros.

—No hay nada dentro. Al menos, eso espero. Aunque no me sorprendería encontrar un ratón muerto o incluso una rata.

Elma utilizó la pequeña linterna de su llavero para iluminar el interior. Tuvo que agacharse para ver dentro del armario, puesto que el techo era bajo y el espacio se estrechaba a medida que se hacía más profundo. Las paredes estaban mugrientas y pegajosas. Cuando se levantó el polvo de la fina capa que había en el suelo, Elma tuvo que taparse la nariz para contener un estornudo. Pero no había nada dentro del oscuro armario. No había rastro de ninguna rata muerta ni de alguna cosa que hubiese podido pertenecer a los antiguos propietarios. Estaba a punto de cerrar la puerta cuando reparó en las marcas que había en la parte interna. Recorrió la madera áspera con la yema de los dedos.

—Sí, yo también me he dado cuenta de eso —dijo Gréta—. Habrán sido los ratones. Llevará tiempo restaurar el armario.

Elma asintió de manera ausente. El interior de la puerta estaba cubierto de arañazos irregulares: círculos, rayas y algo que parecía una imagen o letras, lo cual hacía imposible que fuese obra de un animal. En algunos lugares, la madera estaba manchada de algo que había goteado encima. Pese a que los arañazos eran superficiales, las marcas oscuras destacaban sobre la madera clara.

—¿Qué cree que puede ser eso? —Gréta se agachó y observó las marcas.

—Nada en particular —respondió Elma, y se puso de pie. Se sacudió el polvo de los pantalones—. Esta debe de haber sido la habitación de un niño.

—Entonces sería hace mucho tiempo, porque la pareja que vivía aquí antes que nosotros no tenía hijos.

—Sí, imagino que las marcas son antiguas —coincidió Elma. De repente, sintió que la atravesaba una sensación de profunda tristeza. Tal vez se debiera al efecto de la habitación sin ventilación, pero, fuese lo que fuese, tenía que salir de ahí cuanto antes.

Hendrik había decidido que debían reunirse en el despacho, dado que parecía lo más apropiado, dadas las circunstancias. Su hermano llegaba tarde, como de costumbre, por lo que Hendrik se recostó en su silla y esperó pacientemente.

Siempre había sido protector con su hermano pequeño. Desde su infancia, Tómas siempre había sido el que se metía en problemas. Iba en busca de peleas y discusiones, lo que más feliz le hacía era estar en medio de alguna refriega. Y siempre era Hendrik el que tenía que sacar a Tómas de apuros cuando este se las arreglaba para poner a todo el mundo en su contra. Hendrik siempre había sido popular y disfrutaba del respeto que le profesaba el grupo, y Tómas se beneficiaba de eso. Si no hubiera sido por su hermano mayor, Tómas habría tenido una vida dura.

Su padre era danés. Había conocido a su madre mientras estudiaba en la Universidad Popular de Dinamarca, y se había mudado a Islandia con ella. Allí se instalaron en Akranes. Sin embargo, cuando Hendrik tenía diez años, su padre había vuelto a Dinamarca y había conocido a una mujer danesa con la que había tenido tres hijos. Nunca volvió a visitar a sus hijos en Islandia. En aquel entonces, Tómas solo tenía seis años, y Hendrik estaba seguro de que a su hermano le había afectado mucho más que a él que su padre los abandonara. Hendrik siempre había sido el favorito de su madre, mientras que Tómas se parecía mucho a su padre. Se entendían el uno al otro. Su madre no pareció especialmente sorprendida cuando su padre se marchó sin ellos. Esa era su forma de ser, impulsivo y egoísta. Tómas era igual. A veces, su madre lo observaba con una mirada cansada, sacudía la cabeza y decía que era como si su padre nunca se hubiera ido: Tómas era su viva imagen.

Pero Hendrik no estaba completamente seguro de que la culpa de los defectos de Tómas fuese de su padre. Hasta donde recordaba, siempre había sido travieso, inquieto e irresponsable, y no podían culpar a su padre de haberlo criado así. En la actualidad, probablemente le diagnosticarían algún tipo de trastorno de conducta, pero en aquella época, algo así era inaudito. No obstante, Hendrik no podía seguir pasando por alto las acciones de Tómas; sus travesuras juveniles habían dado paso a crímenes mucho más serios.

Hendrik no estaba contento con los rumores que circulaban: al parecer, todo el mundo había oído hablar de cómo Tómas había tratado a esa chica. Hendrik había perdonado a su hermano muchas veces a lo largo de los años; incluso había hecho la vista gorda respecto a sus métodos a la hora de cobrar el alquiler de sus propiedades con el argumento de que, por lo menos, las mujeres no tenían que pagar sus cosas y podían gastar el dinero para algo más. Aun así, siempre había tenido cargo de conciencia, pero había terminado por dejar de lado esos pensamientos. Para entonces, la gente había empezado a hablar del tema. Esos rumores nunca se demostraron, pero este caso era distinto, ya que la chica presentaba lesiones evidentes.

—Hola —dijo Tómas, que entró con parsimonia en el despacho sin llamar, como de costumbre.

Hendrik no respondió, solo asintió y le indicó que tomara asiento.

—¿Qué pasa? —preguntó Tómas. A su camiseta no le habría ido mal una plancha, y no se había afeitado. Al otro lado del escritorio, Hendrick percibió el repugnante olor a sudor rancio. Hubo un momento en el que Tómas había desempeñado un rol activo en la gestión de la empresa. Se presentaba cada día en el trabajo, bien vestido, y había sido un socio comercial activo. Pero eso había sido hacía mucho tiempo y había acabado mal. Cuando la empresa atravesó una mala racha, Tómas se largó enseguida para quitarse el muerto de encima, y Hendrik tenía la sensación de que nunca había vuelto de verdad.

—No me resulta fácil decirte esto —comenzó a decir Hendrik, con expresión sombría—, así que iré al grano: quiero comprar tu parte.

—¿Mi parte de la empresa? —preguntó Tómas.

Hendrik asintió.

La expresión de Tómas se tornó seria durante unos instantes, luego, para sorpresa de Hendrik, empezó a sonreír. La sonrisa se ensanchó hasta que sus dientes amarillos quedaron al descubierto y se echó a reír. Sus carcajadas resonaron por todo el despacho.

—Pensé que nunca me lo pedirías —admitió Tómas, una vez se hubo calmado—. Llevo años esperando a que me lo digas, pero no lo hacías. Ya no tienes que preocuparte por mí, hermano; puedo cuidar de mí mismo.

Hendrik se quedó sin palabras. Ya había preparado el contrato, así que, sin nada más que añadir, lo empujó a través del escritorio para mostrarle a su hermano la suma de dinero que tenía en mente. Tómas se limitó a asentir y firmar sin molestarse en leer el resto del documento.

Antes de salir del despacho, Tómas se detuvo en el umbral de la puerta y se dio la vuelta con expresión seria.

—¿Ya estamos en paz, hermano?

—¿Qué quieres decir? —Hendrik observó a su hermano con el ceño fruncido mientras retrocedía a los días en los que eran niños. Tómas siempre se metía en problemas y Hendrik tenía que arreglar el desastre. Todavía podía recordar la mirada inocente de su hermano pequeño cuando decía que lo sentía. Pero nunca se disculpaba con sus víctimas: siempre le dejaba esa parte a Hendrik.

En lugar de explicarse, Tómas se limitó a sonreír de manera enigmática y se marchó. Hendrik se sentó en su despacho, con la mirada perdida en la puerta, y rememoró los recuerdos olvidados de dos niños que habían sido inseparables.

Elma decidió tomarse un café mientras esperaba a Sævar y a Hörður. Encontró a Begga y a Kári en la cocina, sentados alrededor de una mesa con Grétar, un agente uniformado que Elma solo había visto de paso. Se dio cuenta de que Begga estaba visiblemente menos risueña que de costumbre. Miraba por la ventana, pero se dio la vuelta cuando Elma entró. Esta supuso que estaba de ese humor sombrío por el caso, pero Begga dejó escapar un suspiro y le explicó que su gato había salido hacía dos días y aún no había regresado.

—No lo habrás visto ¿verdad? —Sacó el móvil para enseñarle un gato grande anaranjado acurrucado en un sillón marrón.

Elma recordaba al animal de cuando había ido al piso de Begga. Había intentado apartarlo de la manera más delicada posible cuando el gato se había restregado contra sus piernas y luego se había subido a su regazo sin que ella quisiera. En cuanto llegó a casa, tiró la ropa cubierta de pelos a la lavadora.

Elma negó con la cabeza.

—No, lo siento.

De hecho, estaba bastante segura de que no lo reconocería si se lo encontrara de camino al trabajo, puesto que normalmente no prestaba atención a los gatos con los que se cruzaba. Pero no podía decírselo a Begga cuando estaba tan abatida.

—Dame la foto, Begga. —Kári se inclinó sobre la mesa y extendió la mano. Examinó la foto de cerca—. Creo que vi un gato como ese en mi jardín ayer. Como ambos vivimos en Vesturgata, podría tratarse de él. Si fuese tú, revisaría la zona alrededor de la barbería. Como ya sabrás, vivo detrás.

El rostro de Begga se iluminó.

—Iré y llamaré a papá para pedirle que conduzca por las inmediaciones por si acaso. Gracias, Kári.

—De nada. —Kári se llevó una galleta entera a la boca.

—Es horrible —comentó Grétar, después de que guardaran silencio durante un rato.

—¿Lo del gato de Begga? —inquirió Elma, que luchó por contener una sonrisa.

—No, lo de Elísabet —contestó con el ceño fruncido—. La recuerdo del colegio, tenemos casi la misma edad. Iba un curso por debajo del mío. Ni siquiera sabía que vivía aquí cerca, en Hvalfjörður. Pensaba que se había mudado hacía años. Si te soy sincero, me había olvidado por completo de ella. No está en Facebook, así que nunca he hablado con ella.

—¿Por qué no lo has mencionado antes? —preguntó Elma mientras estudiaba a Grétar. Había ingresado en la policía hacía muy poco, a pesar de ser mayor que ella. Se preguntó por qué había decidido cambiar de profesión y a qué se había dedicado antes. Quizá se lo preguntase cuando tuviese oportunidad.

Grétar se encogió de hombros.

—Al principio no me di cuenta, pero tampoco es que tuviese importancia. No es que la conociera bien.

—¿Recuerdas cómo era en el colegio? —preguntó Elma—. ¿Con quién se relacionaba y demás?

—Apenas recuerdo con quién me relacionaba yo —dijo Grétar entre risas, pero enseguida volvió a ponerse serio al ver la expresión impaciente de Elma—. Pero sí que recuerdo que Elísabet era un poco rara.

—¿A qué te refieres?

—No era como los otros niños. De algún modo era distinta.

—No hay nada de malo en ser diferente —espetó Elma. Lo dijo de una forma más brusca de lo que pretendía—. Nos da la impresión de que no tenía mucho apoyo en casa.

Grétar reflexionó durante un momento.

—Recuerdo que su madre estaba chiflada.

—¿Chiflada? —repitió Elma, desconcertada por la elección de la palabra. Se preguntó qué lo había llevado a usar semejante palabra para referirse a la madre de Elísabet. ¿Era así como la gente de Akranes había hablado de Halla? Si todos sabían que tenía trastornos mentales, ¿por qué nadie había intervenido?

—Sí, estaba un poco loca —dijo Grétar, un poco avergonzado. Se ruborizó un poco y añadió—: Algunos niños tienen mala suerte.

—Y que lo digas —coincidió Elma. Se bebió el resto del café e ignoró el rugido de su estómago. Al acabar, salió de la cocina en un estado de ánimo pensativo. En cuanto se sentó en su escritorio, el móvil comenzó a vibrarle en el bolsillo. El número que apareció en la pantalla no le resultaba familiar, pero respondió de todas formas. En las últimas semanas, apenas había recibido llamadas, salvo las de sus padres y las que estaban relacionadas con el trabajo. Tenía la sensación de que la gente la evitaba después de lo que había sucedido.

—¿Elma?

Reconoció la voz de inmediato.

—Hola, Lára. ¿En qué puedo ayudarte? —Oía lo fría que sonaba su voz. Distante, como si no le perteneciera.

Hubo un breve silencio.

—Oh, Elma… Debería haberte llamado antes.

—No seas boba, estoy bien —dijo Elma, que intentó sonar despreocupada.

—No me creo lo que pasó. —Lára dudó—. La cuestión es que escuché que te habías ido de la ciudad y quería darte tiempo… Tal vez tomé la decisión equivocada. Pero también ha sido duro para mí. Ojalá pudiera decirte algo…

Elma permaneció en silencio. Sentía cómo se le formaba un nudo en la garganta y sabía que si decía hablaba, se le quebraría la voz. Maldita sea, se había vuelto demasiado sensible.

—Puede que no quieras hablar conmigo, pero estoy aquí si me necesitas. Llama a este número, Elma. Cuando quieras. —Sonaba sincera—. Lo siento.

Elma balbuceó una respuesta y colgó.

—He localizado al abogado —anunció Sævar. Elma levantó la mirada de su escritorio—. No ha podido darme mucha información debido al secreto profesional, pero me ha dicho que Elísabet tenía muchas preocupaciones cuando fue a visitarlo.

Elma asintió.

—Entonces, hasta ahora sabemos que el viernes se fue de casa, llamó al trabajo para decir que estaba enferma y luego se reunió con su abogado en Reikiavik.

—Así es —dijo Sævar—. El hecho de que se lo ocultara al marido tiene que significar que la reunión tenía algo que ver con él.

—Sí. —Elma hizo una pausa—. A menos que estuviese relacionado con algo más, con algo que no le hubiese contado a nadie y que podría no tener nada que ver con el marido.

Sævar se acercó y se sentó frente a ella sin dejar de mirarla a la cara. Mientras hablaba, Elma intentó ignorar el rubor que sentía que se abría paso por sus mejillas.

—Aún no sabemos dónde estuvo la noche del viernes, pero he descubierto que visitó la casa de Krókatún el sábado. La casa en la que vivió con su madre.

—Ah, así que lo hizo.

—Sí y, según la mujer que vive ahí, parece que se comportó de una manera extraña. En especial, después de haber subido al ático a ver su antigua habitación. Tal vez le sucedió algo malo ahí.

—¿Cómo qué?

—Había unos arañazos extraños dentro del armario de la habitación. No estoy segura, pero parecía que alguien hubiese arañado la puerta. Había franjas oscuras, como si... bueno, como si hubiera goteado sangre de los arañazos.

Sævar frunció el ceño.

—Podría... —comenzó a decir, pero Elma lo interrumpió.

—Sé que podría haber varias explicaciones para eso, pero me preguntaba si deberíamos ampliar nuestro enfoque más allá del marido. Todavía no ha aparecido nada que sugiera que haya hecho algo malo y no hemos encontrado pruebas de que Elísabet tuviera un amante. En cambio, parece ser que tuvo una infancia difícil y que superó su aversión por Akranes lo suficiente como para visitar su antiguo hogar. —Elma volvió a hacer una pausa. En voz alta, la idea sonaba más descabellada de lo que lo había hecho en su cabeza. En su opinión, por lo que habían descubierto sobre el comportamiento de Elísabet, había un claro indicio de que había sufrido algún tipo de trauma en su infancia. Sin embargo, que eso estuviese relacionado con su muerte era otra cuestión.

—Entonces ¿por qué fue a ver a un abogado? —preguntó Sævar—. Seguramente estará relacionado con el marido, ¿no?

—No lo sé —respondió Elma—. Pudo haber ido a revisar su situación jurídica en lo referente a algún incidente en su niñez.

—Si estás hablando de abuso sexual, es probable que aún esté dentro del plazo de prescripción. Pero, recuerda, cuando era niña no había ningún hombre en la casa.

—Tienes razón —reconoció Elma—. Pero si su madre era alcohólica, ¿quién sabe cuántos hombres extraños habrán pasado por su casa?

Sævar suspiró profundamente.

—Bueno, si iba a denunciar un delito, supongo que es posible que alguien quisiera silenciarla. No creo que se trate de un caso de mala suerte, ni que estuviera en el sitio equivocado en el momento equivocado. Pero ¿por qué ahora, después de tantos años?

Elma se encogió de hombros.

—Es habitual que las víctimas de abuso sexual cuenten su historia mucho tiempo después del suceso. Sobre todo si el incidente sucedió durante la infancia. Me gustaría familiarizarme con esa etapa de su vida. Podría hablar con sus antiguos profesores, compañeros de clase y vecinos. De esa manera, también podríamos averiguar si había estado quedando con alguien en Akranes.

—¿Harías eso solo por curiosidad o de verdad piensas que es relevante para el caso? —preguntó Sævar con una sonrisita.

—Admito que tengo curiosidad —dijo Elma, que le devolvió la sonrisa—. Pero, aun así, creo que podría ser relevante. Si no, no lo habría mencionado. ¿No te parece un poco sospechoso que siempre haya evitado el pueblo y que, cuando por fin decide volver, alguien la mate?

Sævar se encogió de hombros.

—Dudo que el asesinato fuese premeditado —prosiguió Elma—. Fue demasiado chapucero, muy poco profesional. Pero creo que conocía a su asesino. El lugar estaba muy apartado. Alguien tuvo que haber sabido que Elísabet estaría en el faro.

—Sí, tienes razón. Desde luego no parece bien organizado —dijo Sævar—. Pero…

Antes de que pudiese terminar, Hörður asomó la cabeza por la puerta del despacho y dijo:

—Ha aparecido el coche.

# Akranes, 1990

*El hombre era el dueño de la casa y Elísabet tenía que ser amable con él. Eso es lo que le había dicho su madre. Venía a menudo, pero nunca se quedaba mucho tiempo. Elísabet no sabía lo que hacía cuando estaba en casa, pero su madre siempre le decía que subiese a su habitación. O que saliese y, mejor aún, se quedara fuera.*

*Su madre siempre se arreglaba cuando la visitaba. Se pintaba los labios, bebía de una copa de tallo largo y fumaba un cigarrillo tras otro. A Elísabet le gustaba sentarse y observar cómo se arreglaba, pero su madre no lo soportaba. «¿Qué estás mirando?», le preguntaba mientras echaba humo en su dirección.*

*A pesar de que Elísabet tan solo tenía siete años, sabía que su madre no la quería. Había leído sobre las madres en los libros que había tomado prestados de la biblioteca de la escuela y sabía cómo se suponía que tenían que ser; cómo se suponía que tenían que comportarse. Debían ser como la madre de Sara: te decían que hicieras los deberes, se aseguraban de que te bañaras y te cepillaban el pelo. Se suponía que las madres tenían que ser amables y cariñosas. Su madre no era así. No hacía ninguna de esas cosas. Siempre había sido su papá quien las había hecho, nunca su madre.*

*Un día de diciembre, su madre bebió demasiado. Elísabet la encontró tirada en el suelo de la sala de estar, junto a una botella rota y un charco. Al principio, la niña se asustó, pero luego vio que el pecho de su madre se movía. Se quedó ahí de pie perpleja mientras contemplaba a su madre y se preguntaba si debería ir a buscar a Solla o dejar a su madre en paz. Justo después de decidir dejarla dormir, sonó el timbre. Elísabet abrió la puerta y se encontró con él: el hombre que a veces venía, el hombre que era el dueño de su casa.*

—Hola, Elísabet —dijo.

Elísabet no contestó. No sabía por qué siempre visitaba a su madre, pero sabía que tenía un efecto negativo en ella. Cuando se iba, su madre permanecía sentada durante mucho tiempo, fumando y mirando con expresión ausente la pared. Sus ojos y su rostro parecían cambiar con cada mes que pasaba, y Elísabet estaba segura de que al final no quedaría nada de ella; nada que se pareciese a la madre que una vez había conocido.

—¿Tu madre está en casa? —preguntó el hombre, que echó un vistazo al interior.

Elísabet negó con la cabeza e intentó cerrar la puerta, pero el hombre alargó un brazo para mantenerla abierta. Después entró y cerró la puerta.

—Elísabet —dijo de forma cariñosa, y se agachó. Le apartó un mechón de pelo oscuro de la cara y la miró a los ojos—. Eres una niña preciosa. ¿Lo sabías?

Elísabet permaneció en silencio. Era el dueño de la casa. Tenía que ser amable.

—No entiendo cómo el coche pudo haber llegado hasta aquí. —El hombre estaba de pie, con expresión perpleja. Tenía una mano apoyada en la cadera y se rascaba la cabeza con la otra. Junto a él estaba su mujer, bronceada y con el pelo oscuro, vestida con un top de gasa blanco y unos tejanos apretados. Tenían una tienda de moda y acababan de regresar de Tenerife, donde pasaban el mes de noviembre, antes de que comenzase la campaña navideña en la tienda.

—¿Las puertas del garaje estaban cerradas cuando volvisteis? —preguntó Hörður.

—Desde luego. Cerradas con llave —confirmó el hombre.

La mujer frunció los labios y le lanzó una mirada irritada a su marido.

—Debes haber olvidado cerrarlas. Espero que no falte nada.

El hombre resopló.

—No es que haya muchas cosas de valor aquí. Dudo que los ladrones estén interesados en robar herramientas o ropa vieja de niño.

—¿Alguien más tiene llaves de la casa? —preguntó Hörður.

—No —respondió la mujer—. Bueno, los chicos, pero dudo que hayan dejado el coche de un extraño aquí.

—Tal vez vinieron y olvidaron cerrar con llave después de irse —dijo Hörður—. ¿Se puede acceder a la casa desde el garaje?

—Sí, pero esa puerta estaba cerrada, y no hay ninguna señal de que algún intruso haya entrado en la casa.

Hörður asintió e inspeccionó el garaje.

—¿Hay algo más que hayan tocado?

—No, al menos, no a simple vista. —La mujer intentó contener un bostezo sin éxito—. Es que no tiene sentido. ¿En qué pensaba el dueño al aparcar en nuestro garaje? Es decir, ¿estaba nevando y no podía limpiar el parabrisas o algo así?

Hörður no contestó. Tomó un trapo y lo usó para intentar abrir la puerta del coche.

—Ya hemos intentado abrirla. Está cerrada —dijo el hombre.

Hörður suspiró, pero no hizo ningún comentario. ¿Cómo iban a saber que el coche estaba relacionado con la investigación de un asesinato?

—Hay arena en los neumáticos —advirtió Elma. Se había quedado en segundo plano con Sævar para dejar que Hörður se encargara de interrogar a la pareja. Su jefe se agachó y miró debajo del coche sucio.

—¿Podemos empujarlo fuera? —preguntó el hombre—. No puedo tener el coche de un extraño en mi garaje. Se supone que esta noche va a haber una helada y tengo que poner el todoterreno a cubierto.

Hörður se irguió y le lanzó una mirada fría al hombre.

—Tenemos que investigar más a fondo, así que me temo que su todoterreno tendrá que permanecer fuera por ahora.

—¿Investigar…? —preguntó el hombre irritado—. ¿Qué clase de estupidez es esta, Hörður? ¿No podemos simplemente remolcar el coche?

—No, me temo que no. Aunque espero que podamos hacerlo pronto. —Hörður no dio más detalles.

—Bueno, en ese caso me voy a la cama —dijo la mujer con voz resignada—. Vamos. —Sujetó la mano del marido y se lo llevó antes de que pudiese decir algo más.

—La matrícula coincide —dijo Hörður cuando la pareja entró en la casa—. El coche está registrado a nombre de Elísabet. —Sacó el móvil para llamar a los técnicos de la científica y se apartó a un lado.

—Hay algo en el interior del coche —observó Elma. Presionó la cara contra la ventanilla—. Ropa, basura y un montón de papeles. Debía de ser bastante descuidada, lo cual resulta extraño, teniendo en cuenta lo inmaculada que estaba su casa.

—No llevaba la llaves del coche encima cuando la encontraron —dijo Sævar pensativo—. Lo que parece indicar que alguien más escondió el coche aquí.

—Pero ¿por qué aquí? —cuestionó Elma—. Estaba claro que en algún momento alguien lo descubriría.

—Sí, pero es difícil esconder algo tan grande como un coche. El asesino tuvo que saber que la pareja que vive aquí estaba en el extranjero.

—¿Y tenía la llave del garaje? —preguntó Elma con escepticismo. ¿Podría ser que el asesino estuviera ganando tiempo?

Tenía que admitir que el truco había sido un éxito y había retrasado la investigación varios días. ¿Habría aprovechado el tiempo para desaparecer o incluso abandonar el país?

—Tal vez. —Sævar se encogió de hombros—. A no ser que la esposa tenga razón y el marido olvidara cerrar con llave.

—Los técnicos llegarán en una hora —anunció Hörður cuando colgó la llamada—. Después podremos examinar el coche.

Comenzó a llover y los goterones que caían en el techo provocaban un fuerte tamborileo que resonaba por todo el garaje.

—Bueno, no hace falta que todos nos quedemos a esperar —dijo Hörður, que se abrochó el abrigo hasta el cuello y se puso gorro forrado de piel—. Me vuelvo a la oficina, pero llamadme cuando lleguen los técnicos.

Cuando Hörður se hubo marchado, Elma sacó un pequeño taburete de la pared del garaje. Bostezó y se arrebujó en su abrigo antes de decir:

—Lo que daría por un café ahora mismo.

—Eh, ¿qué te parece si voy a comprar? —se ofreció Sævar—. La gasolinera Olís no queda lejos. —Se puso la capucha y corrió hasta el coche.

Elma permaneció en el garaje, escuchando el estruendo de la lluvia y el silbido de las tuberías de agua caliente. Sævar volvía a ser el de siempre y se sintió una tonta por pensar que la noche del día anterior habría afectado su relación. Tampoco es que hubiera pasado nada. No había ninguna razón para pensar que su apresurada partida estaba relacionada con ella. A fin de cuentas, no era una chica seductora de las que tenían que rechazar constantemente a los hombres.

El viento ganó fuerza y una corriente de aire frío se coló bajo la puerta del garaje. Esa mañana, mientras se dirigía al trabajo, el cielo estaba despejado por completo y apenas había nubes. Sin duda, la monotonía del clima actual no era algo sobre lo que uno podía quejarse. Se puso de pie y comenzó a dar vueltas por el garaje para mantener el calor.

El lugar era un desastre. Las estanterías, los armarios y las cajas estaban abarrotadas de cosas, como si los dueños nunca tirasen nada a la basura. Algunas cajas estaban etiquetadas.

Elma abrió un armario grande y descubrió que estaba lleno de lo que parecían docenas de zapatos y abrigos. El lugar también estaba atestado de material para hacer actividades al aire libre: esquís, tablas de *snowboard,* cañas de pesca y botas de vadeo. No parecían tener mucho uso y era evidente que llevaban ahí intactos mucho tiempo.

¿Cuánto habría costado todo ese equipo? Millones, sin duda. Sabía que la pareja que vivía ahí era adinerada. Aparte de la ropa, la mujer vendía todo tipo de artículos de diseño, material deportivo, etcétera. Esto sucedía a menudo en los pueblos rurales: las tiendas no se podían permitir especializarse demasiado, puesto que el mercado no era lo bastante grande como para sustentar a las tiendas que se dedicaban a la venta de un tipo de producto concreto. La pareja tenía dos hijos, uno de los cuales, el hijo, tenía la misma edad que Elma y había asistido al colegio con ella. Aun así, ninguno había mostrado señales de reconocerla, aunque tampoco esperaba que lo hicieran. No había sido precisamente amiga de su hijo. Él formaba parte del grupo de los populares, siempre vestido a la última moda y bronceado por las frecuentes vacaciones en el extranjero. La familia nunca había hecho ningún intento por ocultar su riqueza. De hecho, sospechaba que actuaban como si tuvieran más dinero del que tenían en realidad.

El hijo se llamaba Hrafn, pero siempre lo habían llamado Krummi. Cuando era más joven, se sentía atraída por él, como la mayoría de las chicas de su clase, pero al hacerse mayor, había empezado a verlo con ojos nuevos. Se había dado cuenta de que era arrogante e increíblemente cruel con los niños vulnerables de su clase. Hizo memoria y recordó cómo hablaba sobre uno de los otros niños, uno tímido y poco atractivo. Krummi decía en voz alta que era un feo perdedor, incluso cuando el niño estaba sentado a pocos metros de distancia, y Elma observó cómo el niño se había hundido cada vez más en su asiento hasta que al final se había levantado y salido corriendo de la clase, seguido de las risas burlonas de Krummi y sus compañeros. También recordó la vez que se hizo amigo de Eyrún, una chica a la que consideraban ser un poco rara, y le había prometido que, si cantaba una canción que ella misma hubiese compuesto delante de toda la clase, la invitaría al baile escolar. Obviamente, no lo había dicho en serio. La actuación de la chica había hecho que toda la clase estallara en carcajadas. Incluso a la profesora le había costado ocultar una sonrisa. Elma todavía recordaba la expresión de la chica cuando se dio cuenta de que todos se reían de ella; que su príncipe de cuento de hadas nunca la llevaría al baile.

Para cuando Sævar regresó, Elma tenía un nudo en el estómago y sentía como si una niebla oscura se hubiera apoderado de todo. Era el efecto que su época escolar tenía en ella.

—Café para la señorita —declaró Sævar, y le entregó un vaso de cartón—. Solo y sin azúcar. Empiezo a conocer tus necesidades.

Le sonrió y bebió un sorbo. Era agradable estar de pie en el garaje con Sævar mientras las gotas de lluvia repiqueteaban en el tejado. En su juventud había fantaseado con que vivía en una cueva, como un personaje de alguna leyenda islandesa. Miraba con ojos soñadores la montaña de Akrafjall e imaginaba que vivía ahí, en su guarida oscura, desde donde contemplaba el mundo desde una distancia que le permitía estar seguro.

—¿Por qué crees que Elísabet no quería volver? —preguntó, tras pasar un rato en el que habían bebido sus respectivos cafés en silencio.

Sævar enarcó las cejas de forma inquisitiva.

—¿Adónde?

—Aquí, a Akranes.

—No lo sé. Tal vez no era feliz en el colegio porque la acosaban. O sufrió algún tipo de abuso en casa, como ya hemos comentado. O quizá no tenía ninguna razón para venir.

—Tiene que haber algo más. El marido dijo que odiaba el pueblo. ¿Qué podría hacer que una persona odiase a una comunidad entera? Es un poco drástico, ¿no crees?

—Sí, odiar es una palabra bastante fuerte. Puede que relacionara el pueblo con algo malo que le sucedió de niña. Tal vez había gente aquí que no quería encontrarse. No lo sé, hay muchas posibilidades. La gente tiende a asociar las malas experiencias con lugares específicos.

Elma lo miró y alzó una ceja divertida.

—Lo digo en serio —dijo Sævar, sin poder evitar la risa—. Hay un nombre para eso. ¿Cuál era? Como el niño y el gato, ¿sabes? ¿O era el perro al que hacen babear?

—¿Quieres decir el niño y la rata?

—Sí, o la rata. Tú eres la que ha estudiado psicología, deberías saberlo.

—Te refieres al experimento del Pequeño Albert. Consiguieron que un bebé asociara el miedo con una rata al reproducir un ruido fuerte y aterrador cada vez que la tocaba. Al final, la sola presencia de la rata era suficiente para hacer que el bebé llorara. Asoció su miedo al ruido con la rata y terminó teniendo miedo de todos los animales peludos. Se llama condicionamiento clásico.

—Eso es. ¿No es esa la razón por la que la gente suele desarrollar fobias?

—Sí, es posible. Pero es un poco descabellado tenerle miedo u odiar a un pueblo entero. —Aun así, pensó Elma, la idea de Sævar en realidad era bastante plausible. Pensó en su propia reacción a su antiguo colegio. En cómo la invadía la misma sensación de terror cada vez que pasaba por delante o ponía un pie dentro. En cómo se sentía cuando se cruzaba con alguna de esas personas; Krummi y su pandilla, sus antiguos compañeros.

—Bueno, no estoy seguro de eso. Las personas se comportan de una manera irracional a menudo, y parece que Elísabet tenían varios problemas. —Sævar apuró el café y dejó el vaso en una de las estanterías—. Pero es lógico pensar que tenía un amigo o un conocido en Akranes, dado que se encontraba aquí. Tiene que haber pasado la noche en algún lugar y es bastante sospechoso que nadie haya informado al respecto.

Elma asintió. Tenía razón. Alguien tenía información, pero se la estaba guardando. Oyeron el portazo de un coche por encima del estruendo de la lluvia: los técnicos habían llegado.

Hörður sujetaba una bolsa de plástico transparente entre el índice y el pulgar e inspeccionaba el contenido. Elma había contemplado durante un rato cómo trabajaban los técnicos forenses. Su estómago había dejado de rugir y estaba bastante segura de que había empezado a digerir sus propias entrañas, pero no tenía relevancia. Lo importante era que el coche de Elísabet había aparecido y que los técnicos se ocupaban de examinarlo. Con algo de suerte pronto averiguarían si había habido otra persona en el coche con la víctima.

—Sigo pensando —murmuró Sævar en su oído— que alguien tenía que saber que la pareja que vive aquí estaba de vacaciones. La persona que escondió el coche en su garaje sabía que estaban ausentes y cuándo volverían.

—Dicho de otro modo, tuvo que ser alguien que los conocía bien —dijo Elma, con la mirada aún puesta en Hörður mientras este contemplaba la pequeña bolsa de plástico con los ojos entrecerrados.

La lluvia había amainado por el momento y la puerta del garaje estaba abierta. La calle estaba dividida en casas unifamiliares, muchas de ellas, nuevas construcciones de hormigón gris y madera oscura, con garajes dobles y grandes terrazas. Ahora que empezaba a oscurecer, los vecinos eran claramente visibles, pues sus siluetas a contraluz se dibujaban en las ventanas desde donde observaban con curiosidad. Algunos se habían acercado a hablar con Hörður.

—Ese es el problema en Akranes, todo el mundo sabe de los asuntos ajenos —afirmó Sævar—. Por eso no es suficiente con hablar con los vecinos o los familiares cercanos. La mayoría del pueblo conoce a esta pareja, puesto que muchos de ellos compran en su tienda, así que cualquiera de ellos podría saber que pasan tiempo en el extranjero cada año. Por si fuera poco, él juega al golf y ella da clases de *spinning,* lo que amplía el grupo de personas que sabían que no estarían en casa el fin de semana.

Elma debía admitir que Sævar tenía razón. Por otro lado, no podía haber mucha gente en el pueblo con una llave del garaje, y no había indicios de allanamiento.

—De todas formas, quizá nada de eso importe —dijo Sævar—. Seguro que encontramos algo en el coche. —Pero no parecía mucho más optimista que Elma con respecto a las posibilidades de que eso ocurriese.

—Hörður —dijo Elma, que fue hacia su jefe.

—¿Mmm? —Hörður levantó la vista. Parecía anonadado, como si hubiera estado absorto en sus pensamientos. Elma señaló con la cabeza la bolsa que sujetaba.

—¿Han encontrado algo?

—Bueno… —Hörður vaciló—. Esta nota. No sé muy bien cómo voy a… —Se interrumpió y ambos miraron a su alrededor ante la repentina música a todo volumen.

La música, que resonaba desde el coche que acababa de aparcar en la acera, se cortó de repente. Un hombre salió del interior y Elma enseguida lo reconoció como Krummi. Curiosamente, no parecía haber cambiado, era casi como si el tiempo se hubiera detenido: tan juvenil como siempre, la misma manera despreocupada de andar y la misma mirada penetrante. Lo único que había cambiado eran su ropa y su pelo. Ya no llevaba los tejanos rotos por debajo de la cadera ni mechas rubias. Hoy iba vestido con una camisa negra, unos pantalones azul oscuro y un abrigo negro. Le echó un rápido vistazo a Elma mientras andaba hasta Hörður. Al deducir, por su expresión, que no la reconocía, dejó escapar un suspiro silencioso de alivio.

—¿Qué pasa? —preguntó, y le dio a Hörður una palmada en el hombro. Era evidente que se conocían—. He oído que la policía ha invadido nuestro garaje.

Hörður sonrió y se metió con discreción la bolsa de plástico en el bolsillo.

—No hay de qué preocuparse. Es solo por precaución. El coche puede estar relacionado con el caso que estamos investigando.

—¿El caso de asesinato? —preguntó Krummi, que se agachó para ver el interior del garaje.

Hörður asintió.

—¿Tienes llaves de la casa de tus padres?

—Por supuesto —respondió Krummi—. Pero no vine mientras estaban fuera. He estado muy ocupado.

—Sí, claro, no me cabe duda —dijo Hörður—. ¿Sigues entrenando al equipo de fútbol? Solo te lo pregunto porque no parece que nadie haya forzado la entrada o manipulado la puerta del garaje. Así que tal vez no la cerraron con llave. ¿Por casualidad no habrás extraviado las llaves o te las habrás olvidado en algún sitio?

—No, están donde deberían. No cerrarían la puerta con llave —dijo Krummi, con el ceño fruncido—. Aunque me sorprendería. Mamá está obsesionada con cerrarlo todo con llave. Al fin y al cabo, aquí dentro hay bastantes trastos. Antes no hacía falta cerrar las puertas, pero los tiempos han cambiado.

—¿Sabes si alguien más tenía llaves de la casa?

—No, tendrás que preguntarles a mis viejos. Hasta donde yo sé, solo los hijos, mi hermana Hanna y yo, tenemos llaves —dijo Krummi—. En fin, amigo, no te robo más tiempo. Solo he venido a ponerme al día con mamá y papá. —Se despidió con la mano y entró en la casa. Al pasar junto a Elma, le dirigió otra mirada y esta vez sonrió de una manera que hizo que se le encogiera el estómago. En contra de su voluntad, desvió la mirada y sintió cómo la sangre le subía a las mejillas.

Hörður no era el mismo de siempre cuando regresaron a la comisaría. Parecía distraído y fruncía el ceño de una manera inusualmente profunda. Elma nunca lo había visto perder la compostura. Siempre daba la impresión de tenerlo todo bajo control. Aunque a veces se sentía como una adolescente torpe en su presencia, apreciaba su actitud positiva y su carácter imperturbable. Su jefe en Reikiavik había sido muy distinto. Era de los que creían que un hombre en su posición debía mantener cierta distancia con sus subordinados. Siempre le había tenido un poco de miedo y se había sentido insegura sobre cómo comportarse delante de él, y estaba segura de que eso era exactamente lo que él quería. Por mucho que echara de menos a sus antiguos compañeros, no extrañaba a su jefe en absoluto.

—Gulla, ¿serías tan amable de hacer café? Me gustaría que preparases un termo —dijo Hörður, que les sujetó la puerta a Sævar y Elma.

En cuanto los técnicos habían terminado de inspeccionar el coche, ellos habían ido directamente a la comisaría, donde sus compañeros en uniforme aguardaban ansiosos noticias. Sin embargo, Hörður no respondió ninguna pregunta, sino que se limitó a decir que más tarde haría una reunión de seguimiento. Tanto él como Sævar y Elma tomaron asiento en la pequeña sala de reuniones y dejaron la caja que los técnicos les habían dado en el centro de la mesa.

—Bueno —dijo Hörður mientras se acariciaba el mentón con aire pensativo antes de sacar la pequeña bolsa de pruebas de plástico que Elma le había visto estudiar antes—. Han encontrado esto en el coche de Elísabet. —La puso en la mesa y Elma y Sævar se inclinaron para examinarla.

La bolsa contenía una pequeña nota con dos cosas escritas: una dirección y un número de teléfono.

—Es una pista, ¿no? —preguntó Sævar, que miró de manera inquisitiva a su jefe. Es probable que se trate de alguien con quien Elísabet tenía intención de reunirse.

Hörður asintió, pero Elma tuvo la sensación de que no estaba contento con el contenido de la nota. Alguien llamó a la puerta y Gulla entró con un gran termo de café y un tazón de galletas.

—Esa es la dirección de Bjarni Hendriksson y su esposa Magnea —dijo Hörður, después de que la puerta se cerrara y estuvieran a solas otra vez.

—El número también pertenece a Bjarni —añadió Elma, que lo había buscado rápidamente en su móvil—. ¿Qué sabemos de Bjarni Hendriksson? Es decir, por supuesto que sé que él y su padre dirigen una agencia inmobiliaria aquí. Lo recuerdo del colegio, pero no sé mucho sobre él.

—Sí, el negocio pertenece a los hermanos, Hendrik y Tómas, aunque tengo entendido que Bjarni está a punto de hacerse cargo de la gestión —comentó Hörður—. Seguro que conoces a Bjarni Hendriksson. ¿Hace cuánto que no vives aquí?

—Bastante.

—Todo el mundo conoce a Bjarni —explicó Sævar—. Es una figura destacada en los negocios y la política del pueblo, y también era un jugador de fútbol prometedor.

—Al igual que Hendrik —puntualizó Hörður.

—Está casado con Magnea, que da clases a los grupos más jóvenes del Colegio Grundi —añadió Sævar—. Siempre he asumido que estaban felizmente casados.

—No saquemos conclusiones precipitadas —dijo Hörður—. Tiene que haber alguna explicación razonable, estoy seguro.

—Pero Elísabet no hizo ninguna llamada al teléfono de Bjarni —dijo Elma. El número de Bjarni no aparecía en su registro de llamadas, y Elma dudaba que lo hubiera llamado desde otro teléfono.

—Si anotó su dirección y número de teléfono, cabe la posibilidad de que lo visitase —argumentó Sævar—. ¿No deberíamos hablar con ellos?

Elma y Sævar miraron a Hörður, quien asintió a regañadientes.

—Sí. Supongo que no tenemos elección —respondió con disgusto, luego tosió y se puso de pie sin decir nada más. Salió de la habitación y los dejó solos.

Hörður se sentó en su despacho, con los brazos cruzados, y contempló la lluvia que había comenzado a caer de nuevo tras una breve tregua. Respiró profundamente y tomó el teléfono de su escritorio, pero en ese instante el móvil comenzó a vibrar en su bolsillo y lo dejó sobre la mesa con un suspiro de alivio.

—Solo quería preguntarte cuándo volverás a casa. —Era su esposa, Gígja. Había mucho ruido de fondo. Le echó un vistazo al reloj: eran casi las seis, así que estaría en el supermercado.

—No estoy seguro. Probablemente tarde. —Pero, si lo pensaba bien, tal vez la llamada a Bjarni podía esperar hasta la mañana siguiente. Ansiaba volver a casa, darse una ducha y relajarse enfrente de las noticias.

—Entonces no estarás de vuelta para la cena —dijo Gígja, sin esperar una respuesta—. Puedes comerte las sobras cuando llegues.

Masculló algo que sonó como una aprobación y se despidió.

Hörður volvió a alzar el teléfono del trabajo y marcó el número que había garabateado en un trozo de papel. No tuvo que esperar mucho a que le contestaran.

—Magnea —dijo una voz de mujer.

Hörður se puso un poco nervioso; esperaba a Bjarni.

—¿Está Bjarni ahí?

—Un segundo, está por aquí, en algún sitio —contestó Magnea. Oyó susurros y una conversación amortiguada, después una voz grave al otro lado dijo:

—Bjarni.

—Hola, Bjarni, soy Hörður. —Sabía que Bjarni lo reconocería de inmediato.

—Oh, hola, Hörður. ¿Qué tal estás? —Había calidez en su voz grave.

—Bien. Estoy bien —respondió el agente, luego vaciló—. ¿Cómo está la niña? Es una niña, ¿no? Magnea me contó que fue un poco prematura.

—Sí, exacto. Madre e hija están bien, gracias. Llegó cuatro semanas antes, pero todo salió a la perfección. —Tosió—. En realidad, te llamo por otra cuestión. Necesito que te pases por la comisaría. Verás, tu nombre ha surgido en un caso que estamos investigando.

Hubo silencio al otro lado de la línea.

—Nos ayudaría mucho que vinieras lo antes posible —añadió Hörður.

—Por supuesto, si puedo ayudarte en algo... ¿De qué caso se trata, si no te importa que te pregunte? —El tono de Bjarni seguía siendo ligero, pero no podía ocultar su curiosidad.

—Te lo contaré cuando llegues —dijo Hörður—. Pero no te preocupes, solo será una conversación informal, y siempre puedo ir a tu casa si te resulta más conveniente.

—No es necesario. Iré yo —respondió Bjarni enseguida.

—Bien, te veo en un rato —dijo Hörður, y colgó.

—¿Lo normal no sería ir a su casa? —preguntó Elma cuando Hörður regresó.

—No, es mejor así —dijo su jefe con firmeza—. Preferiría no involucrar a la mujer en el improbable caso de que hubiera algo entre él y Elísabet. Eso no le haría ningún bien a nadie.

Elma se abstuvo de hacer algún comentario. Era mejor no preguntar por qué Hörður contemplaba la posibilidad como algo muy improbable. O por qué quería proteger a Bjarni. Recordó que su madre le había dicho que a Hörður le preocupaba demasiado caerles bien a los ciudadanos. Sin duda, eso era algo que sucedía en la mayoría de las comunidades pequeñas, pensó. La intimidad que proporcionaba un pueblo pequeño hacía que llevar a cabo una investigación como esta estuviese plagada de dificultades, dado que la policía tenía que ir con cuidado para evitar la hostilidad entre los ciudadanos.

Cuando Bjarni llegó, Elma se dio cuenta enseguida de por qué era tan popular. Su encanto iba más allá de sus modales y su apariencia: era alto y musculoso, con el pelo rubio y una barba bien recortada. Sus cejas gruesas y bien definidas coronaban una mirada bondadosa pero determinada. Cuando entró en la habitación, les dedicó una sonrisa amable a Elma y a Sævar, luego saludó a Hörður como si fuera un viejo amigo. Elma le devolvió la sonrisa de manera instintiva cuando le estrechó la mano y se presentó.

—Bueno, ¿de qué va todo eso? —preguntó Bjarni, tras tomar asiento—. Me muero de curiosidad.

—Este es tu número, ¿verdad? —preguntó Hörður con voz despreocupada y amigable, y lo leyó en voz alta.

—No, es el de Magnea —respondió Bjarni sorprendido—. Fue ella la que contestó cuando llamaste antes, ¿no?

—Pero… el número está registrado a tu nombre —replicó Hörður.

—Sí, es cierto. Pero ese es el móvil que usa Magnea. ¿Por eso querías hablar conmigo? ¿A qué viene todo esto?

Hörður se aclaró la garganta y bajó la mirada hasta los papeles que sujetaba.

—El número de teléfono apareció durante una investigación —dijo después de un momento—. Y tu dirección también.

—¿El asesinato en el faro? —Bjarni no tardó en establecer la conexión.

Hörður asintió.

—¿Y creéis... qué? ¿Que mi esposa tuvo algo que ver? —Bjarni se rio con incredulidad.

Al ver la incomodidad de Hörður, Elma intervino.

—Como es lógico, tenemos que hablar con todo aquel con quien la víctima pudiera haber establecido contacto los días previos a su muerte —dijo con voz razonable. No le gustaba la manera en la que el equilibrio de poder había cambiado en la habitación: Hörður se andaba con rodeos ante este hombre, como si temiera ofenderlo. Mientras que a ella no podría importarle menos la posición social que tenía en el pueblo.

—Esta es una manera bastante extraña de hacer las cosas, Hörður —dijo Bjarni, como si Elma no hubiera dicho nada—. Es como si estuviera bajo sospecha. —Volvió a reírse—. ¿No creerás que había algo entre esa mujer y yo?

—Solo intentamos averiguar lo que sucedió —contestó Hörður en tono apacible.

Bjarni se puso de pie sin apartar la vista de su jefe. Su sonrisa se había vuelto notoriamente fría.

—Bueno, es evidente que es temporada baja en el mundo del crimen —dijo—. ¿De verdad me estás diciendo que eso es todo lo que habéis descubierto?

—Solo es una de las pistas que debemos investigar —respondió Elma con frialdad, antes de que Hörður dijera algo—. Me temo que no podemos desvelar más información del caso en estos momentos.

Bjarni volvió a ignorarla y se dirigió a Hörður:

—¿Le digo a Magnea que venga a verte, o quieres acompañarme a casa y hablar con ella ahí?

—Sævar y yo te acompañaremos —se apresuró a decir Hörður, que desvió la mirada para evitar el semblante adusto de Bjarni.

Elma habría dado lo que fuera por haber podido pedirle a Hörður que se quedase mientras ella iba con Sævar a interrogar a Magnea. Al parecer, el hijo de Hörður era amigo íntimo del de Bjarni, y Elma temía que su relación impidiera que se hicieran las preguntas necesarias. Pero no estaba en posición de decirle a su jefe qué hacer, así que no le quedó más remedio que conformarse con revisar el resto del material que los técnicos habían encontrado en el coche de Elísabet.

Se puso un par de guantes de látex. La caja contenía una colección de papeles y otras cosas que se habían recuperado del coche. Arriba del todo había una bufanda tejida a mano, unas manoplas negras de niño y un bote de máscara de pestañas. Elma hojeó los papeles y echó un vistazo al contenido: facturas y documentos relacionados con el coche, que incluían un informe de la revisión y un registro del cambio del aceite. Solo había dos cosas que podrían ser de interés. Una era un sobre grande dirigido a Eiríkur, con el logo de Sigurpáll, G. Hannesson, Abogado. En cuanto abrió el sobre, se dio cuenta de lo que contenía: los papeles de divorcio. Así que tenían razón: si Elísabet había acudido a un abogado para divorciarse, tuvo que ser porque Eiríkur se había negado a concedérselo. Por lo general, cuando ambas partes están de acuerdo con el divorcio, basta con presentarse ante un juez. Sin lugar a duda, también habría pensado en los niños. ¿Sería posible que no quisiera compartir la custodia con Eiríkur? ¿O tenía miedo de perder los derechos de la custodia?

El otro sobre no tenía ningún nombre, era pequeño, de papel blanco y fino y parecía estar vacío. Lo abrió con cuidado. Dentro había una fotografía. Una imagen borrosa y arrugada, tomada con una de esas viejas cámaras Polaroid que imprimían la foto al momento. Mostraba a una niña cabizbaja con el rostro oculto tras el pelo largo y marrón. A pesar de que la fotografía era bastante oscura, Elma reconoció la habitación enseguida. Era la habitación en el ático que había visitado horas antes ese mismo día; se veía el suelo de parqué y el armario bajo el techo abuhardillado al fondo. La niña no tendría más de ocho o nueve años. Estaba de pie con los brazos a los lados, tan solo llevaba puestas unas braguitas blancas y tenía la mirada clavada en el suelo. Tenía las rodillas ligeramente flexionadas y la espalda algo encorvada, como si quisiera pasar lo más desapercibida posible. Lo que llamó de inmediato la atención de Elma fue la vulnerabilidad de la niña. La persona que había tomado la foto era alguien a quien le temía. A Elma no le cupo la menor duda: la actitud de la niña transmitía un miedo y una miseria despreciables.

Bjarni y Magnea vivían en un chalé enorme a las afueras de Akranes, cerca de Garðalundur, la plantación forestal de la localidad. Todavía había pocas casas en la zona, solo algunas de nueva construcción. Pero ahora que la crisis financiera era cosa del pasado y los buenos tiempos habían regresado, pensó Sævar, era probable que pronto más personas se sumaran a vivir allí. Efectivamente, vio señales de que ya estaban excavando los cimientos en varios lugares.

Bjarni había salido antes y, para cuando llegaron a la casa, ya había entrado para advertir a su mujer. Esto le molestó a Sævar, aunque se abstuvo de decírselo a Hörður. Personalmente, creía que era importante observar la reacción inicial de los sujetos a los que interrogaban. Una mirada evasiva, una respiración anormalmente rápida o una vacilación al responder. Todo eso contaba una historia propia sobre el estado de ánimo de la persona. Pero, en esta ocasión, Magnea tendría tiempo de recuperarse y preparar lo que diría.

Antes de que siquiera llamaran a la puerta, Magnea la abrió con una sonrisa de bienvenida en el rostro. Llevaba un jersey holgado de cuello alto en tonos pastel y unos leotardos negros. Se había atado el cabello en un moño alto y algunos rizos sueltos le enmarcaban el rostro. Su aspecto era bastante diferente del que había tenido las veces que Sævar la había visto. Acostumbraba a ir tan bien vestida que daba la impresión de que trabajase en un banco en lugar de en una escuela.

Magnea les dio la bienvenida y los invitó a pasar. Tras limpiarse los zapatos a conciencia en el felpudo, Sævar atravesó el recibidor tras ella. En el interior, el techo era alto y la casa olía a madera recién barnizada.

—Nos hemos mudado hace poco —dijo Magnea, como si le hubiera leído la mente—. Por eso aún no está acabada. No paro de atosigar a Bjarni con los rodapiés, pero ya sabéis cómo es esto. Siempre hay mucho que hacer, aunque, por alguna razón, no parece importarle tanto como a mí. —Se rio.

Sævar no se había percatado de que faltaban algunos toques finales, pero en ese momento vio que los rodapiés todavía no se habían colocado en la cocina.

—¿Café? —Magnea los miró a ambos, con las cejas alzadas de manera inquisitiva.

—No me importaría, si no es mucha molestia —dijo Hörður.

Sævar se limitó a asentir. Por lo general, no bebía café por la noche, pero parecía que el día no se iba a acabar nunca.

Magnea levantó el brazo hasta un armario acristalado y sacó dos tazas. Nadie dijo ni una palabra mientras la máquina de café molía los granos y llenaba las tazas. Magnea se sirvió un vaso de agua y se sentó frente a ellos.

—Bjarni me ha dicho que mi número ha aparecido en la investigación de la muerte de Elísabet.

—Así es. Esta mañana hemos encontrado su coche y parece ser que anotó vuestro número de teléfono y dirección —declaró Hörður—. O, más bien, tu número. Así que nos preguntábamos si Elísabet intentó ponerse en contacto contigo.

Magnea asintió con serenidad.

—Sí, lo hizo. Elísabet vino el sábado pasado. Se puso en contacto conmigo por correo. Quería contestarle, pero me olvidé. Hace años que no sé nada de ella.

—Entonces, ¿la conocías? —preguntó Sævar. Se preguntó cómo era posible que el equipo que revisó el ordenador de Elísabet pasara por alto el correo o los correos. ¿Los habría enviado desde otra dirección? ¿Desde otra cuenta de correo de la que Eiríkur no estaba al tanto?

Magnea se encogió de hombros.

—No diría que la conocía exactamente. Asistimos a la misma clase en el colegio, pero nunca fuimos amigas.

—¿Y por qué se puso en contacto contigo después de tantos años?

—Quería quedar conmigo. Parecía nerviosa por algo. —Al escuchar el volumen alto de una televisión en otra parte de la casa, Magnea dirigió la mirada al pasillo—. Pero no tuve tiempo de hablar con ella porque teníamos una cena esa noche. —Magnea volvió a mirar a los dos policías—. Aun así, vino sin invitación, y llamó a la puerta.

—¿Qué te dijo?

—No mucho. Es decir, quería hablar conmigo, pero me temo que fui un poco grosera con ella, y ahora me arrepiento, después de... lo que ha pasado. —Magnea bebió un gran trago de agua.

—¿Y se marchó?

—Sí, le dije que hablaría con ella más tarde esa noche. Quería reunirse conmigo junto al faro, de entre todos los lugares posibles. —Magnea negó con la cabeza y bebió otro trago de agua—. Los invitados estaban a punto de llegar, así que le dije que sí.

—¿Y fuiste a verla? —preguntó Sævar.

—No, claro que no —espetó Magnea, luego esbozó una sonrisa de disculpa al darse cuenta de la brusquedad de su tono—. Tomé un par de copas de vino y no quería conducir. Y, de todas formas, la cena se alargó tanto que, para ser sincera, me olvidé por completo de la reunión. Me acordé cuando escuché que la habían encontrado muerta.

—Ya veo —dijo Hörður—. ¿Sabes de qué quería hablar contigo?

—No. No tengo ni idea.

—¿Cómo era Elísabet en el colegio? —inquirió Sævar, que decidió cambiar de táctica.

—Dios, ha pasado mucho tiempo, casi treinta años —dijo Magnea. Respiró profundamente y desvió la mirada a la ventana—. Era muy callada. No recuerdo haberme fijado mucho en ella. Pero sí en su aspecto desaliñado. Y en que siempre apestaba a humo.

—¿Humo de cigarrillo?

—Sí, siempre apestaba a cigarrillos. Aunque claro, era habitual que la gente fumara en esa época. Mis padres lo hacían.

—Magnea sonrió—. Pero tenían cuidado de no hacerlo dentro de casa. Imagino que los padres de Elísabet ni se molestaban en abrir una ventana. La pobre niña olía como un cenicero.

—Desde luego, los tiempos han cambiado —repuso Hörður. Cuando la televisión se apagó de golpe, lanzó una mirada inquieta al pasillo.

—¿Qué hay de sus amigos? —preguntó Sævar—. ¿Recuerdas a alguno de sus amigos?

—No, ninguno. Siempre estaba sola. —Magnea bajó la vista a su vaso cuando contestó. Por su mirada evasiva, Sævar tuvo la sensación de que no les estaba contando todo lo que sabía.

—Bueno, ¿qué tal va? —Bjarni entró en la cocina—. Espero que hayamos podido ayudaros.

Hörður se aclaró la garganta y se levantó.

—Ya hemos terminado —dijo, y les estrechó la mano a Magnea y a Bjarni. Sævar siguió su ejemplo a regañadientes.

—Solo una cosa más —dijo Sævar en su camino hacia la puerta—. ¿Por qué no nos informaste de que había venido? Habrás oído que buscábamos información.

—Me temo que no pensé que tuviese importancia —respondió Magnea, con una risa forzada y poco natural—. Hablé con ella durante dos minutos y después no volví a verla.

Sævar asintió levemente y se despidió. No se creía ni una palabra de lo que había dicho.

—Pues no ha sido de mucha ayuda —remarcó Hörður, una vez en el coche.

—Por lo menos sabemos que tenía algo en mente sobre lo que quería hablar. —Sævar miró distraídamente por la ventana—. De hecho, me parece que Magnea sabe más de lo que dice. Elísabet no pudo haber ido a su casa sin motivo.

—Oh, no estoy seguro. —Hörður giró la llave en el contacto—. A juzgar por lo que hemos oído de Elísabet, no parecía haber sido una persona muy estable.

Sævar murmuró una respuesta evasiva, pero de camino a casa no pudo evitar pensar que tal vez Elma tenía razón después de todo; quizá el caso no tenía relación con el marido o con un amante, sino con algo completamente distinto.

Magnea sintió ganas de vomitar. En cuanto la policía se había ido, corrió al baño, abrió el grifo de la ducha y vomitó en el inodoro. Después se dejó caer para sentarse en el suelo. La habitación comenzó a llenarse poco a poco de vapor y apoyó la cabeza en los fríos azulejos de la pared. Le gustaría haber tenido el valor de confesarle a la policía el secreto que pesaba sobre su conciencia desde hacía tantos años. Pero no era lo bastante valiente. Sabía que, si lo hacía, lo perdería todo. Significaría mudarse y empezar una nueva vida en otro lugar, donde nadie supiese quién era.

Ya había sido muy difícil encontrar una explicación que satisficiera a Bjarni. No estaba al tanto de la visita de Elísabet esa noche, por lo que se había quedado perplejo al enterarse y le había parecido sospechoso que no se lo hubiera mencionado. No debería haberle mentido; siempre daba mala imagen. No sabía por qué siempre mentía. Desde que era pequeña se había metido en problemas por decir mentirijillas. Había adornado sus historias, mentido a sus amigos sobre lo que había hecho el fin de semana, inventado cosas sobre gente a la que no conocía. No lo hacía para llamar la atención, porque siempre había sido el centro. Las palabras salían antes de que pudiera detenerlas. Pero había una mentira con la que siempre tendría que vivir. Una mentira de la que nunca podría deshacerse.

Se acarició el vientre plano y sintió cómo la calidez se propagaba por ella como siempre lo hacía cada vez que pensaba en su futuro hijo. Sabía que nunca sería capaz de contárselo a nadie. Bjarni jamás la perdonaría. Y la comunidad de Akranes tampoco. No, no podía desvelar el secreto. Tendría que llevárselo a la tumba. Pero por lo menos ahora no tenía que preocuparse de que alguien más lo revelase, puesto que la única otra persona con la que lo compartía estaba muerta. Y sus labios, sellados.

# Akranes, 1990

*A veces hacía cosas malas. No sabía por qué y no podía explicarlo, pero sabía que había algo malvado en su interior.*

*Pensó en ello mientras observaba a una araña que salía de su guarida bajo unas piedras junto a su casa y trepaba por la pared. Luego la sujetó con el índice y el pulgar y comenzó a arrancarle las patas, una a una. Cuando hubo terminado, dejó lo que quedaba de la araña en un escalón y observó cómo se sacudía débilmente.*

*Era sábado, y más tarde iría a casa de Sara, pero todavía era muy temprano y todo el mundo seguía durmiendo en la casa. Se preguntó si sería muy pronto para ir a casa de Solla. Le rugía el estómago y, a menudo, Solla tenía algo rico de comer los fines de semana: pan recién horneado o rollitos de canela espolvoreados con azúcar. Le tenía cariño a Solla. No sabía lo que haría si ella no estuviese cerca para cuidarla. Presionó con un dedo el estómago de la araña, que casi había dejado de retorcerse, y lo aplastó hasta que no quedó nada más que una pequeña marca negra en el escalón de hormigón.*

*Sara era increíblemente afortunada. Vivía cerca, en una casa grande con un hermoso jardín, y su madre siempre estaba en casa. Horneaba pasteles, preparaba comida deliciosa y a veces les daba dinero para que compraran helado. Después iban a toda prisa a la tienda de Einarsbúð o al quiosco a comprar polos.*

*El pelo rubio y largo de Sara era totalmente liso y suave, a diferencia del suyo, que era una mata de mechones rebeldes que sobresalían en todas direcciones. Sara siempre llevaba ropa nueva y limpia e iba al colegio con un almuerzo tan generoso que lo compartía con Elísabet. Volvían a casa del colegio juntas casi cada día y jugaban hasta que se hacía de noche. A veces jugaban fuera, pero lo mejor era cuando iban a la casa de Sara. Tenía un bonito* dormitorio rosa y una casa de muñecas enorme llena de muebles y muñecas que vestían. Todo lo que tenía Sara era rosa y olía bien. Su cama, su ropa, su habitación. Su pelo tenía un olor tan agradable que Elísabet lo olía a menudo, a escondidas, cuando no la veía.

Elísabet nunca había tenido una amiga. Lo cambió todo. Pero tenía mucho miedo de que Sara dejase de ser su amiga si le contaba las cosas que hacía y lo mala que era. Así que no dijo nada y guardó el secreto, pero tenía tantas ganas de contárselo que pensó que un día estallaría si no lo hacía.

Elma no podía quitarse de la cabeza la foto de la niña. Observó la pantalla brillante del ordenador. Según el catastro islandés, la casa de Krókatún había cambiado de dueño cuatro veces desde 1980. Hasta 1982, el dueño había sido a un tal Sighvatur Kristjánsson. Elma abrió los ojos de par en par cuando vio que Hendrik Larsen le había comprado la casa y que le había pertenecido hasta 2006, pero enseguida se dio cuenta de que eso no tenía por qué significar nada. Hendrik poseía muchas propiedades en alquiler en el pueblo por su negocio de agente inmobiliario, Fastnes S.L, así que era improbable que hubiese vivido alguna vez en esa casa en concreto. Además, no tenía ninguna hija, solo un hijo, Bjarni.

Andrea Fransdóttir y Haraldur Traustason compraron la casa en 2006 y fueron los dueños hasta 2009, año en que la embargó el Fondo de Financiación de la Vivienda, la entidad de préstamos hipotecarios del gobierno. Cuando Elma buscó la residencia actual de Sighvatur Kristjánsson no encontró nada, pero tanto Andrea como Haraldur vivían en Reikiavik, aunque en direcciones distintas. Elma se preguntó si sus problemas financieros habían terminado con su matrimonio, algo que sucedía a menudo. Después de revisar sus perfiles de Facebook, estuvo segura de que no podían haber tenido descendencia juntos. Los niños que salían con ellos en las fotos eran demasiado jóvenes para haber nacido antes de 2009.

Escribió el nombre de Sighvatur Kristjánsson en el buscador. Los resultados incluían un obituario en el que se informaba de su muerte hacía poco menos de diez años en la Residencia de Ancianos Höfði de Akranes. Había nacido en 1926, vivido en Akranes toda su vida y tenido cuatro hijos, tres niños y una niña. Todos habían escrito obituarios en los que elogiaban a su padre, lo describían como una persona trabajadora y un padre y un abuelo cariñoso que los llevaba de pesca en su barco en verano. Además, los dejaba lanzar la caña de pescar y vender los peces que atrapaban. La fotografía mostraba a un hombre curtido, de mediana edad, que llevaba un jersey tradicional *lopapeysa* y le sonreía al sol. No era el tipo de retrato habitual de los obituarios y era obvio que habían tomado la fotografía años antes de que muriera, pero tal vez era la que mejor capturaba su personalidad. Sus hijos concluyeron sus memorias diciendo que ahora estaba con su madre en el más allá, lo que fuera que significara eso. Elma buscó a la hija de Sighvatur y vio que era tan rubia que no había ninguna posibilidad de que fuese la chica de la foto.

Solo pudo haber sido Elísabet. Había vivido en la casa durante el periodo en el que le había pertenecido a Hendrik, así que, lógicamente, su madre debió de habérselo alquilado a él. Con esto en mente, ¿podría tratarse de una coincidencia que el nombre de su hijo hubiera surgido en el transcurso de la investigación?

Elma entró en el perfil de Facebook de Hendrik. En su foto de perfil aparecía haciendo un *swing* con un palo de golf. Llevaba unos pantalones caqui claro, un polo azul oscuro y una gorra. Elma recordaba haberlo visto por el pueblo cuando era joven, pero por lo que veía ahora, parecía estar en los sesenta y tenía el tipo de bronceado que solo se consigue bajo el sol en unas vacaciones caras. A juzgar por las palmeras del fondo, la fotografía tuvo que ser tomada en algún paraíso tropical.

Se desplazó por la página y se detuvo en una foto familiar tomada en una ocasión especial. En ella Hendrik aparecía con un traje, de pie junto a una mujer menuda que miraba sin sonreír a la cámara. A su lado había una mujer despampanante más joven con una densa melena rubia y unos dientes blancos que mostraban una sonrisa deslumbrante. La habían etiquetado como «Magnea Arngrímsdóttir», la mujer a la que Sævar y Hörður estaban interrogando en ese mismo momento. Bjarni le rodeaba la cintura con el brazo. Se parecía mucho a su padre: alto y bronceado, con la misma sonrisa, aunque era rubio y Hendrik, moreno. Elma lo había reconocido de inmediato cuando había ido a la comisaría. Pese a ser varios años mayor que ella, lo recordaba bien de su juventud.

Elma cerró la página web y se recostó en la silla, pensativa. Recordó el rostro de la joven que había visitado hacía poco más de una semana, lleno de cardenales donde su novio, que era mucho mayor que ella, le había dado puñetazos. Tómas, el hermano de Hendrik, era socio en el negocio familiar. Aunque no faltaba mucho para que Bjarni asumiese el mando.

Elma volvió a encorvarse frente al ordenador, abrió el archivo de imágenes de Akranes y localizó la imagen de Elísabet con un par de compañeros de clase en 1989. Sí, no cabía duda: la misma chica aparecía en ambas fotos. No mucha gente en Akranes poseía un pelo tan oscuro o largo y unas pestañas naturalmente oscuras. Elma apoyó la barbilla en una mano y examinó la vieja Polaroid de Elísabet en ropa interior. ¿Quién la había tomado? ¿Quién había estado con Elísabet en su habitación aquel día?

Elma se sentó en la cocina y esperó con impaciencia a que Hörður y Sævar volvieran de interrogar a Magnea. Jugueteó con un panecillo al que le había untado mantequilla, pero no tenía apetito, a pesar de que su estómago estaba vacío. Había terminado de revisar el material del coche, pero no había averiguado nada de interés más allá de los papeles del divorcio y la fotografía. Tenía la imagen grabada en la retina. No dejaba de pensar en la niña y en lo que debió haber sufrido.

—¿Qué es esto? —preguntó Sævar, que cogió los papeles que Elma les tendió en cuanto entraron por la puerta.

—Creo que hemos resuelto el misterio de su visita al abogado —dijo Elma—. Resulta que iba a solicitar el divorcio en los tribunales.

—¿Y eso qué significa? —preguntó Sævar.

—Básicamente, que no habían llegado a un acuerdo de separación ante un juez —explicó Elma—. Por lo general, eso sucede cuando uno de los cónyuges se niega a divorciarse.

—Entonces —terció Hörður—, dicho de otra manera, Eiríkur se negaría a concederle el divorcio, como sospechamos en un principio. Sí, tiene que ser eso.

—También he encontrado esto —dijo Elma, antes de que Hörður se emocionara demasiado por la noticia. Colocó la Polaroid de la niña en la mesa.

—¿Esa es Elísabet? —Sævar se sentó y examinó la fotografía. Elma asintió.

—Creo que sí. Aunque claro, es imposible asegurarlo, pero sin duda se parece a ella. Mira, esta foto es de cuando tenía seis años, fue tomada en el colegio. —Elma señaló la imagen en la pantalla del ordenador—. La niña en la Polaroid es un poco mayor, pero creo que es muy probable que se trate de Elísabet. Y reconozco la habitación, es el ático de la casa de Krókatún.

—¿Quién crees que tomó la foto? ¿Pudo alguien…?

—Creo que el fotógrafo era alguien a quien la niña le temía —declaró Elma—. Observad su postura. Es evidente que está incómoda. En mi opinión, la persona detrás de la cámara le hizo algo. —Elma miró a Hörður a los ojos—. Creo que por lo menos deberíamos considerar la posibilidad de que esta fue la razón por la que Elísabet vino a Akranes. Que quería enfrentarse a la persona que tomó esa foto. Tiene que haber una razón por la que la llevaba con ella.

—¿No pudo haberla tomado la madre? —preguntó Hörður. Se inclinó hacia delante y estudió la fotografía.

—Lo dudo mucho —respondió Elma. Lo cierto era que ni siquiera había considerado esa posibilidad—. Las madres no hacen ese tipo de fotos —añadió, pero, al decirlo, ya no estuvo tan segura. ¿Era posible que Elísabet le tuviera tanto miedo a Halla?

—Dejando eso de lado, no podemos estar seguros de que sea Elísabet —indicó Hörður.

Elma guardó la Polaroid en el sobre en silencio. Estaba convencida de que tenía razón, y en ese momento se decidió a seguir adelante con esa línea de investigación. Pero no se lo dijo a Hörður, solo cambió de tema y le preguntó:

—¿Qué os ha dicho Magnea?

Hörður le relató la visita y la información que había surgido.

—¿Y de verdad crees que Magnea no sabía nada? Es probable que tuviera alguna idea sobre eso de lo que Elísabet quería hablar —objetó Elma—. Nadie te visita después de tantos años sin una buena razón. Y, en caso contrario, ¿por qué Magnea no estuvo interesada? ¿Por qué le dijo a Elísabet que se marchara? Yo me moriría de curiosidad si una antigua compañera de clase viniera con urgencia a hablar conmigo.

—Estoy de acuerdo —dijo Sævar—. Debo decir que he tenido la sensación de que no estaba siendo sincera con nosotros.

Hörður asintió con renuencia.

—Sí, tienes razón. Por ahora es la única persona que sabemos que conocía el lugar en el que iba a estar la víctima. Aunque alguien pudo haber seguido a Elísabet y aprovechado la oportunidad mientras esperaba a solas. Es un lugar bastante solitario a esas horas de la noche, como tú misma has dicho.

Elma suspiró. A pesar de que ahora tenían una idea más clara de los movimientos de Elísabet y habían establecido a quién había visitado poco antes de ir al faro, seguían sin tener ni idea de la identidad o el motivo del asesino. El caso seguía suscitando más preguntas que respuestas. El estómago de Elma escogió ese momento para gruñir sonoramente en la silenciosa sala de reuniones, así que le dio un rápido mordisco al panecillo. Se estaba intentando convencer de que nadie se había dado cuenta cuando se percató del temblor en los labios de Sævar.

—En cualquier caso —dijo su compañero—, tenemos que hablar con los amigos de Bjarni y Magnea y confirmar si estuvieron juntos esa noche.

—Sí, por supuesto. Y llamaremos a Eiríkur mañana —añadió Hörður—. Pese a que no hay pruebas que sugieran que estuvo con Elísabet esa noche, está claro que su matrimonio era más inestable de lo que está dispuesto a admitir.

El ceño de Hörður se había profundizado cada vez más desde que había vuelto a la comisaría. Se sentó y hojeó de manera distraída el expediente del caso. De vez en cuando se detenía a leer una línea o dos, pero luego seguía pasando las páginas sin mucho ánimo. Al final, pareció recobrar la compostura. Cerró el expediente, irguió la espalda y dijo con decisión repentina:

—Creo que se nos ha escapado un detalle en lo referente a Eiríkur. Su única coartada son sus hijos, pero es posible que estuvieran a punto de dormirse en ese momento. Debió descubrir que planeaba divorciarse de él. Tengo la sensación de que estamos a punto de hacer un gran descubrimiento. —Se levantó, recogió la chaqueta y salió de la habitación mientras tarareaba.

Elma y Sævar intercambiaron una mirada. A diferencia de Hörður, ninguno de los dos confiaba en que estuviesen a las puertas de un hallazgo.

Cuando estaba llegando a su edificio, Elma observó a un joven que salía de un coche aparcado y se dirigía a la entrada principal. A pesar de llevar varias semanas viviendo ahí, nunca lo había visto. Llevaba un chándal y una mochila colgada de un hombro.

—¿Acabas de mudarte? —le preguntó, y le sujetó la puerta.

—Sí —afirmó Elma con una sonrisa—. De hecho, hace un par de semanas.

El chico debía ser un poco más joven que ella; tendría casi treinta años, no más.

—Perdón por no haberte saludado antes, pero casi no he estado en casa. Trabajo en un arrastrero congelador y suelo estar fuera durante un mes entero cuando viajo.

Así que no todos los vecinos eran jubilados. La idea animó a Elma. Desde que se había mudado a Akranes y alquilado este piso, no estaba segura de cómo se sentía. A veces, se sentía tan vieja como sus vecinos jubilados; al menos, su vida parecía seguir el mismo patrón que la suya: largas noches a solas en casa intercaladas con caminatas durante los fines de semana. Pero otra parte de ella volvía a sentirse como una adolescente: apenas cocinaba e iba a casa de sus padres, donde se tumbaba en el sofá y veía las noticias con su padre mientras su madre preparaba la comida. Igual que hacía quince años.

—¿Haces descansos largos entre viajes? —preguntó, una vez dentro.

—Sí, ahora tengo un mes libre. Pero utilizo ese tiempo para estudiar, así que en realidad no son vacaciones. —Se detuvo en el pasillo y le sonrió—. ¿A qué te dedicas tú? No acabas de terminar de trabajar ahora, ¿no?

—Sí, trabajo en la policía. Hoy ha sido un día largo —respondió, y bostezó como si quisiera demostrar lo cansada que estaba.

El joven asintió, hizo una pausa antes de entrar a su piso, que estaba frente al de ella, y le dijo que llamara a su puerta si alguna vez necesitaba huevos o azúcar. No es que él tuviera, pero siempre era agradable tener visita, añadió con un guiño.

Tras cerrar la puerta, Elma tomó conciencia del silencio. Aunque enseguida lo erradicó con el sonido del agua que llenaba la bañera. Se quitó la ropa y la tiró sobre los azulejos oscuros del suelo del baño. El montón de ropa sucia crecía día a día, pero no le importaba: el piso ya estaba hecho un asco y un poco más de ropa no marcaría la diferencia. Las bolsas de la tienda de muebles seguían en la cocina, donde esperaban a que alguien las abriera. No había destapado la leche de la nevera, aunque había caducado hacía días. Esa semana no había tenido tiempo de poner su vida en orden.

Se introdujo con cuidado en el agua caliente y sintió cómo la tensión abandonaba sus extremidades. No pudo resistir la necesidad de sumergir la cabeza en el agua, pero se arrepintió de inmediato. Siempre que se iba a dormir con el pelo mojado, sus mechones tenían un aspecto salvaje a la mañana siguiente, como un césped mal cuidado.

El plan era traer a Eiríkur al día siguiente para un interrogatorio formal. Hörður había aprovechado los papeles de divorcio para confirmar su culpa, pero Elma se mostraba escéptica. Para empezar, todavía no podían explicar cómo había aparcado el coche de Elísabet en aquel garaje, puesto que no parecía tener ninguna relación con la pareja a la que pertenecía. Elma se aferraba a la esperanza de que los técnicos encontrasen alguna prueba en el coche que los ayudase a aclarar lo que había sucedido. También la atormentaba la Polaroid de la niña, pues Elma estaba convencida de que se trataba de Elísabet. ¿Era la persona detrás de la cámara la razón por la que Elísabet se negaba a visitar el pueblo? ¿Seguía, él o ella, viviendo en Akranes?

Sintió los párpados pesados y poco a poco dejó de ser consciente de su cuerpo. Su respiración se ralentizó y la superficie del agua se volvió lisa casi por completo.

Estaba tumbada en una cama suave, arrebujada en las sábanas bordadas con flores. El calor en la oscura habitación era sofocante. Él estaba sentado al borde de la cama, de espaldas

184

a ella, y miraba por la ventana. No había nada que ver fuera, salvo la oscuridad y la luz de las farolas que se reflejaba en al asfalto. Se sentó en la cama e intentó tocarle la espalda. «Davíð», susurró, pero su mano se quedó en el aire.

Abrió los ojos de golpe. Las azulejos blancos de las paredes le gritaban. El agua de la bañera se había enfriado. Se levantó con torpeza y se ajustó el albornoz para dejar de temblar. Cuando por fin se quedó dormida, la noche transcurrió sin sueños, pero, al despertarse la mañana siguiente, la sensación de pérdida era casi más de lo que podía soportar.

La noche comenzó como siempre. Ása siguió a Hendrik hasta la casa azul oscuro y, antes de que llamaran al timbre, la puerta se abrió y Þórný apareció con un amplia sonrisa en los labios. Como siempre, Ása se sintió inferior de inmediato. Þórný siempre era muy elegante. En esta ocasión iba vestida con una blusa que le quedaba a la perfección, una falda preciosa y unos tacones. La ropa de Ása costaba una fortuna, pero, por mucho que lo intentase, nunca sería tan glamurosa como Þórný. Sabía que Hendrik opinaba lo mismo. Como era habitual, juntaron las mejillas, después entraron y se quitaron los abrigos.

—¡Qué bien huele! —dijo Hendrik con voz ronca, e inhaló con admiración. Antes de ir había bebido *whisky* y su voz se había vuelto más gruesa por el alcohol. Pero el *whisky* no lo había disuadido de conducir, y hacía mucho tiempo que Ása había dejado de protestar. Como si a la policía se le fuese a ocurrir para a Hendrik Larsen. La idea era ridícula, había dicho él. Pero, en secreto, Ása deseaba que algún día lo detuvieran. Cada vez que adelantaban a un vehículo blanco de la policía, miraba fijamente a los agentes en el interior, solo para enfurecerse cuando no hacían nada, salvo saludar con respeto a Hendrik con la cabeza. Nunca lo detenían.

—Haraldur está en la cocina, Hendrik. Ve con él. Las chicas tenemos que ponernos al día. —Þórný le guiñó un ojo a Ása. La agarró por el brazo, la guio hasta el salón y la llevó hasta el sofá—. ¿Qué noticias hay de la familia? —Þórný sacó dos copas de cristal de un armario grande y las llenó hasta la mitad con vino de Oporto. Luego se sentó cerca de Ása en el sofá, como si quisiera crear un ambiente íntimo y acogedor, y la miró fijamente con sus ojos azul grisáceo.

—No muchas —respondió Ása, y tomó un sorbo de vino.

—¿Cómo ha estado Hendrik desde que dejó de trabajar? Debe de ser insoportable en casa; un hombre como él, acostumbrado a trabajar duro para mantener a tres personas. —Þórný cruzó las piernas y se bajó la falda con recato.

—Apenas lo veo. Siempre está en el campo de golf. —Ása dio otro sorbo y sintió que la calidez se propagaba por su interior.

Þórný soltó una risita.

—Cariño, necesitas encontrar un pasatiempo. Únete a mi grupo de senderismo. No se trata del ejercicio, aunque todos lo necesitamos, por supuesto. Se trata de la compañía.

Ása suspiró en voz baja. Þórný le había dado la lata con ese grupo durante años. Por lo que sabía, solo caminaban la mitad del tiempo y dedicaban el resto a atiborrarse de tarta y café. Adiós a los beneficios del ejercicio.

—Me lo pensaré —dijo Ása de forma evasiva. Sabía por experiencia que no tenía sentido discutir con Þórný.

—Te vendría bien. Es importante tener un pasatiempo —insistió Þórný, con una sonrisa alentadora—. ¿Dónde está tu copa? Te la voy a rellenar.

Ása bajó la mirada. No se había dado cuenta de lo rápido que se había bebido el vino. Casi nunca bebía y, cuando lo hacía, por lo general solo tomaba una gota. Tal vez lo hacía por costumbre. Siempre se había contenido para compensar la cantidad con la que Hendrik se hinchaba, porque alguien tenía que estar sobrio en casa. ¿Pero ahora de quién debería preocuparse sino de ella misma? No tenía niños, nada… El vino hacía que se le nublara la mente de una manera agradable y le daba a todo un aire ligeramente irreal. Suponía un cambio positivo. En los últimos tiempos, el mundo había sido demasiado sombrío. Lo único que quería era aislarse y olvidarse de todo durante una temporada.

—Antes iba a un grupo de costura por las tardes —dijo de repente. Y, en cuanto lo hizo, esos días regresaron a ella vívidamente: las agujas, las sillas de lona marrones, el agradable sonido de las voces femeninas—. Ahora tejo sola en casa.

Y recordó por qué lo había dejado.

—¿Por qué lo dejaste? —preguntó Þorný alegremente.

—Hendrik llegaba a casa por la tarde para cuidar a los niños. Pero después empezó a trabajar tanto que tuve que ocuparme yo de ellos. —Ása se relajó sobre el respaldo del sofá. Bostezó y se hundió más en el cuero marrón oscuro mientras evocaba las tardes que había pasado fuera de casa; esa en la que vivían, con la sala de estar enmoquetada y las vigas en la habitación del ático. Las olas rompían contra la arena negra. Imaginó una cabeza rubia y un par de ojos azules. Durante un segundo sintió un ardor desconocido en las comisuras de los ojos. No había llorado en años; no desde el accidente. Después, durante meses, no había dejado de llorar,, pero al final se había quedado vacía. Era como si el pozo de lágrimas se hubiera secado. Como si hubiese derramado suficientes lágrimas para toda la vida. Ahora tampoco lloraba; esta sensación era diferente.

Comenzó con un hormigueo en los dedos, que se extendió a los brazos y la espalda. Sintió un picor en la piel, luego la golpeó el dolor; fue intenso, como un impacto repentino. Escuchó que la llamaban a lo lejos hasta que la voz se perdió en el silencio como todo lo demás.

# Akranes 1990

—¿Qué has hecho? —Sara desvió la mirada de ella hasta el gato y luego volvió a mirarla.

—Solo era un gato callejero, Sara —dijo Elísabet, que hundía un palo en la arena—. Nadie lo echará de menos.

Sara no respondió. No hacía falta que lo hiciera.

Caminaron en silencio. Elísabet había comenzado a arrepentirse de lo que había hecho. No porque sintiera pena por el gato, sino porque no soportaba el tono acusatorio en la voz de Sara. O la manera en que su amiga la miraba, como si fuera rara. La invadió un miedo cerval al imaginar que Sara no querría seguir siendo su amiga, ahora que sabía lo malvada que era; las cosas de las que era capaz.

Pero el gato había estado más muerto que vivo cuando lo había encontrado entre las rocas de la playa. Tenía un gran tajo en la cara, le faltaba la mitad de una oreja y arrastraba una pata. Se había detenido y había bufado al ver a Elísabet; un bufido fuerte y amenazador, y le había enseñado sus pequeños dientes.

Sin detenerse a pensar, Elísabet se había agachado y había recogido una piedra. La piedra le había dado al gato justo entre los ojos. Elísabet se había dirigido con calma al débil cuerpo tembloroso. Al acercarse, el gato había intentado bufar otra vez, pero cuando abrió la boca apenas pudo emitir un sonido. Elísabet había recogido otra piedra, había apuntado a su cabeza y lo había golpeado. El gato no se había vuelto a mover después de eso.

Seguía allí de pie, contemplando el cuerpo, cuando Sara apareció sin previo aviso detrás de ella.

—¿Cavamos una tumba? —preguntó Elísabet con una sonrisa muy dulce—. Así por lo menos irá al cielo.

—Elísabet, no... —Sara suspiró con una expresión de reproche maternal—. No puedes hacer estas cosas. Si alguien se enterase...

Elísabet fingió arrepentimiento y bajó la mirada hasta la arena. Después, la alzó y asintió, como si estuviera de acuerdo. Como si en realidad no fuese una mala persona.

—Prometo no volver a hacerlo —dijo mansamente.

Sara la observó con seriedad.

—¿Lo prometes?

Elísabet asintió enérgicamente.

Tras unos instantes, Sara sonrió.

—De acuerdo. ¿Dónde cavamos la tumba?

Elísabet sintió un gran alivio. Empezaba a percatarse de que sería más prudente callarse algunas cosas que pensaba y hacía.

# Viernes, 1 de diciembre de 2017

Eiríkur llegó puntual a la comisaría de policía y aparcó el Lexus negro un par de minutos antes de las diez. Desde la ventana, Elma observó que permanecía un minuto dentro del coche antes de abrir la puerta, salir y dirigirse rápidamente al edificio.

Una vez dentro, Eiríkur les estrechó la mano a todos, con una sonrisa amable. Hörður le indicó que se sentara frente a la mesa de la sala de reuniones, delante de ellos. Obedeció y esperó pacientemente a que uno de ellos comenzara. La deslumbrante luz de la lámpara del techo le marcaba las facciones de una forma elegante y Elma pensó que parecía mucho más joven de lo que era. Iba bien vestido, como la última vez, con un jersey azul claro y unos pantalones azul oscuro.

Hörður se aclaró la garganta.

—Para empezar, me gustaría ponerle al corriente del progreso de la investigación. Ayer encontramos el coche de Elísabet.

—¿Dónde estaba? —Eiríkur se enderezó.

—Apareció en el garaje de una pareja de Akranes. Lo descubrieron ayer cuando llegaron a casa después de las vacaciones.

Eiríkur los miró fijamente con los ojos muy abiertos.

—¿En su garaje? ¿Eso no significa que deberían estar involucrados?

—No. Como he dicho, estaban de vacaciones cuando Elísabet murió. —Hörður leyó en voz alta los nombres de la pareja—. ¿Conoce a estas personas o sabe si Elísabet tuvo algún contacto con ellos?

Eiríkur negó con la cabeza.

—No, nunca he escuchado sus nombres. Pero tampoco es que esté familiarizado con Akranes. Hasta he tenido que usar el sistema de navegación para encontrar la comisaría.

—Debe de haber venido en algún momento, ¿no? —dijo Elma, aunque sabía que no había muchas personas de Reikiavik que se molestaran en visitar el pueblo. A encontrarse en el extremo de la península de Skagi, no era necesario atravesar Akranes para ir a ninguna parte, así que la mayoría de los islandeses pasaban de largo y continuaban hacia el norte para ir a Borgarnes o hacia el sur para dirigirse a la capital.

—No. Excepto cuando era joven y vine a la piscina. Me parece que también asistí una vez a un torneo de fútbol. Aparte de eso, no recuerdo haber tenido nunca alguna razón para venir. ¿Han encontrado algo en el coche?

Hörður le echó un vistazo a su cuaderno, luego volvió a mirar a Eiríkur.

—Sé que ya le hemos preguntado esto, pero ¿podría describirme su relación con Elísabet?

—¿Nuestra relación? —repitió Eiríkur—. ¿A qué se refiere? Estábamos casados y teníamos hijos, con todo lo que eso conlleva. Un momento soleado, pero el siguiente lluvioso. —Su sonrisa era poco convincente.

Sin mediar palabra, Hörður deslizó los papeles de divorcio hasta Eiríkur, quien los hojeó rápidamente y luego se recostó. Formó una sonrisa forzada con los labios que le provocó a Elma una sensación de inquietud en la boca del estómago.

—No tenía ni idea de que hubiera llegado tan lejos —dijo—. Mencionó algo hace tiempo sobre querer el divorcio, pero luego no volvió a hablar de ello.

—¿Se negó?

Eiríkur resopló.

—¿Que si me negué? Sí y no. Creía que debíamos darnos otra oportunidad, pero no me habría negado si me lo hubiese pedido en serio. Sabía que no lo haría. Elísabet era… bueno, sufría altibajos. Su estado de ánimo cambiaba de un día para otro.

—¿Qué estado de ánimo tenía los días previos a su marcha?

—No noté nada fuera de lo común, si no, se lo habría contado. ¿Hemos terminado? —Empujó la silla y se puso de pie.

Elma intervino antes de que pudiera irse a algún sitio.

—Considerando esta información, me temo que tenemos que profundizar en su relación. —Eiríkur giró la cabeza hacia ella y Elma prosiguió—: Puede que tengamos que hablar con el colegio, con sus jefes y con cualquier otra persona con la que ambos interactuaran.

—Por el amor de Dios, ¿es realmente necesario? —Eiríkur alzó las manos.

—Permítame recordarle que estamos haciendo todo lo posible por descubrir quién mató a su esposa —dijo Elma con frialdad, y se dio cuenta de lo provocadora que había sonado—. Estoy segura de que no tiene nada que objetar.

Eiríkur vaciló durante un segundo, pero volvió a sentarse. Clavó la mirada en Elma, como si estuviera valorando sus opciones. Después de mirar durante unos segundos al otro lado de la mesa, tomó una decisión. Se encogió de hombros, se acomodó en la silla y se pasó las manos por el pelo.

—Vale, lo admito. Nuestra relación podría haber sido mejor. Pero no sé por qué eso debería importar. No le hice nada —dijo tajantemente.

—¿Elísabet le era infiel? —preguntó Hörður.

Eiríkur guardó silencio, con la mirada fija en los papeles frente a él. Luego levantó la mirada y negó con la cabeza.

—No, yo soy el que tiene una aventura. Se llama Bergþóra. Llevamos viéndonos un tiempo. Es madre soltera y tiene dos hijos de la misma edad que Fjalar y Ernir.

Esto no era para nada lo que Elma esperaba. La voz de Eiríkur carecía de arrepentimiento y los observaba con frialdad mientras se lo contaba.

—¿Cuánto hace que tiene esa relación? —preguntó Elma cuando se recuperó de la sorpresa.

Eiríkur se encogió de hombros.

—Desde hace un año. Puede que un poco más. No lo recuerdo exactamente.

—¿Es por eso por lo que Elísabet quería el divorcio? —preguntó Hörður—. ¿Porque descubrió que la engañaba?

—No, que yo sepa, no tenía ni idea. Y aunque lo hubiera sabido. Estoy seguro de que no le habría importado.

—¿Entonces por qué se negó a concederle el divorcio? —preguntó Elma.

—Porque la amaba —dijo Eiríkur, y Elma percibió la amargura en su voz cuando añadió—: Pero ella nunca me amó. No estoy seguro de que haya querido a nadie nunca.

—¿Ocupada? —preguntó Sævar, que había desviado la mirada de la carretera para dirigirle una sonrisa torcida a Elma. Estaban de camino a la granja de Hvalfjörður en la que vivía Bergþóra, la amante de Eiríkur.

Elma estaba concentrada escribiendo algo en su teléfono, pero levantó la vista y le devolvió la sonrisa.

—¿Tú que crees? —El sol bajo resplandecía en el coche y le confería a su pálida piel un brillo dorado. Sævar se dio cuenta de que sus ojos grises tenían un toque de verde bajo esa luz.

—¿Algún plan para esta noche? —preguntó.

Elma no respondió de inmediato.

—No lo sé —dijo tras una pausa—. Supongo que dependerá de lo que tengamos que trabajar.

Ahora que había dejado de mirar el teléfono, vio que estaban a mitad del fiordo. Una larga lámina de agua azul se encontraba a su derecha y las montañas bajas con cimas suaves se extendían a ambos lados. Más adelante, en la distancia, se divisaban los cuatro picos característicos de Botnssúlur, coronados por un llamativo color blanco que contrastaba con las colinas oscuras. Más cerca, a orillas del fiordo, la carretera atravesaba una zona de campos de heno llena de edificios agrícolas blancos con tejados rojos.

—Creo que tenemos que girar ahí. —Elma señaló a la izquierda un poco tarde.

Sævar pisó el freno con tanta fuerza que Elma se fue hacia delante y lo único que evitó que se golpeara la cabeza contra el salpicadero fue el cinturón.

—Lo siento —se disculpó Sævar.

—No te preocupes. —Elma se frotó el pecho sobre el que se había tensado el cinturón—. Me vengaré más tarde.

Aparcaron frente a una casa de una planta revestida de chapa blanca y ondulada. A diferencia de la mayoría de los techos que habían visto, ese era azul en lugar de rojo. No muy lejos, advirtieron lo que debían ser unos establos para ovejas, pero el cercado frente a ellos estaba vacío. Cuando se acercaron a la puerta, un pastor islandés corrió hacia ellos y les ladró para recibirlos.

—No es necesario un timbre con él cerca —dijo una alegre voz femenina, y una mujer se dirigió hasta ellos con grandes zancadas, protegiéndose los ojos del sol con una mano. El anorak raído, las grandes botas de agua y los guantes mugrientos revelaban que había estado ocupada trabajando. Se quitó un guante, se presentó y les estrechó las manos.

—¿Les gustaría entrar? —preguntó, y abrió la puerta de un bungaló blanco—. Imagino que han venido a hablar conmigo.

Bergþóra era una mujer de aspecto robusto con el pelo rubio, un rostro curtido y las mejillas enrojecidas. Elma pensó que Eiríkur difícilmente podría haber encontrado una mujer que se pareciera menos a Elísabet. Era evidente que a Bergþóra no le sorprendía la visita, ni le avergonzada en lo más mínimo, y comenzó a preparar café y a traer rollitos de canela de inmediato.

—Debe de ser duro ocuparse de la granja y de los niños sola —comentó Elma.

—Sí y no —voceó Bergþóra mientras colocaba las tazas y los platos en la mesa. Parecía que hablar en voz alta era algo que le salía de forma natural—. Tengo un buen acuerdo con la granja vecina. Compartimos los establos para las ovejas, y yo solo tengo unas pequeña cantidad de animales.

Elma asintió. No había visto la otra granja, que estaba escondida al pie de la montaña, fuera de la vista de la carretera, pero ahora la veía desde la ventana de la cocina de Bergþóra.

—Este lugar es precioso —dijo Elma mientras contemplaba el marrón, el gris y el verde claro de las montañas circundantes, y la lámina brillante de agua debajo de ellas. Se deleitó con una fantasía momentánea en la que imaginó cómo sería vivir en medio de un paisaje tan espectacular.

—Si quieren saber mi opinión, Hvalfjörður es el lugar más hermoso de la tierra —dijo Bergþóra con tono alegre—. Siempre he vivido aquí y espero hacerlo siempre.

—Estamos aquí para hacerle unas preguntas sobre Eiríkur —intervino Sævar, al ver que el momento de cortesía se extendía demasiado.

—Un segundo. —Bergþóra se puso de pie—. Han venido hasta aquí a verme y nadie se va de mi casa sin tomar café. —Tomó sus tazas, las llenó y empujó el plato de rollitos de canela hacia ellos. De repente, parecía nerviosa, y Elma se preguntó si el café era una táctica de distracción para ganar tiempo para pensar.

—Muchas gracias —dijo Sævar, que sorbió con cuidado el café hirviendo—. Con respecto a Eiríkur, tengo entendido que llevan un tiempo viéndose.

Bergþóra asintió con naturalidad.

—No es algo de lo que me enorgullezca —admitió—. Sobre todo porque yo misma fui víctima de ese tipo de comportamiento. Mi marido tuvo una aventura con otra mujer, y esa es una de las razones por las que lo eché y vivo sola con mis dos hijos. —No parecía tener remordimientos—. Eiríkur y yo nos conocimos a través de los chicos. Juegan aquí a menudo. Tienen justo la misma edad, así que resulta muy conveniente.

—Entonces probablemente sabrá que la madre de los chicos murió el pasado fin de semana —dijo Elma, que observó con atención la reacción de Bergþóra.

—Sí, lo sé —contestó ella—. Es una gran tragedia y espero de corazón que atrapen al responsable pronto. Dios sabe, no importa lo que parezca, que no le deseaba ningún mal.

—¿Era consciente de que Elísabet le había pedido el divorcio a Eiríkur, pero que él se negaba a concedérselo?

La boca de Bergþóra se abrió ligeramente.

—No, es la primera vez que lo escucho.

—¿Le sorprende? —preguntó Elma, al darse cuenta de que parecía aturdida, como si la información la hubiese pillado totalmente desprevenida.

Después de un breve silencio, Bergþóra dijo secamente:

—Sí. Sí, tengo que admitir que sí. —Luego suspiró—. Hemos hablado muchas veces sobre vivir juntos. Sobre ir en serio. Siempre me prometía que... le pondría fin. Pero no quería hacerle daño, dijo que era muy frágil. Y me lo creo. Es decir, no la conocieron cuando estaba viva, pero daba la impresión de ser muy vulnerable. Por eso no lo presioné. —Su expresión se endureció y bajó la mirada hasta la taza de café que sostenía—. Si lo hubiera sabido...

—Si lo hubiera sabido, ¿qué? —preguntó Elma con una mirada inquisitiva.

—Si hubiera sabido que él era quien estaba entorpeciendo el divorcio, no le habría abierto la puerta ayer.

Sævar y Elma intercambiaron una mirada. La opinión de Elma sobre Eiríkur, que hasta ahora no había sido muy buena, cayó en picado. Bergþóra, en cambio, le dio la impresión de ser una persona muy diferente, mucho más directa, y Elma se preguntó qué demonios veía en Eiríkur. No parecían tener mucho en común.

—¿Dónde estuvo el sábado por la noche? —preguntó Sævar.

—Estuve en una reunión. Nuestra antigua clase de la escuela de Agricultura de Hólar se reúne una vez al año —respondió Bergþóra con la voz apagada—. Pasé la noche con amigos, pueden confirmarlo. —Sin que se lo tuvieran que pedir, agarró un bolígrafo y un papel y anotó varios números de teléfono—. Tengan, pueden llamarlos si necesitan comprobarlo.

Elma aceptó el trozo de papel con una inclinación de cabeza.

—Dígame, ¿Eiríkur dijo alguna vez algo que sugiriese que esperaba que a Elísabet le sucediese algo malo?

Bergþóra se había olvidado del café y ahora miraba por la ventana, pero se giró hacia Elma.

—No que yo recuerde. Nunca hablábamos de Elísabet. Él lo intentaba a veces, pero yo lo detenía. Me hacía sentir muy incómoda pensar en ella cuando estábamos juntos. Sé que parezco una persona terrible, pero me gustaba fingir que todo era legítimo. —Sonrió avergonzada, y Elma se dio cuenta del intenso rubor que le tiñó las mejillas.

Cuando terminaron el café, Elma y Sævar se levantaron y se despidieron de Bergþóra. Elma advirtió lo molesta que estaba la mujer tras la conversación e imaginó que este sería el fin de su relación con Eiríkur.

—Hay algo que me he preguntado desde que escuché que habían encontrado a Elísabet muerta —dijo Bergþóra en el recibidor—. Ya saben cómo son los niños… siempre dicen tonterías, pero… me preguntaba si sería importante.

—¿El qué?

—Oh, solo es algo que me dijo Fjalar cuando estuvo aquí hace unos días. Me contó que su madre le había dicho que tenía que irse durante un tiempo porque tenía que resolver una cosa. —La voz de Bergþóra se volvió ronca de repente cuando añadió—: Eso fue unos pocos días antes de que muriera.

Ása llevaba la misma ropa que la noche anterior y estaba sentada en el sillón para visitantes junto a la cama, donde esperaba a que Hendrik fuera a recogerla. Cuando había vuelto en sí la noche anterior, se había despertado en una cama blanca de hospital con tubos en el dorso de la mano. No había podido determinar de inmediato lo que había sucedido, aunque recordaba la fiesta y sentía una sensación desagradable en su interior. Se había preguntado si se estaba muriendo; si por fin había llegado su hora. Al intentar incorporarse, sintió un dolor punzante en la cabeza. Llevaba algún tipo de vendaje en la frente y pensó que tal vez se había caído. Lo último que recordaba era que estaba sentada, bebiendo vino con Þórný. Se le había ocurrido que tal vez se había visto involucrada en un accidente de coche de camino a casa.

Había leído que, a veces, la gente olvidaba los días anteriores o incluso los meses posteriores a un traumatismo craneal grave. Pero había llegado a la conclusión de que no podía estar tan mal herida si recordaba la conversación con Þórný. A menos que eso hubiese sucedido semanas atrás. Había echado un vistazo a su alrededor, en busca de alguna pista que le aclarase el día en el que se encontraba. Fuera estaba oscuro, pero eso no sirvió de mucho. En esa época del año casi siempre estaba oscuro.

Una enfermera alegre y rubia había irrumpido en la habitación.

—Hola, ¿cómo se encuentra?

—Me… me encuentro bien —había dicho Ása, por costumbre. En realidad, no estaba para nada bien, pero no era propio de ella dejarse llevar por la autocompasión.

—¿Qué ha pasado? ¿He tenido un accidente?

—Bueno, más o menos. Se ha desmayado hace un rato. —La enfermera había mirado el reloj—. Solo han pasado veinte minutos desde que ha llegado. Le hemos hecho una analítica y la hemos enviado al laboratorio, pero parece que ha sufrido un bajón repentino de azúcar.

—Oh. —Había sido lo único que Ása había podido decir.

—Su amiga estaba muy preocupada por usted. La está esperando fuera

—¿Þórný? —había preguntado Ása.

—Sí. Su marido también está aquí. ¿Quiere que les diga que entren?

Ása había asentido y la enfermera se había dado media vuelta para marcharse.

—Cariño, estábamos muy preocupados por ti. —Þórný la había abrazado. Todavía llevaba la misma falda de antes. Ása se había sentido aliviada al descubrir que no había estado inconsciente durante mucho tiempo—. Casi me da un infarto cuando te has desplomado sobre el suelo de esa manera. ¿Cómo estás?

—Cansada —había contestado Ása con sinceridad. Le costaba mantener los ojos abiertos.

—He hablado con el doctor —había dicho Hendrik con firmeza—. No cree que sea nada serio. Y puedes volver a casa mañana. —Cuando le había sonreído y tomado su mano inerte, Ása lo había apartado y había cerrado los ojos para bloquear sus expresiones de sorpresa.

Había pasado la noche en el hospital, y ahora Hendrik estaba a punto de recogerla. Pero Ása no quería ir a casa. Daría lo que fuera por no volver a ese lugar.

—Veintiocho… veintinueve… —Elma condujo despacio por la calle, se agachó y miró por el parabrisas en un intento por encontrar el número de la casa. Se detuvo frente a una causa unifamiliar y aparcó junto al bordillo. La casa era blanca con un borde verde alrededor del tejado y había dos coches en la entrada: un SUV y un compacto.

Tras pasar un momento por la comisaría, donde Hörður los había ignorado con un aire inusualmente preocupado cuando le habían hablado del encuentro con Bergþóra, Elma había decidido investigar en profundidad la infancia de Elísabet. Para ello, había buscado la dirección de la antigua profesora de Elísabet, que aún vivía en Akranes, pero ahora impartía clases en la universidad local. Sævar había accedido a acompañarla. Después del interrogatorio de Eiríkur y la visita a Bergþóra, cada vez estaba más convencido de que Elma tenía razón. No había pruebas que indicaran que Eiríkur había sido el responsable de la muerte de Elísabet. No solo eso, sino que Sævar estaba convencido de que Magnea estaba involucrada de alguna forma.

El jardín estaba limpio y bien cuidado a pesar de que era diciembre y el césped se estaba volviendo marrón. Había un rastrillo apoyado en la pared y un par de guantes de jardinería en el suelo. A la izquierda, una gran terraza recorría la longitud de la casa. La puerta principal estaba en el lado derecho, donde el camino conducía al garaje. Elma llamó al timbre y escucharon que sonó en el interior. No tuvieron que esperar mucho antes de que la puerta se abriera y revelara a una mujer alta con el pelo corto, de unos sesenta años, vestida con una camiseta negra. Los invitó a pasar y se presentó como Björg.

Björg los llevó hasta la cocina, donde Ingibjörn Grétarsson estaba sentado inmerso en el periódico local. No los saludó de inmediato, como si primero quisiera terminar el artículo que estaba leyendo. Solo entonces se quitó sus gruesas gafas y cerró el periódico. Era robusto, tenía el pelo gris y corto, la nariz respingona y llevaba un jersey con un estampado de diamantes. A raíz de su investigación, Elma sabía que tenía unos sesenta años y que enseñaba islandés, pero sus serios modales hacían que fuese difícil imaginárselo dando clases a los niños. Se puso de pie y los saludó formalmente, luego señaló un par de sillas frente a él.

—Perdónenos por molestarle después del trabajo —dijo Elma.

—La verdad es que no nos molestan —le aseguró Björg, su amabilidad compensaba la actitud repelente de su marido—. ¿Les gustaría tomar café?

—No, gracias. Pero si pudiese darme un vaso de agua… — Elma aún se sentía un poco revuelta después del potente café que les había preparado Bergþóra.

—Yo también le agradecería un vaso de agua —dijo Sævar con una sonrisa.

—Por supuesto. —Björg abrió el grifo durante un rato antes de llenar dos vasos—. ¿Su visita está relacionada con la mujer que encontraron junto al faro? —preguntó, con los ojos brillantes por la curiosidad.

—De hecho, sí —respondió Elma—. Tengo entendido que iba a su clase hace unos treinta años —añadió, y se dirigió a Ingibjörn.

Ingibjörn tosió.

—Mmm, sí, es correcto. Al principio no reconocí el nombre, pero cuando publicaron la fotografía en los periódicos, la recordé. No obstante, hacía años que no la veía. A decir verdad, me había olvidado de ella por completo. A lo largo de mi carrera me he cruzado con muchos niños. Algunos se quedan en Akranes toda la vida, otros se van, y esos son a los que tiendes a olvidar.

—Entiendo. —Elma asintió. Antes de que pudiera continuar, Björg la interrumpió:

—Espere un segundo. No la he visto antes. ¿Es usted nueva por aquí? —Había acercado una silla al lado de Ingibjörn y estudiaba a Elma con interés.

—Sí, me he mudado hace poco. Antes formaba parte de la policía de Reikiavik.

—Oh, ¿de veras? —Después llegó la pregunta inevitable que hacían los islandeses—: ¿Cómo se llaman sus padres?

—Jón y Aðalheiður —respondió Elma, que sintió que las tornas habían cambiado y que ahora era ella a la que estaban interrogando.

—¿Jón y Heiða? ¿Heiða la que trabaja en el ayuntamiento?

—Así es —dijo Elma, y Björg asintió, claramente satisfecha por haber podido ubicarla—. Quería preguntarle... —comenzó a decir Elma, pero no pudo continuar.

—A usted sí lo reconozco —la interrumpió Björg, que le sonrió a Sævar con coquetería. Él no respondió, apenas asintió, pero Elma vio que sus ojos brillaron con diversión. Ingibjörn pareció no darse cuenta. Elma tosió educadamente y volvió a su pregunta.

—En fin, sobre Elísabet: tengo entendido que era un poco solitaria de niña, que no tenía muchos amigos. ¿Es correcto?

—Oh, me cuesta recordarlo —suspiró Ingibjörn—. Pero sí, era una niña inusualmente seria, eso es cierto.

—¿Sabe si tenía problemas en casa?

—Creo recordar que sí. Me acuerdo de su madre, Halla. Me parece que la mujer no estaba bien. Perdió a su marido en un naufragio. Fue algo horroroso. Una tormenta se levantó de la nada y el barco pesquero volcó con ambos hombres en la cubierta. Ninguno sobrevivió. —Ingibjörn sacó un paño y se limpió las gafas de forma metódica antes de guardarlas en una funda de terciopelo—. Pero eso no fue lo que la llevó al límite. Fue el bebé que tuvo poco después. El pobre niño solo vivió un par de semanas. Dicen que fue por muerte súbita.

—Recuerdo a Halla —intervino Björg—. No me había dado cuenta de que era la madre de Elísabet. Sabía que bebía. No hizo nada después de que el bebé muriera. Bebía y estaba de fiesta hasta las tantas. Todo el mundo lo sabía, pero nadie hizo nada al respecto. No quiero ni pensar en lo que debió de haber sufrido esa niña. —Björg se estremeció—. Imagino que estaría muy desatendida. Pero... en esa época no nos gustaba interferir.

Todos guardaron silencio. Fuera, el viento se estaba intensificando y se oía el tamborileo de las gotitas de lluvia en la ventana de la cocina. En el lavadero de la cocina, la lavadora comenzó a centrifugar y produjo un fuerte ruido.

—¿Alguna vez vio que alguien molestase a Elísabet? —preguntó Elma.

Ingibjörn suspiró.

—No vi nada raro durante el primer curso. Tenía una amiga y parecía bastante feliz. No fue hasta el segundo curso cuando me di cuenta de que pasaba mucho tiempo sola. ¿O fue el curso siguiente? No me acuerdo. Pero no era la única. Algunos niños prefieren jugar solos, y no veo cuál es el problema. Yo mismo siempre he disfrutado de mi compañía. Considero que ser autosuficiente es una muestra de inteligencia y de una mente sana.

Elma asintió con seriedad y fingió no ver que Sævar bajaba la mirada hasta su regazo, en un intento por mantener el rostro impasible.

—Entonces, ¿no hubo acoso? —preguntó, y le dio una patada disimulada a Sævar bajo la mesa.

—No, en mi clase no —respondió Ingibjörn, confiado y alegre—. Pero si quieren saber lo que sucedía en el patio de juegos, tendrán que hablar con los supervisores del recreo. Ellos vigilaban a los niños cuando jugaban. Yo me centré en mantener la disciplina durante las clases, algo que creo que echo en falta en el sistema educativo actual. Ahora, los profesores deben tener cuidado con lo que dicen si no quieren tener a una manada de padres en pie de guerra. Antes no era así: los alumnos respetaban a los profesores. Pero los tiempos han cambiado y no necesariamente para mejor.

—Aunque usted hace tiempo que se trasladó a la universidad, ¿cierto? —dijo Elma.

—Sí, hace muchos años. Tuvo que haber sido poco después de que Elísabet se mudara. Sí, así es, alrededor de 1992. La enseñanza en la universidad me sienta mejor. Los que quieren aplicarse lo hacen. Los otros, bueno... no tienen cabida en mi clase. No dudo en echarlos. Los estudiantes que quieren aprender no deberían tener que soportar las interrupciones del resto.

Elma asintió. Ingibjörn tenía reputación de ser estricto y egocéntrico. Según Sævar, hacía que los que llegaban tarde se pusieran delante de toda la clase para justificarse y disculparse. Los estudiantes rara vez llegaban tarde; las ausencias eran más habituales.

—¿Con quién se relacionaba Elísabet?

—Para ser sincero, no le prestaba mucha atención a eso. Las chicas siempre formaban grupitos. Eso es lo que hacen a esa edad. Pero no podían escoger junto a quién se sentaban en mi clase. Las clases son para aprender, no para perder el tiempo —prosiguió Ingibjörn. Se sonó la nariz con fuerza en un pañuelo, como para darle énfasis a sus palabras, luego lo dobló con cuidado y se lo guardó en el bolsillo—. ¿Todo esto es realmente relevante para la muerte de Elísabet?

—Puede que no. Solo intentamos hacernos una mejor idea de cómo era de niña, de cómo se las arreglaba en Akranes. No parece que tuviera sentimientos muy positivos hacia el pueblo, según su marido. Por eso nos interesa averiguar por qué murió aquí. Estamos intentando establecer con quién pudo haberse reunido, si es que hubo alguien.

—Bueno, dudo que les pueda ayudar con eso. Aunque hay una cosa que me viene a la mente cuando pienso en Elísabet. —Ingibjörn se rascó la cabeza—. Era una niña agresiva. Se metió en una pelea con un niño en el colegio.

—¿En una pelea?

—Sí, al parecer simplemente fue a por él. Se llamaba Andrés, era uno de esos niños con necesidades especiales. Ahora trabaja en la biblioteca pública.

—¿Sabe por qué Elísabet fue a por él?

—No, no lo sé. Aunque me parece recordar que fue sin provocación previa. Como he dicho, deberían hablar con el supervisor del recreo o con el director. Ellos se encargaron de la situación sin involucrarme.

Elma asintió. Le sorprendía lo poco que parecía importarle todo a Ingibjörn más allá de la trasmisión de conocimientos a sus alumnos. Le resultaba incomprensible que un hombre así hubiese querido dedicarse a la enseñanza de los niños.

—Me temo que no soy de mucha ayuda —gruñó Ingibjörn cuando Elma se quedó en silencio.

—¿Hay alguna posibilidad de que fuese un accidente? —preguntó Björg, que había estado escuchando en silencio mientras se examinaba las uñas e Ingibjörn hablaba.

—Todavía no hemos descartado nada —respondió Elma—. ¿Había alguien en el pueblo que tuviese una relación cercana con la familia o algún tipo de trato con ellos?

—No, nadie —dijo Ingibjörn—. No vi muchas veces a la madre de Elísabet, solo en una o dos ocasiones en las reuniones de padres. Y de repente, un día, desaparecieron. No recuerdo haber recibido ningún aviso previo de que planearan mudarse, ni de que Elísabet fuera a dejar el colegio. Simplemente, un día no apareció.

—¿Hubo alguna razón en particular por la que se mudaron?

—No sabría decirle —admitió Ingibjörn, y volvió a suspirar, como si estuviera perdiendo la paciencia con esas preguntas—. Pero dudo mucho que la muerte de Elísabet esté relacionada con su pasado. Probablemente haya sido un accidente. ¿Una turista que iba a demasiada velocidad en condiciones peligrosas, por ejemplo? No sería la primera vez que sucede algo así.

A Elma le parecía muy poco probable que lo primero que intentase una turista, después de atropellar a Elísabet, fuese estrangularla para luego deshacerse del cadáver en el mar con la esperanza de que lo arrastrase lejos. Pero decidió ahorrarle los detalles. Se giró y captó la atención de Sævar. Le leyó la mente y ambos se levantaron a la vez y les dieron las gracias a sus anfitriones.

—Así que ese era su profesor —dijo Sævar cuando regresaron al coche—. ¿Qué le habrá hecho querer trabajar con niños pequeños?

—Quién sabe. —Elma se encogió de hombros—. No parece haberlo disfrutado mucho.

—¿Por qué crees que atacó al niño? —preguntó Sævar.

—No lo sé —dijo Elma—. No tuvo que ser por un motivo en particular, después de todo, solo eran niños.

—Una vez me metí en una pelea —comentó Sævar.

—¿Solo en una? —Elma sonrió.

—Sí, solo en una. Tenía diez años, y el otro niño se burló de mi cinta para el pelo.

—¿Tu cinta para el pelo? —Elma estalló en carcajadas. Sævar asintió.

—Por desgracia, sí. Debo admitirlo, iba por ahí con una cinta y un chándal a juego y pensaba que estaba genial.

—Bueno, si crees que eso es malo, yo llevaba pantalones de chándal con botones.

—Uf, te acabo de perder el respeto. —Sævar fingió escandalizarse.

Ya era noche cerrada y ni siquiera eran las siete de la tarde. La madre de Elma ya le había enviado un mensaje para preguntarle si iría a casa a cenar, dado que su hermana Dagný y la familia iban de visita.

—¿Haces… eh… haces algo esta noche? —preguntó, e intentó sonar casual.

Sævar la miró, con las cejas ligeramente enarcadas, luego volvió a centrarse en la carretera.

—Voy a cenar —respondió, y después de una breve pausa añadió—: Con los padres de mi novia.

—Oh —dijo Elma—. No pasa nada. —Sentía cómo le ardían las mejillas. Volvieron en silencio. Se sintió aliviada cuando Sævar se despidió y salió del coche. De alguna manera, no se había dado cuenta de que tenía novia.

De camino a casa, se preguntó por qué nunca lo había mencionado; nunca había dicho ni una sola palabra de ella. «¿Cómo se te ocurre?», pensó Elma, avergonzada por si había dicho algo inapropiado. Pero se sentía todavía más humillada por su reacción incómoda al haber escuchado la mención de los padres de la novia. Detuvo el coche frente a su apartamento y observó el cielo oscuro. El resplandor de las farolas y los densos bancos de nubes tapaban las estrellas. Frías gotas de lluvia aterrizaron en sus mejillas ardientes. Durante unos segundos, sintió que podía quedarse ahí de pie para siempre. Claro que la sensación no duró, y se apresuró a entrar cuando un coche pasó junto a ella y la sacó de su fantasía.

# Akranes, 1991

La niña que corría por el lugar soltando risitas no tenía ni dos años. Apenas hablaba y el helado que sujetaba le goteaba en la ropa, pero aun así los adultos no apartaban la vista de ella. Todos querían abrazarla y consentirla, y le hablaban con voz de bebé, embobados por lo adorable que era. Todos le sonreían y la alzaban en brazos, y Elísabet contemplaba cómo le olían el pelo con admiración y le besaban las mejillas pegajosas.

Elísabet sentía un absoluto desprecio por ella.

Estaba en casa de Sara y su madre había invitado a una amiga, una mujer rubia con grandes rizos que se reía de cualquier cosa que la niña decía y hacía, incluso cuando tiró el helado al suelo e hizo un desastre.

La madre de Sara las había llamado.

—Ahora que tenéis siete años, sois niñas grandes. ¿Qué os parece si lleváis a Vala a la habitación de Sara? Podéis enseñarle los juguetes y practicar a hacer de niñeras.

Sara asintió de manera obediente.

—Aseguraos de que no se mete nada en la boca —dijo la madre de la niña—. Es muy pequeña, todavía es un bebé. —Tomó a la niña en brazos y la puso de pie, luego le limpió con cuidado el helado que le cubría toda la cara hasta la frente. La niña lloriqueó e intentó alejar a su madre; después, con piernas inestables y entre risas de entusiasmo, corrió tras las niñas mayores que entraban en la habitación.

Elísabet se sentó en la cama perfectamente hecha de Sara y observó a la niña. No tenía ningún interés en hacer de niñera.

—Mira la muñeca —dijo Sara, que le había dado a la niña una de sus Barbies. La niña tomó la muñeca y balbuceó algo incomprensible, luego la tiró al suelo y comenzó a sacar los muebles que las niñas mayores habían estado organizando en la gran casa de muñecas Barbie de Sara.

Sara suspiró y miró a Elísabet.

—Tengo que ir al baño —dijo—. ¿Puedes asegurarte de que no rompa nada?

Elísabet asintió. Seguía en la cama, desde donde observaba intensamente a la niña. Pensó en la madre de la niña, que había estado riéndose todo el tiempo. Era como si la niña no pudiese hacer nada malo. Como si pudiese salirse con la suya siempre y a nadie le importase. Elísabet se levantó de la cama y fue hacia ella.

—Mira —dijo—, una muñeca.

—Muneca —repitió la niña, que reveló sus diminutos dientes frontales en una sonrisa. Agarró la muñeca con los dedos pegajosos. Tenía los brazos suaves y lechosos y las uñas, aunque eran delicadas, estaban intactas. Elísabet las comparó con sus propias uñas mordidas. Las llagas de sus dedos eran evidentes. Había pasado la noche en el armario. Se había quedado ahí, mientras escuchaba cómo el viento intentaba abrirse camino a través de las grietas de los paneles de madera, para intentar distraerse y no pensar en la gente que estaba abajo. ¿Esta niña tendría que dormir alguna vez en un armario? ¿Alguna vez sabría lo que era estar asustada? Elísabet lo dudaba. Se sintió abrumada por lo injusto que era. No sabía por qué estaba tan enfadada. Tomó el brazo regordete de la niña, se agachó y, sin detenerse a pensar, lo mordió tan fuerte como pudo.

La niña abrió mucho los ojos; era probable que nunca hubiera sentido un dolor tan fuerte. Que nunca hubiera sabido lo que era que te hiciesen daño a propósito. Elísabet se apartó cuando los gritos ensordecedores invadieron la habitación. Grandes lágrimas le resbalaron por las mejillas gordas.

—Shhh, no pasa nada —dijo Elísabet, que intentaba abrazar a la niña desesperadamente. Escuchó que la puerta se abría. Sintió que unos ojos se le clavaban en la nuca y le empezaron a arder las mejillas.

Miró a la niña con un odio aún mayor.

—¿Cómo se llamaba el tío de Davíð? —preguntó Aðalheiður. Elma, sentada frente a la mesa, cortaba verduras para la cena; su madre estaba de pie junto a los fuegos—. El político, ¿recuerdas? —añadió, y casi logró que la pregunta sonara casual.

—Höskuldur —respondió Elma, sin levantar la vista del pimiento que cortaba.

Hubo un breve silencio en la cocina, a excepción del silbido bajo de la radio que nadie se había molestado en volver a sintonizar, por lo que las costaba distinguir las voces a través de las interferencias. La cocina era pequeña, con un armario de madera oscura, una mesa a medida y unas banquetas tapizadas con cuero. Los padres de Elma habían hablado muchas veces de renovar la cocina, pero nunca se habían puesto a ello, y Elma se alegraba. Siempre le había gustado sentarse en esa mesa. Era ahí donde hacía los deberes, con el pelo recogido en dos coletas y la mochila amarilla a su lado, mientras su madre cocinaba. Había perdido la cuenta de los gofres y las tortitas gruesas llamadas *skonsur* que se había comido en esa mesa, de las horas de tranquilidad que había pasado allí, a salvo del bullicio y el ajetreo del mundo exterior. Por lo general, la cocina era un lugar pacífico y acogedor.

—¿Has hablado con la familia de Davíð? —preguntó Aðalheiður, que agarró la sartén por el mango mientras desmenuzaba la carne picada con una espátula. Elma negó con la cabeza—. Elma, cielo —dijo su madre sin desviar la atención de su tarea—, ¿estás segura de que puedes hablar de él? Te comportas como si nunca hubierais sido pareja, como si no hubiera formado parte de tu vida todos estos años.

—Todavía no —respondió Elma con la voz entrecortada, y sintió una opresión en el pecho.

—De acuerdo, cariño. Tómate el tiempo que necesites —dijo Aðalheiður—. Pero hablar con un profesional suele ayudar. Tenemos buenos psicólogos en Akranes. Si quieres, puedo…

—¡Mamá! —la interrumpió Elma—. No, gracias. La última cosa que quiero hacer es hablar con un psicólogo, especialmente aquí en Akranes.

La boca de Aðalheiður se cerró en una línea apretada. Elma se dio cuenta de lo difícil que le resultaba a su madre no decir nada. Era alguien que se entrometía en los asuntos de todo el mundo y se sentía obligada a resolver los problemas de los demás. Probablemente, la destrozaba no poder ayudar a su hija.

Elma suspiró. Su intención no había sido sonar tan grosera.

—No es que esté en fase de negación o algo por el estilo —dijo al cabo de un momento—. Pero no veo cómo se supone que me ayudará. Sucedió y nada puede cambiarlo. Me dejó. Me traicionó a mí y a todas las promesas que me hizo. Solo… solo necesito un poco más de tiempo. —Le sonrió a su madre, quien le devolvió el gesto, aunque todavía parecía preocupada. Aðalheiður estaba a punto de añadir algo cuando la puerta principal se abrió y la voz de un niño gritó:

—¡Abuela! Abuela, ¿sabes qué? —Alexander entró en la cocina a toda velocidad con sus botas mojadas y miró a su abuela con los ojos muy abiertos.

—No, no lo sé —dijo Aðalheiður alegremente, y se agachó hasta él.

—¡Alexander, quítate los zapatos! —gritó Dagný desde el recibidor.

—Voy a pedir una nave espacial por Navidad —anunció Alexander, que había ignorado a su madre.

—¿Una nave espacial? ¿Las venden en las tiendas de juguetes?

—Sí, las puedes comprar en Toy Story —respondió el niño, y abrió los ojos aún más.

—Alexander —bramó su madre—, se llama Toys R Us, y no sé si puedes comprar una nave espacial ahí. Quítate los zapatos ahora mismo. Vas a mojarle el suelo a la abuela.

—No importa —dijo Aðalheiður, que le sonreía a Alexander mientras lo ayudaba a quitarse las botas—. Y estoy segura de que venden naves espaciales en Toy Story. ¿No las venden en todas partes?

Alexander sonrió y asintió de forma efusiva.

—Hoy es una nave espacial; ayer era un dinosaurio y el día anterior era un coche volador como el de Harry Potter. —Dagný puso los ojos en blanco—. ¡Este año no pide mucho! —Le dio un beso rápido a su madre y otro a su hermana. Viðar, el marido de Dagný, la siguió con Jökull en brazos.

Alexander tenía cinco años y Jökull uno. Eran polos opuestos: Alexander tenía una mata de pelo rubia y ojos azules como su padre; Jökull tenía el cabello marrón claro de su madre y unas mejillas regordetas que no parecía que fueran a desaparecer, a pesar de que ya tenía poco más de un año.

—¿Quieres venir con la tía Elma? —Elma extendió los brazos hacia Jökull, quien también los extendió, y se acercó a ella. Le besó las mejillas redondas y lo abrazó, pero en cuanto Aðalheiður dejó la caja de juguetes en el suelo, forcejeó para que lo bajara.

—Qué bien huele, mamá —dijo Dagný, que se sentó a la mesa de la cocina— ¿Has hecho café?

—¿Agotada por el trabajo? —preguntó Aðalheiður mientras ponía una taza en la máquina de café.

—No, la verdad es que no. Los turnos son los que me dejan hecha polvo. —Dagný aceptó el café. Bajo la luz de la lámpara del techo, Elma percibió las ojeras que había intentado ocultar con corrector.

Dagný solo era tres años mayor que ella, sin embargo, nunca habían estado muy unidas. Eran muy diferentes, y Elma siempre tuvo la sensación de que sacaba de quicio a Dagný, aunque nunca supo por qué. Elma le había tenido envidia a su hermana desde que tenía memoria. Dagný siempre había sido popular, atraía a la gente sin esfuerzo con su sonrisa genuina y su actitud relajada. Además, tenía la habilidad de hacer que la gente se sintiera a gusto y de parecer interesada en cualquier cosa. Cuando escuchaba a alguien, se inclinaba hacia delante, sin apenas pestañear, y asentía con entusiasmo. Aunque, Elma era la excepción. Dagný siempre la miraba como si fuera su hermana pequeña, no con afecto, sino como si pensara que Elma no era muy espabilada. La hermana que nunca entendía nada. La hermana a la que había que controlar para que no la pusiera en evidencia. A la que había que decirle que la camiseta no combinaba bien con la falda y que su maquillaje de ojos estaba desigual. Elma había perdido la cuenta de las veces en las que había tenido que escuchar lo «preciosa» o «encantadora e inteligente» que era su hermana. Dudaba que Dagný hubiese tenido que escuchar alguna vez elogios similares sobre ella.

Elma no recordaba que hubiesen jugado juntas nunca. Cuando Dagný invitaba a sus amigas, se encerraban en su habitación y se apoyaban en la puerta para dejar a su hermana de cinco años fuera. Elma recordaba estar de pie mientras lloraba fuera y golpeaba la puerta hasta que su madre aparecía y encontraba una manera de distraerla. Más adelante, a Elma ni se le había pasado por la cabeza quedar con Dagný y sus amigas, un puñado de chicas cuya reacción a todo parecía ser una risita estúpida, ya fuese algo divertido u horrible.

Dagný siempre había estado segura de sí misma y había tenido claro lo que quería hacer en la vida. En una pared de la casa de sus padres, había una foto colgada de Dagný con seis años en la que llevaba un uniforme de enfermera: en la actualidad trabajaba en el Hospital de Akranes como matrona. Había empezado a salir con Viðar a los catorce años y no parecía haber tenido nunca ninguna duda sobre su relación o ella misma. Seguían juntos, después de tantos años, tenían dos hijos, una casa unifamiliar, un todoterreno y todo lo que uno podría esperar de una familia promedio. A Elma le costaba creer que ella y Dagný tuvieran la misma genética.

—¿Cómo te va en la policía, Elma? —preguntó Viðar, que aceptó una taza de café de su suegra. Elma abrió la boca para contestarle, pero Dagný se le adelantó.

—Madre mía, nunca adivinareis quien está embarazada. —Sin esperar una respuesta, continuó—: ¡Magnea, la esposa de Bjarni! —Las miró con expectación. El deber de la confidencialidad nunca le había impedido a Dagný hablar sobre sus pacientes fuera del trabajo.

—¡No! —exclamó Aðalheiður—. Estaba empezando a pensar que tenía algún problema. Es decir, físicamente. Aunque una no se atreve a preguntar hoy en día, dado que debes tener mucho cuidado de no ofender a nadie.

—No, para nada. Está de once semanas —dijo Dagný. En ese momento se escuchó un alboroto en el suelo. Alexander le había arrebatado un cochecito a Jökull, quien había comenzado a lloriquear. Dagný le dio un codazo a Viðar y le dirigió una mirada que decía que se encargara del asunto.

—Ya voy yo —dijo Elma de forma apresurada, y se puso de pie. Tomó en brazos el cuerpecito sólido de Jökull y comenzó a caminar por la habitación con él. Su pelo sedoso tenía un olor dulce. El llanto cesó en cuando se metió el chupete en la boca. Apoyó la mejilla en el pecho de Elma y cerró los ojos.

—Evidentemente, no se lo podéis contar a nadie: todavía es confidencial —prosiguió Dagný.

—No diremos ni una palabra —prometió Aðalheiður.

—Oh, no dejes que se duerma o no podremos acostarlo esta noche —exclamó Dagný con irritación, al fijarse en los ojos cerrados de Jökull.

—Pero tiene mucho sueño —replicó Elma, y lo abrazó con más fuerza—. Mira lo feliz que está con su tía.

—Elma, en serio. No dormirá por la noche si se queda frito ahora. Si se echa una siesta de cinco minutos, actúa como si le hubieran pinchado adrenalina en el trasero.

—¿En el trasero? —repitió Alexander con miedo, y levantó la vista de los coches que estaba colocando en una fila distraídamente—. ¿A quién van a pinchar en el trasero?

—No van a pinchar a nadie —le aseguró Viðar.

—Todavía recuerda cuando lo vacunaron a los cuatro —susurró Dagný después de que Alexander volviese a jugar con los coches—. La verdad, no creo que lo supere nunca.

# Sábado, 2 de diciembre de 2017

Cuando Begga había llamado a Elma para invitarla a compartir una botella de vino tinto el sábado por la noche, aceptó la invitación con entusiasmo. Estaba agradecida con Begga por dar el paso, puesto que ella nunca se habría atrevido a llamarla; no pensaba que se conociesen lo bastante bien todavía. A Elma siempre le había resultado difícil hacer amigos porque era muy tímida para tomar la iniciativa. Pero, al parecer, Begga no tenía problemas en ese sentido. Elma tampoco tenía que esforzarse mucho para que la conversación fluyera cuando estaban juntas, dado que con suerte tenía la oportunidad de decir alguna cosa. Begga, que ahora estaba de buen humor tras haber recuperado a su amado gato, prácticamente no se callaba. Cuando por fin llegó a casa, Elma se dio cuenta de que había bebido demasiadas copas. Por segundo fin de semana consecutivo, le dio la bienvenida al adormecimiento y a la liberación temporal del cuidado personal que implicaba estar borracha. Se le escapó una sonrisa tonta mientras buscaba las llaves de casa en el bolsillo. Le tomó varios intentos torpes introducir la llave en la cerradura y, antes de poder girarla, alguien abrió la puerta desde dentro.

—¿Qué tal? —El joven del piso de enfrente le sonrió.

—¡De maravilla! —respondió Elma, y le devolvió la sonrisa. Había pensado que volvería a estar sobria de camino a casa, pero el pasillo se movía hacia arriba y abajo y le costaba no balancearse. El vino hacía que todo pareciera un poco irreal, lo que era bien recibido ahora.

—¿Una buena noche? —preguntó, y miró a Elma de arriba abajo.

—Sí. Sí, de hecho, ha sido muy divertida. —Elma se rio—. Gracias por dejarme entrar.

—¿También necesitas ayuda con tu propia puerta? —preguntó el joven.

—No, gracias, creo que puedo apañármelas.

—Vale —respondió, pero no mostró indicios de moverse. En su lugar, permaneció inmóvil y la observó.

Esta vez, Elma introdujo la llave en la cerradura de su piso al primer intento. Pero antes de que abriera la puerta, el joven se apresuró a decir:

—Tengo cerveza en la nevera si te interesa.

Elma se dio la vuelta.

—Es muy tarde —dijo, con un bostezo bastante exagerado. En su imaginación ya estaba en el baño que tenía pensado prepararse.

—Son exactamente las… once y veinte —puntualizó el joven, y volvió a sonreír.

—¿En serio? —Elma se miró el reloj, confundida—. ¿Tan temprano?

El joven se rio.

—La oferta sigue en pie, si quieres.

Elma vaciló.

—¿No ibas a salir?

—Sí, pero solo iba a comprar Coca-Cola. Puede esperar.

—De acuerdo, solo una. —Le sonrió con incertidumbre. Tal vez solo necesitaba hacer algo diferente, algo fuera lo de normal.

—Genial —dijo, y la dejó entrar en su apartamento.

Elma lo vio abrir la nevera y sacar dos cervezas. Era más joven que ella, pero muy atractivo. A decir verdad, más atractivo que cualquiera que se hubiese interesado por ella. Su mente se alejó un momento hasta Sævar y su cena con la familia de su novia. También hasta Davíð, pero consiguió apartar esos pensamientos. Lo único que pedía era librarse de él por una noche. Tener una noche en la que no la torturasen los pensamientos de lo que podía haber hecho de manera distinta.

El joven le entregó una cerveza y se sentó frente a ella en el sofá. Seguía sin saber su nombre. Elma solo había bebido un sorbo cuando el joven dejó su botellín, se levantó y se acercó a ella.

# Akranes, 1991

*Las dos se sentaron la una al lado de la otra al borde del arenero y enterraron los pies en la arena húmeda. Una con el pelo oscuro, con un anorak demasiado pequeño para ella y unas zapatillas desgastadas; la otra rubia, con un chubasquero flamante y unas botas. Ninguna dijo ni una palabra. Dos niñas de ocho años sumidas en sus pensamientos.*

*Siempre les había resultado fácil estar juntas en silencio. Desde que se conocieron en el colegio era como si hubieran entendido de manera tácita que las palabras no siempre eran necesarias. A diferencia de la mayoría de los niños de su edad, no sentían mucha necesidad de tener charlas intrascendentes entre ellas. Las horas que pasaban juntas les ofrecían un breve descanso, un respiro del bombardeo constante de estímulos que recibían con ocho años.*

*La niña rubia se puso de pie de repente. Miró a la otra niña y resolló con tristeza.*

*—No puedo seguir siendo tu amiga —dijo, y sus miradas se encontraron.*

*Elísabet había estado tan ensimismada en sus pensamientos que observó a su amiga algo confundida durante un momento.*

*—Mi mamá dice que no tengo permiso para jugar contigo —prosiguió Sara. Se quedó allí durante un rato, como si no supiera qué hacer a continuación, luego se dio la vuelta y salió corriendo de la zona de juegos. Poco después, desapareció.*

*La chica del pelo oscuro y las zapatillas húmedas se quedó sola mientras miraba la arena. Empezaron a caer pequeñas gotas de lluvia del cielo y se mezclaron con las lágrimas saladas que le rodaban por las mejillas.*

# Domingo, 3 de diciembre de 2017

Una de las antiguas supervisoras del recreo del colegio de Elísabet, una mujer llamada Anna, había accedido a reunirse con Elma el domingo por la mañana. Se había retirado y ahora vivía en una casa protegida cerca de la Residencia de Ancianos Höfði. Invitó a Elma a tomar asiento en la mesita de la cocina, cubierta con un mantel floral de plástico, y puso frente a ella un par de pasteles fritos conocidos como *kleinur* y una taza de café.

—Trabajé en el Colegio Brekkubær solo unos pocos años —dijo, tras sentarse frente a Elma—. Después de dejarlo, más o menos en 1995, me contrataron en la tienda Einarsbúð y trabajé ahí hasta que mi Bússi murió el año pasado. Después renuncié al puesto y me mudé aquí.

—¿En qué años trabajó en el Colegio Brekkubær? —preguntó Elma, que le dio un sorbito al café. Se había despertado con náuseas y dolor de cabeza por segunda vez esa semana. No tenía intención de que se convirtiera en algo habitual.

—Empecé en 1989, así que… eh, fueron seis años, ¿verdad? Nunca tuve la intención de que fuera permanente, pero ahí estaba yo, lo que demuestra que puedes pasar mucho tiempo haciendo algo que no tenías pensado —respondió Anna con una risita—. Oh, no estaba mal. De hecho, estaba bastante bien. Éramos dos supervisores de recreo y vigilábamos a los niños mientras jugaban, limpiábamos los pasillos, etcétera. No suena muy emocionante, pero tuvo sus momentos. Conocí a los niños, sobre todo a los traviesos y problemáticos. —Volvió a soltar una risita floja.

—¿Recuerda a una niña llamada Elísabet? —preguntó Elma. De manera instintiva, se había encariñado con esa mujer, que permanecía sentada y con una sonrisa mientras se frotaba las manos. Su casa estaba revestida de paneles de madera oscura y las paredes estaban cubiertas de fotografías. Hijos, nietos y bisnietos, había anunciado la señora con orgullo al señalar la foto más reciente, una de un bebé con un solo diente que estaba sentado y sujetaba una pelota. Elma también había atisbado una mesita de cristal en la sala de estar donde había una foto de un hombre en un marco dorado, un candelabro de cristal y un libro con una cruz en la portada.

—¿Elísabet? —Anna frunció el ceño—. Elísabet... no, no recuerdo a nadie con ese nombre.

Elma sacó su teléfono y le enseñó la fotografía de Elísabet de niña que había sacado del archivo de imágenes de Akranes.

—Ah, te refieres a la pequeña Beta —dijo Anna, y el rostro de le iluminó al ver la foto—. ¿Puedo? Pobre criatura, lo pasó muy mal. Siempre sentí lástima por ella. Venía de un hogar desestructurado, ¿sabe? Su padre estaba muerto y su madre... no estaba bien. Una vecina la cuidaba la mayor parte del tiempo, Solla, una buena amiga mía. Pero a pesar de todo, Beta era muy calmada y sensata, como si nada la molestase. Por supuesto que eso no era así, pero parecía distinta a los otros niños. En retrospectiva, supongo que era más madura por lo que tuvo que pasar. Siempre pareció mayor que los otros niños.

—Cuando dice «lo que tuvo que pasar», ¿se refiere a las muertes de su padre y su hermano?

—Bueno, sí, eso también, sin duda tampoco debió de ser fácil. Pero eso sucedió antes de que empezara el colegio. Siempre fue seria, pero no dejaba de ser una niña. Se reía, jugaba y observaba a los otros niños. Pero después de la muerte de su amiga... ¿cómo decirlo?, parecía totalmente perdida. Asistía al colegio, pero ya no observaba a los otros niños y mucho menos jugaba con ellos. Se encerraba en sí misma, y los niños se daban cuenta y se reían de ella. Pobre criatura.

—¿Su amiga murió? —inquirió Elma.

—Ah, sí, fue terrible. Siempre estaban juntas. Casi cada día las veía volviendo a casa juntas. Eran como el día y la noche: Sara era muy rubia y Elísabet muy morena. Puedo verlas en esa foto. Esa es Sara, detrás de Elísabet y Magnea.

—¿Cómo murió? —Elma se olvidó del dolor de cabeza y las náuseas, y estudió la imagen en su teléfono con interés renovado. Detrás de Elísabet y Magnea había una niña que miraba a la cámara. Estaba acostada bocabajo, tenía una hoja de papel enfrente y había ceras desperdigadas por todas partes.

—Seguramente lo recordarás, ¿no? Todo el pueblo quedó conmocionado. Nunca he escuchado nada tan trágico. —Anna se estremeció—. La chica desapareció. Lo único que encontraron fueron sus zapatillas en la playa de Krókalón. —Anna miró por la ventana con ojos tristes. Su casa estaba cerca de Langisandur y tenía vistas al mar, pero la playa apenas era visible porque había marea alta—. Comenzaron a buscarla cuando no volvió a casa a la hora de cenar. Pero no fue hasta varios días después que una balsa, que creían que estaba relacionada con su desaparición, apareció en la playa donde habían encontrado sus zapatos.

—¿Qué pasó con Sara? ¿Encontraron su cuerpo?

—No. —La voz de Anna se volvió más ronca—. Nunca apareció.

Elma guardó silencio y un escalofrío le recorrió el cuerpo.

—Ása y Hendrik estaban desconsolados —añadió Anna, y tomó un sorbo de café.

—¿Ása y Hendrik?

—Sí —dijo Anna—. Los padres de Sara. Nunca superaron su pérdida.

Elma llegó a la comisaría durante el cambio de turno. Agentes cansados se despedían y se preparaban para ir a casa mientras el nuevo turno se incorporaba y encendía la máquina de café.

Sævar estaba sentado frente a su escritorio y miraba atentamente la pantalla de su ordenador. Parecía cansado. Tenía el pelo hecho un desastre y ojeras. Elma se detuvo en el umbral de la puerta y se apoyó en el marco.

—¿Está Hörður?

—No, no lo he visto. —Sævar echó un vistazo al reloj—. Debería llegar en cualquier momento.

Elma se mordió el labio. No tenía ni idea de qué hacer con la información que acababa de recibir o cómo podía ser significativa.

—Vale, quizá debería esperarlo.

Sævar se encogió de hombros y Elma se dio la vuelta para irse, caminó por el pasillo durante un instante y volvió al despacho. Al ver que Sævar no se percataba de su presencia, tosió.

—¿Te acuerdas de Sara, la hija de Hendrik y Ása? —preguntó. Cuando Sævar negó con la cabeza, se sentó frente a él al otro lado del escritorio—. Sara Hendriksdóttir murió cuando tenía nueve años. Sus zapatos aparecieron en la playa de Krókalón, pero su cuerpo nunca se encontró. Se creyó que estaba jugando en una balsa que la corriente arrastró mar adentro.

—Ah, sí. Ahora que lo mencionas, recuerdo haber oído hablar del caso, pero no me mudé a Akranes hasta la adolescencia, varios años después de la desaparición. Pero era inevitable oír hablar del tema. Incluso salió en las noticias nacionales. Un accidente trágico. Si mal no recuerdo, encontraron restos biológicos en la balsa, un pelo enganchado en una uña o algo así.

Elma asintió.

—Cierto. Yo tan solo tenía seis años cuando sucedió, así que tengo un vago recuerdo de ello. Según una supervisora de recreo que trabajó en el Colegio Brekkubær en esa época, Sara y Elísabet eran inseparables.

—¿A dónde quieres llegar con esto? —preguntó Sævar.

Elma suspiró.

—No lo sé. Me resulta un poco extraño. ¿Por qué tan pocas personas sabían que eran amigas? Ni Guðrún, la tía de Elísabet, ni Eiríkur mencionaron la desaparición de Sara cuando les preguntamos por la infancia de Elísabet en Akranes, a pesar de que debe haber sido una experiencia traumática para ella. ¿Crees que nunca les habló del tema? —Elma apoyó los codos en el escritorio y comenzó a masajearse las sienes—. Me desconcierta que la familia de Hendrik no deje de aparecer en el contexto de la investigación. Estaba pensando en hablar con los padres de Sara, Ása y Hendrik…

—No creo que sea muy buena idea —la interrumpió Sævar—. Obligarlos a desempolvar la tragedia familiar cuando no sabemos si es relevante.

—No, tal vez no. —Elma miró por la ventana detrás de Sævar con aire pensativo. Sabía que su compañero tenía razón—. Pero ¿qué pasa con Magnea? ¿Acaso mencionó a Sara?

Sævar negó con la cabeza.

—No, pero tampoco le preguntamos mucho sobre su etapa en colegio. Dijo que ella y Elísabet no eran exactamente amigas.

—Anna, la supervisora del recreo, dijo que la mujer que vivía al lado de Elísabet la cuidaba. Su nombre era Solla, o Sólveig. ¿Cres que podría ser la mujer que mencionó Eiríkur? Dijo que la única vez que Elísabet había ido a Akranes había sido para visitar a una señora mayor.

—Sí, parece probable. Tiene que ser la misma mujer —convino Sævar. Bostezó y volvió a leer las noticias deportivas en su ordenador, aparentemente indiferente al entusiasmo de Elma—. Pero me resulta difícil ver qué relevancia puede tener con lo que le sucedió a Elísabet —añadió después de una pausa, sin dejar de mirar a Elma.

Ella asintió. Aunque no estaba de acuerdo, no se lo dijo. Ese último detalle le parecía demasiada coincidencia. Tenía que haber una relación. No sabía cuál, pero tenía intención de averiguarlo.

—¿Elma?

—¿Sí? —Volvió a la realidad y vio que Sævar sonreía.

—¿Alguna cosa más?

Elma negó con la cabeza y salió del despacho.

Resultó que Hörður recordaba la desaparición de Sara a la perfección.

—Hendrik y Ása denunciaron la desaparición cuando no volvió a casa esa noche. Buscamos en los parques infantiles y llamamos a muchas puertas, pero nadie la había visto. Enseguida empezamos a peinar las playas, y fue entonces cuando encontramos sus zapatos. En ese momento, sospechamos lo peor. —Hörður miró a Elma con el ceño fruncido, intrigado—. ¿Por qué preguntas por eso ahora?

Elma le repitió lo que le había contado a Sævar, pero Hörður no estaba para nada impresionado. Se encogió de hombros y murmuró que era muy improbable que tuviese alguna relación con la investigación.

—Aunque podría ser uno de los motivos por los que Elísabet evitaba visitar Akranes —admitió—. Había muchos fantasmas aquí. Aun así, eso no explica por qué la encontraron muerta junto al faro.

—Estaba pensando en tantear a los padres de Sara —comenzó a decir Elma—, Ása y Hendrik, pero…

—¡No harás tal cosa! —espetó Hörður—. Estás hablando de un incidente que pasó hace treinta años. No vamos a desenterrarlo ahora.

—Sé que es un tema delicado. —Elma se apresuró a tranquilizarlo—. Pero he pensado que tal vez los padres de Sara podrían contarnos algo más de la situación de Elísabet, teniendo en cuenta que era muy amiga de su hija. Y no olvidemos que Halla les alquiló la casa a ellos.

Hörður frunció el ceño.

—No, todo el asunto es muy descabellado. Ya hemos interrogado a Bjarni y a Magnea; parecerá que vamos tras la familia si seguimos así. —Cuadró los hombros y añadió—: Si os soy sincero, la situación no parece esperanzadora. No hemos descubierto nada en el coche, ni ADN, excepto el de Elísabet y sus hijos; ni sangre, nada. Lo único mínimamente interesante que hemos encontrado han sido unas hebras de lana en el asiento del conductor.

—¿Hebras de lana? —preguntó Sævar—. ¿De un *lopapeysa*, o de una bufanda o algo así?

—Exacto. Pero Elísabet tenía un *lopapeysa*, como la mayoría de la gente, y los técnicos están comprobando si las fibras del coche coinciden con su jersey. Su registro de llamadas tampoco nos ha desvelado nada. Llamó para decir que estaba enferma y no hay nada que sugiera que estuviese en Akranes por coacción. Sabemos que quería divorciarse de Eiríkur, pero no sabemos por qué vino. Quizá solo quería tomarse un respiro antes de enfrentarse a su marido. Quizá fue a la casa de su infancia para ponerle punto final. Como bien has descubierto, Elma, la mujer tenía muchos malos recuerdos asociados a este pueblo. Sabemos que fue al faro a reunirse con Magnea, quien no apareció. Los amigos de Bjarni y Magnea han confirmado que estuvo con ellos toda la noche. —Hörður miró a Elma y a Sævar con el rostro sombrío—. Lo cierto es que no tenemos ninguna otra pista que seguir y está bastante claro que no resolveremos este caso a menos que salgan a la luz nuevas pruebas. Mi teoría es que alguien atropelló a Elísabet por accidente e intentó deshacerse de ella después. Probablemente, el culpable estaba conduciendo ebrio y todo acabó en desastre.

—¿Y aun así tuvo la entereza para esconder el coche de Elísabet en el garaje de una pareja que estaba de viaje? —lo interrumpió Sævar.

—Claro, ¿por qué no? —replicó Hörður—. Es un pueblo pequeño; todo el mundo conoce los asuntos de los demás. No hace falta que os lo diga.

—Entonces, ¿qué hacemos ahora? —preguntó Elma.

—Continuamos con la investigación, por supuesto, y seguimos buscando una pista —respondió Hörður—. Pero no debemos olvidarnos de nuestras otras obligaciones. Hay un par de cosas que llevan en segundo plano desde la semana pasada. En fin, pasaré el resto del día en casa, aunque dejaré el teléfono encendido. Os sugiero que hagáis lo mismo.

—¿Qué piensas? —preguntó Sævar en el pasillo fuera de su despacho—. ¿Estamos en un punto muerto?

—Creía que estaba haciendo progresos, pero tal vez es un callejón sin salida. Tal vez estoy desenterrando secretos que no tienen nada que ver con el asesinato. —Elma se encogió de hombros. El discurso de Hörður la había desanimado. Elma dejó escapar un suspiro, luego se apresuró a cerrar la boca, temerosa de que Sævar oliera el alcohol en su aliento. El dolor de cabeza había disminuido, pero su estómago vacío pedía a gritos comida—. Pero no podemos rendirnos. Veré que puedo averiguar sobre Sólveig, la antigua vecina de Elísabet, en cuanto haya comido algo. ¿Te apetece venir?

—No, tengo cosas que hacer —respondió Sævar de forma distraída. En ese momento Elma se dio cuenta de lo cansado, desanimado y diferente que parecía. Había estado tan preocupada con el caso que no se había percatado de su estado.

Se había despertado al amanecer y había cruzado el pasillo hasta su propia cama. Se sonrojaba cada vez que pensaba en lo que había pasado, aunque solo recordaba algunos fragmentos. Pero no tenía por qué avergonzarse. No estaba atada a nadie. Era una mujer en sus treinta con libertad para acostarse con quien quisiera. No juzgaba a las mujeres que escogían vivir de esa manera, así que, ¿por qué debería ser tan dura con ella misma?

—No pasa nada —dijo con suavidad, y evitó la mirada de Sævar. ¿Se lo estaba imaginando o él también estaba evitando mirarla? Cuando salió al aire libre, pensó que no era que se avergonzara de sí misma, sino que deseaba haberse acostado con otra persona.

No fue difícil encontrar a la vecina de la infancia de Elísabet. Solo había una mujer que encajase en el perfil: Sólveig Sigurðardóttir había vivido en la misma casa en Krókatún durante cuarenta años. Ahora tenía ochenta y seis y vivía en la Residencia de Ancianos Höfði. Cuando Elma llegó para hablar con ella, estaba sentada en un banco en el jardín con los ojos cerrados. Su bastón estaba en al banco junto a ella y llevaba un pañuelo azul oscuro atado bajo la barbilla. Una de las empleadas, una chica con un aro en la nariz y un maquillaje de ojos oscuro y pesado señaló a la anciana.

—Siempre está ahí —dijo la chica con voz de sufrimiento.

Elma caminó sin prisa hasta el lugar en el que estaba sentada Sólveig. La anciana mantenía la cabeza en alto hacia los fríos rayos del sol invernal. Llevaba un anorak fino de color marrón claro y fundas de plástico en los zapatos. Elma se sentó junto a ella y carraspeó sin obtener ninguna respuesta.

—¿Sólveig?

La mujer abrió los ojos y entrecerró los ojos. Miró a Elma durante un buen rato antes de contestar con una voz aguda y rasgada:

—Sí, soy yo.

—Me llamo Elma. Soy policía. Me preguntaba si podía hacerle algunas preguntas.

La mujer se rio bajito.

—¿La policía quiere hablar conmigo? Sí, no debería ser un problema.

Elma sonrió.

—¿Es cierto que vivió en Krókatún?

—Durante la mayor parte de mi vida, sí. ¿Por qué lo pregunta?

—¿Recuerda a una chica llamada Elísabet? Era una niña cuando vivía ahí. Su madre se llamaba Halla.

—Por supuesto, me acuerdo de Beta y de Halla. Beta viene a visitarme a veces. —Sólveig sonrió al recordarlo.

—¿Ha venido hace poco?

No muy lejos, una bandada de gaviotas revoloteaba y graznaba de forma estridente. La anciana desvió su atención hacia el sonido, y Elma tuvo que repetir la pregunta.

—¿Quién ha venido a verme hace poco? Ah, ¿Beta? Me acuerdo de Beta. Vivió en la casa de al lado durante años. Yo cuidaba a la pobre Beta.

—¿La cuidaba?

—La alimentaba. Estaba pendiente de ella y me aseguraba de que tuviera ropa limpia. —Las manos de Sólveig estaban cubiertas de manchas seniles. La piel le colgaba en arrugas flácidas sobre los huesos frágiles y Elma sintió el impulso momentáneo de acariciarlas.

—¿Por qué se ocupaba de ella? ¿Dónde estaba su madre?

—Oh, Halla nunca quiso hacerle daño, pero la vida es injusta, ¿sabe? Algunas personas nacen siendo más débiles que otras. —Sólveig no dijo nada más, pero no hacía falta que lo hiciera. A juzgar por lo que había escuchado Elma, Halla debía tener un problema grave con la bebida. Los gritos de las gaviotas se intensificaron. Probablemente habrían encontrado algo comestible en la costa.

—¿Recuerda si Elísabet tenía algún amigo?

Sólveig se tomó su tiempo para responder a la pregunta y, cuando lo hizo, habló despacio, como si lo estuviera rememorando.

—Jugaba con Sara, la hija de Ása y Hendrik. Sara es la única niña que recuerdo que la visitaba. Luego desapareció. Fue muy triste.

—¿Entonces no recuerda que la visitase una niña llamada Magnea?

Sólveig negó con la cabeza.

—No, no recuerdo a ninguna Magnea. ¿Quién era? A decir verdad, apenas recuerdo lo que hice ayer… pero me acuerdo de Sara. Una dulce criatura. Siempre un poco tímida, pero muy dulce.

Ninguna habló durante un rato. Sólveig se recostó en el banco y cerró los ojos con una expresión serena. Elma había empezado a creer que se había quedado dormida, cuando prosiguió:

—Se la llevó, ¿sabe? Ása vino una mañana y se la llevó. Lo vi desde la ventana. Era temprano. Sara estaba de camino a la casa de Beta cuando Ása apareció y la arrastró mientras lloraba.

—¿Sabe por qué?

—No, pero Halla tenía una mala reputación en el pueblo —dijo Sólveig—. Solía tener muchos invitados. Los indeseables del pueblo, en su mayoría. Almas desafortunadas, personas con problemas. Supongo que Ása no quería que su hija pasara tiempo en compañía de gente así. A veces, Elísabet venía a mi casa y se quedaba cuando la situación se volvía muy caótica en su casa, pero no siempre. Me hubiera gustado ir a buscarla, pero nunca lo hice.

—¿Cree que Elísabet estaba en peligro en esa casa?

Sólveig reflexionó durante un segundo, luego dijo:

—Una vez la vi en el jardín. Sujetaba un palo y había un pájaro frente a ella. Estaba herido, seguía moviéndose, pero era evidente que estaba sufriendo. Elísabet lo observó durante un rato, después empezó a golpearlo. Una y otra vez. Recuerdo pensar que estaba acabando con su sufrimiento. Probablemente, algún gato miserable había estado jugando con él y ella se lo había encontrado en ese estado. Pero no mostró ninguna emoción. —Sólveig parecía afligida—. No sé lo que sucedía en esa casa mientras todos bebían y pasaban el rato. Pero me di cuenta del cambio en la niña. Su mirada cambió. Toda la felicidad que veía en ella desapareció. Pero seguía siendo preciosa. Supongo que por eso nadie más se dio cuenta.

—¿Darse cuenta de qué?

Sólveig jugueteó con el dobladillo del anorak, luego continuó:

—Tuvo que pasar por mucho: primero su padre, luego su hermanito y por último su amiga. Supongo que no era de extrañar que cambiase y dejase de mostrar ninguna emoción. Alguna consecuencia tenía que haber.

—¿Nunca sospechó que abusaran de ella en casa?

—¿Que abusaran? —Sólveig frunció el ceño—. ¿Qué quiere decir? ¿Hay alguna cosa que le haga pensar eso?

—Solo me lo preguntaba. Sucedían muchas cosas: extraños que entraban y salían, que bebían y hacían cosas peores. ¿Podía estar segura de que estaba a salvo?

Sólveig pareció tener problemas para respirar. Emitió un gemido bajo que dejó escapar por la nariz.

—Pobre niña —dijo al final—. No lo sé. Recuerdo que a veces me lo preguntaba, pero no es algo que uno quiera creer. Y yo no quería creerlo.

—¿Podría identificar a alguna de las personas que visitaban a Halla?

—Alguna de las personas… —Sólveig se sorbió la nariz y se enjugó una lágrima—. Ese tipo de gente no vive mucho, se lo aseguro. Stjáni pasaba mucho tiempo en la casa, pero murió hace varios años. Bebió hasta la muerte. También estaba Binna, que se suicidó. No me acuerdo de todos, pero puede que Rúnar pasara el rato con ellos. Sigue vivo. Debería intentar hablar con él.

—¿Recuerda su apellido?

—No, pero trabaja como basurero; lleva años haciéndolo. A veces venía y me saludaba cuando todavía vivía en casa. Esto… —Señaló el edificio blanco y azul de la residencia de ancianos—… nunca será mi hogar. Solo es una sala de espera.

Estoy impaciente por irme. —Sólveig sonreía, pero su expresión era desafiante. Elma decidió dar por terminada la conversación y dejar a la anciana tranquila. Pero necesitaba hacerle una pregunta más.

—¿Recuerda cuándo fue la última vez que vio a Elísabet?

—Siento que pudo haber sido ayer, pero pudo haber sido hace meses, incluso hace años. Estoy perdiendo la memoria —dijo Sólveig en tono de disculpa—. Es mucho más fácil recordar los viejos tiempos. Lo recuerdo todo con claridad. Pero el resto es confuso.

—Entiendo, bueno, no la molesto más. Gracias por hablar conmigo. —Elma se puso de pie.

—Dele recuerdos a Beta de mi parte —dijo Sólveig al despedirse.

Elma asintió y decidió que no había ninguna necesidad de contarle lo que le había sucedido a Elísabet. No quería alterar a la anciana y, de todas formas, dudaba que lo fuese a recordar más de un par de minutos.

—Hace un día precioso —dijo en su lugar, y se despidió.

—Ven conmigo —dijo Aðalheiður en cuanto Elma atravesó la puerta—. Ven a ver lo que he encontrado.

Elma obedeció y siguió a su madre hasta el garaje.

—Subí al desván a buscar las cajas de la decoración navideña. He intentado que tu padre las baje, pero ya sabes cómo es. —Aðalheiður resopló, pero Elma percibió el cariño en su voz. Sus padres se habían conocido cuando eran niños en el colegio de Akranes, que más tarde se convertiría en el Colegio Brekkubær. Elma tenía que escuchar a menudo cómo se molestaban el uno al otro, pero no había ira en sus palabras. Más bien sonaba como la discusión amistosa de dos personas que se conocían demasiado bien.

En medio del garaje había algunas cajas abiertas, de las que sobresalía una variedad de artículos navideños, en su mayoría rojos y verdes. Ramas de plástico de abeto, Papás Noel regordetes y ángeles caseros. Elma estaba familiarizada con todo. No habían reemplazado muchas cosas desde su infancia, esos años en los que esperaba con impaciencia que llegase el Adviento para empezar a sacar los objetos brillantes de sus cajas y colocarlos por la casa.

—Me preguntaba cuándo empezarías a decorar —admitió, y tomó un ángel tallado que sujetaba una estrella dorada.

—Sí, no sé en qué he estado pensando —dijo su madre—. En fin, mira lo que he encontrado: tu caja. —Señaló una pequeña de cartón—. Dentro están todos tus libros y tus muñecas de papel. También los diarios que guardaste a lo largo de los años; he sido muy buena y no los he leído. Y tus álbumes de recortes y dibujos.

Elma se agachó y echó un vistazo dentro de la caja.

—¿Has guardado todo esto, mamá? —preguntó, y sostuvo una acuarela amarillenta.

—Por supuesto —contestó Aðalheiður, como si no hubiese nada más natural—. A veces te quejas de que nunca me deshago de nada, pero hay veces en las que puede ser algo positivo. Incluso cuando los objetos carecen de valor económico, tienen muchos recuerdos asociados a ellos. —Se agachó y comenzó a sacar la decoración de Navidad.

Elma se acercó a la pequeña caja. Debería de haber ocho diarios, pensó. Sellados con cerraduras diminutas y decorados con flores y ositos de peluche. Como era de esperar, estaban todos.

—No, no puedo leerlos —dijo mientras hojeaba uno de ellos—. Me da demasiada vergüenza. Era una idiota en esa época.

—Depende de ti, claro. Pensé que te alegraría tenerlos. —Aðalheiður levantó una de las cajas para llevarla a la casa—. Ven y ayúdame a decorar. Siempre se te ha dado bien.

—De acuerdo, ya voy —dijo Elma distraídamente. Una foto se cayó de uno de los libros. Salían las tres: Silja, Kristín y ella sentadas juntas, en una litera. Elma recordaba ese viaje. Habían ido a una casa de verano con sus padres. No tendrían más de ocho años, y lo único que les importaba en esa época era cuál sería el siguiente juego al que jugarían. Elma sonrió al recordar el pasado y volvió a poner la foto en la caja. Sintió una oleada repentina de nostalgia. ¿Alguna vez su vida volvería a ser sencilla?

Además, había periódicos escolares antiguos, no solo de la universidad, sino también del Colegio Brekkubær, que se publicaban al final de cada año. Tomó uno y lo hojeó. Se detuvo al ver una foto de Bjarni. Lo habían elegido galán de la escuela y deportista más prometedor de su promoción. Había una entrevista con él, que recorría su carrera futbolística y en la que también le preguntaba sobre sus ambiciones de futuro. Elma le echó un vistazo a la fecha y vio que fue el año después de la muerte de su hermana. Había contestado que quería ser capitán del equipo de fútbol de Akranes y después trabajar en la compañía de su padre. Parecía que Bjarni había cumplido sus sueños.

Elma siguió pasando las páginas y llegó a la foto de clase que había estado buscando. Magnea aparecía con diez años, con una sonrisa de oreja a oreja, en el centro del grupo. Tenía una presencia tan dominante que parecía que hubiesen organizado la fotografía a su alrededor, aunque por supuesto no había sido así.

Elma continuó hurgando en la caja, pero no encontró el periódico del año anterior. Sin embargo, sí encontró el del año posterior. No tardó mucho en hallar la foto de la clase 1:IG. Había dos alumnas más en esa: Sara y Elísabet estaban de pie, una junto a la otra, en la primera fila. No miraban a la cámara y ninguna sonreía. Magnea estaba tras ellas y, a diferencia de ellas, miraba directamente a la lente de la cámara y mostraba una gran sonrisa, igual que en todas las otras fotos que Elma había visto de ella.

Elma siguió mirando las fotos escolares. Encontró la misma imagen que había visto en los archivos digitales, en la que salían Elísabet y Magnea, sentadas una al lado de la otra, y Sara estaba acostada en el suelo tras ellas, dibujando. Elma abrió los ojos de par en par cuando vio lo que la niña estaba dibujando. No le había prestado atención a la fotografía antes, pero ahora vio lo que era. Sara estaba dibujando a un hombre. Tenía los ojos grandes y enseñaba los dientes en una sonrisa. También sujetaba algo negro, una caja negra. ¿Se suponía que era una cámara? Los pensamientos de Elma volaron hasta la foto que había encontrado en el coche de Elísabet. ¿Era el mismo hombre? ¿También le había hecho fotos a Sara? Había dibujado al hombre con unas gruesas líneas negras y unos ojos grandes y penetrantes, y detrás de él sobresalía una figura que parecía una niña. No tenía brazos, pero lo que llamó la atención de Elma fue su boca.

Estaba muy abierta y formaba una gran «O».

# Akranes, 1991

*Algunos días tomaba fotografías. «Eres preciosa», le decía y pedía que sonriera. Le ordenaba que mirara hacia un lado y que se sentara de una determinada manera y ella hacía todo lo que le decía. Obedecía todo lo que le pedía. Excepto que nunca sonreía y se negaba a ver las fotos después.*

*Él se las guardaba en el bolsillo y se las llevaba consigo. No sabía dónde vivía, pero se lo imaginaba a solas en una casa grande y negra. Quizá no era negra, pero creía que eso sería lo apropiado. Quizá tomaba las fotografías y las examinaba mientras se sentaba solo por las noches y fumaba cigarrillos, aunque intentaba no pensar en ello.*

*Cuando él venía, ella se encerraba en su mente para no obsesionarse con lo que estaba sucediendo. Pensaba en el libro que estaba leyendo. Fantaseaba que vivía en el campo o que podía abrir un armario y encontrar una puerta a otro mundo. Pensaba en los enanos, en los elfos y en los árboles que hablaban y en los caballos que volaban. En cualquier cosa, salvo en su habitación y el hombre que quería hacerle fotos.*

*Un día encontró una foto bajo su cama. La recogió y la examinó. ¿Realmente era ella? Apenas reconocía a la niña que estaba de pie con la mirada al suelo. Parecía muy sola. Tan asustada.*

*Sentía que le ardían los ojos, pero antes de que pudiera derramar alguna lágrima, se controló y deslizó la foto dentro de una grieta del armario. La empujó hasta que quedó oculta por completo; después se olvidó de ella.*

# Lunes, 4 de diciembre de 2017

El motor volvió a la vida tras varios intentos. Elma puso la calefacción al máximo, pero la apagó de inmediato cuando empezó a salir una ráfaga de aire frío. Al coche no le daría tiempo a calentarse durante el corto trayecto hasta la comisaría. Sabía que probablemente sería más rápido andar, pero hacía tanto frío que no quería pasar más tiempo del estrictamente necesario en el exterior.

Se le iba a hacer tarde. Por lo general, llegaba puntual al trabajo, pero no había cogido el sueño hasta la madrugada porque había estado demasiado ocupada obsesionándose con Sara y Elísabet, y con la posible identidad del hombre misterioso. Sabía lo que significaba ese tipo de dibujo. Los dos años que había pasado estudiando psicología le habían enseñado lo suficiente para saber que los dibujos de los niños a menudo reflejaban algo que no podían expresar con palabras, como miedo o temor o sus sentimientos sobre alguna cosa que les hubiese pasado. Se había quedado despierta hasta tarde estudiando ejemplos de dibujos de víctimas de abuso sexual. Sara había dibujado a un hombre que enseñaba los dientes en una sonrisa. Elma sabía que era habitual que los niños retrataran a su abusador con una boca de gran tamaño y dientes afilados. En esos dibujos, el agresor a menudo aparecía sonriendo, mientras que la víctima tenía la boca hacia abajo o muy abierta. Además, siempre faltaba algo que simbolizaba la impotencia de la víctima. Como la niña sin brazos del dibujo de Sara. Elma estaba sorprendida de que nadie se hubiera dado cuenta de lo que había dibujado. Para ella, saltaba a la vista que había sido un grito de socorro. La niña estaba intentando decir algo, pero nadie había entendido el mensaje. Por otra parte, teniendo en cuenta que Ingibjörn había sido su profesor en esa época, Elma no estaba tan sorprendida. No lo imaginaba intentando descifrar el significado concreto de los dibujos de sus alumnos. Él creía que el colegio no era más que un centro de enseñanza donde había que abarrotar de información las mentes de los niños.

No estaba lista para explicarle esto a Hörður. Y todavía no tenía ni idea de la relación que aquello tenía con el caso, pero estaba decidida a averiguarlo. Sospechaba que Elísabet habría regresado a Akranes por el hombre que había abusado de ella de niña. En tal caso, el tipo en cuestión habría tenido una buena razón para querer silenciarla.

Elma apagó el motor y se apresuró a entrar en el edificio. Para su sorpresa, Sævar no estaba ahí.

—Begga, ¿has visto a Sævar? —preguntó en la cocina.

Begga negó con la cabeza.

—No, todavía no ha llegado.

—¿En serio, no está aquí?... ¿Qué? —añadió, al ver el modo en que Begga la miraba.

—Nada —dijo Begga—. No he dicho ni una palabra. —Sonrió, y los hoyuelos se le marcaron aún más. Cuando Elma no mostró señales de morder el anzuelo, Begga añadió:

—¿He mencionado que soy clarividente?

—No, no lo has hecho —respondió Elma, que le dirigió una sonrisa brillante mientras salía de la cocina.

—Sé exactamente lo que estás pensando, Elma —vociferó Begga tras ella, y estalló en carcajadas.

Elma puso los ojos en blanco. No tenía ni idea de lo que insinuaba Begga. Pero se estaba acostumbrando a su forma de ser y había renunciado a analizar todas las tonterías que se le ocurrían.

Debatió consigo misma si debía ir a hablar con Hörður. Su abrigo estaba colgado en el pasillo, lo que significaba que era probable que estuviera en su despacho con los auriculares puestos. Se bebió el café mientras se calentaba las manos con la taza caliente. No había muchos testigos con los que pudiera hablar. Podía contar con los dedos de una mano a las personas que conocían a Elísabet. Hojeó el cuaderno de notas que siempre llevaba. Después del encuentro con Sólveig, había anotado el nombre de Rúnar como uno de los posibles amigos con los que Halla bebía. Claro que podía ir a hablar con él, pero ¿qué se suponía que le diría? Lo que realmente quería era hablar con Ása, pero tampoco estaba dispuesta a desobedecer una orden directa de Hörður. Además, estaba de acuerdo con él. Debía de ser imposible describir lo horrible que era perder a un hijo, sobre todo de esa manera, y prefería no obligar a la mujer a sacar a la luz el recuerdo sin necesidad. Aunque dudaba que Ása necesitara pensar mucho para recordarlo, un incidente como ese no desaparecía con el tiempo. Pasaba a formar parte de ti. No se volvía algo más fácil de llevar, sino algo con lo que aprendías a convivir.

Elma repasó una vez más la lista de alumnos de la clase 1.IG y se detuvo en el nombre de Magnea. No la conocía y sabía muy poco de ella aparte de lo que habían comentado Hörður y Sævar, y, gracias a la indiscreción de Dagný, también sabía que estaba embarazada. Probablemente, Magnea estaba en el trabajo en ese momento, pero no le haría daño a nadie preguntarle si tenía tiempo para una charla breve. Elma llamó al móvil de Magnea por si acaso. Una voz alegre contestó después del primer tono. Por un golpe de suerte, resultó que Magnea no estaba trabajando hoy porque se encontraba mal. Pero estaba dispuesta a conversar, si Elma le daba media hora para ducharse primero. Le dio las gracias y colgó. Se preguntó si debía pasar por casa para darse una ducha también, pero, en cambio, decidió ir a la tienda a comprar algo para comer.

Dejó la taza y se puso de pie. Hörður no podría oponerse a que tuviera una breve conversación con Magnea, ¿verdad? Echó un vistazo rápido hacia su despacho mientras se escabullía y dejó escapar un suspiro de alivio una vez estuvo fuera de peligro. A pesar de que había medio esperado toparse con Sævar mientras salía, seguía sin haber señales de él, así que entró en su coche helado y se marchó sola.

Magnea vestía de una manera tan impecable que Elma se sintió cohibida. Comenzó a tirar de la parte delantera de su jersey desgastado, que se había arrugado, e intentó, en vano, esconder la vergonzosa mancha de café de la que no se había percatado esa mañana. Para su disgusto, estaba situada justo bajo su pecho izquierdo, así que no tenía manera de cubrirla sin adoptar una postura poco natural.

—¿Puedo ofrecerte algo? ¿Café, agua? —preguntó Magnea, después de invitarla a tomar asiento en el sofá blanco de la sala de estar porque la asistenta estaba limpiando la cocina.

—No, gracias, estoy bien —respondió Elma.

Al igual que antes cuando habían hablado por teléfono, Magnea no había parecido especialmente sorprendida por la petición de Elma de conversar; había sonreído y la había invitado a pasar sin preguntarle qué quería. Magnea llevaba puesto un jersey ajustado y unos pantalones negros cuidadosamente planchados, por lo que Elma no pudo evitar fijarse en que su estómago seguía totalmente plano y ocultaba que estaba embarazada de tres meses.

—Si no le importa, voy a por un vaso de agua para mí —dijo Magnea.

—Claro.

Durante su ausencia, Elma examinó la elegante sala de estar. Un enorme e impresionante lienzo colgaba de una pared y mostraba figuras inconsistentes entre un remolino de musgo y lava. Elma vio la firma en la parte de abajo: era un Kjarval. Se lo imaginaba: aunque no sabía mucho de arte, sabía que Kjarval era el pintor más importante de Islandia. No había televisión, solo dos grandes sofás de cuero y un sillón con los reposabrazos curvos. Una lámpara de araña grande y antigua colgaba del techo por encima de una mesita de cristal, que se apoyaba en patas curvilíneas de piedra. El suelo de parqué negro contrastaba de manera impresionante con las paredes blancas y los muebles.

—Bueno —dijo Magnea tras volverse a sentar—, ¿qué quería preguntarme?

—¿Quería hacerle unas preguntas sobre Elísabet?

—¿Elísabet? Sævar y Hörður ya han venido a hablar de ella. —Magnea reveló sus dientes en la misma sonrisa brillante que Elma había visto en las fotos escolares.

235

—Sí, lo sé —respondió Elma—. Pero, aun así, le agradecería mucho si me respondiera a un par de preguntas. A menudo, la gente no se da cuenta de que sabe algo que podría ser relevante.

—Por supuesto —dijo Magnea—. Pero, como ya les he dicho a sus compañeros, aunque llevo sin hablar con ella desde que éramos niñas, el otro día apareció de repente en mi puerta.

—¿No le pareció extraño que llamara a su puerta esa noche?

—Sí, debo admitir que me quedé un poco desconcertada. Nunca habría esperado volverla a ver. Solo la reconocí cuando me dijo quién era. En realidad, nunca fuimos amigas.

—¿Qué aspecto tenía?

—Tenía buen aspecto. Pero Elísabet siempre fue muy guapa, con su pelo negro y los ojos oscuros. Recuerdo que le tenía envidia. —Magnea se rio—. Evidentemente, estaba más mayor, pero igual de deslumbrante. Sin embargo, parecía un poco tensa.

—¿Tensa?

—Sí, como si estuviera estresada o nerviosa por alguna cosa. No paraba de mirar a su alrededor y... sí, un poco estresada.

—¿Cree que alguien hizo que estuviera asustada?

—¿Se refiere a que si alguien la seguía? ¿El asesino, tal vez? Dios, no se me había ocurrido. ¿Cree que eso fue lo que pasó? —Magnea parecía agitada.

—¿Qué le dijo? —preguntó Elma, en lugar de responder a la pregunta.

—Al principio pensé que solo había venido a verme por los viejos tiempos y me pareció extraño. Es decir, uno no va a la casa de alguien treinta años después de la última vez que lo vio y se toma un café como si no hubiera pasado nada. Le dije que por desgracia no podía invitarla a pasar porque esperábamos invitados para la cena, pero que podíamos quedar en otro momento. —Magnea bebió un sorbo de agua—. Pero Elísabet dijo que no podía esperar y me pidió que me reuniera con ella más tarde esa noche. Le dije que sería mejor hacerlo al día siguiente, pero no quiso escucharme. Pensé que Elísabet estaba siendo muy maleducada, pero no iba a aceptar un no, así que al final acepté, e insistió en que nos reuniéramos en el faro.

—¿Pero no acudió?

—No, me olvidé por completo. Ahora desearía haber ido. Tal vez seguiría viva si lo hubiera hecho. —Magnea parecía afligida de verdad. No obstante, Elma no pudo evitar pensar que todo lo que decía y hacía era una actuación bien ensayada. Su sonrisa y su tristeza, las expresiones que adoptaba, la manera en la que inclinaba la cabeza hacia un lado y cruzaba las piernas formaban parte de una interpretación—. ¿Cree que habría cambiado algo? —preguntó Magnea.

Elma se encogió de hombros.

—Es imposible saberlo. —Probablemente no fuera la respuesta que Magnea esperaba—. ¿Tiene alguna idea de lo que quería hablar con usted?

—Bueno, me lo he preguntado desde que sucedió. Solo hay una cosa sobre la que creo que habrías querido hablar. —Magnea se interrumpió y respiró profundamente—. Cuando íbamos al colegio, nos conocíamos muy poco a través de una amiga en común. Éramos muy jóvenes, solo unas niñas. A esa edad no te das cuenta de las consecuencias de tus acciones, del efecto que pueden tener en los demás. Por eso me había olvidado por completo hasta ahora….

—¿De qué? —la presionó Elma, cuando Magnea no prosiguió de inmediato.

—Solíamos molestar a un chico de nuestra clase. Era alto, delgado y tenía orejas de soplillo. Lo acosábamos, le poníamos apodos y éramos muy malas con él.

—¿Y cree que quería hablar sobre eso? —inquirió Elma.

—Bueno, eso es lo único que se me ocurre. Quizá había sentido remordimientos durante todos estos años.

—¿Recuerda el nombre del chico?

—Se llama Andrés. Trabaja en la biblioteca.

Eso coincidía con el ataque de Elísabet a Andrés que Ingibjörn había descrito. Elma hizo una anotación.

—¿Recuerda a Sara? —preguntó.

—¿Qué? ¿A Sara? —Elma percibió que a Magnea se le agolpaba la sangre en las mejillas bajo la gruesa capa de maquillaje que llevaba.

—Sí, iba a tu clase, ¿cierto?

—Sí, claro que me acuerdo de Sara. —Sin duda alguna, Magnea ya no sonreía—. Lo siento, pero preferiría no hablar de ella. Lo que le sucedió a Sara es demasiado personal. No solo porque fuésemos amigas del colegio, sino porque era la hermana de mi marido.

—Sí, estoy al tanto. Debió de haber sido un golpe demoledor para la familia.

—Ni se lo imagina.

—Tengo entendido que Elísabet y Sara eran buenas amigas.

—Sí —respondió Magnea con brusquedad—. Lo eran.

—Sé que solo era una niña en esa época, pero ¿alguna vez le dio la impresión de que hubiera algo más que preocupara a Elísabet aparte de la difícil situación que tenía en casa?

—¿A qué se refiere? —Magnea frunció el ceño.

—Me preguntaba qué pasó en esa casa. Si pudo haberle sucedido alguna cosa ahí.

—Si me está preguntando si creo que fue víctima de abuso, lo dudo. Al menos, no físicamente. Nunca me pareció… una víctima. Se mostraba segura de sí misma. De manera casi arrogante. Y nunca, jamás dejó que nadie la amedrentara.

Elma contuvo el impulso de explicarle a Magnea que los niños podían reaccionar al abuso de diferentes maneras; no siempre se comportaban como víctimas.

—¿Recuerda algún incidente en el que actuase de manera violenta, ya fuese dentro o fuera del colegio?

Magnea se encogió de hombros.

—No, no lo recuerdo. Pero tenía mucha imaginación y se metía en toda clase de líos. No les caía muy bien a los demás niños, pero se salió con la suya en muchas ocasiones. Lo único que tenía que hacer para que los profesores la perdonaran era pestañear con esos ojazos. —La risa de Magnea se volvió inusualmente estridente.

—¿Qué hay de Sara? ¿Cómo era? ¿Era tan resuelta como Elísabet?

—No, para nada. Sara era una de esas niñas pequeñas y sensibles. —Elma habría jurado que advirtió cierta ira en la voz de Magnea, pese a que su expresión permaneció inalterada—. Había algo en Elísabet que hacía que desconfiaras de ella. No me caía mal especialmente, pero nunca entendí por qué eran amigas. —Y por la manera en la que lo dijo, a Elma no le quedó ninguna duda de que Magnea había odiado a Elísabet.

Elma no era una gran lectora. No había pisado la biblioteca del pueblo desde que era niña. En esa época había sido un lugar completamente distinto, cerca del Colegio Brekkubær y del hospital, pero ahora la antigua biblioteca se había convertido en unos apartamentos. Recordaba a la perfección cómo había sido: el olor de los libros, la moqueta marrón, las grandes estanterías de madera. También se acordaba de la bibliotecaria, una mujer pequeña con el pelo rizado y una cara amigable, que siempre la había hecho sentir bienvenida.

Tenía sentimientos encontrados cuando pensaba en la biblioteca. Había sido una especie de refugio; un lugar al que iba para perderse en sus pensamientos, para recorrer las estanterías en busca de títulos que sonasen emocionantes. Era un lugar al que iba cuando estaba triste. Llegaba en bici después del colegio, y muchas veces se quedaba ahí el fin de semana. Quizá por eso sentía tanta melancolía al pensar en ese lugar. ¿De verdad había sido tan infeliz de niña? Nunca se había parado a pensarlo o a analizar sus sentimientos. Simplemente había escapado al mundo de los libros.

Ahora, la biblioteca de Akranes se encontraba en un nuevo edificio donde antes había un pantano en el que la gente patinaba cuando bajaban mucho las temperaturas y se congelaba. En el interior, había techos altos, suelos grises y paredes blancas. En el centro del espacio habían colocado unas sillas modernas que estaban alineadas con la iluminación. La chica del mostrador, una joven rubia con la cara oculta tras una revista, ni siquiera alzó la vista cuando Elma entró. Poco quedaba del desvaído encanto de la antigua biblioteca.

Caminó hasta el mostrador donde la chica pasaba las páginas de su revista.

—¿Andrés trabaja hoy? —preguntó Elma cuando la chica por fin se dignó a levantar la mirada.

Negó con la cabeza.

—No, hoy se ha ido a casa pronto.

Elma le dio las gracias y se dirigió a la casa, pero de pronto se detuvo. Ya que estaba ahí, podría echar un vistazo. Recordaba el efecto calmante que la antigua biblioteca tenía en ella y el placer que obtenía al deambular entre las estanterías, mientras respiraba el olor de los libros. Tal vez ahora podría recuperar esa sensación. Caminó despacio hacia las estanterías y pasó un rato leyendo los títulos. Acababa de encontrar un libro cuyo aspecto le gustaba cuando escuchó que alguien decía su nombre.

—¿Elma?

Tardó varios segundos en reconocer a la mujer.

—¿Kristín? —preguntó con vacilación.

Durante un breve momento, ninguna dijo nada, como si no supieran cómo comportarse en presencia de la otra. Después, Elma se acercó y le dio un abrazo rápido.

—Me alegro de verte —dijo—. Esperaba encontrarme contigo ahora que he vuelto al pueblo. —Se dio cuenta de que algo iba mal cuando Kristín alzó la mirada.

—Dios, ¿qué me pasa? —dijo su amiga con voz ahogada, y sollozó.

—¿Te encuentras bien? —preguntó Elma. Observó a su antigua amiga. Kristín estaba pálida y no se había maquillado. Llevaba el pelo recogido en una coleta y unos pantalones de deporte. Esta no era la Kristín que Elma había visto en las redes sociales, donde aparecía sonriendo, rodeada de sus tres hijos, viviendo lo que parecía ser la vida perfecta.

Kristín respiró profundamente. Parecía que tuviera un nudo en la garganta que no la dejaba hablar.

—¿Estás… ocupada? —preguntó.

—No, claro que no. ¿Tomamos un café en algún sitio? —sugirió Elma, y Kristín asintió con gratitud.

No hablaba con Kristín desde hacía años, probablemente desde que terminaron el instituto. Su amistad fue desapareciendo poco a poco, sin que Elma se diera cuenta. Ahora que estaba sentada frente a su amiga, se preguntó por qué había sucedido. Recordaba todos los secretos que habían compartido; las bromas privadas que solo ellas entendían.

—Lo siento —dijo Kristín, con una sonrisa tenue. Estaban sentadas en Garðakaffi, el café anexo al museo al aire libre. En el interior, las vigas y los muebles de madera le concedían al lugar un ambiente acogedor y rústico—. No sé en qué estaba pensando. Me ha sorprendido ver una cara conocida. —Tomó su café humeante con ambas manos. Kristín siempre había estado un poco rellenita. No era gorda, pero tampoco delgada. Pero ahora, a pesar de que llevaba un jersey de punto grueso, Elma vio que había perdido peso. Los pantalones deportivos le iban sueltos en los muslos y su cara tenía un aspecto distinto. Sus mejillas, que siempre habían sido muy redondas y rosadas, ahora tenían un aspecto demacrado y descolorido. Su mirada se encontró con la de Elma—. Sé que llevamos mucho tiempo sin hablar, pero los amigos de la infancia tienen algo especial, es como si te conocieran mejor que nadie. Los nuevos amigos nunca llegan a conocerte tan bien como los antiguos.

—No, supongo que tienes razón —comentó Elma—. Si te soy sincera, no he llevado muy bien esto de mantener el contacto con mis amistades a lo largo de los últimos años.

—Escuché lo que pasó, Elma —reconoció Kristín—. Lo siento mucho. ¿Cómo lo llevas?

Elma sonrió.

—Bastante bien —contestó, y se preguntó si todo el mundo sabía lo de Davíð—. En fin, ¿y tú qué tal? ¿Alguna novedad?

Kristín soltó un suspiro.

—Me voy a divorciar de Guðni y de repente es como si todo Akranes se hubiera vuelto en mi contra.

—¿Por qué lo dices?

—Sabes quién es Guðni, ¿no? Es el mejor amigo de Krummi. Uno del grupo de los populares, del que nunca formamos parte. —Kristín esbozó una ligera sonrisa—. Bueno, en cualquier caso, después de que decidiéramos separarnos, todos nuestros amigos, todas las parejas que conocíamos, se pusieron del lado de Guðni. Allá donde voy, me encuentro con puertas cerradas.

—¿Y Silja? —preguntó Elma.

—¿Silja? —dijo Kristín, y volvió a suspirar—. Silja ha cambiado. Ya no soy lo bastante buena para ella. Empezó a quedar con Sandra y sus amigas. Me invitaban cuando estaba con Guðni, pero tras la ruptura dejaron de hablar conmigo, y llevo meses sin saber nada de ellas.

Elma no sabía qué decir, por lo que permaneció sentada mientras se bebía el chocolate que había pedido y Kristín le daba los detalles de la historia. Cómo le habían retirado la amistad en Facebook, lo sola que se sentía.

—Me he estado preguntado si debería mudarme —dijo al final, con voz resignada.

—De ninguna manera —repuso Elma—. No dejes que te echen. Tienes que demostrarles que eres más fuerte que ellos.

—Pero no lo soy —admitió Kristín con la voz entrecortada—. Tampoco es que importe porque Guðni nunca me dejaría mudarme. Y la cosa empeora, quiere la custodia exclusiva. Las semanas que los niños pasan con él son insoportables. No tengo otra cosa que hacer que sentarme y echarlos de menos, y nadie me visita. Últimamente me paso el día en la biblioteca. —Su intento de sonrisa se convirtió en una mueca.

—Iré a visitarte —se apresuró a decir Elma—. Y no te preocupes, es imposible que se quede con la custodia.

—Sé que en realidad... Gracias, Elma —dijo Kristín—. Gracias por dejar que me desahogue contigo. La verdad es que te he echado de menos, y no lo digo solo por el lío en el que estoy metida.

Elma sonrió algo incómoda y lamentó no haberse puesto en contacto con ella antes. Había estado tan preocupada por sus propios problemas que no se le había ocurrido que era posible que no fuese la única sufriendo.

Las fotografías estaban en una vieja caja de zapatos, enterrada entre los calcetines y los calzoncillos del fondo del armario. No sabía qué buscaba exactamente. Llevaba todo el día deambulando sin rumbo por el piso, a solas como de costumbre, sin saber dónde estaba. Pero casi nunca lo sabía y nunca le preguntaba. Era asunto suyo. Él podía ir y venir a su antojo, pero en su caso era distinto. Ella tenía que explicar cada viaje y cada llamada de teléfono. A veces, parecía darse cuenta de cómo se comportaba. Después la abrazaba y ella podía, si quería, fingir que acababan de empezar a salir. Que no había sucedido nada malo. Una vez que él había bebido demasiado, intentó explicarle por qué se comportaba de esa manera. Le había contado lo difícil que había sido su infancia, el rechazo que había sufrido y su miedo constante al abandono. Intentaba ser comprensiva, pero por lo general era difícil. Él podía ser muy injusto, pensó, y se frotó el nuevo cardenal morado del brazo dolorido.

En ocasiones se preguntaba cómo había acabado en esa situación. No había sido premeditado, en absoluto. Se había dado cuenta de lo que sucedía demasiado tarde. Y ahora estaba atrapada en una relación con un hombre al que quería y temía al mismo tiempo. Leía sobre mujeres en su situación y se preguntaba por qué no se marchaban. Sin embargo, no era tan simple. Para ella era demasiado complicado irse y desaparecer. El problema era que lo amaba.

Tenía que admitir que también le gustaba tener dinero. No necesitaba trabajar a menos que quisiera y podía tener casi cualquier cosa que deseara. La vida nunca había sido así en su casa; había sido una lucha continua para llegar a fin de mes, siempre esperando el sueldo del mes siguiente. Nunca había conocido a su padre y nunca quiso buscarlo, así que había vivido con su abuela después de la muerte de su madre. Y su abuela nunca quería gastar una corona a menos que fuese absolutamente necesario: la anciana siempre estaba escatimando en gastos y ahorrando.

Los pocos amigos que tenía de niña decían que no se sentían cómodos yendo a su casa: los muebles estaban en mal estado y había un silencio que solo se encontraba en las casas viejas. Un silencio que parecía imposible de llenar, como si las palabras no fuesen bienvenidas y se desvanecieran, amortiguadas, en un silencio sepulcral.

En ocasiones, sentía como si ese manto de silencio la hubiera seguido y hubiera estado suspendido sobre ella allá donde fuera. Como ahora, sola en el piso vacío. Quizá por eso se había sentido atraída por él: nunca había tranquilidad cuando estaba cerca. No solo eso, sino que le encantaba comprarle regalos caros; consentirla con ropa bonita y cenas en restaurantes elegantes. No podía decirle que no; no quería hacerlo.

Además, no tenía ningún deseo de criar a su hijo sola.

Sacó la caja de zapatos y la abrió, con la esperanza de encontrar trastos viejos, como cartas o postales —el tipo de cosas que la gente guarda en cajas de zapatos dentro del armario—, pero cuando vio las fotos, se quedó estupefacta. Dejó caer la caja en la cama como si se hubiera quemado.

Un escalofrío la recorrió y sintió tal opresión en el pecho que apenas podía respirar. Se agachó, se apoyó en la cama con los ojos cerrados e intentó asimilar lo que había descubierto. Después, tras unos instantes, recogió la caja y la vació con cuidado. Había por lo menos veinte fotos, la mayoría de la misma niña, una cría preciosa con el cabello oscuro de unos diez años. Estaba de pie en una postura extraña: mostraba los brazos delgados y el vientre desnudo, tenía las rodillas arqueadas hacia dentro y la espesa melena le llegaba hasta la cintura. Nunca había visto a la niña, pero también había varias fotografías de otra rubia a la que reconoció de inmediato.

Contempló las fotos durante un rato y las niñas parecieron devolverle la mirada. Al final, las volvió a guardar en la caja con manos temblorosas, cerró la tapa y la devolvió al armario. Sintió que el estómago se le revolvía y apenas tuvo tiempo de llegar al baño antes de vomitar.

# Akranes, 1991

*Magnea era sin duda la niña más popular de la clase. Siempre estaba rodeada por un grupo grande de amigos y admiradores que la seguían por toda la escuela, jugaban con ella en el recreo y competían entre ellos para quedar con ella después del colegio. Elísabet la había observado desde lejos, pero no entendía qué tenía de especial. Magnea no era muy inteligente, ni tampoco super divertida o simpática, pero tenía confianza en sí misma y nunca parecía experimentar un momento de duda. Era la que más hablaba, la que más alto se reía y la que más paseaba por el patio, como si fuera la dueña del lugar y de todos lo que estaban ahí.*

*Hasta ahora, Elísabet no se había fijado mucho en los otros niños de su clase. Había sido suficiente con tener a Sara como amiga. Desde que había empezado el colegio hacía dos años, habían sido las dos juntas contra el resto del mundo, mejores amigas para siempre. Se lo había contado todo a Sara. Bueno, casi todo: Sara no sabía cómo se sentía cuando hacía cosas malas. No tenía ni idea del suspense previo, de la tensión de los nervios, de la sensación de dicha que la inundaba después. Elísabet siempre fingía estar avergonzada. Sabía el aspecto que tenían los demás cuando se sentían avergonzados; sabía cómo alterar sus facciones para imitarlos. Bajaba la mirada, dejaba de sonreír y, a veces, si había hecho algo muy malo, derramaba algunas lágrimas.*

*Sara siempre la había perdonado… hasta ahora. Esta vez había ido demasiado lejos. Las heridas de la bebé eran tan profundas que había necesitado puntos. Y ahora Sara no le hablaba. Ni siquiera la miraba.*

*Elísabet se sentó en el césped mojado y miró al otro lado del patio. Sintió que se le humedecían los pantalones, pero no le importó. Estaba observando a Sara, que le sujetaba la mano a Magnea, y* caminaban por el patio juntas mientras señalaban y se reían. Elísabet sentía cómo crecía la rabia en su interior. Ahora estaba sola. Nadie se preocupaba por ella. No le importaba a nadie. A nadie en todo el mundo.

Elísabet no lloró. No era de esas. Hacía mucho tiempo que se había dado cuenta de que no servía de nada; de que nadie iría a consolarla.

—¿Qué sabes de Andrés? —Elma, sentada en la isla de la cocina, observaba cómo su madre rebozaba un filete de bacalao en pan rallado. Aðalheiður llevaba un delantal rojo que debía tener desde hacía treinta años. Estaba perdiendo el color y tenía manchas de grasa en la parte delantera.

—¿Te refieres a Andrés el que trabaja en la biblioteca? Es un poco peculiar, pobrecito, pero totalmente inofensivo. Vivió con sus padres hasta que murieron hace un par de años. Desde entonces, vive en una casa tutelada. ¿Por qué lo preguntas?

—Por curiosidad. Hoy he ido a la biblioteca.

—Pasabas mucho tiempo ahí de niña —dijo Aðalheiður, que sonrió con nostalgia—. ¿Has encontrado algún libro?

—No tengo tiempo para leer.

—Tonterías, siempre hay tiempo para leer. Yo leo cada noche antes de irme a la cama. No puedo quedarme dormida sin un libro.

—Y dejas la luz encendida hasta las tantas —puntualizó el padre de Elma cuando entró en la cocina, y tomó una malta de la nevera. Su madre sonrió y siguió removiendo las cebollas que crepitaban en la sartén y desprendían un olor delicioso.

La puerta principal se abrió sin previo aviso.

—¡Hola! —La voz de Dagný resonó desde el recibidor—. ¿Hay café hecho? —preguntó después de instalarse en la mesa de la cocina, con los pies encima de una silla.

—¿Vienes sola? —preguntó Aðalheiður, y le sirvió una taza de café.

—Viðar ha llevado a los chicos al entrenamiento de fútbol —explicó Dagný con un bostezo—. Iremos a por unas *pizzas* de camino a casas. Ya he tenido suficiente por hoy.

—Qué tontería, aquí hay mucha comida —dijo su madre. Dejó la taza en la mesa frente a su hija mayor y siguió cocinando.

—Les he prometido *pizza:* me lo recordarán toda la vida si falto a mi palabra.

—¿Te acuerdas de Andrés? —preguntó Elma.

—¿Andrés el rarito? Sí, claro —respondió Dagný—. ¿Por qué lo preguntas?

—Porque he estado en la biblioteca hace un rato —dijo Elma.

—Una vez se coló en una fiesta de Bjarni —declaró Dagný, que negó con la cabeza—. Se había bebido una botella entera de licor casero y estaba completamente borracho. Unos minutos después, su madre apareció hecha una furia con un albornoz y unos rulos, y lo arrastró de vuelta a casa. Nunca he visto nada tan ridículo.

—¿Ibas a fiestas en casa de Bjarni? —preguntó Elma sorprendida. Bjarni Hendriksson era al menos cinco años mayor que su hermana.

Dagný se encogió de hombros.

—Sí, hace años. Todo el mundo iba a sus fiestas. O al menos lo hacían hasta que su padre les puso fin.

Elma nunca había asistido a ninguna de esas fiestas. Desde luego que había oído hablar de ellas, pero nunca la habían invitado.

—¿Por qué les puso fin?

Dagný la observó con incredulidad.

—¿Dónde estabas, Elma? ¿De verdad no te acuerdas?

Elma negó con la cabeza e intentó que no le afectara el tono desdeñoso de su hermana.

Dagný resopló con impaciencia.

—Hubo una chica que acabó borracha como una cuba y probablemente también drogada. Se desmayó en uno de los dormitorios y cuando se despertó empezó a soltar acusaciones.

—¿Qué tipo de acusaciones?

—Pues, afirmó que la habían agredido. Si mal no recuerdo, iba a presentar cargos, pero al final no pasó nada porque no tenía pruebas. Había estado completamente fuera de sí en la fiesta.

—¿Quién la agredió?

—No lo sabía, e imagino que por eso no siguió adelante.

—¿Crees que se lo estaba inventando?

Dagný volvió a resoplar.

—No creo que nadie le hiciera nada, al menos no a propósito, pero tal vez se acostó con algún chico y se arrepintió después. Esas fiestas se descontrolaban a menudo y no era raro que la gente hiciese cosas y luego se arrepintiese.

—¿Qué hacías tú en esas fiestas, Dagný? —exclamó Aðalheiður.

Dagný chasqueó la lengua con exasperación.

—¡Mamá! No creo que fuese más de dos o tres veces y nunca me emborraché como muchos otros.

—¿Quién era la chica? —inquirió Elma. Dudaba que su hermana hubiese sido tan angelical como daba a entender.

—Me parece que se llamaba Vilborg. Creo que ya no vive en Akranes. De hecho, creo que se mudó poco después del incidente —dijo Dagný, y comenzó a hojear el periódico con indiferencia.

—¿Te acuerdas de su apellido?

Dagný negó con la cabeza sin alzar la vista.

—No, pero era dos años mayor que yo, por lo que no debería ser difícil averiguarlo.

Elma estudió a su hermana. Había momentos en los que deseaba que estuvieran más unidas. Solo se veían en la casa de sus padres. Cuando Elma era pequeña, la admiraba mucho y quería copiar todo lo que hacía, ser como ella. Pero Dagný solo hablaba con ella para gritarle o acusarla de haber perdido alguna cosa. Se había culpado a sí misma de que Dagný no quisiera ser su amiga, pero con los años se había dado cuenta de que eran muy distintas y de que, en su adolescencia, su admiración por Dagný se había convertido en rabia. Le tenía cariño a su hermana y adoraba a sus sobrinos, pero no estaba segura de poder perdonar a Dagný por la forma en la que la había tratado cuando eran niñas.

—Bueno, será mejor que me vaya —dijo Dagný, que por fin levantó la vista del periódico. Se terminó el café y se puso de pie—. Adiós, mamá —se despidió desde el recibidor.

Elma puso los ojos en blanco y dijo tan alto como pudo:

—Adiós, queridísima hermana.

Oyeron un portazo y Elma le sonrió a su madre, quien se quejó, pero no pudo evitar esconder una sonrisa.

Los habían invitado a cenar, algo que no era habitual. Era raro que todos se reunieran, salvo en ocasiones especiales como cumpleaños, Navidad o Pascua. Ása veía a Bjarni casi cada día, ya fuese cuando se pasaba por la oficina para llevarles la comida a su marido y a su hijo, o cuando Bjarni iba a verla de camino al trabajo. Bjarni cuidaba muy bien a su madre; sin duda no podía culparlo de ser un mal hijo. Pero Magnea rara vez lo acompañaba, y solo lo hacía por presión. Por esa razón, a Ása la había sorprendido tanto la invitación. ¡Una cena sin motivo aparente! Eso era algo nuevo, pensó cuando colgó el teléfono esa mañana.

Cuando Hendrik había llegado a casa, Ása estaba sentada en el sofá de la sala de estar, donde le daba los últimos retoques a un mono rosa pálido con manoplas y patucos. Lo había dejado encima del sofá para admirarlo y se había quedado ensimismada mientras acariciaba la suave lana y probaba diferentes botones. Cuando Hendrik apareció por fin, se había cambiado la camisa y puesto un poco de loción para después del afeitado. No es que necesitara más. Ása pensó que el abrumador aroma la iba a asfixiar en el coche, pero en lugar de bajar la ventanilla, permaneció sentada sin moverse o hablar.

Golpearon con suavidad la puerta de Bjarni y Magnea. Bjarni nunca llamaba a la puerta cuando iba a su casa; tenía su propia llave y entraba y salía a su antojo. Ellos también tenían las llaves de la casa de Bjarni y Magnea, pero no se les ocurriría usarlas. No en una ocasión como esta.

Bjarni abrió la puerta. Como de costumbre, Ása no pudo evitar sentirse orgullosa al verlo. Era muy atractivo. Había sido un niño precioso, un chico adorable y ahora era un hombre apuesto, alto, con la espalda ancha, el pelo rubio y los ojos azul claro.

—Hola, mamá —la saludó con un abrazo y le estrechó la mano a su padre. La ayudó a quitarse el abrigo y lo colgó en el guardarropa.

—Soy perfectamente capaz de hacerlo yo sola, ¿sabes? —protestó Ása—. No soy tan mayor. —Su sonrisa de gratitud se desvaneció en cuanto Magnea apareció en el recibidor.

—Hola —dijo Magnea. Su alegría sonaba un poco exagerada, como siempre, lo que provocaba que Ása pusiera en duda su sinceridad. Magnea los besó a ambos en la mejilla, y la forma en la que Hendrik aprovechó la oportunidad para deslizar los brazos por su cintura la puso de los nervios—. ¿Os puedo ofrecer algo? —dijo Magnea—. ¿Agua, café? ¿O vino?

—¿Me traes un poco de *whisky*, encanto? —preguntó Hendrik, con la voz que siempre usaba con Magnea. Se acomodó en el sillón de la sala de estar. Hendrik siempre se ponía cómodo allá donde fuese. Ása, en cambio, se sentó con rigidez en el borde del sofá.

—¿Y tú, Ása? ¿Te puedo ofrecer algo? —preguntó Magnea, después de servirle a el *whisky* a su suegro.

—No, gracias —contestó Ása, e intentó sonreír con amabilidad.

Magnea se sentó también y un incómodo silencio se instaló hasta que Bjarni se unió a ellos. Su presencia aligeraba el ambiente y hacía que los que lo rodeaban se relajasen. Quizá por eso la gente se sentía atraída por él. Cuando era joven, la casa siempre estaba llena de niños. El timbre sonaba sin parar, y hubo un momento en el que se volvió algo tan molesto que Ása se vio obligada a ponerse firme: nadie podía visitarlo hasta las cuatro de la tarde y todos tenían hasta las seis y media para marcharse.

Algunas personas eran líderes natos, Ása lo sabía. Lo había sabido desde que Bjarni tenía dos años. Había nacido en julio y su signo zodiacal era Leo, un hecho que siempre le había parecido simbólico. A veces, Bjarni le recordaba a un león majestuoso que se pavoneaba y cuidaba de forma posesiva de su manada. Incluso en la guardería había podido elegir a sus amigos y, más tarde, también lo había hecho con las chicas. Ása nunca había entendido por qué se había enamorado de Magnea.

Bjarni se sentó junto a su mujer y la rodeó por los hombros. Miró con expectación a Ása y a Hendrik, luego, sin poder contenerse más, dijo:

—Es inútil, Magnea, no puedo esperar hasta el final de la noche como querías. —Se rio. Los ojos le brillaban con emoción.

Ása observó a Hendrik sorprendida; luego volvió a mirar a su hijo. ¿Qué tenía que contarles su hijo? ¿Qué estaba pasando?

—Magnea está embarazada —anunció Bjarni—. Esperamos las pisadas de unos piececillos en junio.

Ása abrió la boca, pero volvió a cerrarla. Hendrik se levantó de golpe y los abrazó a ambos con alegría. Después de un segundo, Ása hizo lo mismo, luego se sentó otra vez, como si estuviera aturdida.

—¿Estás bien, mamá? —preguntó Bjarni. Parecía preocupada.

Ása se dio cuenta de que no había dicho ni una palabra. Al final sonrió y, para su sorpresa, sintió que una lágrima se deslizaba por su mejilla. Se la enjugó enseguida y se rio avergonzada. Las miradas de Bjarni y Magnea se encontraron y sonrieron.

—Oh, Ása, no pretendíamos provocarte un disgusto —dijo Magnea, que se levantó para sentarse junto a su suegra.

Ása volvió a reírse. Todos las miradas estaban puestas en ella; no estaba acostumbrada a ser el centro de atención.

—Lo siento —se disculpó—. No sé qué me ha pasado. Es una noticia maravillosa. Maravillosa.

—Ahora por fin podremos usar toda esa ropa que nos has tejido —apuntó Bjarni.

Ása asintió y se mordió el labio. Consiguió no derramar más lágrimas, pero sintió que algo se había desatado en su interior. Reapareció una emoción que no había sentido en mucho tiempo. Expectación e ilusión. Por primera vez en años, había algo que esperaba con ansia.

Elma estaba de camino a casa cuando Sævar la llamó. Le preguntó, al parecer de manera casual, si le gustaría cenar algo.

—Son más de las ocho, Sævar —indicó—. Ya he cenado.

—¿Y qué me dices de tomar algo? Invito yo —sugirió Sævar. Elma supo que sonreía al otro lado del teléfono y sintió que no podía negarse.

Nunca había estado en Gamla kaupfélagið, la antigua cooperativa. Un bar, restaurante y local para fiestas muy popular durante los fines de semana, que se encontraba en la calle principal, en un atractivo edificio blanco a dos aguas. De forma irónica, a pesar de que el pueblo había crecido desde su juventud, había menos *pubs* y restaurantes que antes. Desde que habían construido el túnel de Hvalfjörður, los ciudadanos preferían irse a Reikiavik cuando querían salir, y la vida nocturna de Akranes había sufrido las consecuencias. Aun así, la calidad de la oferta había mejorado en general. Cuando Elma entró, tuvo el placer de descubrir que el bar tenía un interior simple pero muy bonito. La iluminación era acogedora y había pocos clientes, como cabría esperar un lunes por la noche.

Sævar estaba sentado frente a una mesa al final de la sala y ya había pedido una cerveza. Llevaba una camiseta que dejaba al descubierto la gruesa piel de sus brazos, y tenía el pelo alborotado. Los pensamientos de Elma se fueron de manera involuntaria a Davíð, quien se pasaba una eternidad arreglándose el pelo por las mañanas delante del espejo para asegurarse de que no tenía ni uno solo fuera de lugar. Siempre le había parecido algo entrañable, porque daba por sentado que quería estar atractivo para ella. Sævar ni siquiera se había afeitado. La cerveza le había dejado un bigote de espuma en el labio superior y Elma sintió la necesitad casi irresistible de limpiárselo con el pulgar. Sævar bebió otro buen trago, se limpió los labios y dejó la jarra en la mesa.

—Se acabó —dijo de repente—. He cortado con Telma.

—Oh —dijo Elma, atónita. La expresión de Sævar no transmitía ni alivio, ni placer, y ella no tenía ni idea de cómo se suponía que tenía que reaccionar. Bebió un sorbo de cerveza para llenar la incómoda pausa.

—Me dijo hace poco que su madre tiene cáncer, y ¿qué hago yo? Voy y la dejo.

Elma se atragantó con la cerveza y no pudo evitar el ataque de tos que se transformó en risa antes de que supiera lo que estaba pasando. Todo su cuerpo tembló por el esfuerzo de reprimirla.

—¿Te encuentras bien? ¿Tienes algo atascado en la garganta? —Antes de que Sævar se acercase a ella para hacerle la maniobra de Heimlich, Elma le hizo un gesto para que se alejara. Le caían lágrimas por las mejillas—. ¿Te estás riendo? —preguntó, sorprendido.

—Lo siento —jadeó—. No sé por qué me estoy riendo. Está claro que no tiene ni pizca de gracia. —Se concentró en respirar profundamente y bebió otro trago de cerveza, con cuidado de que esta vez fuese por el sitio correcto.

—¿Te estás volviendo loca, Elma? —Se sentía aliviada al ver que Sævar parecía divertido, a pesar de su reacción inapropiada.

—No lo sé. Es probable. —Se secó las lágrimas y adoptó un semblante serios—. Perdona, ya me he calmado. ¿Qué estabas diciendo? ¿Vuestra relación ha terminado?

—Sí, se ha acabado —afirmó Sævar.

—¿Y es algo bueno o …?

—Sí, es bueno, Elma. Es un alivio, pero al mismo tiempo me siento como una mierda. Es decir, hace unos días me dijo que su madre estaba enferma. —Sævar hizo una mueca—. Y no empieces a reírte otra vez —añadió, y le dirigió una mirada de advertencia.

—¿Entonces se lo ha tomado mal?

Sævar se encogió de hombros.

—Lloró, pero no lo sé. No puede haber sido una sorpresa para ella. Nuestra relación no funcionaba desde hacía, al menos, un año.

Elma asintió y volvió a darle un trago a la cerveza. Empezaba a sentir una sensación embriagadora que le era familiar.

—En realidad, no sé cómo me siento —continuó Sævar—. Es como si se hubiera cerrado un capítulo de mi vida y de alguna manera lo fuese a echar de menos. Pero estoy más que preparado para terminarlo y, si te soy sincero, me siento culpable por no sentirme peor. Lo que quiero decir es que debería sentirme mal, ¿no? Después de todo, estamos hablando de siete años de mi vida. Siete años es muchísimo tiempo.

Elma asintió.

—Elma… —La mirada de Sævar estaba fija en su jarra—. Siempre he querido disculparme por la forma en la que hui de ti esa vez. No sé por qué me fui de esa manera.

—No te preocupes —dijo Elma con suavidad.

—Me dijiste que tu relación terminó hace poco. ¿Ha pasado mucho desde que rompisteis?

—Casi cuatro meses.

—¿Y por eso volviste a casa?

—Sí —respondió ella—. Nunca fue el plan, pero de alguna manera las cosas se dieron así.

—¿Fue una mala ruptura?

Elma asintió. A juzgar por el silencio que se produjo, Sævar esperaba que le diera más detalles.

—Sí, lo fue. Muy mala. Davíð era mi mejor amigo y... —se interrumpió, temerosa de que se le quebrara la voz y reacia a romper en llanto frente a él. Una parte de ella quería contárselo todo, pero no se atrevía. Simplemente no podía.

Sævar le hizo señas al camarero para que les trajera más bebidas.

—¿Lo echas de menos? —preguntó.

—Sí —admitió Elma, la voz le salió en un susurro. Se aclaró la garganta—. He estado tan enfadada que no he tenido tiempo de echarlo de menos como tal. Pero ahora me doy cuenta de lo mucho que lo hago. Huí.

—A Akranes, de entre todos los lugares —dijo Sævar con una sonrisa—. ¿Quién lo habría imaginado?

—Yo no, al menos. —Elma dejó escapar un suspiro—. ¿Qué hay de ti? ¿Qué te trajo originalmente a Akranes? Dijiste que tu hermano vivía aquí. ¿Y tus padres?

—Mi hermano tiene una discapacidad intelectual y vive en un hogar para personas como él. Tal vez me habría mudado si no fuese por él —explicó Sævar. Bebió un sorbo de cerveza y bajó la mirada antes de continuar—. Mis padres murieron en un accidente de tráfico cinco años después de que nos mudáramos aquí. Acababa de cumplir los veinte. Mi hermano tenía dieciséis y era muy feliz en el hogar para personas con discapacidades. No podía abandonarlo. Ya solo quedamos nosotros dos.

Elma asintió.

—¿Qué es lo que odias tanto del pueblo? —preguntó Sævar, después de un breve silencio.

A Elma la desconcertaba lo bien que le leía la mente, dado que no recordaba haberle hablado de sus sentimientos negativos hacia Akranes.

—Quizá nunca fue el pueblo lo que me molestó —dijo despacio—. Supongo que el problema era quién era yo antes. No me gustaba especialmente la persona que era cuando vivía aquí.

—Ah, ¿sí? Creo que me habrías caído muy bien.

—¿En serio? No estoy tan segura.

—¿Quieres apostar? Venga, cuéntamelo todo, todos los trapos sucios de Elma.

Elma se rio y comenzó a hablar.

# Akranes, 1992

*El espejo del baño estaba tan sucio que apenas veía su reflejo. Lo había limpiado con agua, pero no había servido de mucho. Escupió la pasta de dientes en el lavabo y se puso de puntillas para beber del grifo. Después se secó la cara con la manga y se estudió en el espejo.*

*Elísabet tenía nueve años y era perfectamente consciente de lo hermosa que era. Ni siquiera el espejo empañado lo ocultaba. El pelo oscuro le llegaba hasta la cintura y sus ojos marrón oscuro eran grandes y cautivadores. Sabía que la gente deseaba ser hermosa. La elogiaban, le sonreían y se sorprendían por sus ojos y su pelo grueso. Los niños de su clase no la molestaban como al chico con las orejas de soplillo. Pero nadie quería jugar con ella. Decían que era rara. Que su casa apestaba.*

*Nunca había encajado. Siempre se había sentido como una forastera entre esa gente. Su hermano pequeño había sido afortunado. Se había librado de tener que averiguar lo que era crecer. Solía visitarlo en el cementerio. Se sentaba ahí durante mucho tiempo mientras contemplaba la cruz blanca, arrancaba el césped a su alrededor y acariciaba la lápida negra con su nombre.*

*Su padre yacía enterrado junto a su hermanito y también lo visitaba. Pero cada vez le resultaba más difícil evocar los pocos recuerdos que conservaba de él. Apenas podía imaginar su rostro: se había perdido en la niebla. No recordaba la forma de su nariz o el color de sus ojos. Pero jamás olvidaría su mano: esa mano grande y áspera. «Manos de trabajador», decía él. Tenía un vago recuerdo de cómo se sentía cuando la abrazaba. Cómo la envolvía en sus brazos, cómo la barba de su mejilla le raspaba el pelo. Sin embargo, lo que recordaba de manera más vívida era su voz. Lo oía hablar, a pesar de que ya no recordaba sus rasgos.*

*Oía su voz en medio del ruido y también en los momentos de más tranquilidad.*

*Estaban en el parque; ambas vestidas igual, peinadas con trenzas a juego.*

*—Hola, Elísabet —dijo Magnea cuando la vio. Miró a Sara y ambas sonrieron, como si supieran algo que Elísabet no.*

*Elísabet no respondió. Se había resignado a estar sola. La vida era más sencilla cuando solo estaba ella. Pero la forma en que su corazón dio un vuelco cuando la invitaron a jugar con ellas desmintió esa creencia. Habían susurrado entre ellas durante un rato, antes de dirigirse a ella y preguntarle si quería acompañarlas. Elísabet tuvo dificultad para ocultar su felicidad.*

*Más tarde esa noche, subió los escalones, ligera como el aire, y colapsó exhausta en su cama. Se durmió antes de poder desvestirse y no se despertó hasta la mañana siguiente.*

# Martes, 5 de diciembre de 2017

Elma no tardó mucho tiempo en encontrar a Vilborg cuando llegó al trabajo al día siguiente. Lo único que tuvo que hacer fue revisar los antiguos periódicos escolares. Resultó que solo había habido una Vilborg nacido en 1980 en el Colegio Grundi y su apellido era Sæmundsdóttir. Elma escribió su nombre en el buscador y encontró una página de Facebook y una entrada en la guía telefónica. Al ver la dirección de Vilborg, emitió un gemido silencioso: no estaba muy lejos de donde habían vivido Davíð y ella. Contempló la idea de llamarla en lugar de visitarla, pero concluyó que, dada la delicada naturaleza del caso, sería mejor hablar con Vilborg en persona. Llamó al número y Vilborg contestó después del primer tono. Cuando Elma le explicó por qué la llamaba, Vilborg accedió a reunirse con ella de inmediato. Elma agarró las llaves del coche.

—¿Adónde vas? —preguntó Hörður al toparse con ella en la puerta.

—Solo voy al dentista —mintió, y se reprendió en privado por no haberse inventado una excusa más original, pero Hörður pareció aceptarlo sin ponerlo en duda. Elma se apresuró a salir del edificio antes de que la descubriera. Era una mentirosa terrible.

Varios minutos más tarde, puso el pie en el acelerador y observó a través del espejo retrovisor cómo se alejaba Akranes. Estaba amaneciendo y el césped marchito brillaba bajo los fríos rayos del sol. Elma encendió la radio y cantó la melodía que sonaba. Seguía de buen humor desde la noche anterior, en la que Sævar y ella se habían quedado en Gamla kaupfélagið hasta la hora de cierre, que en realidad no fue muy tarde. El bar cerraba a las diez, pero durante ese rato no habían parado de hablar. Tal vez la cerveza la había ayudado a soltar la lengua, porque, una vez que había empezado, se había dado cuenta de que no podía parar, aunque había evitado hablar demasiado de Davíð, ya que todavía le resultaba muy doloroso.

También habían hablado del caso y le había contado lo del dibujo de Sara, su conversación con Magnea y lo que Dagný había dicho de Vilborg.

—Cuando los niños sufren abuso, por lo general, el culpable es alguien cercano a ellos. Alguien con fácil acceso a ellos —había dicho Elma—. ¿No crees que es demasiada coincidencia que se haya cometido un delito sexual durante una fiesta en casa de Ása y Hendrik? ¿En casa de Sara? Por lo que sabemos, podría haber sido la misma persona.

Sævar se había mostrado escéptico.

—Hay que tener en cuenta la cantidad de gente que asistía a las fiestas de Bjarni —había replicado—. Hablamos de docenas de personas. Y, para ser sincero, no me sorprendería que tu hermana tuviera razón. No estoy diciendo que no se produjera una violación, solo digo que es más probable que el agresor fuera alguien de su propia edad, alguien que estuviera tan borracho como ella.

En ese momento se habían encendido las luces y el camarero había empezado a recoger las jarras de su mesa. Habían regresado a casa juntos mientras paseaban y hablaban de temas más superficiales. Elma no recordaba exactamente de lo que habían conversado, pero sí recordaba reírse sin parar como no lo había hecho durante meses.

Vilborg la estaba esperando y abrió la puerta de su apartamento, en el sótano, cuando Elma llamó a la puerta. Llevaba una bata holgada con un elaborado estampado de espirales. El lugar apestaba a incienso, pero ni siquiera eso ocultaba el olor nauseabundo a cannabis. Vilborg la invitó a sentarse en un sofá amarillo intenso y le ofreció un té, que Elma aceptó. Después de preparar dos tazas, Vilborg se acomodó en un sillón verde oscuro y esperó a que Elma hablara.

Ella se percató de que los muebles eran antiguos y de que no había señales de las típicas piezas de diseño que uno normalmente esperaría encontrar en un hogar islandés. Todo estaba en mal estado, y era evidente que Vilborg tenía predilección por la decoración en colores vivos, a juzgar por las paredes verde oscuro de la sala de estar y las de color rojo vino en el recibidor.

Elma decidió ir directa al grano.

—¿Qué sucedió esa noche en la casa de Bjarni? —preguntó.

—Supongo que habrá oído las historias —dijo Vilborg.

—En realidad, he escuchado muy poco. Solo que acusó a alguien en la fiesta de agredirla mientras dormía.

Vilborg dejó su taza de té y se rio con amargura.

—¿Agredirme? Eso es quedarse corta. Y no estaba tan borracha como dice la gente; solo me tomé tres cervezas, pero se me subieron a la cabeza. Después de todo, tan solo tenía dieciséis años y había empezado a beber hacía poco. Me sentía tan mareada que fui a tumbarme y debí de quedarme dormida. Lo siguiente que recuerdo es que me desperté con un fuerte dolor. Él me había bajado las medias y se había introducido a la fuerza en mi interior. Intenté gritar, pero no podía emitir sonido alguno. Me sujetaba con un brazo y me empujaba la cabeza contra la almohada con el otro.

—¿Vio quién fue?

—Estaba tan oscuro que no tuve oportunidad de verlo bien. Cuando terminó, me dejó tirada en la cama. No me atreví a levantar la mirada. Me quedé ahí llorando hasta que no pude soportarlo más y me fui corriendo a casa.

—¿Cree que podría describirlo?

—Era mayor que yo. Al menos, esa es la impresión que me dio, a pesar de que no veía nada. Me tapó la cara con algo, creo que era un gorro de lana. Pesaba mucho y parecía que tuviera barba, no mucha, sino de pocos días. Ninguno de los chicos de la fiesta era tan corpulento, así que pensé que... pensé que tenía que haber sido un adulto.

—¿Un adulto?

Vilborg asintió.

—Se lo conté a mis padres. No de inmediato, no podía, pero vieron que actuaba de manera diferente e insistieron hasta que lo confesé. Al final, admití lo que había pasado y quién creía que me lo había hecho.

—¿Y quién cree que se lo hizo?

—El padre de Bjarni, Hendrik —respondió Vilborg, después de un momento de duda—. Claro está, no puedo estar segura, pero lo vi después y olía igual. Olía a la misma loción para después del afeitado.

—¿Qué hicieron sus padres?

—Mi padre se puso como loco. Se fue hecho una furia a casa de Hendrik y exigió saber quién lo había hecho. No sé qué pasó, pero no creo que terminase bien porque nos mudamos de Akranes poco después. Mamá y papá dijeron que nos vendría bien un cambio de aires.

—¿Fue a que le hicieran un examen médico esa noche?

Vilborg negó con la cabeza.

—No se me ocurrió en ese momento. Fui directamente a darme un baño y me limpié esa cosa horrible. Más tarde, deseé haber ido al hospital para que hubieran atrapado a ese cerdo asqueroso, pero cuando le conté a la gente lo que había sucedido ya era demasiado tarde. Es probable que nunca sepa quién fue. —Volvió a tomar la taza—. ¿Por qué cree que está relacionado con la mujer que encontraron junto al faro? ¿A ella también la violaron?

—No, no lo violaron. Al menos, no en esa ocasión.

—Oh. ¿La habían violado antes?

Elma negó con la cabeza rápidamente. No debería revelar mucha información.

—¿Cree que podría hablar con su padre? Me gustaría saber lo que sucedió entre él y Hendrik.

La expresión de Vilborg se volvió triste.

—No, lo siento. Tanto mi madre como mi padre están muertos.

—Vaya, lo lamento. Mi más sentido pésame.

—No se preocupe. Tuvieron una buena relación y vivieron una vida larga y feliz.

Elma se pasó todo el camino de vuelta a casa dándole vueltas a lo que había descubierto. La historia de Vilborg la había perturbado. Si Hendrik hubiera sido su violador, habría causado una gran conmoción en la sociedad de Akranes. Un hombre tan poderoso y respetado como él. Pero, por supuesto, debía darle el beneficio de la duda, puesto que, aunque la acusación de Vilborg era grave, no era muy sólida, ya que solo se basaba en el olor de una loción para después del afeitado. ¿Cuántos hombres se aplicarían el mismo producto? Sin embargo, este era otro elemento que relacionaba a la familia de Hendrik con la muerte de Elísabet.

Pensó en Sara y Elísabet. ¿Habría sido el mismo hombre el responsable de todos los casos? Aunque claro estaba, no podía saber si Sara había sido víctima de abuso sexual. Después de todo, ¿podía fiarse del dibujo de una niña de seis años para hacer una deducción? El caso de Elísabet era distinto, dado que la fotografía evidenciaba algún grado de abuso. Y muchos tipos sospechosos accedieron a su casa, de hecho, demasiados. La noche cayó cuando Elma llegó al túnel de Hvalfjörður. Se preguntó qué tipo de persona sería capaz de tomar la vida de otra simplemente para proteger su reputación.

El timbre sonó poco después del mediodía. Magnea suspiró en voz baja cuando vio a su suegra de pie afuera. Cuando le habían dicho a Ása lo del embarazo la noche anterior, su actitud hacia Magnea había experimentado una transformación: era como si se hubieran vuelto mejores amigas de repente. Magnea estaba sorprendida de que Ása no viese por sí misma lo evidente que era su comportamiento, pero en lugar de enfrentarse a ella, se limitó a sonreír y abrir la puerta.

—Pensé que tendrías hambre —dijo Ása, que se limpió los zapatos en el felpudo—. Bjarni me dijo que te encontrabas mal y acabo de hornear algo de pan.

—Huele muy bien —declaró Magnea, y aceptó la hogaza. Hubo unos segundos de silencio incómodo hasta que Magnea se percató de que Ása esperaba que la invitara a pasar—. ¿Te gustaría compartirlo conmigo? ¿O ya has comido?

—Oh, no, gracias, no querría molestarte —dijo Ása, por costumbre.

—Claro que no me molestas —le aseguró Magnea, bien entrenada en su papel—. ¿Por qué no comemos juntas? Me vendría bien algo de compañía.

Ása la siguió dentro y se acomodó frente a la mesa de la cocina. Siempre se sentaba como si estuviera incómoda, lista para levantarse apresuradamente, con las manos cruzadas sobre el regazo y los codos apoyados en los costados. Magnea siempre se ponía de los nervios por la formalidad y la incapacidad para relajarse de Ása.

Puso la mesa para ambas, luego cortó unas rebanadas del pan calentito y las colocó con cuidado en una cesta con servilletas. Intercambiaron una charla cortés mientras comían. Pese a que Ása no era muy habladora, si había algo en lo que Magnea era buena, era en dar conservación. Bjarni decía que sería capaz de mantener una conversación con un palo de escoba. Una vez terminaron de comer, Magnea recogió la mesa y, por el rabillo del ojo, vio que Ása estaba sacando algo rosa. Desde luego sabía que su suegra siempre estaba tejiendo; había visto las cestas de mimbre llenas de hilo y proyectos a medio terminar en la sala de estar, pero nunca lo había mencionado. Como todo el mundo, sabía que no eran para nadie excepto para ella misma.

—Pensé… pensé que te gustaría tener esto —dijo Ása. Le temblaron un poco los labios cuando sonrió y Magnea se sintió un poco conmovida, muy a su pesar, al percibir el dolor detrás de la sonrisa—. Lo hice para Sara.

Magnea ahogó un grito.

—No podría… —comenzó a decir.

Ása la interrumpió.

—Todavía no sé el sexo del bebé, pero si es una niña, me encantaría que lo tuviera.

Magnea aceptó el jersey. Aunque estaba un poco desgastado, y era evidente que lo habían usado, todavía era suave y bonito.

Ása se puso de pie y se alisó la falda.

—Significaría mucho para mí que alguien volviera a usarlo.

Magnea asintió sin decir palabra. Acompañó a Ása hasta la puerta y se despidió de ella. En cuanto se hubo ido, abrió el armario y dejó el jersey detrás de una montón de ropa de cama donde nadie pudiera verlo.

Unos cuarenta minutos después de dejar a Vilborg, Elma aparcó frente a la casa de Ása y Hendrik. Lo había decidido en el viaje de vuelta de Reikiavik. A pesar de las órdenes de Hörður, tenía que hablar con Ása. No podía dejar que la relación de Hörður con la familia de Hendrik se interpusiera en la investigación. Tenía que averiguar si sus sospechas sobre Hendrik eran correctas.

La preciosa casa de Ása y Hendrik, con las paredes de color crema y las grandes ventanas abuhardilladas con los característicos marcos oscuros, sorprendió a Elma. Estaba situada al final de una calle sin salida y tenía vistas a la Residencia de Ancianos de Höfði y, más allá, a la playa de Langisandur y a Reikiavik al otro lado de la bahía. No había ningún coche aparcado en la entrada del garaje doble y las luces estaban apagadas, pero aun así Elma agarró la aldaba de la puerta de caoba y la dejó caer dos veces.

—Buenas tardes —dijo una voz aguda detrás de ella, que la sobresaltó—. Perdone, no pretendía asustarla —añadió Ása.

—Oh, no pasa nada —contestó Elma, y extendió la mano enseguida—. Me llamo Elma y trabajo en la policía local. Me preguntaba si podría hablar con usted un segundo.

—¿Sobre qué? —preguntó Ása, que la observó asombrada.

—Elísabet Hölludóttir. La conocía, ¿cierto?

Ása dudó antes de insertar la llave en la cerradura e indicarle sin palabras que entrara. Elma la siguió hasta una atractiva sala de estar con grandes ventanales que daban al jardín. Ása la invitó a tomar asiento en el sofá de cuero marrón oscuro, luego se sentó frente a ella y esperó, sus labios rojos formaban una fina línea en su pálido rostro. Ása era una dama; de las que lo sabían todo acerca de los modales en la mesa y de las que iban a la peluquería cada dos semanas, a juzgar por la manera en la que le habían secado el corto cabello blanco. Elma echó un vistazo por toda la habitación y se fijó en una cesta de mimbre junto al sofá, que estaba llena de ovillos de lana y de lo que parecía ser ropa de bebé.

—Tiene una casa preciosa —dijo con una sonrisa.

—Gracias —respondió Ása, sin devolverle la sonrisa—. No hace mucho que vivimos aquí. Prefería nuestra antigua casa; tenía un jardín maravilloso. Ganamos algunos premios por él.

Elma se rehusó a que la frialdad de Ása la desconcertara y continuó con un tono amigable:

—Como es probable que sepa, estamos investigando la muerte de Elísabet. Esto... estamos intentando construir una mejor imagen de ella. —Se detuvo—. Para ser sincera, no tenemos muchas pistas y no estamos haciendo grandes progresos en la investigación, así que necesitamos asegurarnos de que examinamos cada ángulo lo mejor posible. Era amiga de su hija Sara, ¿cierto?

Ása apenas asintió, pero su expresión cambió un poco ante la mención de Sara. Le temblaron las comisuras de los labios y su cuerpo se tensó. Elma sintió que se había puesto en guardia.

—¿Eran buenas amigas? —preguntó Elma.

—Eran inseparables, créame. Intenté... —Ása negó levemente con la cabeza.

—¿Por qué quería separarlas?

Ása respiró profundamente.

—Una vez fui a la casa de Elísabet. Por supuesto que había escuchado los rumores, los cotilleos. Estaba al tanto de que Halla era una... Bueno, que se reunía con los indeseables del pueblo, pero nunca habría imaginado que era posible vivir en semejante miseria. Había latas y botellas por todas partes, comida podrida y el suelo estaba negro por la suciedad. Pero lo peor de todo era el olor, apestaba debido al repugnante humo de los cigarrillos mezclado con toda la basura y el resto de la inmundicia. —Ása arrugó la nariz al recordarlo.

—¿Alguna vez se le ocurrió informar de la situación a los servicios sociales?

—Claro que informé —replicó Ása—. Pero no sirvió de nada. Creo que le dieron ropa de segunda mano. Eso fue todo.

—¿Cómo era Elísabet?

—Era solo una niña. Una niñita a la que no le enseñaron modales o disciplina, y a la que dejaron adquirir un carácter salvaje. Siempre me pareció un poco extraña. Era impresionante, pero era... rara. Como si hubiese alguna cosa que no estuviese del todo bien. —Ása hizo una pausa y escogió las siguientes palabras con cuidado—. Lo peor de Elísabet no era su madre o su hogar, era que... cómo podría decirlo... tenía una vena retorcida. Siempre me dio esa impresión. —Ása no miró a Elma cuando habló, sino que observó los arbustos que había en el exterior de la sala de estar mientras las ramas se mecían con suavidad por la brisa.

—¿Retorcida? ¿A qué se refiere?

—Una vez vinieron unos amigos de visita. Trajeron a su hija de dos años y la dejamos jugar con las niñas en la habitación de Sara. Poco después, la bebé estaba gritando a todo pulmón, y fuimos corriendo a ver qué sucedía. Cuando llegamos, tenía una marca de mordedura horrible. Estaba sangrando. Elísabet no admitió que lo había hecho ella, pero estaba claro: estuvo sola con la niña todo el tiempo.

—Entonces, ¿su hija no estaba en la habitación cuando sucedió?

—No, había salido un momento —dijo Ása—. Después de eso, no volví a dejar que Sara jugara con Elísabet. La recogía en el colegio yo misma para asegurarme de que no pasaban tiempo juntas. Le dije a Sara que jugara con las otras niñas, que no eran una influencia tan mala.

—¿Y funcionó?

—Elísabet no volvió a venir a nuestra casa, eso se lo aseguro. —Cuando se percató de lo fría que había sonado, Ása añadió—: Por favor, no me malinterprete. Me dio mucha pena, dada su situación, pero tenía que anteponer a mis hijos. Estaba pensando en Sara. Solo intentaba protegerla. —Las últimas palabras salieron en un susurro.

—¿Es cierto que la madre de Elísabet, Halla, les alquiló la casa a usted y a su marido?

—Tendrá que preguntárselo a Hendrik. Yo tenía poco que ver con la parte empresarial. Pero sí, la casa era nuestra, y supongo que ella debía de estar pagando el alquiler. Aunque, dicho esto, nunca entendí cómo podía permitirse una casa tan grande. Sé que trabajaba en la fábrica de pescado antes de que su marido muriera, pero después de eso recibía ayudas. No obstante, no me involucré.

—Entiendo —dijo Elma. Se preguntó a sí misma cómo era posible que Halla hubiese podido pagar una casa unifamiliar grande si no tenía prácticamente ingresos—. ¿Volvió a ver a Elísabet después de la muerte de Sara? —preguntó.

Ása se alisó las arrugas invisibles de la falda. Elma se dio cuenta de que le temblaban las manos levemente y cuando habló, su voz sonó más áspera que antes.

—Se presentó en el funeral. Esa fue la última vez que la vi. Después, en el banquete, se sentó con los amigos del colegio de Sara y recuerdo que me sorprendió lo calmada que estaba. Se sentó, completamente inexpresiva, y no derramó ni una lágrima.

Ása parecía muy pequeña y vulnerable sentada frente a Elma. Sus delicadas manos eran apenas piel y hueso. Su cabello era fino, a pesar de que llevaba un estilo esponjado, y tenía el rostro demacrado. Tal vez era su imaginación, pero Elma sintió como si todavía estuviera marcada por la pérdida de su hija; como si la hubiese consumido poco a poco de manera constante durante todos estos años.

—A Sara le daba miedo el agua —explicó Ása de repente, y miró a Elma a los ojos—. Le aterrorizaba, desde que era muy pequeña. Era difícil incluso meterla en la bañera. Si le entraba agua en los ojos, podías escuchar sus gritos desde la habitación de al lado. —Sonrió al recordarlo, pero la sonrisa se desvaneció cuando añadió—: Nunca se habría subido a esa balsa por voluntad propia.

—¿Qué quiere decir? —preguntó Elma, que contemplaba a Ása sorprendida.

—Se lo dije a la policía. Pero nadie me creyó. —Su voz era tan baja que Elma tuvo que acercarse a ella para oírla.

—¿Qué cree que sucedió?

Ása volvió a mirar por la ventana.

—¿Qué creo? ¿Cuándo ha importado lo que yo piense?

# Akranes, 1992

—Quiero salir con Beggi o con Palli, ¿y tú? —Magnea se apoyó en la pared rugosa, con las manos en los bolsillos y la mirada fija en Sara.

Sara se bajó las mangas por encima de los dedos y evitó la mirada de Magnea.

—No lo sé —dijo en voz tan baja que las palabras fueron casi imperceptibles.

—Y tu hermano está muy en forma. —Magnea emitió un profundo suspiro. El hermano de Sara, Bjarni, era varios años mayor que ellas, pero a veces se encontraban con él en los pasillos del colegio. Magnea siempre hacía todo lo posible por llamar su atención.

Sara la miró con una mueca.

—Pero es muy mayor.

—Ya lo sé, por eso prefiero salir con Beggi. O con Palli. ¿Sabes con quién quieres salir, Elísabet? —Había algo en la sonrisa de Magnea que la incomodaba. Negó con la cabeza. Nunca le habían interesado mucho los chicos, no como a Magnea, que podía hablar sin parar sobre quién estaba en forma y quién no.

—¿Quieres salir con el rarito de Andrés, entonces? —preguntó Magnea en tono burlón. Andrés era un niño de su clase con el que la mayoría de la gente no estaría ni muerta. Era alto, delgado y tenía orejas de soplillo, y los pantalones siempre le quedaban muy cortos. Intentaba compensar su altura andando con los hombros encorvados, lo que le hacía parecer todavía más raro.

—No —respondió Elísabet. Había pasado una semana desde que las dos niñas la habían invitado a pasar tiempo con ellas, y Elísabet ya estaba harta de Magnea. Además, habría jurado que Sara también lo estaba.

—¡Hola, Andrés! —gritó Magnea, y lo saludó. El chico estaba de pie en el patio, donde enterraba los dedos de los pies en la gravilla. Cuando Andrés le devolvió el saludo con vacilación, Magnea les sonrió a las otras niñas. La campana sonó, y los niños se dirigieron a clase.

Para cuando empezó el segundo descanso, Elísabet había decidido hablar con Sara. Iba a preguntarle si podían quedar más tarde, solo ellas dos, como hacían antes. Pero en cuanto puso un pie fuera, Andrés se acercó a ella a toda prisa, la abrazó, le sujetó la cabeza con un fuerte agarre y la besó en la cara. Una y otra vez. Elísabet no estaba segura de lo que había pasado después, todo estaba borroso. Lo golpeó tan fuerte como pudo y no se detuvo ni siquiera cuando el niño cayó al suelo y se cubrió la cabeza con las manos. No se detuvo hasta que alguien la sujetó por detrás y la arrastró lejos.

La arena era negra en la bahía de Krókalón. Las algas se mecían en la orilla del agua y había un penetrante olor a sal en el aire. Elma sintió que una brisa de aire frío le agitaba el pelo mientras caminaba despacio por la playa. Se subió la cremallera del abrigo hasta el cuello, metió las manos en los bolsillos y contempló la superficie del mar. ¿Cómo de lejos tendría que adentrarse antes de que la corriente la arrastrara? El agua casi tenía el mismo tono negro de la arena. En el horizonte, divisaba la silueta en forma de cúpula del glaciar que se alzaba sobre el mar, al final de la cordillera que delimitaba la península de Snæfellsnes. Cada año, su cima blanca parecía disminuir. En unos años, el glaciar desaparecía por completo.

¿Habría estado jugando allí Sara hace veintisiete años? ¿Habría encontrado un palé y construido una balsa con él? ¿Sola?

Casi eran las cuatro de la tarde y el sol, que había brillado con intensidad todo el día, se estaba poniendo. La luz ya se estaba desvaneciendo, y Elma empezó a tener la escalofriante sensación de que no estaba sola. Echó un vistazo rápido a su alrededor. La playa estaba vacía, pero había luces en las casas que bordeaban la costa y oía el ruido lejano del tráfico.

Elma seguía intentando definir su siguiente movimiento. Le hubiera gustado haber creído a Ása cuando dijo que Sara nunca se habría subido en la balsa por voluntad propia, pero al mismo tiempo sabía que los niños podían verse arrastrados a hacer ciertas travesuras con sus amigos, que jamás harían por cuenta propia. Eso fue lo que la convenció de que Sara no podía haber estado sola. Lo más seguro era que Elísabet hubiera estado ahí con ella.

Elma se giró para ver la casa que había pertenecido a Elísabet y su madre. Se veía perfectamente desde la playa. Las luces estaban encendidas, así que la madre y el hijo que vivían ahí ahora debían de estar en casa. ¿Habría sido la casa el catalizador de toda la cadena de sucesos? ¿Había visto Elísabet el anuncio en la web de la inmobiliaria y la habían abrumado los recuerdos? Elma se la imaginó allí, observando la casa mientras recordaba todo con muchísima claridad. Se preguntó si todos los recuerdos de Elísabet habían sido malos o si su vida había sido mejor antes de la muerte de su padre. ¿Habría sido todo diferente si no hubiera salido al mar ese día?

Elma sabía que esas preguntas no tenían respuesta. Había malgastado mucho tiempo repasando su vida y haciéndose el mismo tipo preguntas: ¿las cosas habrían sido diferentes si…? Sabía que era completamente inútil.

Sin previo aviso, el mar pareció despertarse de su letargo. Una enorme ola llegó a la playa y la sacó de su ensimismamiento. Dejó una capa de espuma en la arena antes de retirarse de nuevo, y Elma se dio cuenta de que tenía frío. En ese momento, los últimos rayos de sol desaparecieron tras el horizonte y la oscuridad se cernió sobre ella. No había farolas en la playa, y Elma se estremeció. Caminó rápidamente hasta la carretera sin mirar atrás, con la sensación continua de que alguien la observaba.

Las fotografías estaban en un sobre blanco que habían metido en el buzón. No había sello, ni remitente, nada salvo su nombre: «Ása». El sobre contenía imágenes de dos niñas.

Una de ellas era su hija.

En cuanto se dio cuenta, las manos empezaron a temblarle tanto que dejó caer las fotos al suelo. Se sobrepuso a sus reticencias y se agachó para recogerlas. También reconoció a la otra niña: Ása no había olvidado la inmundicia del hogar de su niñez.

Sentía calor y frío a la vez. Todo su cuerpo pareció entumecerse, como si ya no fuera parte de este mundo. Ni siquiera se detuvo a pensar quién le había enviado las fotos; no tenía sentido.

Comenzó a caminar por la casa vacía y se detuvo junto a la ventana para contemplar el mundo que había cambiado tan de golpe. La sala de estar estaba llena de fotografías familiares, tomadas en diversas ocasiones. Descolgó una de las fotos y observó el rostro de la personita de cuya presencia solo había podido disfrutar unos pocos años. Recordó lo hermosos que habían sido sus dedos de bebé, largos y delicados como las manos de una futura pianista. Irónicamente, nunca se le había dado bien el piano, a pesar de que Hendrik había insistido en que recibiera clases y practicara una hora cada día. Y lo hizo, como lo hacía todo, con una sonrisa amable en el rostro. Sara había sido una niña muy alegre. Feliz por naturaleza. Cuando empezó a comportarse de manera distinta, Ása imaginó que era por la edad. Era normal que los niños se volvieran más temperamentales cuando se acercaban a la adolescencia; una consecuencia inevitable de hacerse mayor y perder la inocencia. O así era cómo se había consolado.

Volvió a colgar la fotografía en la pared y se dirigió a la cocina como si estuviera aturdida. Cuando encontró lo que buscaba, fue hasta la habitación. Se sentó en la cama que habían compartido durante los últimos cuarenta años y esperó.

Era tarde cuando Elma volvió al despacho. Como su teléfono no había sonado en todo el día, supuso que nadie la había echado de menos.

—¿Qué te ha dicho el dentista? —preguntó Sævar cuando entró.

—¿Qué? —contestó ella, que se había olvidado por completo de la mentira que había dicho antes.

—¿No estabas en el dentista?

—Ah, sí, claro… —dijo Elma—. Para ser sincera, no tenía cita con el dentista.

—Ajá, lo sospechaba. Llevas fuera tanto tiempo que había empezado a preguntarme si te habían sacado todos los dientes. Entonces, ¿qué has estado haciendo?

—He ido a ver a Vilborg.

—¿En serio?

—Y a Ása.

Sævar frunció el ceño.

Elma respiró profundamente.

—Tenía que hablar con ella. Verás, sospecho que Sara también sufrió abuso sexual. Y tengo una corazonada de que no estaba sola cuando desapareció.

—¿No le habrás dicho eso a Ása? —preguntó Sævar, horrorizado.

—No, claro que no. —Elma se apresuró a asegurarle—. Sospecho que Elísabet y Sara fueron víctimas del mismo hombre. Y Vilborg también, posiblemente. Creo que Elísabet volvió a Akranes porque quería denunciarlo. Y creo que se reunió con el hombre, el misterioso fotógrafo.

—¿Y crees que sabes quién fue?

Elma asintió.

—Piensa en ello durante un segundo, Sævar. Tenemos a Sara, Elísabet y Vilborg. Vilborg fue violada en la casa de Hendrik y Ása. Hendrik era el dueño de la casa que la madre de Elísabet alquilaba, y Sara era su hija.

—¿No creerás en serio que sería capaz de… es decir, el abuso sexual es una cosa, pero asesinar a alguien solo para silenciarlo…?

—Por lo que he oído, a Hendrik le preocupa mucho su reputación en el pueblo —argumentó Elma.

Sævar se dejó caer en su silla y se pasó una mano por su pelo oscuro.

—Maldita sea, Elma. Como estés en lo cierto…

—Por supuesto, no puedo estar segura —dijo Elma—. Pero tienes que admitir que no pinta bien para él.

Sævar gruñó. Fuera del despacho escucharon la risa contagiosa de Begga seguida de una risotada de Kári. El café a por el que Elma había ido antes de sentarse con Sævar se había enfriado, y ella aún no se había deshecho del frío que le había calado hasta los huesos durante su paseo por Krókalón.

En un movimiento rápido, Sævar se dirigió hasta su ordenador y comenzó a teclear. Poco después, miró a Elma.

—Hay dos coches registrados a nombre de Hendrik y Ása. Un todoterreno y un coche familiar. ¿Quieres comprobar si ambos están aparcados en la entrada de su casa?

—Sí, vamos. —Elma le sonrió con gratitud—. Pero hay otra persona con la que también me gustaría hablar: uno del grupito que siempre visitaba a la madre de Elísabet, Halla. ¿Sabes quién es Rúnar Geirsson, también conocido como Rabbi?

Sævar asintió.

—Es un viejo «conocido» de la policía. Hace años que no se mete en problemas, por lo que imagino que ha hecho borrón y cuenta nueva. Al menos, temporalmente.

Elma tenía remordimientos por Hörður. No le había informado de lo que había estado haciendo los últimos días y le preocupaba su reacción cuando se lo confesara. Sabía que nunca le habría dado luz verde para ir a hablar con Ása. Lo único que esperaba era que para cuando Hörður se enterara, hubieran conseguido alguna prueba sólida; alguna pista que conectase a Hendrik con la muerte de Elísabet.

—Antes has dicho que no creías que Sara estuviera sola cuando subió a la balsa. ¿Por qué? —preguntó Sævar.

—Porque, según su madre, a Sara la aterrorizaba el agua desde pequeña. No estoy diciendo que alguien la obligara a subirse a la balsa, pero me parece improbable que estuviera sola —argumentó Elma—. He examinado los archivos del caso y debo decir que todo el asunto me parece muy sospechoso. La idea de que la niña se subiese a una balsa en la orilla y que el mar la arrastrase... Vale, solo tenía nueve años, pero debía saber lo peligroso que era.

—Puede suceder muy rápido —señaló Sævar—. Las corrientes son difíciles de predecir y las olas pueden ser fuertes. Quizá juzgase mal la situación. —Redujo la velocidad y giró en la calle de Ása y Hendrik. La casa parecía estar vacía. No había ningún coche en la entrada y las luces estaban apagadas.

—¿Habrán ido a algún sitio en coches diferentes? —Elma se dio cuenta de que estaba susurrando, aunque en realidad no sabía por qué. Seguían dentro del coche de policía, así que nadie podía oírlos.

—Eso parece —dijo Sævar—. A menos que alguno de los coches o ambos estén en el garaje.

—Vamos a dejar el nuestro aquí —sugirió Elma.

Los arbustos del jardín eran demasiado bajos para esconderse tras ellos, lo que hizo que Elma se sintiera agradecida por la oscuridad. Recordó que Ása había dicho que echaba mucho de menos el jardín de su antigua casa. Aquí, pasarían muchos años antes de que los árboles adquirieran altura. Elma caminó con determinación hasta la puerta principal, fingió no darse cuenta de la expresión de Sævar y llamó a la puerta. Estaba segura de que no había nadie en casa y, cuando nadie respondió, fue hasta el garaje. La puerta estaba bloqueada y las ventanas eran tan altas que no podía alcanzarlas para echar un vistazo al interior.

—Sævar —lo llamó en voz baja, y le hizo señas para que se acercara.

—No te voy a levantar, si eso es lo que estás pensando —dijo él. Escaneó los alrededores con nerviosismo.

—Nadie nos verá —afirmó Elma con confianza—. Rápido, dame un empujón. Solo necesito comprobar si el coche está dentro.

Sævar suspiró, pero cedió y se arrodilló con los dedos entrelazados para que Elma se apoyara en sus manos.

—Date prisa. No tengo ni idea de cómo vamos a explicar esto si nos descubren.

Elma se quitó un zapato y puso el pie en las palmas grandes y cálidas de Sævar. Luego se elevó hasta la ventana e intentó mirar dentro.

—Casi no se ve nada, está demasiado oscuro. Hay un coche, pero no veo la parte delantera.

Se bajó y se puso el zapato.

Sævar se puso de pie.

—Entonces vámonos de aquí —dijo, y se alejó enseguida con Elma pisándole los talones. Se sobresaltó cuando pasó un coche, y ella se rio.

—No eres un adicto a la adrenalina, ¿verdad? —bromeó.

—Bueno, soy agente de policía —replicó Sævar—. Pensaba que eso me convertía en un adicto a la adrenalina.

—¿En Akranes?

—Han sucedido muchas cosas desde tu llegada —dijo Sævar en su defensa.

—Cierto, aunque yo no diría que es lo habitual en la División de Investigación Criminal de Akranes.

Aún no eran las cinco de la tarde, así que, en lugar de molestarlo en el trabajo, decidieron posponer su visita a Rúnar hasta que estuvieran seguros de que lo encontrarían en casa. Elma se sintió cansada de repente y se recostó en el asiento del coche. En la radio sonaba música relajante y cerró los ojos durante un instante.

—No sé qué es lo que tiene este coche —dijo, y bostezó—, pero en cuanto reclino el asiento, me entra sueño.

—¿Estiramos las piernas? —sugirió Sævar.

El coche se detuvo y Elma abrió los ojos para descubrir que se encontraban en Breiðin. No se había dado cuenta de que Sævar había conducido hacia el extremo de la zona.

—Un soplo de brisa marina te revivirá. —La manera en la que le sonrió la reconfortó. Sin querer, su mente voló hasta el joven que vivía frente a ella. Últimamente entraba y salía con rapidez de su apartamento para evitar cruzarse con él.

Pasaron junto a un palé en el que habían escrito los horarios de apertura del nuevo faro con un rotulador negro tanto en inglés como en islandés. Hacía poco que se había convertido en un lugar turístico popular, y la imagen pegada al palé mostraba el nuevo plan para la zona. En su infancia, el área había sido intocable y preciosa a pesar de sus defectos: no había turistas, nada salvo el mar, pájaros y dos faros.

—Hoy en día es mejor venir en invierno —remarcó Sævar, como si le hubiera leído la mente—. Cuando apenas hay gente.

—Pero está muy oscuro en esta época del año. Con suerte tenemos cinco horas de luz.

—La oscuridad también puede ser hermosa —dijo Sævar—. Me gustan los días cortos y las noches largas no me molestan. Lo que me saca de quicio es que el sol brille todo el día.

—Estoy de acuerdo —dijo Elma—. A la mayoría de la gente le encanta, pero odio intentar dormir en pleno día. Después de haber dicho eso, echo de menos el sol. No me importaría interrumpir un poco el invierno e irme de vacaciones a algún lugar cálido.

Se sentaron en un banco junto al faro nuevo y contemplaron el mar. Las luces de Reikiavik parpadearon al otro lado de la bahía. Elma se perdió durante un rato en el placer de observar las olas y respirar la brisa marina. Era un lugar tan encantador y apacible que era casi imposible creer que algo terrible había sucedido ahí. Sin embargo, habían encontrado el cuerpo de Elísabet a pocos metros. Elma recordó el pelo oscuro esparcido por las rocas, el rostro y los ojos hinchados; esos que una vez habían pertenecido a la encantadora niñita de las fotos.

Estaba segura de que Magnea sabía más de lo que admitía. Y no tenía ninguna duda de que algo le había pasado a Elísabet cuando era niña. Alguien había tomado esa foto.

Hizo un repaso mental de la familia. En primer lugar, estaban Hendrik y Ása, en cuya casa el ambiente de luto era casi palpable, a menos que el sentimiento solo emanara de Ása, que todavía parecía atormentada por el dolor. A pesar de que Elma solo había visto a Hendrik a lo lejos, tenía un aura de seguridad, igual que su hijo. Obviamente, a Bjarni le resultaba fácil adaptarse a las circunstancias. Después de todo, incluso a ella la había encandilado al principio. Por último, estaba Tómas, la oveja negra de la familia. Elma sabía poco de él, aparte de que no había dudado en darle una paliza a su novia y parecía vivir del éxito de su hermano.

La sensación de la cálida mano de Sævar sobre la de ella, que estaba apoyada en el banco, la sacó de sus pensamientos. Al principio, no estaba segura de si el contacto había sido accidental. Pero Sævar no movió la mano. Elma continuó mirando al frente y disfrutó de la calidez que emanaba de él. Permanecieron así durante un rato, hasta que Sævar se retiró y se levantó.

—¿Nos vamos? —le preguntó—. Debes de tener frío.

Elma asintió, aunque sintió como si el hielo en su interior se hubiera derretido mientras estaba sentada junto a él.

Condujeron en silencio. Elma quería decir alguna cosa, pero no sabía qué. Abrió la boca varias veces para volver a cerrarla, porque no le salían las palabras. Era muy consciente de la presencia de Sævar a su lado. Era difícil evitar mirarlo, evitar mirar su mano en la palanca de cambios; era difícil reprimir la necesidad de alargar la mano y tocarla. Pero cuando aparcaron frente a un bloque de apartamentos de aspecto lúgubre, el momento ya había pasado, y era muy tarde para decir nada.

—Ya debería estar en casa —dijo Sævar, con la mirada clavada en el edificio.

La pintura blanca estaba sucia y descascarillada en varios sitios, mientras que, en el jardín, rodeado por una vieja verja, solo había un tobogán y un cajón de arena lleno de césped marchito y ortigas. Entraron al vestíbulo y encontraron el nombre de Rúnar en el timbre. Una voz ronca los recibió y, después de que le explicaran quiénes eran, los dejó entrar.

Rúnar, o Rabbi como era conocido, tenía una figura escuálida y un rostro con profundas arrugas debido a los años de abuso de drogas. Todavía apestaba a la basura que acababa de retirar de los contenedores del pueblo, pero no parecía molestarlo. Su piso también apestaba, a cigarrillos y a algo rancio que Elma no podía identificar. Lo siguieron hasta la sala de estar, donde los invitó a tomar asiento en un sofá de cuero maltratado que parecía estar a punto de desmoronarse. No había mucho más en la habitación, solo una mesa de centro cubierta de basura y un televisor en una pequeña estantería. El suelo estaba cubierto de libros, revistas y cables eléctricos, pero la pared estaba vacía salvo por una pequeña cruz colgada encima del sofá.

Cuando le preguntaron a Rúnar si recordaba a Halla, su mirada se volvió ausente y se apoyó en la pared mientras hablaba.

—Qué tiempos aquellos. —Sonrió con el recuerdo del pasado—. Esa era la época en la que me lo pasaba bien, antes de que las cosas se volvieran difíciles. Antes de que todo se descontrolase y se apoderase de mi vida. Antes tenía un trabajo. Me embarcaba en un arrastrero durante varias semanas, así que tenía mucho tiempo para desmelenarme cuando regresaba a tierra.

—¿Recuerda a la hija de Halla? —preguntó Elma. Estaba sentada al borde del sofá, pues intentaba tocarlo lo menos posible—. Se llamaba Elísabet.

Rúnar asintió y tosió. Se frotó los dedos y bajó la mirada hasta el parqué marrón oscuro.

—¿Recuerda que estuviera allí? —continuó Elma, cuando Rúnar no dijo nada—. Probablemente se encontraba arriba en su habitación, mientras estaban de fiesta. ¿Alguna vez la vio? ¿No bajaba a veces?

—Sí, claro. La vi, pero no me acuerdo de… No sabría decir con qué frecuencia.

—¿Alguna vez habló con ella? ¿Subió a su habitación? —Sævar tenía la mirada clavada en el rostro de Rúnar.

Rúnar alzó la mirada, confundido.

—¿Qué co… a qué se refiere? ¿Me está acusando de algo?

—¿Sabe si alguien más subió a su habitación mientras estaban de fiesta? —preguntó Elma.

La boca de Rúnar se retorció en una mueca y negó con la cabeza. Su mirada se desvió hasta la ventana, luego volvió a ellos.

—¿Está seguro?

Rúnar no contestó. Sacó un cigarrillo del bolsillo y lo encendió sin abrir la ventana. El diminuto apartamento se llenó de humo enseguida.

—La encontraron muerta hace unos días —dijo Elma—. Asesinada.

—Lo he oído. He visto su foto en los periódicos —reconoció Rúnar—. Pero no creerán que tuviera algo que ver con eso, ¿no?

—¿Con qué? —Sævar se inclinó hacia delante, con los ojos fijos en Rúnar—. ¿Con qué, Rabbi?

Era evidente que Rúnar tenía problemas para permanecer quieto. Le dio varias caladas profundas a su cigarrillo y tiró el humo hacia un lado, como si eso fuera a evitar que alcanzara a Elma y Sævar. Ella se percató de que le habían empezado a caer gotas de sudor por la frente.

—¿Me prometen que no saldrá de aquí? —dijo al final—. Yo no les he dicho nada.

—Me temo que no podemos prometerle eso. Pero si oculta información de relevancia de forma deliberada, sería un delito y podría ir a prisión.

Rúnar dejó escapar un suspiro, apagó el cigarrillo y se limpió la frente con la manga del jersey.

—Bueno, tampoco es que tenga mucho que perder —reconoció—. En cualquier caso, no creo que sea relevante. Fue la mujer que encontraron junto al faro, ¿verdad? Creí haberla reconocido. Uno no olvida una cara como esa. Una niña muy bonita. —Guardó silencio durante un segundo antes de proseguir—. La cuestión es que no lo sé. No es que tenga pruebas de mis sospechas, de lo que todos sospechábamos, pero lo cierto es que a menudo subía a verla. Venía mientras estábamos de fiesta y subía las escaleras. No oíamos nada porque la música estaba demasiado alta. No sé cuánto tiempo pasaba ahí arriba, o lo que hacía. Es fácil perder la noción del tiempo cuando te lo pasas bien. Bueno, antes lo era… —La sonrisa no le llegó a los ojos—. Pero todos sabíamos que subía. Halla también lo sabía, pero no hizo nada al respecto. Supongo que se decía a sí misma que no había nada malo en ello. Que no le hacía daño…

—¿De quién habla? ¿Era Hendrik quien subía a su habitación?

—¿Eh? ¿Hendrik? —Rabbi se quedó boquiabierto y negó con la cabeza con vehemencia—. Dios, no, era Tommi, Tómas, el hermano de Hendrik. Y si descubre que se lo he contado, me dará una paliza mayor que la que le dio a su chica. Tienen que prometerme que no dirán que he sido yo. Por favor, se lo ruego.

A Hendrik le pareció que la casa estaba inusualmente tranquila cuando regresó del campo de golf. No solía llegar a una casa vacía y no le gustaba especialmente. Por lo general, Ása estaba sentada tejiendo esa maldita ropa de bebé a la que por fin le darían uso. Aunque ahora que lo pensaba, se había comportado de una manera extraña los últimos días. Desde que había vuelto del hospital, se sentaba sin nada en las manos, y la veía mirar por la ventana, aunque no sabía qué observaba. Quizá algo que nadie más podía ver.

Caminó por la casa e intentó encontrar alguna pista de su paradero. La alarma no estaba encendida así que no podía haber ido muy lejos. Su bolso estaba en su sitio, colgado del radiador del pasillo, pero no veía los zapatos. Tal vez estaba en el jardín. En verano, cuando Ása no estaba dentro tejiendo, a menudo se encontraba en el exterior, donde pasaba el rato en el jardín. Se dirigió a la ventana de la sala de estar y contempló la inhóspita vista del césped marrón y las ramas sin hojas. Pensó que había visto un movimiento y miró hacia los arbustos. Probablemente sería otro maldito gato. No soportaba a esas criaturas, siempre se escabullían y aparecían cuando menos te lo esperabas. Le ponían los pelos de punta.

El grifo de la cocina goteaba. Hendrik intentó cerrarlo con más fuerza, pero las gotas seguían cayendo y golpeaban ruidosamente. Escuchó un crujido en el suelo de parqué detrás de él y giró la cabeza. Pero no había nadie; estaba solo en la casa. Entonces ¿por qué tenía la sensación de que alguien lo estaba observando? Estudió su entorno en busca de algo extraño, pero todo estaba en su sitio. No habían movido nada. Se aclaró la garganta y tosió con fuerza, pero se detuvo de forma abrupta cuando creyó oír un crujido en la sala de estar. Caminó en silencio por el pasillo, muy tenso. El corazón le latía tan rápido que sentía cómo le palpitaba la cabeza y su respiración era agitada y superficial.

No había nadie en la sala de estar. Qué tonto era. Se sintió como un estúpido por dejar volar su imaginación de esa manera. Los ladrones no eran algo inaudito en Akranes, pero dudaba que fuesen a venir a esa hora del día. Aun así, lo cierto era que la gente del pueblo ya no podía dejar las puertas sin cerrar. Algunos lo habían aprendido por las malas y por eso habían instalado la alarma.

Se detuvo y dirigió la mirada a una de las fotos familiares colgada en la pared de la sala de estar. La habían tomado en su antigua casa en 1989. En el fondo se entreveían unas cortinas rosa claro y la cenefa blanca que Ása había tejido. Permaneció ahí durante un largo instante, contemplando la imagen, y su respiración se agitó una vez más al sentir que lo golpeaba un sentimiento de dolor. Echaba tanto de menos a Sara que a veces el dolor era físico.

Intentó controlar su respiración; tenía miedo de que su corazón estuviese a punto de colapsar después de décadas de dolor y pérdida. No soportaba más presión. Esa era una de las razones por las que había decidido renunciar al trabajo. Ya se había sometido a dos angioplastias y le resultaba difícil hacer cualquier tipo de esfuerzo. Primero le habían diagnosticado un ritmo cardiaco irregular poco después de la desaparición de Sara, cuando todavía no había asimilado del todo el dolor. No recordaba mucho de esa época, solo que había habido un abismo entre él y los demás. No había estado ahí para Ása y ella no había estado ahí para él. Pero al menos ella había tenido a sus amigos. La gente había hecho todo lo posible para consolarla mientras que a él solo le habían dado una palmada en la espalda, como si el dolor de una madre fuera más profundo, más sentido, que el de un padre. Recordaba con claridad que Tómas no había dado la cara durante días, y aunque Hendrik nunca se lo revelaría, la traición de su hermano le había dolido.

Siempre había estado ahí para Tómas

Hubo otro crujido en el parqué, esta vez más cerca de la cocina. Caminó deprisa hasta la cocina, pero no había nadie y no habían tocado nada.

Se dejó caer en una silla junto a la mesa redonda, se inclinó sobre las rodillas y se limpió el sudor de la frente con la manga. Cuando levantó la mirada, volvió a sentir el sudor: uno de los cajones estaba abierto. Se puso de pie, se apoyó en la encimera y cerró el cajón con una mano temblorosa. Ahora estaba seguro de que sucedía algo extraño. El cajón había estado cerrado hacía unos minutos, ¿verdad? ¿O no? De repente, no estaba seguro. El grifo seguía goteando, pero aparte de eso todo estaba tranquilo.

Comenzó a recorrer con calma cada una de las habitaciones. No había tantas. Una tenía un escritorio y estanterías, otra una cama de invitados y la tercera era su habitación y la de Ása. En cuanto abrió la puerta, vio que la cama no estaba hecha y que las cortinas seguían cerradas. ¿Ása había salido sin hacer la cama? Imposible. Conocía a su esposa y sabía que nunca habría dejado su habitación en ese estado. Solo entonces se le ocurrió que a Ása le podía haber pasado algo. Habían pasado pocos días desde que se había desmayado. Quizá había vuelto a suceder. Pero, en ese caso, ¿dónde estaba?

La única habitación que quedaba por revisar era el baño de su habitación. Cuando abrió la puerta, lo recibió su propio reflejo en el espejo encima del lavabo. Pero no estaba solo: había otro rostro.

Antes de que pudiera decir alguna cosa o darse la vuelta, sintió la fría hoja de un cuchillo en el cuello.

# Akranes, 1992

*Todos la observaban con una especie de expresión preocupada que no aguantaba. Sentía que tenía que llorar. Como si estuvieran esperando a que lo hiciera. Casi quería hacerles el favor. Llorar de forma desconsolada para que la animaran y le dijeran que todo saldría bien, pero no podía; no le salían las lágrimas, así que se limitó a mirar por la ventana e intentó no pensar en nada.*

*—Hemos llamado a tu madre y está de camino —dijo el director. Elísabet no respondió. No había dicho ni una palabra desde que se había sentado en el despacho.*

*—Los padres de Andrés también van a venir a recogerlo. Es probable que necesite puntos. —El tono del director era acusatorio. La mujer a su lado lo miró y suspiró. Luego se inclinó sobre la mesa.*

*—Elísabet, ¿puedes contarnos lo que ha pasado? Sé que Andrés no debería haberte sujetado de esa manera, pero... —La voz de la mujer era relajante. Había dicho que era una psicóloga. Sin duda se habría ganado a muchas personas con esos ojos observadores y esa voz persuasiva, pero no a Elísabet. Seguía mirando por la ventana, aunque se preguntó si debería informar de que había visto a Magnea susurrándole algo a Andrés al oído antes de que fuese hacia ella corriendo. Desde luego, lo había animado, de la misma manera en la que mangoneaba a todos a su alrededor. Pero Elísabet sabía que no tenía sentido: no la escucharían. Los adultos nunca escuchaban.*

*—¿Cómo te va en casa? —continuó la mujer—. ¿Hay algo que te gustaría decirnos?*

*La puerta se abrió y apareció su madre, con el pelo recogido en una cola de caballo alta para esconder la calva en la parte de atrás de su cabeza. Salvo por su habitual maquillaje cargado, tenía un* aspecto bastante presentable. Y el olor a tabaco solo se notó cuando se acercó.

El director y la psicóloga la saludaron y la invitaron a sentarse. Mientras le explicaban lo sucedido, asintió sin inmutarse y ni siquiera miró a Elísabet.

—Teniendo en cuenta la violencia de su reacción exagerada, nos preguntábamos si la raíz del problema podría estar en otra parte —dijo la psicóloga—. ¿Cree que podría haber algo que estuviese molestando a Elísabet en el colegio, o quizá en casa?

—Bueno, no lo sé —respondió su madre. Parecía muy pequeña sentada en la silla junto al escritorio, casi como si se hubiera encogido. Esa idea absurda hizo sonreír a Elísabet, y el director se dio cuenta.

—No parece que se lo esté tomando muy en serio —remarcó.

Elísabet bajó la mirada como si se avergonzara.

La psicóloga ignoró el comentario y le dirigió a Elísabet una sonrisa agradable.

—Sugiero que Elísabet tenga una cita conmigo. Puede que le resulte útil hablar con alguien neutral. Con un extraño.

—Si quiere saber mi opinión, es completamente innecesario —se apresuró a decir su madre—. Y, de todas formas, no podemos permitirnos ese tipo de cosas.

—Sería parte del servicio que ofrecemos en el colegio —le aseguró la psicóloga—. ¿Qué me dices, Elísabet? ¿No crees que sería una buena solución?

Elísabet se encontró con la mirada de la psicóloga por primera vez. Se aseguró de mantener el rostro impasible mientras asentía.

—Bien, pues eso es todo —dijo la psicóloga, y se puso de pie para dar a entender que la reunión había terminado. La madre de Elísabet sonrió con frialdad y le puso una mano en la espalda.

Cuando se iban, Elísabet vio que Sara y Magnea la observaban a poca distancia. Estaba segura de que ambas se estaban riendo.

Cuando llegaron a casa, su madre dio un portazo, agarró a Elísabet del brazo y la empujó tan fuerte que se cayó al suelo y se raspó el codo. Sentía cómo la atravesaba con la mirada, por lo que enseguida desvió la mirada.

—¿Cómo te atreves a hacerme esto? —le reprochó su madre. Sacó un cigarrillo, lo encendió y se sentó en la mesa de la cocina. Tamborileó los dedos y se tragó el humo profundamente, hasta los pulmones.

—Vete a tu habitación —dijo, sin ni siquiera mirarla. Se quedó sentada mientras miraba por la ventana y fumaba.

Elísabet se levantó y se frotó el codo. Subió a su habitación y, como era habitual, evitó el escalón que más crujía,

El cable de la lámpara de su mesita de noche era lo bastante largo para llegar hasta el armario bajo el techo abuhardillado. Quitó el edredón de encima de la cama y lo metió en el armario junto con la almohada. El brillo amarillo de la lamparita iluminó el espacio angosto y la hizo sentir extrañamente segura ahí dentro, casi como si estuviera en otro mundo. Se sentó y comenzó a pasar los dedos por los arañazos de la puerta. A veces, imaginaba que estaba en una cueva. Habían aprendido sobre los cavernícolas en el colegio. Su profesor les había mostrado los dibujos que habían tallado en las paredes, dibujos que contaban historias.

Pero los arañazos de su armario no contaban ninguna historia, excepto tal vez la suya, que nadie salvo ella entendería. Se envolvió en el edredón y se durmió con el sonido del viento silbando a través de los huecos de las tablas del armario.

No se despertó hasta la noche, cuando la interrumpió el familiar crujido del último escalón.

Había una luz tenue en el interior de la casa y un todoterreno aparcado en la entrada. Si no hubiera sido por la ambulancia y los coches de policía, habrían supuesto que se trataba de una noche como cualquier otra. Y así era para la mayoría de las personas. Los padres cansados estaban frente a los fogones, donde removían las cacerolas. El olor a comida comenzaba a emerger de las casas para mezclarse con el olor del asfalto mojado. El tráfico de la hora punta mermaba cada minuto que pasaba. Allá donde mirasen, las ventanas estaban iluminadas por el parpadeo de las pantallas de televisión. Elma se imaginó a los niños despatarrados en los sofás, fascinados por las payasadas de los coloridos dibujos animados, con jerséis manchados y el pelo enredado, aunque se lo hubieran peinado por la mañana. Los únicos momentos en los que Elma recordaba que su hermana hubiera pasado tiempo con ella por gusto habían sido esas horas frente al televisor mientras la cena burbujeaba en la cocina. Se preguntó si la familia de la casa que tenía enfrente había disfrutado alguna vez de esos momentos. Si la niña se había sentado junto a su hermano para ver los dibujos mientras su madre cocinaba. ¿Habían sido felices después del desastre?

Kári y Grétar estaban fuera de la casa, Grétar hablaba por teléfono y Kári estaba a su lado, con las manos en los bolsillos. Sus pequeños ojos parecían incluso más oscuros de lo habitual en la penumbra.

—¿Qué demonios ha pasado? —preguntó Sævar. El teléfono había sonado en cuanto se habían marchado de la casa de Rúnar, y después de eso todo había sucedido muy rápido. Habían bajado los escalones de forma apresurada, conducido por la ciudad tan rápido como se habían atrevido, y Elma había abierto la puerta y saltado del coche antes de que se hubiera detenido.

—Lo ha apuñalado —dijo Kári—. Se ha acercado y lo ha apuñalado.

—¿Qué?… ¿Por qué lo ha hecho? —preguntó Elma, pero Kári apenas se encogió de hombros con desconcierto—. ¿Dónde está ahora?

—Está dentro con Hörður. Supongo que la van a llevar a comisaría.

La casa estaba tan ordenada como lo había estado antes cuando Elma había ido a ver a Ása, salvo por la suciedad del suelo. El olor también era diferente. En lugar del aroma a pan recién horneado, un olor extraño y metálico flotaba en el aire. Oía a Hörður hablando con alguien en la casa y el sonido de las voces bajas provenientes del dormitorio, donde los técnicos de la científica trabajaban. Sævar siguió las voces, pero Elma permaneció en el recibidor. El suelo de baldosas estaba cubierto en gran parte por una alfombra persa. Había cuadros colgados en las paredes y una colección de objetos estaba dispuesta en un impresionante aparador: estatuillas, un cuenco de plata y un jarrón en un tapete blanco de ganchillo. Había una fotografía enmarcada de los hermanos, una niña y un chico mayor. Era verano en la foto y el cabello rubio de los niños era casi blanco. El chico tenía el brazo alrededor de su hermana. La niña tenía una sonrisa de oreja a oreja y el niño le devolvía el gesto con complicidad. Elma se sobresaltó cuando el reloj de pie emitió una campanada sorda. Un solo golpe. Eran las seis y media.

Cuando Elma se asomó a la sala de estar, vio a Hörður en el sofá junto a Ása. No habían encendido las luces y la única iluminación provenía del exterior, en la terraza. Ása estaba sentada muy erguida con un chal tejido por encima de los hombros. Sus ojos estaban vacíos, y no reaccionó cuando Elma se acercó. Hörður se levantó y le indicó que fuera al recibidor con él.

—Todavía no ha dicho ni una palabra —susurró—. Esperaremos a llegar a la comisaría para interrogarla, pero hasta ahora solo ha permanecido sentada, con la mirada perdida. Creo que debe estar conmocionada.

—¿Estás seguro de que ha apuñalado a Hendrik?

—Ella misma ha llamado a los servicios de emergencia —confirmó Hörður—. Ha dicho que Hendrik estaba inconsciente en el suelo y que lo había apuñalado. Sonaba muy calmada por teléfono, y cuando Kári y Grétar han llegado, la puerta estaba abierta y la han hallado sentada en el dormitorio, donde les ha tendido un cuchillo ensangrentado.

Elma observó con incredulidad la sala de estar. La mujer menuda que se encontraba sentada apenas parecía capaz de ponerse de pie, mucho menos apuñalar a un hombre mucho más grande que ella.

—Por lo visto, la escena era horrorosa —prosiguió Hörður—. Hendrik estaba en el suelo del baño sangrando profusamente, mientras ella lo observaba desde la cama. No había ninguna señal de que nadie hubiese estado aquí. Pero, aun así, me cuesta creer que haya sido capaz. Los conozco bien a ambos. Es totalmente incomprensible.

—¿Hendrik está vivo?

Hörður se encogió de hombros.

—Cuando los paramédico han llegado, estaba vivo, aunque inconsciente. Desde entonces, no he recibido más noticias. —Suspiró profundamente y se giró para mirar hacia la sala de estar—. No lo comprendo. ¿Qué demonios ha sucedido aquí?

—¿Por qué no la han llevado a la comisaría? —preguntó Elma, que contempló a Hörður con asombro.

Volvió a encogerse de hombros y suspiró.

—Les pediré a Kári y Grétar que lo hagan ahora mismo. Quédate con ella mientras no estoy.

Se marchó. Elma entró en la sala de estar y se sentó con recelo junto a Ása en el sofá. No sabía cómo actuar o qué decir. Ása no desvió la mirada, solo se ajustó un poco el chal y se envolvió un poco más los hombros con él. El pelo, que se había secado meticulosamente cuando Elma se había reunido con ella por primera vez, ahora le colgaba lánguido a ambos lados de su pálido rostro. Sin embargo, tenía un aspecto extrañamente digno.

—La llevaremos a la comisaría enseguida —dijo Elma, después de un breve silencio.

Ása se giró despacio para mirarla, y Elma se sorprendió cuando sonrió con frialdad y tristeza.

—No le creí. —Tras decirlo, el semblante de Ása se volvió duro y apretó los labios. Su rostro, que hasta ahora había estado inexpresivo, se desencajó y Elma sintió la necesidad de rodearle los hombros con el brazo. Cuando Ása volvió a hablar tenía la voz entrecortada y la mirada feroz—. No le creí cuando me lo dijo. Vino y me contó lo que había hecho. Me lo contó todo, pero no le creí.

—¿Quién le contó todo? —preguntó Elma, con incipiente sorpresa—. ¿Está hablando de Elísabet?

Ása asintió, luego se agachó y sacó un sobre pequeño de debajo de la alfombra. Se lo entregó a Elma, quien lo tomó y lanzó una mirada inquieta hacia el recibidor antes de abrirlo con cuidado. Dentro había tres imágenes, similares a la que había hallado en el coche de Elísabet. De inmediato, vio que una de ellas era de Elísabet de niña. Solo llevaba unas braguita y una cama deshecha aparecía de fondo. También aparecían un edredón sin funda y una muñeca de trapo. Elísabet miraba directamente a la cámara. Tenía las manos entrelazadas detrás de la espalda y el pelo largo le caía por el pecho huesudo. La fotografía tuvo que ser tomada en el mismo momento que la del coche. Era la misma habitación, el mismo escenario.

Pero las otras dos fotos mostraban a una niña rubia tumbada en una cama grande, con las rodillas pegadas al pecho. Tenía ambos brazos cruzados por encima de la caja torácica desnuda y miraba al suelo. Elma notó un mal sabor de boca y sintió que se le calentaba el rostro.

—¿Quién le dio estas fotos? —preguntó—. ¿Las encontró aquí?

—Hendrik le hizo eso —susurró Ása, y bajó la mirada hasta sus manos, que descansaban en su regazo. Elma se dio cuenta de que Ása seguía acariciándose el dedo y recordó que antes llevaba un anillo.

—Le hizo eso a mi hija. A mi niñita.

Su llanto hacía eco en la casa incluso después de que se hubiera ido, rompía el silencio y calaba hasta los huesos. Elma sabía que el sonido la perseguiría toda la noche.

Cuando Ása por fin se había levantado, estaba tan débil que se había apoyado en Elma. Kári y Grétar la habían escoltado hasta la comisaría, donde pasaría la noche antes de que el interrogatorio formal comenzara por la mañana. Esa noche tendría que desvestirse y someterse a un registro corporal, además de entregar varias muestras y tomarse la foto policial. Elma sintió verdadera lástima por ella. La había ayudado a ponerse su precioso abrigo negro de piel, le envolvió el cuello con el chal y la ayudó a ponerse los zapatos, mientras Ása sollozaba desconsoladamente en voz baja, como una niña.

Elma les había mostrado las fotografías a Hörður y a Sævar, después de lo cual ninguno había hablado mucho. Necesitaban tiempo para asimilar las implicaciones. Hörður se pasó el resto del tiempo hablando por teléfono, conversando con el equipo forense en la habitación y caminando por la casa en busca de Dios sabe qué. Unas grandes manchas de sudor se le dibujaban en la camisa azul claro.

—Necesita descansar. Hablaremos tranquilamente con ella mañana —les dijo más tarde esa noche.

—Ása ha dicho que Elísabet vino a verla —declaró Elma—. Parece ser que le contó lo de Hendrik y lo que les había hecho a ella y a Sara. —En ese instante, recordó el coche del garaje. Antes de que Hörður o Sævar pudieran decir algo, Elma se dio la vuelta y salió. El garaje estaba cerrado, igual que antes ese mismo día, pero, después de una breve búsqueda, localizó la llave en un pequeño armario en el recibidor. Las luces del garaje se encendieron de forma automática después de parpadear durante unos instantes y revelaron un pequeño coche gris.

—Mira. —Elma llamó a Sævar, quien la había seguido fuera de la casa. Estaba de pie frente al guardabarros delantero en el lado izquierdo—. Aquí hay una pequeña abolladura, pero es difícil saber la causa. Tendremos que pedirles a los técnicos que le echen un vistazo.

—Cualquier cosa pudo causar esa abolladura —dijo Sævar mientras la examinaba.

—Sí, cualquier cosa pudo haberla causado —repitió Elma, pero su instinto le decía que estaba equivocado. Se quedaron ahí en silencio durante un rato, contemplando el coche. La secuencia de los acontecimientos estaba cada vez más clara para Elma. La foto que había encontrado en el coche de Elísabet era como las que Ása le había mostrado, la misma niña, el mismo lugar. Y la niña de las otras fotos era Sara, la hija de Ása. No cabía ninguna duda.

—¿Cuál de los dos crees que conducía? —preguntó Sævar—. ¿Fue Ása, o Hendrik sabía que Elísabet había estado aquí con la intención de contar su historia?

—No lo sé, Ása no me lo ha dicho. Lo único que me ha contado es que no creyó a Elísabet cuando afirmó que Hendrik había abusado de ella. No se lo creyó hasta que recibió las fotos.

—¿Se las envió Elísabet?

—Lo dudo —dijo Elma—. De haber sido así, creo que habría actuado antes.

Sævar suspiró y se frotó los ojos con una mano. Las luces se apagaron y Elma presionó el interruptor para volverlas a encender.

—Quizá tenían miedo de que Elísabet le contara sus acusaciones a un público más amplio —propuso Sævar—. En cualquier caso, tenían un motivo para querer silenciarla.

—Pero si Ása estaba tan segura de que las acusaciones de Elísabet no eran ciertas, ¿por qué molestarse? ¿Habría llegado tan lejos para proteger la reputación de Hendrik?

—No solo la de Hendrik, también la de Bjarni. En un pueblo pequeño como este, la gente es muy protectora con su reputación, como tú misma has dicho. —Sævar fue hasta la puerta del garaje y llamó a Hörður, que estaba fuera, donde hablaba con los técnicos.

Poco después, el garaje estaba lleno de agentes de policía y miembros del equipo forense, y Elma se retiró al exterior. Solo entonces se percató de la multitud que se había reunido alrededor de la casa. Los coches se habían detenido cerca y miradas curiosas intentaban averiguar lo que sucedía. Toda la ciudad se enteraría de la noticia en un abrir y cerrar de ojos.

Más tarde esa noche Elma aparcó frente a su edificio. Después de apagar el motor, se desplomó en el asiento. Cuando le vibró el móvil en el bolsillo y el número de sus padres apareció en la pantalla, no contestó, pues se veía incapaz de hablar con nadie en ese momento. En cuanto cerraba los ojos, volvía a ver la sangre. El suelo del baño de Hendrik y Ása se había cubierto de un lago rojo oscuro. No podía quitarse el olor a hierro de la nariz. Pero la sensación de malestar en su estómago no se debía a la sangre. Había comenzado cuando había hablado con Ása; cuando le había mostrado las fotos de las niñas. Todavía oía sus sollozos. Parecía escucharlo con más fuerza ahora que había silencio. Una sinfonía de dolor e ira. Pero el dolor tenía un mayor peso, como Elma sabía por experiencia propia.

Cuando entró, la puerta frente a su piso se abrió.

—Hola. —Era su vecino. Se apoyó en el marco de la puerta y le sonrió—. Me pareció oírte llegar.

Debía haber estado esperándola. Elma soltó un gruñido en voz baja.

—Me preguntaba si te apetecía una cerveza —prosiguió. Pero su sonrisa se desvaneció cuando vio el rostro de Elma—. Sin presión.

—En otra ocasión —respondió Elma, que bostezó de forma exagerada—. Estoy hecha polvo.

—No te preocupes —dijo, y le guiñó el ojo—. Llama a mi puerta si cambias de opinión.

Elma le dirigió una sonrisa superficial y cerró la puerta tras ella. Por fin a solas. Se dejó caer sobre el sofá y cerró los ojos. Había vuelto a ver a Ása esa noche en la comisaría, pero la mujer no había estado en condiciones de aportar más detalles de lo sucedido. Había dejado de llorar y solo miraba al infinito sin decir ni una palabra. Era como si su mente estuviera lejos, desconectada por completo de la conmoción a su alrededor.

# Akranes, 1992

*Se había pasado varios días transformando el palé en una balsa. Lo había encontrado tirado un día que había ido a la playa. Uno de los tablones estaba roto, pero arreglarlo no había sido muy difícil. El marido de Solla le había dado algunos clavos y trozos de madera, y le había prestado su martillo, aunque la había mirado con un poco de desconfianza y le había preguntado para qué los quería. Había tenido que pensar con rapidez. La balsa era un secreto.*

*Dado que el clima era suave y seco, podía quedarse todo el día fuera sin pasar frío o sin que la gente pensara que era extraño. No le había dicho a nadie lo que planeaba. Nunca le había contado a nadie la historia de su papá sobre el viaje de Helga en balsa hasta Groenlandia. Sabía que era casi imposible y que era probable que fuese una historia inventada, pero en realidad no le importaba. Por lo menos podía imaginar que se iba a alguna parte; fantasear sobre navegar por el mar en la balsa y llegar a la costa de algún lugar nuevo y emocionante. Lejos de su madre, lejos de Sara y Magnea y del dueño de la casa. Se libraría de todo y ese pensamiento era suficiente para animarla. Lo único difícil era pensar en Sara. Ella era quien más daño le había hecho. Ninguna de las otras cosas le habrían importado si Sara hubiera seguido siendo su amiga.*

*La rabia la invadía cada vez que pensaba en Sara. La sensación palpitante de su cabeza ahogaba el sonido de las olas y sentía un hormigueo en las puntas de los dedos. Por lo general la ayudaba patear algún objeto. Una vez, pisoteó las pequeñas lapas pegadas a unas rocas, pero, en otras ocasiones, era como si nada en el mundo pudiera aliviar la inquietud y la rabia de su interior.*

*No las oyó llegar porque estaba sobre la balsa, golpeando clavos con el martillo prestado.*

—¿Qué estás haciendo? —Escuchó una voz tras ella. Se giró y las vio de pie en las rocas encima de ella. Magnea estaba un poco más adelantada y la observaba con intención de provocarla. Sara evitó su mirada, manteniendo la cabeza baja.

—Nada —respondió Elísabet, que se volvió hacia la balsa.

—¿Por qué tu mamá es tan fea?

El comentario malicioso provino de Magnea. Elísabet no contestó, sino que fingió no escucharla y alzó el martillo otra vez.

—Elísabet —espetó Magnea,

Cuando Elísabet no reaccionó, lo volvió a intentar.

—¡Elísabet! —Su tono de voz era alto e intimidatorio—. Te he preguntado por qué tu mamá es tan fea. ¿Por eso se murió tu papá? ¿Porque no soportaba estar con alguien tan fea?

Elísabet sintió que se acaloraba. Apuntó con el martillo y golpeó el clavo una y otra vez. Apenas oía la voz de Magnea por encima del sonido metálico. Le estaba empezando a doler el brazo del esfuerzo.

De repente, una lluvia de arena le cayó encima. Los granos se le engancharon en el pelo y le resbalaron por el cuello de la camiseta. Se detuvo y parpadeó. La arena le había entrado en los ojos y la boca. Escuchaba las carcajadas de Magnea detrás de ella.

Levantó la mano antes de que pudiera detenerse. Se giró y lanzó el martillo con tanta fuerza como pudo. Pero no le dio a Magnea.

Sara se llevó la mano a la frente y colapsó. Su cabeza golpeó las rocas y un brillante río rojo de sangre comenzó a derramarse sobre ellas.

—¿Qué has hecho? —A Magnea le tembló la voz y echó un vistazo a su alrededor, aterrorizada.

Elísabet no se movió. Permaneció rígida y observó cómo Magnea empujaba a Sara. No hubo reacción alguna.

—¿Qué has hecho? —repitió Magnea. Ahora lloraba.

Elísabet no respondió. No supo cuánto tiempo pasó hasta que una de las dos volvió a moverse. Se quedaron ahí, esperando. Con la esperanza de que Sara se moviera o a que alguien viniera, pero nadie vino. Y Sara no se movió.

—Iremos a prisión —susurró Magnea—. Irás a prisión.

—Cállate, Magnea —masculló ella. Comenzó a arrastrar la balsa hasta Sara, después intentó subir el cuerpo encima—. Ayúdame —le ordenó a Magnea, quien estaba quieta, boquiabierta.

Al final, lograron lanzar el cuerpo inerte sobre la balsa. Elísabet le quitó los zapatos y comenzó a arrastrar la balsa hacia el mar. El agua le llegó hasta la cintura antes de que el palé empezara a flotar y poco a poco comenzó a alejarse de la costa. Volvió a la playa, donde Magnea la observaba con la cara roja e hinchada de tanto llorar. Elísabet se acercó a ella y la miró directamente a los ojos. Magnea había dejado de llorar, salvo por algún que otro sollozo.

Después se fueron en direcciones distintas sin mirar atrás.

# Miércoles, 6 de diciembre de 2017

A la mañana siguiente, Ása parecía completamente distinta. A Elma la desconcertó encontrarla sentada con la cabeza en alto. Elma habría jurado que sonreía ligeramente.

Hörður les había pedido a ella y a Sævar que se encargaran del interrogatorio alegando que él conocía demasiado bien a Ása, y Elma se había sentido aliviada. No era que no confiara en su jefe, pero estaba de acuerdo con él sobre esa cuestión. Cuando llegó, Hörður estaba hablando por teléfono con Bjarni, cuya voz se oía a todo volumen por el auricular. Elma no pudo evitar sentir pena por su jefe, que respondía pacientemente las preguntas de Bjarni.

—Espero que no hayas estado muy incómoda esta noche —comenzó Elma, que sonrió a Ása, a pesar de que las circunstancias eran cualquier cosa menos agradables.

—En absoluto —dijo ella con formalidad—. No creo que haya dormido mejor nunca. —Tosió discretamente y empezó a hablar—. El día en el que mi hija desapareció el clima era maravilloso. La noche anterior había llovido y las hojas de los árboles comenzaban a brotar con ese agradable aroma a primavera; fue magnífico. Recuerdo haber salido al jardín esa mañana, deshierbar las cebolletas y regar las semillas que acababa de plantar. Luego me tomé una taza de té en la terraza y disfruté de estar en el exterior. —Hizo una pausa y los miró a ambos con una expresión repentinamente dolorosa—. Siempre había pensado que sabría si algo malo sucedía. Hay quien dice que hay una conexión mediante la cual los padres pueden percibir si algo malo les pasa a su hijos. Quizá por eso siempre me sentí tan culpable. Siempre pensé que tenía que haberlo sabido… Debería haber percibido que algo iba mal. Pero no tenía la menor idea. Fue un día precioso hasta esa noche. No empecé a preguntarme dónde estaba hasta entonces.

Ása interrumpió su relato para pedir un vaso de agua, luego prosiguió:

—Encontramos sus zapatos en la playa, pero nunca la hallamos. Nunca encontraron a mi niñita. Todavía veo cómo iba vestida esa mañana, con su vestido rosa y sus medias favoritas, blancas con corazones rosas. —Le empezaron a caer lágrimas por las mejillas y enseguida se las enjugó con el chal. Después pidió un pañuelo para sonarse la nariz—. Imagínenselo. Se quedará así para siempre. Siempre tendrá nueve años. Nunca crecerá.

—¿Qué le dijo Elísabet cuando fue a verla ese día? —preguntó Sævar.

—Asesinó a Sara. —La expresión de Ása se endureció.

Elma la miró boquiabierta.

—¿Qué es lo que quiere decir?

—Exactamente lo que he dicho. Eso es lo que vino a contarme. Me dijo que había perdido los nervios con Sara. Le lanzó un martillo, Sara se cayó y se golpeó la cabeza. Elísabet dijo que se asustó tanto por lo que había hecho que dejó el cuerpo de Sara en una balsa y la observó mientras las olas se la llevaban mar adentro. La vio desaparecer y no hizo nada. Contempló a mi niñita hasta que la perdió de vista, después se marchó. Y en todos estos años nunca dijo nada. No hasta hace una semana.

Elma y Sævar intercambiaron miradas. Esto no era lo que habían esperado en absoluto.

—Imagínense cómo fue —dijo Ása, que había alzado la voz—. Nadie me creyó. Sabía que no había sido un accidente. Siempre lo supe. Pero esa Elísabet… había algo malo en ella. Se lo dije cuando vino a verme ayer. Había algo malvado en su interior.

—¿Hendrik sabía que Elísabet había ido a verla? —preguntó Elma. Recordaba lo que Ása le había contado cuando la había visitado. Pero no se le había ocurrido que pudiese referirse a eso.

Ása negó con la cabeza.

—No, por supuesto que no.

—¿Qué hizo después de que Elísabet hablase con usted?

—¿Qué hice? Cuando me lo dijo, me quedé inmóvil. Cada nervio de mi cuerpo estaba paralizado. Después empezó a inventarse excusas y a afirmar que habían abusado de ella cuando era niña. Que un hombre solía ir a su habitación por la noche y le hacía cosas. Luego me dijo que había visto al mismo hombre en el funeral de Sara. Y pensar que ella se atrevió a presentarse. En fin, dijo que había visto al hombre a mi lado. Que era el padre de Sara. Y luego dijo que… Sara le había contado cosas que no entendió en su momento, pero que ahora comprendía. Que a Sara la habían obligado a hacer lo mismo que a ella. Que había sido su padre, Hendrik. Fue entonces cuando la eché. No me creía que hubiera ido a mi casa a acusarme de haber permitido que algo así sucediera bajo mi techo. Me había convencido a mí misma de que era el tipo de madre que se daría cuenta si algo así sucedía. Estaba muy furiosa. No creo haber estado tan furiosa jamás.

—¿Después de eso se fue?

Ása asintió.

—Oh sí, se fue.

—¿Cómo sabía que iba a estar en el faro?

—Me dirigía a la casa de Bjarni con un termómetro para la carne. Magnea y él iban a celebrar una cena y me había preguntado si podía prestarles el nuestro. La vi fuera de la casa y la observé entrar en su coche. Pensé… pensé que había ido a contárselo a Bjarni. Luego me di cuenta de que nada la detendría. Iba a difundir esas mentiras sobre mí… sobre nuestra familia, por todo el pueblo. Así que la seguí. Vi que salió del coche cerca del faro. Llovía y el mar estaba agitado, así que supongo que por eso no me oyó hasta que el coche la golpeó. Ni siquiera lo pensé, pisé el acelerador y fui directa hacia ella. No frené hasta después del golpe.

Elma recordó de repente el hilo de lana que había encontrado en el coche. El chal de Ása estaba hecho de lana áspera. Todo empezaba a encajar.

—Lo hice por Sara —continuó Ása—. Lo hice por mis hijos. —Suspiró—. Lo siento si Elísabet tuvo una infancia difícil. Y me siento devastada al saber que Hendrik tuvo algo que ver con eso. Nunca le perdonaré. Pero ella también le hizo daño a mi Sara, y saber eso es más doloroso que cualquier cosa. No me creo que Elísabet nunca dijera nada en todos estos años. ¿Pueden imaginarse lo que he sufrido? Me carcomía por dentro no saber lo que le había sucedido a mi niñita. Y todo este tiempo Elísabet lo sabía, pero no dijo nada. Eso es otra cosa que no podía perdonar.

Elma le entregó otro pañuelo y Ása se sonó la nariz una vez más.

—¿Intentó de manera deliberada ocultar las pruebas al arrojarla al mar? —inquirió Sævar.

Ása dobló el pañuelo con cuidado y lo dejó frente a ella.

—Para ser sincera, no me importaba. Logré arrastrarla hasta la playa, pero soy una persona mayor y no pude llegar muy lejos. Esperaba que el mar se la llevara. Pensé que Dios se aseguraría de que desapareciera para siempre, como mi Sara. Habría habido algo de justicia en eso, ¿no les parece?

—¿Está segura de que estaba muerta? —preguntó Elma, que ignoró el comentario de Ása. No había nada justo en este caso.

—Esa fue la peor parte —contestó Ása, y, por primera vez desde que había abierto la boca, parecía reacia a continuar—. Creí que estaba muerta, pero…

—¿Pero? —presionó Elma.

—Empezó a gemir —dijo Ása, con un repentino temblor en la voz—. Pero para entonces ya era demasiado tarde para detenerse.

A Elma le resultaba difícil imaginarse a Ása con las manos alrededor del cuello de Elísabet. Pero también le parecía igual de imposible imaginarse a esa delicada mujer arrastrando el cuerpo de Elísabet por las rocas.

—¿Y el coche? —preguntó Sævar.

—Esa fue una idea bastante buena por mi parte, ¿no creen? —Ása sonrió débilmente, pero no espero a que respondieran—. Las llaves del coche de Elísabet estaban en su bolso. Las tomé y más tarde las tiré al mar. Todavía tenía las llaves de la casa de nuestros antiguos vecinos, como saben nos mudamos hace poco; antes vivíamos cerca. En fin, sabía que estaban de viaje. Por supuesto, sabía que acabarían descubriendo el coche, pero gané algo de tiempo para cubrir mis huellas, ¿no? —Ása se detuvo para recobrar el aliento y se ajustó el chal alrededor del cuello—. Bueno, ya me he cansado de hablar. ¿Podrían hacerme un pequeño favor?

—¿Cuál?

—Me gustaría mucho tener mis cosas de tejer. Estoy esperando una nieta y le estoy tejiendo un vestido, uno rosa. Estoy segura de que es una niña. —Al decirlo, el rostro de Ása se iluminó por primera vez desde que había entrado en la habitación.

—Bueno, el caso está más o menos resuelto —dijo Hörður—. Si ni Hendrik ni Tómas están dispuestos a confesar, será imposible determinar cuál de los dos abusó de las niñas o qué sucedió exactamente. Las víctimas están muertas y no tenemos nada aparte de las fotos y la declaración de Rúnar de que Tómas iba a la habitación de Elísabet. Y teniendo en cuenta que lo más probable es que Rúnar estuviera borracho en esos momentos, su testimonio no será suficiente para demostrar nada.

Elma sabía que Hörður tenía razón. El caso estaba resuelto: Ása había confesado el asesinato de Elísabet y no había nada más que pudieran hacer. En los próximos días, los técnicos examinarían el hilo de lana encontrado en el coche de Elísabet para ver si provenía del chal de Ása. Habían escuchado la confesión y no había nada que sugiriera que había tenido un cómplice, aun así, les desconcertaba que Ása hubiera podido arrastrar el cuerpo de Elísabet tanta distancia. Ella negaba rotundamente que alguien la hubiera ayudado, y Elma sabía que la gente era capaz de realizar las hazañas más extraordinarias bajo presión. El caso estaba resuelto, pero no estaba segura de que se hubiera hecho justicia.

—Evidentemente los citaremos a ambos para interrogarlos. La única posibilidad sería si uno de los dos confesara, pero creo que es bastante improbable.

Elma asintió sin mucho ánimo. Estaba sentada en el escritorio de Hörður, inmersa en el papeleo.

—¿Y qué pasa con Sara? —preguntó.

—¿Qué pasa con Sara? —Hörður levantó la mirada—. Han pasado casi treinta años desde que murió en lo que parece haber sido un accidente. Incluso si Elísabet estuviera diciendo la verdad, todo se reduce a lo mismo; ambas están muertas.

—¿Pero ¿qué ocurre con…?

—Elma, el marido de Elísabet, Eiríkur, está de camino y después tengo que hablar con la prensa. Tómate el resto del día libre. Ve a nadar, a caminar o haz cualquier cosa. Te lo mereces. —Le sonrió con desdén, como si no pudiera esperar a que Elma se marchara de su despacho. Elma se mordió el labio y se levantó. Cuando se giró en la puerta para añadir algo, Hörður ya estaba hablando por teléfono.

Su madre le respondió pocos segundos después de que hubiera seleccionado su número, como si hubiera estado sentada esperando junto al teléfono. Elma sintió una punzada de culpa por no haberle devuelto la llamada la noche anterior. Era muy consciente de que su madre se moría de curiosidad, pero no podía decirle nada, aunque tenía la sensación de que su madre deseaba que fuera más como Dagný en ese aspecto.

—Hola mamá —dijo, y le dio el tiempo justo para devolverle el saludo antes de continuar—: ¿Recuerdas cuando me dijiste que el hermano de Hendrik, Tómas, usaba métodos poco escrupuloso para cobrar el alquiler? ¿A qué te referías? —Había recordado de repente lo que su madre le había contado cuando estaban en el cementerio.

—¿Por qué lo preguntas? —preguntó su madre, con la voz llena de curiosidad, pero cuando Elma no le reveló la razón, se rindió y dijo—: Se acostaba con las mujeres. Se rumoreaba que se aprovechaba de las madres solteras que no podían pagar el alquiler. No sé cuánto de cierto había en esas habladurías, pero eso es lo que se decía. Y que Hendrik lo sabía, pero hacía la vista gorda. ¿Por qué quieres saberlo? ¿Tiene algo que ver con...?

—No lo sé —Elma se apresuró a interrumpirla—. Espero que no.

Colgó con la promesa de que iría a cenar esa noche. Luego dejó el teléfono y, pensativa, contempló la pantalla negra del ordenador frente a ella. Era tal y como había sospechado. Siempre le había parecido sospechoso que la madre de Elísabet, Halla, se hubiera podido permitir el alquiler de una casa tan grande. Pero ahora creía entenderlo. Pensó en la foto de Elísabet de pie en su habitación, con un aspecto tan vulnerable. Parecía que la contribución de Halla no había sido suficiente para pagar el alquiler. La sola idea le provocaba un sabor ácido en la boca.

Sævar estaba en la cocina cuando Elma entró. Estaba apoyado en la encimera y sujetaba una taza.

—¿Se puede beber? —preguntó Elma, que fue a por una taza.

—No más de lo habitual —respondió Sævar.

Elma se situó junto a él. Fuera nevaba. Apenas había nevado ese invierno, pero en ese momento la nieve caía con fuerza.

—¿Crees que cuajará?

—¿El qué? ¿La nieve? —Sævar la miró—. Lo dudo.

Elma guardó silencio y se quedaron observando los copos mientras descendían y ocultaban poco a poco el oscuro asfalto.

—Hendrik está consciente —dijo Sævar—. Creen que se recuperará por completo.

—¿Alguien ha hablado con él?

—No, todavía no.

Durante un rato ninguno habló.

—Los hermanos se parecen bastante, ¿no crees? —dijo por fin.

Sævar volvió a mirarla.

—¿Qué insinúas?

—Estaba pensando en lo que dijo Ása. Dijo que Elísabet había visto al hombre que iba a su casa en el funeral de Sara. Tómas también debió de estar ahí, sentado en la primera fila, quizá hasta le puso una mano a Ása en el hombro. ¿Es posible que una niña de nueve años se confundiera y pensara por error que ese era el padre de Sara?

—Sí, es posible —concluyó Sævar—. Pero creo que jamás averiguaremos qué sucedió.

—Mi madre me dijo que había rumores de que Tómas usaba métodos poco escrupulosos para cobrarle el alquiler a las madres solteras en situaciones precarias.

—¿A qué se refería?

—A que se acostaba con ellas. Dicho de otro modo, les pagaba en especies —puntualizó Elma—. ¿Crees que la madre de Elísabet fue una de ellas?

Sævar se encogió de hombros.

—Es posible, pero ni Tómas ni Hendrik dirán nada que los meta en problemas. Siempre se cubren las espaldas, y Ása se niega a decir nada más.

—Me cuesta creer que Hendrik defienda a su hermano si se entera de que Tómas le hizo esas fotos a su hija.

—Es probable que tengas razón —dijo Sævar—. Pero dudo mucho que Tómas confiese nada. No tenemos ninguna manera de demostrar que él tomó las fotos.

—Pero alguien las envió. Alguien las dejó en el buzón de Ása.

—Sí, es cierto. Tendremos que esperar que la persona en cuestión aparezca.

—¿No habrá ningún seguimiento en relación con la muerte de Sara? ¿Ninguna investigación relacionada con lo que Elísabet le dijo a Ása sobre cómo murió?

—¿Con qué objetivo? —preguntó Sævar—. Elísabet está muerta. ¿No hay nadie a quien acusar del crimen? De todas formas, era solo una niña y lo más seguro es que fuera un accidente.

Elma pensó en todos los años que Elísabet había guardado silencio. Todos esos años debieron de haberla carcomido por dentro. Era imposible saber si Sara había estado realmente muerta cuando Elísabet la abandonó en la balsa. Y a pesar de que la niña no se habría percatado de ello con nueve años, tuvo que haberlo pensado más tarde. Quizá Sara seguiría vivía si Elísabet hubiera pedido ayuda.

—Entonces Ása será la única que irá a prisión —dijo Elma, que sacó una silla y se sentó. Sintió cierto grado de simpatía por la mujer. No era justo lo que la habían obligado a soportar. Por otra parte, era la culpable de que dos niños hubieran perdido a su madre, y tampoco había nada de justo en eso.

—Imagino que la condenarán a dieciséis años. Lo que significa que saldrá tras haber cumplido unos diez, quizá menos —repuso Sævar.

Elma asintió. Sabía que no tenía sentido seguir pensando en eso. Las personas que podrían contestar a sus preguntas estaban muertas o se negaban a romper su silencio. Suspiró y contempló los copos de nieve mientras se terminaba el café.

—Me vendría bien un poco de compañía esta noche —dijo, y miró a Sævar con una sonrisa.

Magnea le acarició los hombros anchos a Bjarni. Estaba sentado en el sofá, encorvado, con la cabeza en las manos. De algún modo, habían superado el día. Los segundos se habían alargado hasta convertirse en minutos y, finalmente, en unas horas en las que el mundo parecía haberse detenido. Pero por fin había llegado la noche. Su gran casa estaba envuelta en la oscuridad. Anhelaba el momento en el que la risa de un niño llenara las habitaciones; cuando la noche consistiera en algo más que sentarse y esperar, que era todo lo que habían hecho ese día. Y lo peor de todo era que no tenía ni idea de lo que habían estado esperando. Magnea había interpretado el papel de esposa cariñosa y compasiva, a pesar de sentirse tan débil que lo único que deseaba era meterse en la cama. Había tenido que sentarse sobre sus manos en varias ocasiones para ocultar el temblor.

El teléfono sonó. Bjarni lo descolgó tan rápido que no tuvo tiempo de sonar más de una vez. Se puso de pie y se apartó, un hábito que Magnea no soportaba. ¿Qué se suponía que no debía que escuchar? Pero no dijo nada y esperó pacientemente a que regresara.

—Mi padre se ha despertado —dijo. Sus hombros se hundieron y se dejó caer en el sofá.

Magnea se sentó a su lado y lo abrazó. Bjarni se apoyó en ella con los ojos cerrados.

—Merecía morir —susurró—. Elísabet asesinó a mi hermana. Fue su culpa que Sara muriera, y durante todos estos años guardó silencio. ¿Te imaginas algo peor?

—¿Qué quieres decir? —Magnea lo miró horrorizada.

—Hörður me lo ha contado todo —dijo—. Por eso mi madre la atropelló. Enloqueció cuando escuchó cómo había muerto Sara. Al parecer también le enviaron unas fotos de Sara, fotos que daban a entender que alguien había abusado de ella, y por algún motivo mi madre pensó que había sido mi padre el que…

—De repente, lo abandonó todo signo de lucha, empezó a temblar en silencio y se aferró a ella con más fuerza, como un niño que busca el consuelo de su madre—. Mi padre lo niega todo, pero ya no sé qué creer. No sé qué demonios está pasando.

—Tranquilo, cariño —susurró Magnea, y le dio un beso en la frente. Nunca lo había visto tan triste. Ella lloraba a menudo y se dejaba llevar por sus sentimientos, pero Bjarni no—. Es cosa del pasado, ya no tenemos que preocuparnos por eso. —Sujetó su mano y la puso sobre su vientre—. Aquí está el futuro, Bjarni. Aquí con nosotros.

Bjarni alzó la cabeza y la miró. Tenía los ojos rojos, aunque secos, y le sonrió levemente. Mientras le acariciaba el vientre, Magnea sintió que la tensión abandonaba su cuerpo. Le sonrió y lo besó una vez más, esta vez en los labios. Sus temblores estaban disminuyendo poco a poco. Todo acabaría pronto y respiraría tranquila otra vez.

Ya no tendría nada que temer.

No tenía una habitación para ella sola. Ni siquiera estaba en una sección especial. La cama estaba en un gran pabellón general en la tercera planta del hospital, y solo una fina cortina la separaba de su vecino.

Ásdís había salido temprano de casa esa mañana. Se había escabullido sin que Tómas se diera cuenta. La vergüenza le recorría el cuerpo. Había encontrado las fotografías. Sabía lo que había sucedido. Lo que había hecho.

Pero lo que había pasado después de que dejara las fotos en el buzón de Ása era un misterio. No entendía por qué Ása creería que Hendrik las había tomado. No tenía ni idea de qué la había llevado a esa conclusión. Y ahora Hendrik estaba en el hospital. Pese a que se estaba recuperando, Ásdís temía lo que ocurriría cuando saliera del hospital. A Tómas ya lo habían citado en la comisaría para interrogarlo y al volver a casa había estado callado y de mal humor. Había bebido hasta la madrugada y se había negado a contar lo que sucedía. Pero la abuela de Ásdís ya le había descrito los detalles, y estaba segura de que todo el pueblo ya sabía lo que había hecho. Intentó hacerse invisible. Caminó de puntillas por el piso mientras rogaba para que no se enterara de que había sido ella la que había enviado las imágenes.

¿Quién sabe de lo que sería capaz si lo hacía?

—Mira al león. ¿Te acuerdas de cómo hace el león? —preguntó una mujer tras la cortina. Un niño emitió un fuerte gruñido y la mujer lo hizo callar con suavidad—. Sí, muy bien, cariño. Y mira al elefante. ¿Recuerdas cómo hace el elefante? —Ambos rieron.

Ásdís se quedó muy quieta y, por alguna razón, una lágrima caliente se derramó por su mejilla. Deslizó una mano dentro de la bata que la enfermera le había dicho que se pusiera y la colocó sobre su estómago. Era probable que se lo estuviera imaginando, pero creyó haber sentido algo. La calidez le trepó por el brazo. Cerró los ojos e intentó olvidar dónde estaba. Tenía que seguir adelante. No podía tener a su hijo. No podía hacerlo.

Sostuvo el pequeño bolso junto a ella y palpó el fajo de billetes por lo que debía de ser la centésima vez. Seguía ahí; el dinero que le había robado a Tómas. No tenía ni idea de que ella sabía dónde escondía el dinero que no guardaba en su cuenta bancaria. Era cuestión de tiempo que se diera cuenta de que faltaba algo. Pero para entonces, con suerte, ya estaría lejos. Sonrió al pensarlo y volvió a comprobar el correo en su teléfono, como para convencerse de que era real. La confirmación estaba ahí: un billete de ida a Alemania esa noche. Solo tendría que ser valiente y, si era necesario, tomarse algunos calmantes fuertes.

No sabía por qué había escogido Alemania. Tal vez porque hablaba bien el idioma. Era la única conexión que tenía con el país. No había nadie esperándola y eso era suficiente para hacerla sonreír. Tenía dinero suficiente para pasar un tiempo en un hotel barato, hasta que encontrara trabajo. Más tarde podría alquilar un piso.

—¿Lista? —le preguntó la enfermera que la había registrado esa mañana. La enfermera le había hecho un montón de preguntas, que le resultaban difíciles de contestar, y el nudo que tenía en la garganta no había parado de crecer todo el rato. Sí, sabía quién era el padre. No, nunca había estado embarazada. Debía de estar de dos o tres meses.

Asintió y se sorbió la nariz. Las voces tras la cortina se habían callado. Quizá el niño se había ido a dormir, a salvo en los brazos de su madre. Era como si la enfermera pudiera ver su vacilación. La miró fijamente.

—¿Está totalmente segura? —le preguntó. Ásdís iba a contestarle, pero las palabras se le atascaron en la garganta y negó con la cabeza. Antes de que la enfermera dijera algo más, se marchó, se puso la ropa encima de la bata del hospital y salió corriendo del pabellón.

Ya no lloraba. El alivio al salir era tan grande que casi sintió como si flotara en el aire. Los dos lo lograrían. Claro que podrían. Empezarían una vida juntos en un nuevo país, ella y la pequeña criatura que crecía en su interior. Le daría una buena vida, una vida mejor que la que ella había tenido.

Cuando regresó al apartamento no parecía que hubiera nadie en casa, pero sabía que él estaba ahí. Su coche estaba en la entrada. Se maldijo por haber olvidado llevarse el pasaporte al hospital. Tenía todo lo que necesitaba. Ahora tendría que entrar y explicar dónde había estado, y luego tendría que escabullirse otra vez. Con algo de suerte estaría dormido. Aún no era mediodía, así que había muchas posibilidades de que no se hubiera levantado. Entró en silencio y para su alivio todo estaba tranquilo. Todavía debía estar fuera de combate.

Su pasaporte estaba en el armario, así que no tuvo más opción que entrar en el dormitorio. Abrió la puerta con cuidado e hizo una mueca cuando el chirrido de las bisagras rompió el silencio del piso. Pero para su sorpresa, Tómas no estaba en la cama. Echó un vistazo a su alrededor con nerviosismo, como si esperase verlo detrás de ella, observándola. Lo único que se le ocurría era que debía haber salido a algún sitio.

Fue rápidamente hasta el armario y rebuscó en el cajón de los calcetines hasta que encontró el pasaporte. Ahora tenía que dirigirse a Reikiavik y desde ahí ir hasta el aeropuerto de Keflavík. Tendría que tomar un autobús y después otro que iba al aeropuerto, pero eso era parte de la aventura. Estaba deseando ser libre. Estaba impaciente por dejar ese pueblo, ese país. No tenía ningún buen recuerdo de ese lugar, pero sintió una leve punzada de culpa al pensar en su abuela. La anciana se había esforzado al máximo, de eso no cabía duda. Tendría que escribirle una carta. Quizá incluso podría invitarla a visitarla, aunque dudaba que su abuela estuviera lo bastante fuerte para hacer un viaje tan largo sola. Ásdís contempló el apartamento una última vez, después cerró los ojos. No quería recordar ese lugar. Era un capítulo de su vida que estaba ansiosa por olvidar.

Acababa de cerrar la puerta principal, cuando escuchó unos pasos sobre las piedras. Él estaba en el jardín, mirándola.

Ásdís se quedó paralizada, aterrorizada de que se diera cuenta al mirarla de que se marchaba para siempre. Pero no pareció percatarse de nada fuera de lo común.

—Recoge tu pasaporte y métete en el coche —le ordenó. Ásdís echó un vistazo a su alrededor. ¿Podría huir? ¿Conseguiría escapar? La idea era inútil; ¿a dónde correría?

—¿A qué esperas? —le preguntó al ver que no se movía—. Nos vamos. Ahora.

Ásdís negó despacio con la cabeza y sintió que se le humedecían los ojos.

—¿Por qué tenemos que irnos?

Tómas caminó hacia ella y Ásdís comenzó a temblar. ¿Qué iba a hacer? ¿Sabía que le había robado dinero? Para su sorpresa, la rodeó con las manos y la abrazó con fuerza antes de besarle la frente.

—¿No es lo que siempre has querido? ¿Dejar este miserable pueblo de mala muerte y empezar de cero en otro lugar?

Asintió y se sorbió la nariz. No quería complicar las cosas al preguntarle por qué tenían que marcharse de forma tan repentina. Abrió la puerta, entró y esperó en el recibidor un par de minutos, lo suficiente para dirigirse al dormitorio e ir a buscar el pasaporte. Era evidente que Tómas aún no se había dado cuenta de que le faltaba algo de dinero. Quizá se saldría con la suya.

Tómas ya estaba en el coche cuando salió. Se sentó junto a él y se pusieron en marcha de inmediato. Ásdís miró por la ventana y pensó que, al menos, se iría del país. A pesar de que él la acompañaba, se marchaba. Tal vez era mejor así.

Quizá todo mejoraría en otro lugar.

# Akranes, 1992

*El funeral se celebró en la iglesia de Akranes. Elísabet no había querido asistir, pero todos sus compañeros de clase iban a ir, al igual que su profesor, por lo que no había tenido opción. Todo el mundo iba vestido de negro. Había mucha gente que no había visto antes, gente que no conocía a Sara como ella. Todo era muy solemne. Algunos de los asistentes lloraban, otros se sonaban la nariz.*

*Elísabet se sentía incómoda. Se retorció en el duro banco y miró hacia la puerta. Estaba sentada en la parte trasera de la iglesia. ¿Alguien se daría cuenta si se escabullía? Su mirada se cruzó con la de Magnea, quien apartó la vista de inmediato. La niña no le había hablado desde aquel momento. Apenas la había mirado. A Elísabet no le importaba. No haría más amigos mientras viviera. No permitiría que nadie se acercara a ella. Ya no le importaba nada.*

*Cuando vio que la gente de la primera fila se levantaba, se puso rígida por la conmoción. Ahí estaba, el dueño de la casa; el que iba de visita. Era el padre de Sara, el que siempre estaba trabajando.*

*Elísabet se resignó a permanecer sentada durante toda la ceremonia. Dejó la mente en blanco e intentó pensar en cualquier cosa menos en Sara. Trató de recordar sus historias; todas las que eran bonitas y tenían finales felices. Más tarde, en el banquete, mientras estaba sentada frente a un pedazo de tarta que no había tocado, su mirada se encontró con la de la madre de Sara, Ása, y no lo soportó más. Se puso de pie, se dirigió a la salida y huyó. Corrió tan rápido como sus piernas le permitieron y no se detuvo hasta que llegó a su casa, se metió en el armario y cerró la puerta. Se acurrucó y recitó las historias que conocía para sí misma. Las historias de su papá y las que había leído en los libros. No era consciente del dolor mientras se le partían las uñas en la madera y no dejó de arañarla hasta que la sangre corrió por la pared.*

*Pero no fue hasta mucho después que se le ocurrió que tal vez no había sido la única con un secreto. Quizá Sara había tenido un secreto tan horrible como el suyo.*

# Varias semanas después

El cementerio estaba cubierto de nieve que crujía bajo sus zapatos mientras avanzaba a través de la oscuridad hacia la tumba. No había ningún ruido aparte del estruendo distante del tráfico.

Aunque era la primera vez que lo visitaba, encontró la tumba enseguida. Se detuvo frente a la cruz blanca. Había una placa negra en el centro con su nombre grabado: «Davíð Sigurðarson. Descansa en paz». Nada más. Nada que dijera quién era o lo que había hecho. Al final lo olvidarían, como todo lo demás.

Sabía que había estado mal durante mucho tiempo. A veces, parecía que una sombra negra lo hubiera perseguido allá donde hubiera ido, pero no se había dado cuenta de lo grave que era la situación y había ignorado todas las señales. Las noches en las que se había despertado y se lo había encontrado en el lateral de la cama, contemplando la oscuridad. La forma en la que a veces su mirada estaba tan ausente que era imposible llegar hasta él. Lo había ocultado bien, pero aun así debería haberse dado cuenta. Debería haber reconocido el peligro en el que se encontraba. Ella, que lo había conocido mejor que nadie.

Primero había llegado la ira. ¿Cómo podía haberle hecho eso? ¿Cómo podía haberse ido sin despedirse, sin advertirle? No podía mirar a su familia a los ojos. Cuando su hermana Lára la había llamado hacía unas semanas, apenas había podido hablar con ella. No podía hablar de él, todavía no.

Pero ya no lo quedaba mucho de esa ira inicial. Ahora lo único que sentía era tristeza.

Se agachó y quitó la nieve de la vela que alguien había dejado en la tumba. Tardó un poco en encenderla, pero al final la fría mecha prendió y una pequeña llama parpadeó en la penumbra.

Se quedó ahí un rato y pensó en su vida juntos. En todos los momentos, ya fueran buenos y malos. Y dejó que los últimos jirones de ira ardieran con la vela. No se marchó hasta que el frío empezó a calarle los huesos. Después se metió en el coche y regresó a Akranes, a casa.

# Agradecimientos

No habría escrito este libro de no haber sido por mi marido, Gunnar, quien tiene mucha más fe en mí que yo misma. No cualquier marido le ordenaría a su mujer que renunciara a su trabajo «de verdad» para centrarse en la escritura. Jamás entenderé de dónde saca su extraordinaria serenidad, su positividad y su optimismo. Al parecer, es cierto lo que dicen: ¡los polos opuestos se atraen!

Quiero dedicarles un agradecimiento especial a mis editores islandeses, Bjarni Þorsteinsson, Pétur Már Ólafsson y a todos los que han trabajado conmigo en Bjartur & Veröld, por aceptar a una autora joven e inexperta y ayudarla a mejorar.

Gracias también a Yrsa Sigurðardóttir y Ragnar Jónasson por darme la oportunidad de cumplir mi sueño y por introducirme en el maravilloso mundo de la novela negra.

Tuve mucha suerte al firmar un contrato con David Headley de la DHH Literary Agency, puesto que es mucho más que un agente excepcional.

Muchas gracias a Karen Sullivan y a Orenda Books. Estoy muy agradecida por formar parte del *Team Orenda* y tengo muchas ganas de que nos conozcamos mejor. También me gustaría darle las gracias a Victoria Cribb por su impecable traducción. Sin duda, mi libro ha estado en buenas manos.

Por último, pero no menos importante, quiero darles las gracias a mis hijos, Óliver Dreki, Benjamín Ægir y Embla Steinunn, por obligarme a apagar el ordenador y enfocarme en lo que de verdad importa.

Æva Björg Ægisdóttir

Principal de los Libros le agradece la atención
dedicada a *El crujido en la escalera,*
de Eva Björg Ægisdóttir.
Esperamos que haya disfrutado de la lectura
y le invitamos a visitarnos
en www.principaldeloslibros.com,
donde encontrará más información
sobre nuestras publicaciones.

Si lo desea, también puede seguirnos
a través de Facebook, Twitter o Instagram
utilizando su teléfono móvil
para leer los siguientes códigos QR: